Rudolf Szamos

KANTOR auf der Spur

Militärverlag
der Deutschen Demokratischen Republik

Originaltitel: Kántor nyomoz
Aus dem Ungarischen von Georg Harmat

Verlag: Zrinyi Katonai Kiado

ISBN 3-327-00457-9

5. Auflage, Berlin 1987

Lizenz-Nr. 5
Printed in the German Democratic Republic
Lichtsatz: Interdruck Graphischer Großbetrieb Leipzig III/18/97
Druck und Binden: Druckerei des Ministeriums für Nationale Verteidigung (VEB) – Berlin – 3 4378-6
Lektor: Irmtraud Carl
Umschlaggestaltung: Heinz Völkel
Typographie: Anne-Katrin Engelstädter
LSV: 7264
Bestellnummer: 746 113 8
00520

Die Nacht hindurch fiel der kalte Aprilregen in Strömen. Die Erde war stellenweise zu patschigem Schlamm aufgeweicht. Lux schlief schlecht. In seinem unruhigen, kurzen Schlaf wimmerte er zuweilen, und dabei schien es ihm, in dem uferlosen Wasser ertrinken zu müssen. Er fuhr auf und versuchte, den Schmutz abzuschütteln. Seitdem er vor Wochen von zu Hause entlaufen war, konnte er sich an eine ähnlich unangenehme Nacht nicht entsinnen. Das durch sein Fell dringende kalte Wasser hatte ihm die Haare zu struppigen Zotteln verklebt, und er spürte die Kälte. Ein wenig später entdeckte er an der Museumsmauer eine Bank, unter der die Erde nicht so feucht war. Er verkroch sich darunter, und allmählich überwältigte ihn wieder der Schlaf.

Gegen Morgen schreckte ihn grelles Licht auf. Es donnerte. Sturm peitschte die Baumkronen im Stadtwäldchen. Der Hund schob erschrocken den Kopf in die Ecke zwischen Bank und Mauer. Ängstlich scharrte er die Erde, um sich zu verkriechen, sich tief in den Boden einzugraben, damit ihn die unheimlichen Blitze und der krachende Donner nicht mehr erreichen konnten.

Die Angst vor dem Feuer hatte ihn auch von zu Hause weggetrieben. Als er noch ein Welpe war, hatte ihn sein Herr oft mit Feuer gequält. Dabei drückte er ihn fest auf seinen Schoß, so daß er sich nicht mehr rühren konnte, und ließ vor seiner empfindlichen Nase ein Streichholz entflammen. Vergebens hatte der Hund gezappelt, sich aufgebäumt und gewinselt. Er blickte entsetzt in die vor seinen Augen tanzende bläulichgelbe Flamme. Angesichts solcher Qual krümmte sich sein Herr vor Lachen. Einmal wurde ihm von der Flamme auch das Fell versengt, und Lux hatte vor Angst den Schoß des Herrn genäßt, worauf ihn dieser wütend zu Boden warf und ihm einen Fußtritt versetzte.

Seitdem zittert er jedesmal vor einer Flamme und vor heulenden, knallenden Geräuschen. Die durch das Gewitter verursachte Angst raubte ihm daher fast die Besinnung. In seiner Verzweiflung vergaß er sogar den quälenden Hunger. Sollte er von hier noch wegkommen, würde er nie mehr an diese Stelle zurückkehren. Wenn gestern vor der Fleischerei an der Ecke Béke- und Dózsastraße dieser Zwischenfall nicht gewesen wäre, dann hätte er zurück zu dem bekannten unbebauten Grundstück in Angyalföld laufen können. Die Ursache seines Unglücks war der Hunger gewesen. Schon seit Tagen hatte er kaum etwas gefressen, und als er sich der genannten Straßenecke näherte, waren ihm unerwartet sehr anregende Düfte entgegengeschwebt, und er konnte nicht widerstehen. Die Begierde erfaßte ihn, so daß er sogar die Vorsicht vergaß, die sich bei ihm in den Wochen seines Herumtreibens herausgebildet hatte. Auf der Straße existierten für ihn nur noch diese verlockenden Gerüche, und er überquerte, ihnen nachgehend, den Fahrdamm, ohne sich um die rasselnde Straßenbahn oder um die Autos zu kümmern. Er hatte einen solchen Hunger, daß er nicht einmal spürte, ob er Menschen streifte oder nicht. Als er sich der Quelle der lockenden Düfte näherte, lief er nicht mehr an der Bordkante zwischen Gehsteig und Fahrbahn, sondern auf dem Bürgersteig entlang, auf dem sich die von ihm so sehr gehaßten Zweibeiner tummelten. Er ging lieber am Straßenrand, da er die Menschen für feige hielt, genauso wie seinen ehemaligen Herrn, der ihn nicht nur mit der Flamme gequält, sondern ihm zu den Mahlzeiten erst dann die Knochen hingeworfen hatte, nachdem er sämtliches Fleisch schon abgenagt hatte. »Na, friß!« pflegte sein Herr in solchen Fällen zu sagen, und er lachte laut, wenn er zusah, wie sich sein Hund mit dem fleischlosen Knochen abmühte.

Doch gestern nachmittag war er an der Straßenecke dem Geruch echten Fleisches begegnet, und als er sich der Quelle des verführerischen Duftes näherte, begann ihm der Speichel im Maule zusammenzulaufen. Die Gerüche lockten ihn vor eine offene Tür, und er wollte schon leichtfertig hineinlaufen, als er vor sich einen großen Hund bemerkte. Dieser saß auf einer Mauer, leckte sich die Lefzen – genau wie er – und betrachtete gierig dabei den über seiner Schnauze hängenden Bratwurstkranz.

Schon setzte er zum Sprunge an. Doch sein Instinkt mahnte zur Vorsicht und ließ die sich spannenden Muskeln im letzten Augenblick wieder erschlaffen. Mit erregtem Schwanzwedeln beobachtete er Wurst und Hund, und schließlich raubte ihm der lockende Duft fast völlig den Verstand. Warum springt denn der andere nicht? Der Dummkopf, wenn er sich auf die Hinterläufe stellte, könnte er sie sogar ohne zu springen erreichen, konstatierte er. Die provozierende Reglosigkeit des anderen Hundes brachte ihn auf, er wurde wütend. Schließlich hielt er es nicht mehr aus, er zog sich ein bißchen zurück und schnellte dann mit einem Sprung zu dem Wurstring an der Wand hinauf.

Als er zubeißen wollte, empfand er an seiner Schnauze einen heftigen Schmerz. Er plumpste auf den Gehsteig zurück und rannte vor Schreck bis zur Straßenecke zurück. Durch den Aufprall ein wenig benommen, schüttelte er den Kopf. Erst dachte er, der andere Hund habe ihn angegriffen, deshalb fletschte er die Zähne, während er sich an der Ecke jäh umwandte, bereit, sich zu verteidigen. Doch er wurde von niemandem verfolgt. Verständnislos schaute er zum Eingang der Fleischerei hin, aber nur die Gerüche waren ihm gefolgt. Er schlich wieder zurück und beobachtete lauernd den auf der Mauer sitzenden Hund. Der Wurstkranz hing genauso wie zuvor. Sollte er den Sprung gar verfehlt haben? Unmöglich! Einen Sprung hatte er doch noch nie verfehlt. Sicherheitshalber bewegte er die Schnauze hin und her, und in diesem Augenblick beschlich ihn ein leiser Verdacht. Ihm schien, als hätte er oben beim Anprall an die Wurst nicht mehr den zuvor an der Tür empfundenen Geruch gespürt. War es möglich, daß ihn seine Augen trogen? Behutsam schlich er an den oben sitzenden

Hund heran und knurrte einmal leise. Eine Antwort jedoch kam nicht, obwohl auf dieses drohende und zugleich herausfordernde Knurren sogar die feigsten Köter zu antworten pflegten, auch wenn sie danach sofort das Weite suchten.

Das war unverständlich. Da war er also in irgendeine neue, ihm bisher unbekannte Situation geraten. Er mußte sich endlich Gewißheit verschaffen. Langsam hob er sich auf die Hinterläufe und lehnte die Vorderpfoten tastend an den Hund auf der Mauer. Da dieser sich auch auf diese Berührung hin nicht bewegte, beschnupperte er ihn. Von dem Hund ging ein etwas bitterer Farbengeruch aus. Da kam ihm zum Bewußtsein, daß er weiter oben, an der Wurst, vorhin den gleichen Geruch wahrgenommen hatte. Es bestand kein Zweifel mehr: Man hatte ihn überlistet. Weder der Hund noch die Wurst waren echt! Da hörte er auf einmal Stimmen hinter sich.

»Schau, Mutti, wie ulkig. Er leckt sich die Lefzen, er glaubt, es sei echte Wurst.«

Die Leute lachten, und er hatte seinen früheren Herrn gerade dann am meisten gehaßt, wenn dieser laut über ihn lachte. Am liebsten wäre er auf die Menschen losgesprungen, doch mit großem Hunger und eingezogenem Schwanz schlich er beschämt davon. So sehr hatte ihn der Hunger verwirrt, daß sein Spürsinn und sein Instinkt versagten.

Verdrossen lief er davon und achtete nicht einmal darauf, daß er nicht am Rande des Gehsteigs, sondern an der Häuserwand entlang trabte. In den letzten Tagen war bei ihm so vieles schiefgegangen. Von den unbebauten Grundstücken, wo er sich in einer leeren Bretterbude schon seit einer Woche eine ruhige und warme Lagerstatt bereitet hatte, war er verjagt worden. Er hatte sich im Verkehr der Stadt verirrt und konnte zwischen den großen Häusern und dem Lärm der Menschenmenge keine ruhige Ecke für sich finden. Die Menschen machten ihn nervös, denn er mußte unablässig auf sie achten, um nicht in ihre Gewalt zu geraten. Am Vormittag waren ihm die Hundefänger durch die Straßen nachgejagt, ihre Stahlschlinge hatte ihm sogar ein Haarbüschel vom Schwanzende abgerissen. Etwas

Eßbares hatte er sich auch noch nicht verschaffen können. Wie lange würde er das noch durchhalten können? Es war schon soweit mit ihm gekommen, daß er die an der Leine geführten kleineren oder größeren Hunde beneidete. Die bekamen wenigstens ihr Futter. Nur ihm war es bisher nicht vergönnt gewesen, einen guten Herrn zu finden. Dabei war er doch schon über anderthalb Jahre alt. Doch er war entschlossen, ohne den Menschen zu leben.

Wieder roch er Fleisch. Eine Frau, in einem schwarzen Kleid, trug einen Korb, und aus dem offenen hinteren Teil des Korbes hing der verlockende Leckerbissen heraus.

Diesmal zögerte er nicht. Mit einer blitzschnellen Bewegung ergriff er bereits während des Sprunges das aus dem Korb heraushängende Fleisch. Ein Riß – und schon gehörte es ihm. Mit eingezogenem Schwanz eilte er in eine Unterführung, wo man ihm hinterherschrie: »Fangt den diebischen Hund!«

Zu seinem Glück gingen dort nur wenige Leute, aber jemand wollte ihm doch den Weg verstellen. Statt anzugreifen, sprang er zur Seite und lief unter äußerster Kraftanstrengung in Richtung des nahegelegenen Parks.

Keuchend erreichte er das Ufer eines Teiches. Ab und zu sah er sich um, und erst als er davon überzeugt war, daß ihn niemand mehr verfolgte, verlangsamte er allmählich die Schritte, bis er sich in ein dichtes Gebüsch verziehen konnte, wo er erschöpft niedersank. Seine Beute ließ er vor sich hinfallen, und er begann gierig das Fleisch aufzufressen.

Die zuckenden Blitze, die hüpfenden Schatten und der Donner beunruhigten ihn erneut. In seiner Angst fühlte er sich um so elender, je mehr er spürte, daß er allein war. Nicht einmal eine menschliche Stimme war zu hören. Jetzt wäre es ihm sogar recht gewesen, wenn über ihm auf der Bank jemand gesessen hätte. Mußte er sich denn herumtreiben? Wenn ihn doch der feurige Lichtschein auch hier erreichte!

Allmählich verzog sich das Unwetter. An die Stelle des schreckenerregenden grellen Lichtes der Blitze trat grauer Dämmerschein. Die unerwartete Stille rauschte ihm dumpf in den Ohren. Er hörte nur die von den Blättern fallenden dicken Regentropfen. Alles war still, als er, immer noch zitternd, den Kopf aus dem selbstgescharrten Loch hervorstreckte. Verwirrt blinzelte er und beobachtete mißtrauisch die sich im Halbdunkel ausbreitenden Schatten. Schließlich ging die Sonne auf. Der Hund kroch aus seinem Versteck hervor, streckte sich kräftig und wandte sich dem fahlgelben Licht zu, das durch die Bäume hindurchschimmerte.

Nun fror er auch gar nicht mehr. Vor Freude wälzte er sich ein paarmal auf der Erde, dann schüttelte er den Sand aus dem Fell. Und welch ein Glück obendrein! Unter der Bank fand er eine vertrocknete Schmalzschnitte.

So rasch, wie seine Angst gekommen war, so schnell verflog sie auch wieder. Als er auf dem Parkweg den ersten dahineilenden Menschen erblickte, kam ihm seine Lage wieder in Erinnerung. Er lief hin und her, als ob er nachdächte, was er nun eigentlich anfangen sollte. Ziellos herumstreunend, gelangte er wieder ans Ufer des Teiches. Zufällig stieß er auf die Stelle, an der er am Vortag das Fleisch gefressen hatte, und da überfiel ihn erneut der Hunger. Er suchte, doch nirgends war etwas zu fressen. Da fiel ihm die Fleischerei ein. Die Ladentür war offen. Jetzt ließ er sich von dem Aushängeschild nicht mehr irreführen. Vorsichtig lugte er zur Tür, und als er im Laden niemanden sah, schlüpfte er hinein. Aus dem hinteren Raum ertönten gleichmäßige Geräusche, doch das störte ihn nicht. Den Kopf hocherhoben, rannte er zuerst an dem langen Ladentisch vorbei, um sich jene Stelle zu merken, von der der beste Duft herüberströmte. Auf dem Rückweg richtete er sich dann auch dort auf, wo auf dem Tisch ein großer Berg von Wurstringen lag. Den obersten Ring hatte er mit den Zähnen beinahe schon geschnappt, als ein greller Schrei seine Ohren traf. Die unerwartete Stimme eines Menschen erschreckte ihn, er ließ die Wurst zurück und stürzte auf die Straße hinaus. Der Fleischer schrie ihm Schimpfworte nach. Als der Hund schon weit entfernt auf der Békestraße war, war er entsetzt, wieder durch Geschrei erschrocken zu sein. Er konnte den Lärm nicht ertragen, außerdem bedeutete das, daß er die Menschen immer noch zu sehr respektierte. Wenn er einmal einen von ihnen besiegt hätte, würde er sicherlich nicht mehr so feige zusammenfahren. Einen, nur einen einzigen! Diesem würde er alles heimzahlen, jede Bitternis! Unter solchen Umständen konnte er nicht weiterleben. Über kurz oder lang würde er wegen des Hungers nicht einmal mehr die Kraft dazu haben. Wie sollte er kraftlos einen Menschen besiegen können! Aber siegen mußte er um jeden Preis!

Plötzlich bemerkte er, daß ihm gegenüber, kaum ein paar Schritte von ihm entfernt, ein kräftiger Deutscher Schäferhund, der größer war als er und glänzendes Fell hatte, stolz auf dem Gehsteig stehengeblieben war.

Dieser Anblick genügte, um den neben der schwarzgestreiften Hündin stehenden Menschen gar nicht zu beachten. Der verwahrloste Hund vergaß alles andere. Anschauen, den ihr entströmenden Geruch aufnehmen und sich in sie verlieben – das geschah in einem Augenblick. Sogleich kündigte er durch freundliches Schwanzwedeln seine Annäherungsabsicht an. Doch die große Hündin schien ihn nicht zu bemerken.

»Komm, Kofa, laß ihn«, sagte jetzt der Mann, der die Leine hielt, und Kofa schritt, den Kopf zur Seite gewandt, an dem struppigen und abgemagerten Artgenossen vorbei.

Lux lief in angemessenem Abstand Kofa nach. Ein eigenartiges Gefühl bemächtigte sich seiner. Nur Kofa interessierte ihn, und er merkte nicht einmal, daß von dem Mann jede seiner Bewegungen beobachtet wurde. Dem herrenlosen Hund gefiel Kofas harmonisch wiegender Gang. Ihn kümmerte es nicht, wo sie sich befanden, er folgte überallhin, wohin diese Hündin auch ging.

Kofa wurde durch das dreiste Benehmen des schmutzigen und ungepflegten Hundes nervös. Am liebsten hätte sie ihn gleich gehörig durchgeschüttelt. Zum erstenmal, seitdem ihre Jungen vor drei Wochen zur Welt gekommen waren, hatte sie heute ihre Box verlassen dürfen. Es zog sie zu ihren fünf Welpen. Sie lebten im Hundedepot, zusammen mit anderen hart arbeitenden Deutschen Schäferhunden. Kofa zerrte an der Leine und blieb stehen.

»Was ist, Kofa?« fragte ihr Herr.

Sie blickte zur Quergasse hin.

»Wollen wir nach Hause gehen?«

Kofa schlug die bekannte Richtung ein. Wieder folgte ihnen der Herumtreiber, und Kofa wünschte, daß ihr Herr ihn endlich davonjagte.

Ihr Herr aber schwieg. Im Tor des Hundedepots nahm der Mann die Leine von Kofas Hals, und sie rannte auf den geräumigen Hof. Vor ihrer Box wälzten sich ihre fünf Welpen im Staub. Die Hündin Pletyka spielte mit ihnen und stieß die unbeholfen kullernden kleinen Dinger mit der Pfote. Von den herumpurzelnden Jungen kugelte Kantor vor Kofa hin. Er war geschickter und verständiger als seine Geschwister.

Ein paar Meter hinter Kofa winselte der Herumtreiber. Kofa knurrte zornig. Sie trieb schnell ihre Welpen zusammen und drängte sie in die Box hinein.

Zu Mittag sah Kofa mit Erstaunen, daß der Betreuer zwei Schüsseln brachte.

Sie ging aus ihrem Stall hinaus. Der fremde Hund lag etwa fünf, sechs Meter von ihr entfernt regungslos auf der Erde.

Ihr sträubte sich das Fell. Sie schickte sich schon zum Sprung an, um den unverschämten Strolch davonzujagen, als sie neben der Box ihren Herrn erblickte, der den Kopf schüttelte und sie zur Ruhe ermahnte. Darauf stieß Kofa ihren Freßnapf in die Box hinein.

Einige Zeit später fraß Lux aus dem bereitgestellten zweiten Topf. Fraß? Nein, er schlang regelrecht in sich hinein.

Schließlich näherte sich der Betreuer dem Herumtreiber, der mit langgestreckter Zunge an den Seiten des leeren Gefäßes schleckte, vorsichtig bis auf ein paar Schritte.

»Lux«, sagte er. »Luxi.«

Lux blickte zu dem sich nähernden Betreuer. Noch ein Schritt, und der Hund knurrte, die Zähne fletschend.

»Laß ihn, Tibi«, rief jemand vom Hause her. »Er ist noch

nicht ansprechbar. Man müßte ihn in die Scheune sperren, zu Zsandár.«

Kofa wollte gerade zu ihren Jungen zurücktrotten, als ihr Herr sie rief. Sofort sprang sie zu ihm, und während er sie hinterm Ohr und an der Stirn kraulte, wedelte sie mit dem Schwanz. Ihr Herr ging zum Nebengebäude an den auf ihre Übung wartenden Hunden vorbei. Er öffnete weit die Tür der Scheune. Hier war Zsandárs Reich. Diesen Hund benutzten die Ausbilder, um den anderen das Reifenspringen und Spurverfolgen beizubringen. Der fremde Hund folgte Kofa in die Scheune.

Ihr Herr rief sie aber gleich durch das wohlbekannte Zischen, das »Schnell fort!« bedeutete, heraus. Kofa stürzte mit Windeseile zur Scheune hinaus, und hinter ihr schlug ihr Herr auch schon die Tür zu. Im nächsten Augenblick hörte Kofa, wie der Herumtreiber drin gegen die Bretter prallte und winselte.

»Gut, Kofa«, lobte sie ihr Herr. »Das hast du vorzüglich gemacht.«

Kormos kam eine Woche später in das Depot zurück. Er beschaute und beschnupperte die Welpen. Kormos war der Vater dieser Welpen.

Sie konnten bereits laufen und wagten es sogar schon, sich etwa zehn Meter von der Box zu entfernen. Besonders Kantor zeichnete sich aus.

Kormos hatte nur wenig Zeit, denn als er sich ausgeruht hatte, mußte er schon wieder fort.

An einem Tage kam Kormos in der Mittagszeit nach Hause und sah, daß vor Kofas Box, kaum ein paar Schritte entfernt, ein fremder Hund fraß. Kofa hatte sich in der vergangenen Woche schon daran gewöhnt, daß der Eindringling zu jeder Fütterung erschien, und wenn die anderen bereits fertig waren, fraß er aus der in der Nähe ihrer Box aufgestellten Schüssel.

Lux hatte sich seit vergangener Woche sehr verändert, war runder geworden, auch sein Fell glänzte, und obwohl er die Menschen nach wie vor mied, schien es doch, als habe Zsandár eine gute Wirkung auf ihn ausgeübt; denn er war schon zweimal zur gemeinsamen vormittäglichen Übung der Dressurhunde erschienen.

»Mir gebt einen solchen Hund, den ihr noch nicht verdorben habt«, sagte lachend, doch entschieden jener breitschultrige, muskulöse junge Mann, der in der Uniform eines Polizeiwachtmeisters von irgendwo aus Buda gekommen war, zu dem Leiter der Hundeabrichtungsstelle.

»Gut, Kovács. In Ordnung. Wir haben sogar schon einen für dich. Als du damals diese Anlage verlassen hast und Abschnittsbevollmächtigter wurdest, dachten wir schon, du wärst den Hunden untreu geworden.«

Der kräftige junge Mann lächelte.

»Na schön. Wenn du mit diesem Hund fertig wirst, hast du ihn verdient«, bemerkte Kofas Herr, der ein alter Freund des jungen Mannes war.

»Einen solchen Hund gibt es nicht, den man nicht Mores lehren könnte«, antwortete Kovács.

»Na, na . . .!«

»Wetten wir.«

»Worum?«

»Um einen Liter Wein.«

»Abgemacht! Na, dann los. Es wäre aber angebracht, wenn du deinen Uniformrock ablegtest. Es wäre schade darum.«

Die drei Polizisten traten nacheinander auf die Veranda hinaus. Kovács sah sich auf dem geräumigen Hof um, der früher einem Fuhrmann gehört hatte. Gegenüber der Scheune und dem angebauten, jetzt halbverfallenen Stall standen im Halbkreis die Backsteinboxen mit schrägem Dach. Auf dem Übungsplatz lagen ein paar Ausbildungsgegenstände umher. Neben diesen Reifen versammelten sich die Hunde, nur Lux wartete abseits.

»Welcher ist es?« fragte der junge Mann.

»Der dort, der allein steht«, antwortete der Leiter des Ausbildungslagers.

Die Hunde rannten, erregt bellend, umher. Kantor hatte Lux entdeckt, umschnupperte den starr wie eine Bildsäule dasitzenden Hund und krallte sich, wie er es bei seiner Mutter zu tun pflegte, vergnügt an dessen Schwanz. Kantors gellendes Quieken schreckte Kofa aus ihrer Träumerei auf, und es dauerte keine Sekunde, da stand die mächtige Hündin gewissermaßen mit einem einzigen Sprung schon bei Lux. Bis dieser den Kopf von Kantor zurücknehmen konnte, hatte Kofa ihn bereits zu Boden gestreckt. Kantor rannte winselnd ein paar Schritte fort und schaute dann zitternd zu, wie seine Mutter gegen Lux kämpfte, der ihm auf die Flanke geschlagen hatte.

Aus der Gruppe der auf dem Platz wartenden Hunde brach Kormos hervor und eilte in rasendem Tempo Kofa zu Hilfe. Die Männer auf der Veranda liefen ebenfalls hin. Zum Glück stutzte Kofa, als sie die Stimme ihres Herrn vernahm, und so gelang es Lux, noch bevor Kormos eintraf, sich zu befreien; er zog den Schwanz ein und machte sich spornstreichs zur Scheune davon.

»Dieser Lux ist wahnsinnig«, sagte Kofas Herr zu dem jungen Wachtmeister. Der Depotleiter meinte auch unschlüssig zu Kovács: »Schau, wenn du willst, ziehe ich die Wette zurück. Weiß der Teufel, was heute in die Hunde gefahren ist. Einer ist nervöser als der andere.«

»Also, dieser feige Köter dort soll mir gehören?« fragte Kovács. Die anderen zuckten die Schultern. Der Depotleiter erklärte ihm eindringlich, daß dieser »Köter« zwar unberechenbar, doch keineswegs feige sei. Er befinde sich erst knapp eine Woche hier, aber Nahrung habe er noch von keinem Menschen angenommen, und nähern könne man sich ihm auch nicht. Er habe sich noch nicht eingewöhnt.

»Na, macht nichts. Draufgänger habe ich gern«, antwortete der Wachtmeister. Bei sich aber dachte er: Mag werden, was da will, ich gebe mich nicht geschlagen, sonst würde man über mich lachen.

»Also los!« sagte er entschlossen und ging zur Scheune.

Lux saß an der Tür.

Der Mann redete freundlich zu ihm: »Luxi, mein Hündchen, komm doch her.«

Lux aber zog die Lefzen hoch, bleckte die Zähne und legte sich sprungbereit auf den Bauch. Das Knurren des Hundes erschreckte den Mann nicht, er kam noch näher. Nun zitterte Lux schon vor Erregung.

»Paß auf, Kovács!« rief der Depotleiter laut, doch der Wachtmeister näherte sich dem Hund immer mehr und sprach ganz leise zu ihm: »Ei, ei, Hündchen«, und dabei näherte er sich ihm langsam, aber entschlossen von der Seite. Lux sprang aus zwei Metern Entfernung, und seine Zähne drangen in den rechten Oberarm des Mannes. »Verdammt!« schrie Kovács, und er warf sich auf den Hund. Er hielt ihn in festem Griff und schlug auf ihn ein, bis er allen Widerstand aufgab.

»Den hast du fertiggemacht«, sagte der Depotleiter zu Kovács.

»Keineswegs«, antwortete der Wachtmeister, während er seine schmutzig gewordene Hose säuberte. »Der wird noch mein bester Freund werden.«

»Wenn er überhaupt noch einmal auf die Beine kommt.«

»Auf die Beine? Und ob! Ich kenne doch solche Draufgänger. Und ihr wißt genau: Ich bin nicht für das Prügeln, das war eine Ausnahme. Aber diesem Hund war nur durch eine gehörige Tracht Prügel beizukommen. Körper gegen Körper, Kraft gegen Kraft ... Seht ihn euch doch nachher beim Füttern an.« Darauf holte er aus der Schrankapotheke Jod und Watte, um die blutende Wunde an seinem rechten Arm zu desinfizieren.

Lux kam allmählich zu sich. Es dämmerte schon, als er zum erstenmal die Augen wieder öffnete. Leer und still lag der Hof vor ihm. Anfangs hatten alle bekannten Gegenstände nur verschwommene Umrisse, aber nach und nach gewannen sie ihre Form zurück. Mühsam taumelnd, versuchte Lux, sich zu erheben. Durst quälte ihn. Langsam schleppte er sich zu dem Wasserhahn mitten auf dem Hof. In dem ausgetrockneten Steinbecken fand er zwar kein Wasser, da ihm aber alle Glieder schmerzten, legte er den Kopf auf den Beckenrand. Dann brach er zusammen. Seine schmerzenden Glieder erinnerten ihn an den Menschen, der ihn besiegt hatte, der nun sein Herr geworden war. Aber wo war dieser Herr, dem er sogar die Hand lecken würde, wenn er ihm jetzt zu trinken gäbe?

Die Rasse des Deutschen Schäferhundes war selbst ein Züchtungsergebnis des Menschen. Das erste Exemplar dieser Rasse war vor kaum siebzig Jahren entstanden. So war das Leben des Schäferhundes vom Menschen abhängig, und Lux brauchte ihn gerade jetzt zum Überleben.

Die Glocke ertönte, und die Ausbilder öffneten die Boxen. Innerhalb weniger Augenblicke war der ganze Hof vom Lärm der herumtollenden Hunde vor der Abendmahlzeit erfüllt. Von den »Alteingesessenen« des Depots begab sich nur Kormos zu Lux. Er erhob sich sogleich mühsam, dann schlich er taumelnd zur Scheune. Er war noch nicht einmal bis zu dem Tor gelangt, als er eine leise, aber bestimmte menschliche Stimme vernahm. Er erschrak. Das war er! Lux geriet wieder in Erregung und fletschte feindselig die Zähne.

»Komm, mein Hündchen, komm!« rief der Mann wieder.

Konnte Lux zu ihm gehen? Hatte doch seine schändliche Niederlage auch so begonnen. Aber er riß nicht aus. Verwirrt versuchte er zwei Schritte, legte sich dann aber rasch auf den Bauch und schleppte sich rutschend zu dem rufenden Mann hin. Zitternd und unterwürfig wartete er auf weitere Faustschläge.

»Na, hab nur keine Angst«, sagte der Mann beruhigend, als Lux herangekommen war. Der Hund sah die sich nähernde Hand und wartete immer noch jämmerlich winselnd auf einen Schlag. Aber die Hand strich ihm über das Fell, über die Schultern und über den Kopf. Während der Mann ihn am Ohr kraulte, sagte er: »Steh auf, du Wilder«, und er stellte eine Schüssel vor Lux hin. »Friß!« Er schob dem Hund die Suppe, in der große Fleischstücke schwammen, direkt unter die Nase. Zum erstenmal in seinem Leben verspürte Lux ein Gefühl der Zufriedenheit. Ihm schien, als lindere die streichelnde Hand seine Schmerzen, als wäre auch der Geschmack der Suppe besser und feiner als in den vergangenen Tagen. Auf die Ermunterung hin begann er ängstlich und vorsichtig zu fressen. Ab und zu sah er von der Schüssel auf. Dann redete ihm der Mann, der vor ihm kauerte, ermutigend zu: »Friß nur weiter!«

Die Stimme, der Geruch des Mannes, die ganze Gestalt wurden Lux angenehmer durch die Hand, die sein Fell streichelte.

»Habt ihr nun Freundschaft geschlossen?« fragte der Leiter der Anstalt den Wachtmeister, als er herangekommen war.

»Aus Lux wird noch ein vorzüglicher Streifenhund werden.«

Als der Name des Hundes genannt wurde, hob er den Kopf.

»Siehst du, der ist nicht dumm ...«

»Er ist zwar schon ein Jahr alt, laut Theorie also noch abrichtbar, obwohl ich den Eindruck habe, daß er nicht so intelligent ist wie unsere anderen Hunde. Ihm werden stets der ›Kindergarten‹, die ›Grundschule‹ und die im Welpenalter angewöhnte Disziplin fehlen, außerdem die durch nichts zu ersetzende Umgebung der abgerichteten Eltern.«

Der Leiter der Abrichtungsanstalt verstand darunter, daß die Jungen der geschulten Hunde leichter lernen würden.

»Das macht nichts«, entgegnete ihm Kovács lächelnd. »Es gibt auch Naturtalente ... Nicht wahr, Lux?«

Auf die Frage hin schaute der Hund den Mann an. Er hatte sich sattgefressen. Der Mann stand auf und sagte: »Jetzt kannst du schlafen gehen, morgen treffen wir uns wieder.« Lux begriff. Sie hatten sich nun kennengelernt, das war genug für heute. Ein bißchen enttäuscht lief er Kovács nach, denn er hoffte, sein Herr würde ihn mitnehmen. »Morgen ...«, beruhigte ihn der Wachtmeister und tätschelte ihm freundlich die Schulter.

Im Depot wurden die bewegten Tage schnell vergessen, die Lux' Auftauchen hervorgerufen hatte. Das Leben verlief ohne besondere Aufregungen in gewohnter Weise. Der Tag begann früh um sieben Uhr mit dem Füttern, genau um acht Uhr wurden die Anstaltshunde auf dem Platz zu den Übungen gesammelt.

Nach einigen Minuten Spiel riefen die Ausbilder ihre Hunde zu sich, und das erste Dressurkommando ertönte: »Hinlegen!«

Um zehn Uhr war das Depot leer. Die an langen Leinen geführten Hunde gingen den von ihren Herren ausgewählten Spuren mit über dem Boden gehaltener Nase nach, um am Ende der anderthalb Kilometer langen Strecke die Spurenleger zu finden. Das war sehr schwer. Das Depot zu verlassen ist noch leicht, doch wenn die vorgegebene Spur auf belebte Straßen führt und Hunderte und Aberhunderte anderer Gerüche die Witterung stören, ist es nicht mehr einfach, auf der richtigen Spur zu bleiben. Der gute Spürsinn allein reicht nicht aus, um Erfolg zu haben. Der Hund muß Selbstdisziplin besitzen, aufmerksam sein, sich auf den gegebenen Auftrag konzentrieren, sich anstrengen. Nur das und das Zusammenspiel aller Sinne können zum Erfolg führen. Den Lärm der Autos, Straßenbahnen und Menschen, den Geruch von Speisen, selbst von Straßenecken darf der Hund nicht beachten. Und dazu muß er unterwegs bestimmte Gegenstände finden, die an den verblüffendsten Stellen versteckt sind.

Während die anderen Hunde am Vormittag übten, war Kofa auch nicht untätig. Sie führte ihre Jungen immer weiter von der Box weg und gelangte schließlich hinter dem baufälligen Stall bis zu dem Zaun, der den geräumigen Hof abschloß. Sie trieb sie an einer Stelle zusammen, wandte sich dann jäh um und lief mit Windeseile zu ihrem Zwinger zurück. Dort setzte sie sich nieder und wartete geduldig auf ihre Jungen, die sich selbst überlassen, auf ihren Spürsinn angewiesen, allein zur Mutter zurückfinden sollten.

Kantor kam immer zuerst wieder zu ihr. Mit seiner Schnauze wühlte er geradezu die Erde auf, doch sobald er in die Sichtweite seiner Mutter gelangte, ließ er von der Spur ab und eilte, Haken schlagend und springend, fröhlich bläffend zu Kofa. Wenn Gazsi, sein Bruder, auftauchte, hatte er sich bereits an den Vorderläufen seiner Mutter festgeklammert und wälzte sich herum. Pepi kam gewöhnlich als dritter an, vierter wurde Máté. Zur Belohnung beleckte Kofa Kantors Schnäuzchen.

Im Lauf der sechs Wochen hatten sich die Welpen schon gut entwickelt. Sie konnten bereits selbständig fressen. Die jungen Hunde wurden von Tag zu Tag verständiger und aufnahmefähiger. Das stellte ihr Herr zufrieden fest, als eines Vormittags Kofa ihre Jungen auf dem gewohnten Weg wieder hinter die Scheune führte und das tägliche Spiel begann. Kofa lehrte ihre Welpen auch, ohne zu bläffen zu ihr zurückzukehren, wenn sie die Mutter entdeckt hatten. Dann ging sie in ihre Box, lagerte sich bequem und freute sich schon im voraus über das Auftauchen ihres liebsten Jungen.

Die Zeit verging, und ihr war, als hätte er schon längst bei ihr sein müssen.

Am Rande der Hundezwinger tauchte Gazsi auf. Gazsi? Hatte Kofa richtig gesehen? Sie reckte sich. Kein Zweifel. Gazsi stolperte ihr entgegen, unmittelbar hinter ihm Pepi, und Máté kam auch. Beunruhigt stand Kofa auf. Sie beachtete die erfreut vor ihr herumhüpfenden Jungen und auch Gazsi gar nicht, der sich an die Vorderläufe der Mutter klammerte und darauf wartete, zärtlich beleckt zu werden, wie es ihm als erstem zustand.

Kofa suchte Kantor. Sie rannte geradewegs hinter die Scheune. Ein paar Schritte, und schon hatte sie die Spur Kantors gefunden. Die Spuren der fünf Welpen verliefen auf einem Stück des Weges gemeinsam. Am Rande des Zwingers jedoch bog Kantors Spur nach rechts ab und führte in der Tropfrinne der Dachtraufe an dem halbzerfallenen Gebäude entlang. Die Spuren führten durch ein Gebüsch, und als Kofa zwischen den Sträuchern auf den Platz an dem Scheunentor herauskam, sah sie Kantor erregt wittern. Kantor war so in das Schnüffeln vertieft, daß er seine Mutter nicht bemerkte, die sich vorsichtig hinter einen Busch versteckte und neugierig beobachtete, was ihr Sprößling da eigentlich trieb. Plötzlich begann sich vor Kantor die Erde zu bewegen. Der kleine Kerl bläffte sofort und legte sich auf den Bauch. Eine etwa handgroße Fläche des Bodens wölbte sich langsam. Kantor drückte die Nase an einem Erdriß, ging ein-, zweimal witternd umher, dann begann er zu winseln und scharrte mit den Vorderpfoten hastig in den sich bewegenden Erdhügel.

Kofa knurrte Kantor streng an. Er bekam Angst. Wegen der Undiszipliniertheit war Kofa ungehalten, dennoch stellte sie erfreut fest, daß ihr Liebling selbständig der Spur der unter der Erdoberfläche kriechenden Maulwürfe gefolgt war. Dafür hätte er ja eigentlich ein Lob verdient, doch um seinen Ungehorsam zu strafen, gab sie Kantor einen Klaps.

Vor der Box wartete ihr Herr auf sie. »Wo habt ihr euch denn herumgetrieben?« fragte er Kofa. »Und die hier läßt du so einfach allein?« Er wies auf die zu einem Knäuel verwickelten Welpen. Ihr Herr hatte von der Veranda des Hauptgebäudes aus alles gesehen und erraten, was geschehen war. Lächelnd kraulte er Kofa den Kopf. »In Ordnung, Alte. Du erziehst sie prima«, sagte er anerkennend. Dann winkte er mit der Hand und ging voraus. Auf Kofas Bläffen hin rannten alle Welpen zu ihrer Mutter, und alle sechs eilten gemeinsam ihrem Herrn nach.

In einer Ecke des Übungsplatzes lagen viele kleine, gleichartige Stäbe. Einige Meter vor diesem Stoß hieß der Betreuer Kofa stehenbleiben. »Warte hier«, sagte er und ging zu den Stäben hin. Er wählte ein paar Spielhölzer aus und kam wieder zurück.

»Mit wem wollen wir beginnen?« fragte er. »Mit dir?« Er nahm Kantor auf den Arm. Er strich ihm über das Fell und hielt ihm dabei einige Male eines der kurzen Bringhölzer vor die Nase. Als er zum drittenmal »Hamm« rief, schnappte Kantor nach dem Holz. Der Betreuer zog es aber wieder und wieder zurück, bis es dem Kleinen schließlich doch gelang, zuzuschnappen. Da hockte sich der Betreuer nieder und setzte auch Kantor ab. Er nahm ihm das Spielholz aus der Schnauze und warf es schnell ein paar Schritte fort. »Hol's!« ermunterte er ihn, Kantor aber begriff nicht sofort und haschte nach der Hand seines Herrn. »Hol's, hol's!« wiederholte der Mann und schob Kantor so lange in die Richtung des Stäbchens, bis der Hund das Bringhölzchen entdeckt hatte und den Geruch seines Herrn daran spürte. Er schnupperte schwanzwedelnd an dem im Gras liegenden Holz. Da hob der Mann Kantor von der Erde auf und trug ihn zu Kofa zurück. Er kauerte sich nieder und bewegte das Holz wieder vor Kantors Nase, dann ließ er es auch von Kofa anriechen. »Hilf ihm«, sagte er zu Kofa und warf das Spielholz wieder fort.

»Hol, hol, hol!« wiederholte er öfter.

Kofa sprang auf, und die Welpenschar eilte ihr nach zu dem Bringholz. Sie hob es von der Erde auf und trug es zu dem Herrn zurück. Kantor beobachtete seine Mutter. Er merkte sich: Der Mann hält ihm dieses Ding zuerst vor die Nase, dann wirft er es fort, und er – Kantor – soll es zurückholen. Auch die Mutter hat das so gemacht.

Der Ausbilder drückte ihm tatsächlich erneut ein Holz an die Nase. Kantor witterte und versuchte, sich den Geruch des Stabes einzuprägen. Im nächsten Augenblick fiel das Holz einige Meter weiter geräuschvoll nieder. Kantor rannte ihm nach, doch er hatte vor Hast die Richtung verfehlt. »Kantor! Zurück!« erklang das Kommando, und Kofa ermahnte ihren Sprößling auch, indem sie zweimal bläffte. Kantor blieb stehen und schaute sich um. Was er suchte, sah er jedoch nirgends. »Mit der Nase«, hörte er die Ermunterung des Zweibeinigen. Darauf bewegte er den Kopf hin und her und schnupperte auf der Erde herum. Inmitten des Grases stieß er auf den bekannten Geruch, und obwohl er den kleinen Knüttel noch nicht sah, wußte er durch die Richtung und Stärke des Geruchs, wo er lag. Als er ihn gefunden hatte, bläffte er vor Freude. Kantor rannte mit dem Bringholz zuerst zur Mutter, die ihm die Stirn beleckte; auf den Ruf des Betreuers aber ließ er dann das Holz vor dessen Füße niederfallen.

»Tüchtig, sehr tüchtig ist das Hündchen«, sagte der Mann und strich Kantor anerkennend über den Kopf.

Die Vormittage verbrachten die jungen Hunde von jetzt ab immer mit solchem Spiel, und Kofa konnte sich über die Entwicklung der Welpen nicht beklagen. Kantor hatte schneller als die anderen gelernt, daß der Zweibeinige ihr Herr ist; daß der Befehl »Such!« nicht bedeutet, nur an einer Stelle zu wittern, daß die Glocke zum Fressen ruft und daß man mit der Nase jeder Spur folgen kann.

Im Alter von acht Wochen hörten Kantor und seine Geschwister auf zu saugen. Allmählich wurde die Box zu eng. Kofa half dem Raummangel ab, indem sie sich für die Nachtruhe unmittelbar vor die Gittertür legte. Auf diese Weise konnten die Jungen hinter ihrem Rücken im Schutz ihres Körpers schlafen. Kofa vertraute ihrem Herrn bedingungslos. Aber während der Übungen am Vormittag lugte sie doch oft besorgt zu dem als »Kindergarten« bestimmten kleinen Raum mit Sand hin, wo der Herr ihre Jungen abrichtete.

Nach drei Monaten zogen Kantor und Máté in die Box neben ihrer Mutter um, während Gazsi und Pepi endgültig von der Familie getrennt wurden. Soldaten waren mit einem großen Auto gekommen und nahmen sie mit. Traurig sahen die beiden Brüder aus dem offenen Wagen zurück, bis sie hinter der Toreinfahrt verschwanden.

Im Alter von sechs Monaten begann für Kantor der Grundausbildungslehrgang, gemeinsam mit drei seiner Geschwister und sechs anderen Hunden. Die gerade vom Zwinger hergebrachten Tiere konnten sich nur schwer an den neuen Lebensrhythmus gewöhnen; das tägliche vierstündige Lernen und Üben war für sie eine große Belastung. Kantor aber fiel alles leicht, und er konnte bald täglich an zwei dreistündigen Unterweisungen teilnehmen. Die Form- und Dressurübungen hatte er so schnell erlernt, daß ihn sein Ausbilder nach vier Wochen Training, als es den anderen gerade erst gelang, die auf Hand- und Lautzeichen auszuführenden Bewegungen zu bewältigen, nachmittags zu Kormos ließ, damit er mit ihm zusammen übte.

Unter den Ausbildern des Hundezwingers fanden wegen Kantor heftige Diskussionen statt. Die außergewöhnliche Auffassungsgabe dieses Hundes war schon seit Wochen allgemeines Gesprächsthema. Aber der Leiter mißbilligte die Ausbildungsmethode von Kantors Betreuer. Er meinte, dieser

Hund sei zu wertvoll, als daß man seine Entwicklung durch Experimentieren eventuell in die falsche Richtung führe.

»Gerade seiner Fähigkeiten wegen muß man ihn anders als die übrigen heranziehen«, verteidigte der Hundeabrichter seinen Standpunkt. Er legte seiner Methode die Ansicht zugrunde, daß Hunde wie Menschen Wesen sind, die nur in der Gesellschaft existieren können. Die Entwicklungspsychologie habe bereits nachgewiesen, daß im Anfangsstadium des Lebens auch eine unter dem Durchschnitt interessierte Mutter die geistige Entwicklung des Kindes mehr fördert als die vorzüglichste Anstaltserziehung. Für das Kind sind die Eltern das erste große Ideal. In seinem Spiel ahmt es sie nach.

Der Hund lebt seit Jahrtausenden in der Nähe des Menschen, in seiner Gesellschaft, und diese Tatsache veranlaßt in vielen Dingen eine Angleichung an die Gewohnheiten der Menschen. Das gilt besonders für eine so außerordentlich hochentwickelte Rasse wie den Stamm der Deutschen Schäferhunde.

Aus den Erkenntnissen der Kinderpsychologie leitete der Ausbilder ab, den jungen Hund an der Seite seines Vaters üben zu lassen. Kantor tat dasselbe, was der Abrichter während der Übungen von Kormos forderte. Auf das Kommando seines Herrn blieb Kormos stehen, auf andere Lautzeichen legte er sich auf den Bauch, auf verschiedene Winke setzte er sich nieder, stand auf, lief los, kroch er, sprang er ... Und Kantor, wenn auch noch ungeschickt, folgte dem Vater in seinen Bewegungen. Auf die Worte »Such!«, »Apport!« wählten sie von zwanzig gleichgroßen und gleichfarbigen Apporthölzchen dasjenige aus, welches ihr Herr zu den anderen auf den Haufen geworfen hatte. Kantor bereitete es besondere Freude, mit seinem Vater zusammen zu spielen. Denn ihm war alles Spiel. Von Kormos hatte er ebenso gelernt, was man auf die Aufforderung »Wittern!« und die Kommandoworte »Faß Gauner!« tun mußte. Nach der achten Woche durfte er Kormos auf der ersten Spurübung begleiten. Etwa hundert Meter lief er neben seinem Vater her, da ließ ihn der Ausbilder, damit er Kormos nicht störte, anhalten und die Spur, die dieser verfolgte, allein wittern. Nach einigem Suchen blieb Kantor erst ein paar Schritte zurück und trabte dann Kormos hinterher.

»Dieser Hund ist genial«, verkündete Kantors Ausbilder stolz seinen Kameraden. Kantor hatte die Anwesenden endgültig davon überzeugt, daß ein junger Hund schneller lernt, wenn er sich die Kenntnisse in Gesellschaft eines seiner Elternteile aneignen kann. Der Ausbilder bat auch einen Psychologieprofessor der Veterinärmedizinischen Hochschule, eine der Nachmittagsübungen Kantors anzuschauen, die diesem so sehr gefiel, daß er Kantor sogleich zur Hochschule mitnehmen wollte. Die Ausbilder der Anstalt, selbst die, die ihren Kameraden wegen seines Erfolgs ein bißchen beneideten, protestierten gemeinsam dagegen. Sie waren nicht damit einverstanden, den Hund für Vorführungsexperimente auszuleihen.

Der Grundlehrgang näherte sich seinem Ende, und Kantor beherrschte nicht nur den Pflichtstoff, sondern konnte auch schon durch den Reifen springen, auf einem hohen Laufbalken laufen und lautlos arbeiten. Das ist sehr wichtig, denn während der Arbeit darf ein Spürhund nicht bellen. Nur durch Kopf- und Schwanzzeichen, nicht aber durch lautes Kläffen darf er seinem Herrn Wahrnehmungen mitteilen.

Nach Ablauf der dreimonatigen Grundausbildung führte man eine Sonderberatung durch, auf der die Ausbilder über das weitere Schicksal des Hundes diskutierten. Sein Ausbilder schlug vor, Kantor für einige Monate praktisch arbeiten zu lassen.

»Streifendienst?« fragten gleichzeitig mehrere Betreuer.

»Ja.«

»Wird er da nicht vergessen, was er gelernt hat?«

Fast alle hatten Bedenken. Kantors Ausbilder jedoch blieb dabei: Wenn dieser Hund zu einem Führer käme, der sich für seine weitere Ausbildung eigne, könnte das für den Hund nur vorteilhaft sein. Auf die Frage, wer dieser Mann denn sein sollte, empfahl der Ausbilder nachdrücklich Wachtmeister Kovács aus dem Stadtteil Obuda von Budapest. Aber man entgegnete ihm: »Der hat doch vor kurzem diesen herrenlosen

Köter von hier mitgenommen, und wir wissen nicht einmal, wie er mit ihm zurechtkommt.«

Mit diesem herrenlosen Köter meinten sie Lux, und tatsächlich wußte außer Kantors Erzieher keiner genau, wie sich die Beziehung der beiden zueinander gestaltet hatte. Kantors Ausbilder war mit Kovács befreundet. Nach der Befreiung waren sie etwa zur gleichen Zeit zur Polizei gekommen. Beide hatten Hunde gern. Sie wohnten in einem kleinen Haus in der Vorstadt, und aus ihrer dienstlichen Bekanntschaft wurde durch die Hunde eine echte Freundschaft. Als sie sich aktiv mit Hunden zu beschäftigen begannen, war der Spürhund für Ungarn damals fast noch ein unbekannter Begriff. Die ersten Bewohner der Hundeboxen im Zwinger stammten aus den von den beiden Polizisten eingefangenen Hunden. Mit der Pflege, Zucht und Abrichtung der durch die Hundefänger gebrachten herrenlosen Tiere hatten sie ihren Spezialberuf begonnen. In der ersten, buntgemischten Meute hatten kleine Schäferhunde, zottige Hirtenhunde, Bernhardiner, Deutsche Schäferhunde, ja auch die sogenannten Promenadenmischlinge Platz gefunden.

Seitdem waren mehrere Jahre vergangen. Die Anstalt von heute war mit der Einrichtung der früheren Jahre gar nicht mehr zu vergleichen. Es war gelungen, den Bestand mit echten Deutschen Schäferhunden aufzufüllen. Diese hatten sich als die verständigsten Tiere erwiesen, und bereits aus der ersten Generation leisteten solche mit ausgezeichneten Eigenschaften ausgestatteten Hunde wie Kormos, Kofa, Tigi und einige ihrer Gefährten großartige Hilfe bei der Verfolgung von Verbrechern. Neben den Suchhunden waren auch schon mehrere Patrouillenhunde aus dieser Zucht hervorgegangen. Sie taten hauptsächlich in den Vorstädten und in den Außenbezirken ihren Dienst. Seit Bestehen der Anstalt hatten Kovács und seine Kollegen fast jedes Jahr empfohlen, nach dem Beispiel der Polizei anderer europäischer Länder auch in Ungarn Suchhunde einzusetzen. Aber ihr Vorschlag wurde immer wieder verworfen. In letzter Zeit ließ jedoch, besonders angesichts der

Leistungen von Kormos und seiner Gefährten, die Ablehnung allmählich nach. Es wurde sogar schon die Möglichkeit erwogen, die Anstalt offiziell und endgültig in die Zentralverwaltung der Polizei zu übernehmen und sie zu einer Hundeführer-Ausbildungsstätte auszubauen. All das kam dem ersten Erzieher Kantors wieder in den Sinn, während er im Interesse der Entwicklung Kantors dafür eintrat, seinem alten Freund den außergewöhnlich entwicklungsfähigen jungen Hund zur praktischen Schulung in die Hände zu geben.

Inzwischen hatte sich Lux an seine neue Umgebung gewöhnt. Zwei Wochen nach der ersten Begegnung respektierte er seinen Herrn nicht nur, sondern zeigte auch Anhänglichkeit.

Sein Herr wohnte in einem kleinen Gartenhaus am unteren Hang des Táborhegy. Der Lärm der verkehrsreichen Straßen drang nur als gedämpftes Rauschen herauf. Lux wohnte erneut mit Menschen unter einem Dach. In der geschlossenen Veranda mit den vielen Fenstern hatte er auf einer weichen Matte aus Stoffresten nahe der Tür einen Platz zugewiesen bekommen. Seinen Namen hatte er sich schnell eingeprägt, und er war bestrebt, jeden Wunsch, jede Erklärung seines Herrn sofort zu verstehen und zu erfüllen. Er nahm zwar zur Kenntnis, daß in dem Haus außer dem Herrn und ihm auch noch andere lebten, aber er war nicht gewillt, sich mit jemandem anzufreunden. Frau Kovács und ihr Kind versuchten vergebens, sich Lux zu nähern; mit drohendem Knurren und Zähnefletschen verhinderte er das. Auch die Nahrung nahm er nur von seinem Herrn an. Den Wachtmeister ausgenommen, war er zu allen feindselig, und obwohl er niemals einen Zusammenstoß begann, ließ er doch alle spüren, daß er ihre Anwesenheit nur mit Rücksicht auf den Herrn duldete.

Während des Dienstes durchstreifte Lux die Hänge. Es genügte, daß er einmal einen Waldpfad entlangging, um sich jeden Baum, jede Kurve und jeden Felsblock zu merken. Seine empfindlichen Ohren nahmen auch die geringsten verdächtigen Geräusche schon aus zwanzig bis fünfundzwanzig Metern

Entfernung wahr; in solchen Fällen blieb er stehen und machte seinen Herrn durch Schwanzwedeln aufmerksam.

Auch nachts hatte er keine Angst. Eines aber konnte er überhaupt nicht leiden: lautes lärmendes Reden und den Donner. Ein heraufziehendes Gewitter spürte er schon Stunden vorher, und er verzog sich unter ein Dach oder in eine Ecke. Einmal geschah es, daß Kovács und Lux später als üblich nach Hause gekommen waren, und die Frau des Wachtmeisters verlangte erregt zu wissen, wo sie so lange geblieben wären. Gleich nach dem ersten lauten Wort sprang Lux schützend vor seinen Herrn und knurrte die Frau zornig an. Sie flüchtete erschrocken zurück ins Zimmer. In jener Nacht zog Lux seine Liegematte von der Verandatür zur Zimmerschwelle und schlief erst ein, nachdem drin alles still geworden war.

Am liebsten jedoch schlief er auf der Wache. Dort konnte er nämlich, wenn sein Herr Dienst hatte, während der vierstündigen Ruhepause unter dem Bett seines Herrn liegen. Der Schlaf seines Herrn schien ihm heilig zu sein, denn niemand durfte ins Zimmer eintreten. Kovács konnte von seinen Kameraden nur noch durch das Fenster geweckt werden.

Lux gewöhnte bald auch die Mitarbeiter seines Herrn daran, leise zu sprechen. Denjenigen, der es vergaß, fiel er an. Einmal begann der Revierleiter mit Kovács in lautem Ton zu schimpfen; Lux befand sich gerade vor der Bürotür, und er schoß wie ein Pfeil zum Schreibtisch, lehnte sich mit den Vorderläufen darauf und ließ den Leiter durch zorniges Gebell verstummen. »Schaffen Sie ihn weg von hier!« rief dieser nervös. Kovács beorderte Lux zur Tür zurück, und der Hund – obwohl er nicht begriff, weshalb sein Herr das Herumlärmen des anderen duldete – gehorchte dem Befehl. Der Wachtmeister versuchte, seinem Vorgesetzten den Grund für das Verhalten des Hundes zu erklären.

Erregt, aber dennoch im Flüsterton sprach der Revierleiter weiter. »Sie halten eine Bestie. Sie haben ein wildes Tier auf mich losgelassen.«

»Das stimmt nicht. Vielmehr ist es ihm zu verdanken, daß

in der ›Reseda‹ die gewohnten Raufereien am Samstagabend aufgehört haben ...«

Die »Reseda« war – im Gegensatz zu ihrem Namen – nicht etwa ein Treffpunkt für Liebespärchen, sondern eine ziemlich verrufene Kneipe. Oft gab's hier Schlägereien. Das Durcheinander begann gewöhnlich damit, daß einer die in der Mitte des Schankraums hängende einzige Glühbirne herunterschlug. Dann bemächtigten sich die Schläger im Dunkeln der zuvor ausgewählten Opfer, nahmen ihnen Geld und Uhren ab und verschwanden während der Rauferei plötzlich lautlos. Bevor der Wirt wieder Licht machen konnte, waren die Diebe auf und davon. Wenn dann die Krankenwagen und die Polizisten von der nahe gelegenen Wache an Ort und Stelle eintrafen, konnten sie nur noch die Verletzten bergen. Wie alles angefangen hatte, wußte keiner. Die Schlägereien und Diebstähle jedoch verursachten der Polizei ernste Sorgen, denn jeder Samstagabend in der »Reseda« bedeutete für sie Arbeit für die nächste Woche. Die Geschädigten verdächtigten andere des Diebstahls; die wirklichen Täter aber konnten nicht gefaßt werden.

An einem Samstagabend betrat Wachtmeister Kovács mit Lux so gegen dreiundzwanzig Uhr gerade das Wirtshaus, als ein kräftiger, ungepflegt aussehender Mann gerade ein Bierglas vom Tisch ergriff und auf die Glühbirne zielte. Noch bevor der Wachtmeister etwas befohlen hatte, stand Lux bereits auf dem Tisch und schlug seine Zähne in die auf die Lampe zielende Hand. Das Glas verfehlte sein Ziel und zerschellte auf dem Schanktisch. Der auf frischer Tat ertappte Rowdy heulte vor Schmerz auf. Aber nun biß ihn Lux noch tiefer in die Hand.

»Du bist es, Dschingis-Khan?« Der Wachtmeister erkannte einen alten »Bekannten«. Alle Wirtshausgäste waren bestürzt, verstummten, »Dschingis-Khan« aber bat inständig: »Nehmen Sie den Hund weg, au, au ...!«

»Sofort, mein Freund, zuvor aber sagst du uns schön: Hast du am vergangenen Sonnabend Geld gestohlen?«

»Ich nicht ..., au!«

»Wer dann?«

Der Hund bedrängte ihn weiter, vor Qual stöhnte der Mann: »Der Colos hat eingesackt.«

Da sprang in seiner Nähe eine hagere Gestalt auf, doch im nächsten Augenblick plumpste der Kerl auch schon wieder auf seinen Stuhl zurück. Lux hatte die Hand des Rowdys für einen Moment losgelassen und den aufspringenden Mann in die Schulter gebissen.

»Bleib ruhig und schrei nicht herum!« befahl Kovács. Die Ziegeleiarbeiter, die Geschädigten der letzten Rauferei, umringten drohend den Tisch von Colos, an dem sechs Mann saßen. Der Wachtmeister hielt sie ruhig, aber bestimmt auf. »Hier gibt es weder Lynchjustiz noch Krach.« – Einige Minuten später warteten die sechs Mann schon im nahe gelegenen Revier darauf, zum Polizeipräsidium abtransportiert zu werden.

Das war Lux' erste Aktion. Sein Verdienst wurde von allen anerkannt, und die Polizisten des Reviers duldeten nun sogar seine Launen. Lux gewöhnte sich auch an die anderen Polizisten, die den Zivilisten gegenüber den Vorteil hatten, daß ihre Stiefel und Pistolentaschen ähnlich rochen wie die Ausrüstungsgegenstände seines Herrn.

In den Monaten des als »Grundschule« geltenden Lehrgangs wurde Kantor allmählich seiner Mutter entwöhnt. Tagsüber sah er sie kaum, und oft konnte er sie nicht einmal am Abend treffen, denn Kofa wurde wieder als Diensthund eingesetzt, besonders dann, wenn Kormos bei der Erziehung der jüngeren Hunde »half«. Kantor trottete zwar jeden Abend zur Box seiner Mutter, und wenn Kofa zu Hause war, rannte er ein paarmal um sie herum. Nach einem kurzen Abschiedsgebläff trennten sie sich wieder. Auch Gömböc drückte sich an Kantor und schlüpfte dann stets vor der Mutter in den Zwinger hinein.

Der Sommer war vergangen. Immer häufiger fielen Blätter von den Bäumen im Hofe. Der Monat September ging zu Ende.

An einem angenehm kühlen Morgen wachte Kantor zur gewohnten Zeit auf. Als er vor Beginn seiner Tagesbeschäftigung zu den sich auf dem Übungsplatz versammelnden Hunden hintrottete, erscholl von der Veranda her der Ruf seines Ausbilders. Zögernd blieb er stehen, denn auf der Veranda war er bislang noch nicht gewesen; erst auf den zweiten Ruf hin änderte er die Richtung. In der Hand des Ausbilders entdeckte er eine kurze Leine und ein Halsband. »Komm«, sagte der Mann und klopfte lockend auf seinen Oberschenkel, »komm nur her!«

Beim Anblick der Leine freute sich Kantor, denn heute begann wieder das spannendste Spiel, die Fährtenarbeit. Er wartete ungeduldig darauf, daß der Verschluß der Leine endlich fest saß. Die erste Überraschung erlebte er am Tor. Von der bisherigen Gewohnheit abweichend, gab sein Ausbilder kein Zeichen zur Spursuche, das Kommando »Suche!« blieb aus. Kantor fing auf dem Gehsteig unter Hunderten von Gerüchen einen auf und ging diesem, auf der linken Seite des Mannes trottend, bis zur Ecke nach. Die Straßen dieses Stadtteils von Budapest mit ihren wackligen Zäunen in der Umgebung des Hundezwingers hatte er während seiner bisherigen Spaziergänge und in den Übungen schon kennengelernt. An der Ecke bogen sie sonst gewöhnlich nach links ab. Auch die Spur, der der Hund nachgegangen war, führte hier nach links, und Kantor wollte ihr routinemäßig folgen. Die Leine straffte sich jedoch. »Kantor, hier entlang!« Sein Ausbilder wies nach rechts. Kantor gehorchte, er gab die Spur auf, und da sie sich in eine ihm unbekannte Gegend wandten, lief er mit erhobenem Kopf und hielt interessiert Umschau. Nach etwa zehn Minuten erreichten sie die Böschung einer breiten Straße. Straßenbahnen fuhren an ihm vorbei, und zu beiden Seiten der Geleise rasten kleinere und größere Autos dahin. Autos kannte Kantor bereits, denn in der Toreinfahrt des Zwingers konnte er täglich ein oder zwei sehen. Anfangs störte ihn das große Gewimmel. Inmitten der aus verschiedenen Richtungen auf ihn eindringenden Geräusche wandte er den Kopf hin und her.

»Hab keine Angst«, beruhigte ihn der Mann und strich ihm über den Kopf. An der Straßenbahnhaltestelle hatte der Ausbilder den Eindruck, als freute sich Kantor, daß es ihm noch im letzten Augenblick gelungen sei, sich vor dem Schienenungetüm, das an ihm vorbeiglitt, zu retten. Als die Bahn anhielt, ermunterte ihn der Ausbilder: »Spring doch, klettere schon, du Dummkopf!« Da diese Aufforderung nichts nützte, nahm er den Hund rasch unter den Arm und stieg mit ihm in die Straßenbahn ein.

Zitternd verzog sich Kantor auf der Plattform in eine Ecke, und er bemerkte entsetzt, wie sich unter ihm die Erde in Bewegung zu setzen schien.

Der Betreuer streichelte ihn und klopfte ihm sanft auf die Schulter und den Hals. Er kraulte ihn auch hinter dem Ohr und erklärte dabei leise: »Das ist eine Straßenbahn, hab keine Angst. Ein Hund fürchtet sich doch nicht.«

Kantor beruhigte der Ton, doch er blickte gebannt auf die zu Streifen zusammenlaufenden Steine und bemerkte, wie aus den Streifen wieder bekannte Gegenstände wurden. Da er die Ursache dieser Veränderungen nicht herausfand, gab er weinerliche Töne von sich.

»Was hat denn das Hündchen? Brauchst dich nicht zu fürchten«, beruhigte ihn der Mann wieder. Später, nach dreimaligem Umsteigen, als sie bereits Obuda entgegenfuhren, blickte Kantor von der Einstiegsplattform der Straßenbahn zusehends befreiter herunter. Er beobachtete die vorbeihuschenden Menschen, Häuser und Fahrzeuge, ja, als sie endgültig ausstiegen, wartete er an der Haltestelle schon auf die nächste Bahn. Auch noch im Tor der Polizeiwache schaute er wiederholt auf das mitten auf der Fahrbahn klingelnde Fahrzeug zurück.

In dem engen Eingang zögerte Kantor ein wenig. Er ließ seinen Führer vor und schritt dann mutig hinter ihm her in den Flur des eingeschossigen Hauses, das etwa in der Mitte der Vörösvári Straße, gegenüber dem Straßenbahndepot stand. Vor der Tür des Vorstadtreviers jedoch hielt er plötzlich inne. Er spürte den Geruch eines fremden Hundes und winselte leise. Sein Ausbilder aber kümmerte sich nicht darum, sondern öffnete die Tür und trat in den Raum ein. »Komm«, rief er, »na komm schon, hier ist dein neues Herrchen.«

Kantor drückte sich drinnen an die Wand. Den Kopf warf er wie ein erschrockener junger Bursche hin und her. Aus dem Nebenzimmer trat ein breitschultriger Mann ein.

Der Fremde umarmte seinen Ausbilder freundschaftlich. Das gefiel Kantor, doch im nächsten Augenblick preßte er sich erschrocken an die Wand, denn der Fremde schaute ihn forschend an.

»Dieser soll es sein?« fragte der Mann und zwinkerte Kantor freundlich zu. Der Hund betrachtete ihn mit weit geöffneten Augen.

Als sein Ausbilder rief, ging er zu den beiden Männern hin.

»Das wird dein neues Herrchen sein«, wiederholte sein bisheriger Betreuer und strich ihm dabei über den Rücken.

»Er hat eine schöne Körper- und Kopfhaltung«, lobte der andere Polizist den Hund, während er sich hinkauerte, Kantor den Hals tätschelte und über das Ohr strich.

Da steckte Lux den Kopf aus dem Nebenraum. Kantor fuhr zusammen. Sein Spürsinn hatte ihn also nicht getäuscht. Er sah, wie sich dieser furchterregende, große Hund ihm mit lässigen Schritten näherte. Lux beobachtete, was sein Herr machte, der den mitten im Zimmer stehenden fremden jungen Hund streichelte. Sein Herr und er waren doch bisher gut miteinander ausgekommen!

Er knurrte einmal. Wachtmeister Kovács wandte sich daraufhin um und sagte: »Gut, daß du kommst ... Geh nur ein bißchen näher heran. Siehst du, das ist Kantor. Hör zu, Lux, dein Herrchen hat ihn gern. – Du brauchst doch nicht die Zähne zu fletschen!« sagte er streng zu dem unerfreulich knurrenden Lux. »Dein Herr hat ihn gern«, und dabei zog er Kantors Kopf auf seinen Schoß.

Kantor war verwirrt. Bald sah er zu Lux, bald zu dem Mann. »Hab keine Angst vor ihm. Er ist ein bißchen mürrisch, aber dir tut er nichts«, erklärte der neue Herr. Dann stand er auf und ging mit seinem Freund ins Nebenzimmer; die beiden Hunde blieben allein. Lux streckte sich auf dem Fußboden aus. Kantor näherte sich ihm, bereit, schnell Bekanntschaft zu schließen. Er wollte ihn freundschaftlich beschnuppern und seine Nase an die von Lux drücken, doch dieser knurrte ihn wütend an. Wedelnd hatte sich Kantor dem großen Hund bis auf einen halben Meter genähert. Aber Lux fletschte erneut die Zähne. Kantor wich zurück. Lux hatte ihn ziemlich kühl wissen lassen, daß er nicht geneigt sei, mit ihm vertraut zu werden.

Was sollte Kantor nun tun? Er nahm das unfreundliche Verhalten zur Kenntnis und setzte sich schließlich, von Lux geduldet, einen halben Meter von ihm entfernt nieder.

»Lux, Kantor!« rief Kovács aus dem anderen Zimmer. Lux sprang auf und stürzte hinein. Kantor ging ihm unsicher nach. »Kommt nur mal her.« Kantor setzte sich, dem Beispiel von Lux folgend, vor dem neuen Herrn hin.

»Luxi! Auf deinen Platz!« lautete der nächste Befehl, und Lux kroch sogleich unter das eiserne Bett. Da faßte der Mann Kantor sanft an. »Auf deinen Platz, auf deinen Platz«, und er schob den jungen Hund unter das obere Ende des Bettes. »Platz!« sagte er, und Kantor legte sich mit dem Bauch auf die ihm zugewiesene Stelle. Wieder knurrte Lux. »Ruhe!« gebot ihm sein Herr.

Kantor lag stumm auf dem Bauch und wartete. Zuweilen wurde er durch das Knurren von Lux erschreckt. Kantor würde gern mit ihm spielen, genauso wie mit den Erwachsenen des Zwingers, denn die hatten ihm ja auch nichts zuleide getan. Doch dieser Hund hier begleitet jede seiner Bewegungen mit wütendem Knurren. Warum hatte er nur hierherkommen müssen! Er konnte kaum erwarten, daß sein Ausbilder winkte. »Komm, Kantor, wir gehen!«

Sein Betreuer stand auf. Da wollte auch Kantor unter dem Bett hervorkriechen, doch beide Männer fuhren ihn entschieden an: »Zurück! Platz!« Auch Lux knurrte drohend. Der junge Hund bekam Angst und legte sich wieder auf den Bauch. Von jetzt ab wagte er nicht einmal den Kopf zu bewegen, er starrte die beiden Männer an. Er sah, wie sie sich erneut umarmten. Später beugte sich sein bisheriger Erzieher zu ihm nieder, strich ihm über den großen Kopf, gab ihm gute Ratschläge, und zum

Abschied redete er ihm zu, brav zu sein. Kantor wartete darauf, daß sein Herrchen das auf den Stuhl geworfene Halsband und die Leine aufnehmen würde, doch vergebens. Sein Ausbilder schloß hinter sich die Tür. Wachtmeister Kovács rief beide Hunde zu sich. Um den ganzen Platz zu belegen, setzte sich Lux unmittelbar vor seinen Herrn. Kantor blieb nur der Platz hinter ihm.

»Kantor! Näher kommen!« rief ihm sein neuer Herr zu.

Da rutschte er im Sitzen ein paar Zentimeter vor.

»Noch näher!«

Kantor winselte leise.

»Hab keine Angst, mein Hündchen, hab keine Angst, komm nur ...«

Kantor wedelte mit dem Schwanz. Er versuchte, auf dem schmalen Streifen zwischen Lux und dem Bett bis zu Kovács nach vorn zu rutschen. Als er jedoch mit Lux auf gleiche Höhe gelangte, warf dieser ihm fletschend den Kopf zu. »Lux!« sagte der Mann entschlossen, »sei nicht neidisch! Zur Seite rücken!« Da Lux sich bewegte, als wollte er Kantor Platz machen, sich dabei aber so plazierte, daß der ohnehin schmale Streifen nun für Lux schmaler geworden war, war sein Herr gezwungen, Lux am Hinterteil zur Seite zu ziehen.

»Es gibt gleich was ab!« sagte Kovács leise in drohendem Ton.

Das half, und Lux entfernte sich zögernd vom Bett. Nun stand Kantor vor dem Mann, der seinen Kopf in beide Hände nahm und ihn mit den Fingern ermutigend und liebevoll hinter den Ohren kraulte. »Wir gehen essen«, sagte er schließlich und stand auf. Sofort schnellte Lux empor und hob seine Leine und sein Halsband vom Tisch. Kantor wandte auch den Kopf dem nahe stehenden Stuhl zu, doch bevor sein Herr nicht »Hol!« befahl, blieb er sitzen und schaute nur wie gebannt auf seine Leine und das Halsband.

An der äußeren Tür trafen sie den Revierleiter. Lux trat zur Seite, um dem entgegenkommenden Mann Platz zu machen, wobei er versuchte, Kantor durch eine geschickte Bewegung an die Wand zu drücken.

»Was ist, Genosse Kovács, habt ihr euch vermehrt?« fragte der Revierleiter spöttisch.

»Vom Zwinger hat man uns den bereits angekündigten Hund gebracht.«

»Wenn der auch eine solche Bestie ist, lasse ich Sie versetzen. Ich bin bereit, Ihnen zu glauben, daß man in der Polizeiarbeit diese Tiere braucht, doch das Revier lasse ich nicht mit Hunden vollstopfen, verstanden? Außerdem haben sie Flöhe.«

»Das Gesarol ist alle.«

»Dann kaufen Sie doch welches, oder fangen Sie selbst die Flöhe. Wohin gehen Sie?«

»Mittag essen ...«

Lux konnte die Stimme des Revierleiters nicht leiden; der spöttische und arrogante Ton brachte ihn immer in Wut. Aber der Revierleiter sprach jetzt leise, und Lux bläffte ihn nur an. Dann zerrte er ungeduldig an der Leine. Darauf verließen sie das Revier.

Lux nahm selbstsicher seinen Weg zur Straßenbahnhaltestelle. Kantor glaubte zuerst, sein neuer Herr bringe ihn jetzt zurück. Vor Freude kletterte er wie ein routinierter Fahrgast noch vor Lux auf die hintere Plattform der einfahrenden Bahn. Darauf zwickte Lux den voreiligen Kantor in einen hinteren Oberschenkel. Lux wurde ganz aufgeregt. Er fuhr sehr gern Straßenbahn. Nur die Leine störte ihn; in den letzten Monaten war er nämlich schon ohne Leine gegangen. Mit der Leine am Hals konnte er nicht von der fahrenden Straßenbahn abspringen, um nach einigen Metern Wettlauf wieder hinaufzuschnellen. Kantor gefiel dieses seltsame Rennen wieder, bei dem die »Welt« unter ihm davonlief.

Lux fuhr, auf dem Trittbrett sitzend, und so hatte er sogar noch den Vorteil, an der Haltestelle vor dem Krankenhaus noch während der Fahrt vor allen anderen abspringen zu können. Kantor wollte es Lux nachmachen, doch er fiel auf den Bauch. Lux umhüpfte Kantor ungestüm, als ob er sich über dessen

Mißgeschick freue, dann reckte er seinen Schwanz in die Höhe und schritt stolz zum Eingangstor. Den Pförtner beachtete er gar nicht. Er war das Gehen auf den glatten Steinfliesen gewohnt. Kantor folgte ihm unsicher.

Im Flur des Kellergeschosses blieb Lux vor einer Tür stehen und bellte einmal. Wie auf ein Zauberwort öffnete sich die Tür. Eine Frau steckte den Kopf heraus und fragte Kovács freundlich: »Sind Sie da?« Dann rief sie nach hinten: »Bözsi, unsere Kostgänger sind angekommen!«

»Ist es schlimm, Frau Rozi, daß wir nun zu dritt sind?« fragte, wie um Entschuldigung bittend, der Wachtmeister.

»Schlimm? Keineswegs, da bekommen die Lieben eben ein größeres Gefäß.«

»Das ist nicht gut, besorgen Sie lieber noch einen zweiten Napf.«

Inzwischen stellte man die Schüssel für Lux bereit, und für Kantor fand sich ein alter Aluminiumtopf, den Kovács erst rundherum anfaßte und ihn dann von Kantor beschnuppern ließ. Danach gab er ihn in die Küche zurück, damit er mit den Leckerbissen gefüllt wurde, die schon in Lux' Schüssel dampften.

»Hier wartet ihr«, befahl der Wachtmeister. Er hieß die Hunde niedersitzen und ging selbst in die Küche. Kantor ließ Lux zuerst einen Platz wählen, dann setzte auch er sich hin. Mitunter schauten sie sich an, dann aber richteten sie die Blicke wieder auf den Türspalt. Nach einigen Minuten erschien ihr Herr wieder. Lux hatte erregt auf ihn gewartet. Er kannte nämlich beim Fressen weder Spaß noch Teilung. Früher hatte er so viel hungern müssen, daß er, selbst wenn er satt war, es nicht zuließ, daß jemand in seiner Nähe fraß. Beim Anblick der Schüssel ließ Kantor die Zunge weit heraushängen, aber Lux unternahm einen letzten Versuch, ihn durch zorniges Zähnefletschen von der Nahrung zu vertreiben.

»Pfui, du Neidhammel!« tadelte ihn der Wachtmeister. Lux schien verwirrt. Doch wegen des strengen Blickes seines Herrn wagte er sich nicht vom Platz. Seine Augen jedoch verfolgten gierig den Weg des Mannes. Der Herr stellte den Topf auf den gewohnten Platz. Also gehörte er ihm, Lux. Doch Kovács verschwand wieder hinter der Küchentür, ohne gesagt zu haben, ob Lux mit dem Fressen beginnen könne. Welch ein Duft! Lux leckte sich nervös die Lefzen. Da erschien der Wachtmeister erneut, er hielt eine zweite Schüssel in der Hand, und die stellte er, einige Schritte entfernt von der anderen, ebenfalls an die Wand. Da ertönte das Kommando: »Lux, friß!«

Der große, kräftige Hund fiel gierig über das Futter her, und weil das andere in seiner Nähe stand, verschlang er seins hastiger als sonst.

»Kantor, komm!« Lux hörte plötzlich die Stimme seines Herrn. Lux sah zu Kantor hin, aber bald kümmerte er sich nicht mehr um ihn, denn das Fressen nahm seine Aufmerksamkeit voll in Anspruch. Kovács hielt Kantors Freßnapf in der Hand, und der junge Hund beschnupperte erst vorsichtig die Hand des Ausbilders. Nach Kovács' Hand beroch Kantor nun den Gefäßrand, ehe er begann vorsichtig und langsam zu fressen. Kantor hatte seinen Napf noch nicht einmal zur Hälfte geleert, als sich Lux bereits satt den Bart leckte, und es genügte, daß Kantor nur für einen Augenblick den Kopf vom Topf hob, da stand er auch schon neben ihm, um den Rest wegzufressen. Dafür bekam er aber sogleich eine Ohrfeige. »Fort mit dir!« fuhr ihn sein Herr verärgert an. Da trollte sich Lux bis zur Tür, um durch den Spalt in die Küche zu schleichen.

»Lux, zurück!« befahl ihm Kovács, worauf sich der Hund widerwillig, aber gehorsam mit dem Rücken an die Wand lehnte. Der strenge Ton ließ auch Kantor zusammenzucken, doch sein Herr ermutigte ihn in sanftem Tonfall: »Friß nur, mein Hündchen, du mußt noch wachsen.«

Endlich war Kantor mit dem Fressen fertig. Er reckte sich und leckte den Topf noch sorgfältig aus. Der Lohn für diesen »Abwasch« war ein Extrastreicheln von seinem Herrn.

Sie stiegen nicht in die Straßenbahn ein, sondern kletterten die Kiscelli Straße hinauf, die zu dem im Krieg schwer zerstörten

Kloster führte. Das ehemalige Kloster wurde von den Leuten der Umgebung nach seinem letzten Besitzer auch »Schmidtsches Schloß« genannt. Vor der ausgebrannten Kirchenruine schnallte Kovács Lux das Halsband ab, dann ließ er auch Kantor frei. »Sucht!« sagte er zu den Hunden. Er selbst setzte sich auf einen Stein, steckte sich eine Zigarette an und schaute in die Grube einer Ziegelei, in der Leute arbeiteten.

Hinter dem Kloster war ein Wäldchen, und eine halbausgebaute Straße führte auf den Berg hinauf, wo, in Rufweite voneinander entfernt, einzelne Häuser standen. Im Polizeirevier gingen schon seit Wochen Klagen ein, daß auf der Remete-Seite Hühner gestohlen würden. Bisher war Kovács mit Lux schon viermal bei den vom Diebstahl Betroffenen gewesen, doch hatte auch der Hund keine Spur gefunden. Der Wachtmeister unternahm öfter Streifengänge, aber immer vergebens. Er grübelte jetzt: Die Diebe konnten keine Burschen vom Táborhegy sein, denn die müßten den Umweg über die Ziegelei machen. Außerdem glaubte er nicht, daß die sich mit Hühnerdiebstählen abgäben.

Die Hunde waren mittlerweile zwischen den Trümmern verschwunden. Kantor bemühte sich, Lux auf den Fersen zu bleiben, der auf den Treppenresten immer weiter nach oben lief und dann in Höhe des zweiten Stockwerks von der eingestürzten Steinmauer herunteräugte. Von da aus beobachtete er Kantor, der ihm vorsichtig, aber beharrlich die gefährliche Turnerei nachmachte und bis zum ersten Stock hinaufgelangt war, wo er, auf einem handbreiten Balken balancierend, eine zum Sprung geeignete Stelle suchte. Die nächste Treppenstufe mochte etwa einen Meter entfernt sein, dazwischen aber gähnte unter ihm die Tiefe. Kantor richtete seine ganze Aufmerksamkeit auf diese Stufe und sprang. Es gelang ihm, sich festzuklammern, doch seine Hinterläufe, mit denen er sich abgestoßen hatte, hatten einen lasttragenden, aber morschen Balken weggerückt, so daß hinter ihm Teile der Treppe in die Tiefe stürzten. Lux legte sich zuerst auf den Bauch, dann schaute er neugierig über den Mauerrand hinweg. Kantor aber sprang und kletterte weiter hinauf. Im zweiten Stock war ein unversehrter flurähnlicher Durchgang. Einst hatte er die Kirche mit den anderen Klostergebäuden verbunden. Kantor ging nicht zu Lux auf die Mauer, sondern bog an dem Durchgang nach rechts ab und witterte in Richtung der von dem düsteren Flur aus abgehenden Räume. Aus einem der zerstörten Räume brachte er einen Hut mit speckiger Krempe zu Lux, der gegenüber auf der kahlen Mauer hin- und herspazierte, wobei er Kantor zu sagen schien: Nur wer feige ist, wagt nicht, mir zu folgen!

Kantor bläffte dem über dem Abgrund spazierenden Lux zu. Er forderte ihn auf, näherzukommen. Aber Lux dachte gar nicht daran. Darauf trat Kantor vom Flur auf den Mauerrest des eingestürzten Gebäudeflügels, und als er in die Tiefe schaute, wurde ihm ein wenig schwindlig. Dabei entdeckte er, daß sein Herr am Fuße der Mauer saß. Er legte den Hut an den Rand und bellte erfreut.

Der Wachtmeister blickte in die Höhe. Vor Schreck erstarrte er. Von unten sah er genau die lockeren Quadersteine, die durch kleinste Berührung jeden Augenblick in die Tiefe stürzen konnten. »Herunterkommen!« rief er. »Lux! Zu mir!«

Hinter einem Mauerrest steckte Lux den Kopf hervor. »Sofort herunterkommen!« Kovács' Stimme klang weniger wie ein Befehl, sondern eher wie eine Bitte.

Kantor hob den Hut wieder auf, und die Hunde stiegen wieder hinab. Sie kamen nur ein halbes Stockwerk herunter, da mußten sie umkehren, denn dort, wo der Balken gewesen war, den Kantor hinabgestoßen hatte, klaffte eine zu große Lücke. Nicht einmal Lux traute sich, darüber zu springen. Wieder oben, sah sich Lux ratlos um. Er suchte eine Lösung, denn von hier mußten sie hinuntergelangen. Da legte Kantor den Hut auf den Steinfußboden nieder und rannte durch den Durchgang in das Nachbargebäude hinüber. Am Ende des Flurs versperrte ihm eine verschlossene Tür den Weg. Er lief zu Lux zurück, der inzwischen den Hut ins Maul genommen hatte. Kantor bläffte.

Aber Lux hörte nicht auf den Rivalen. Gemeinsam liefen sie zu der verschlossenen Tür. Lux war bisher mit Türen leicht fertig geworden. Diesmal jedoch gelang ihm das nicht, und während er sich mit der Klinke abmühte, schaute sich Kantor in den halbverschütteten Räumen erneut um. In einem der Löcher witterte er nach einer Ecke hin, denn von dorther drang ein kühler Luftzug hinein. Noch nie hatte er einen so unangenehmen Geruch gespürt. Als er sich der Ecke näherte, stieß er auf einen schmalen Spalt. Er steckte den Kopf durch den Spalt. Vor Kantor gähnte eine dunkle Wendeltreppe. Durch Bellen rief er Lux herbei, der den Hut immer noch nicht losgelassen hatte. Die Wendeltreppe führte in die ehemalige Sakristei. Von dort aus gelangten die beiden Hunde durch den eingestürzten Türrahmen in die Kirchenruine zurück. Ungeduldig wartete der Wachtmeister zwischen den Trümmern und pfiff wiederholt nach den Hunden.

»Wo habt ihr euch herumgetrieben?« fragte er Lux, der jedoch gab mit freundlichem Schwanzwedeln seinem Herrn den Hut in die Hand. »Das lass' ich mir gefallen«, sagte Kovács und strich Lux versöhnt über den Kopf. Kantor beobachtete das mit traurigen Augen. Er hätte jetzt gern in der Sprache der Menschen gesprochen.

»Vielleicht ist das der Hut des Hühnerdiebes«, meinte der Wachtmeister. »Es könnte ja sein.« Er verstaute den Hut in seiner Diensttasche. Sie verließen das Kloster und stiegen immer höher auf den Berg. Der Weg führte durch eine felsige Schlucht, und Lux streifte unermüdlich auf beiden Seiten des sich verengenden Weges umher. Er lugte hinter jeden Busch, bei dem verlassenen Steinbruch witterte er in alle Vertiefungen. Ehe sie den Bergkamm erreicht hatten, war die Dämmerung schon hereingebrochen. Kantor lief hinter Lux her. Die ständig wechselnde Umgebung und die vielen Gerüche, die aus dem Waldboden aufstiegen, fesselten seine Aufmerksamkeit. Dabei merkte er gar nicht, wie sich die ihn umgebenden Dinge änderten. Die scharfen Umrisse begannen zu verblassen. Sie gingen gerade durch eine Waldlichtung. Vor ihnen war auf der

Straße ein dunkler Schatten. Die Äste der Sträucher verschwammen bereits zu immer dunkleren Flächen, als Kantor plötzlich erschrak und sich bellend zwischen die Beine seines Herrn zurückzog. Auf diesen Lärm hin tauchte Lux sogleich auf und versuchte zu erkennen, was Kantor wohl entdeckt haben mochte. Doch er lauschte und schnupperte vergebens, es war nichts Außergewöhnliches zu bemerken. Kantor aber bellte in einem fort.

»Wovor fürchtest du dich denn?« fragte Kovács den jungen Hund, und da er nun merkte, daß diesen der dunkle Fleck dort erschreckt hatte, lachte er. »Aha! Du weißt also nicht, was das ist?« Und er ging zu dem Strauch hin, der Kantor so unheimlich erschienen war. »Kommt her!« rief er hinter dem Strauch den Hunden zu. Lux stürzte hinzu und sprang um den Strauch sogar dreimal herum, ehe Kantor vorsichtig zu ihnen heranschlich. »Siehst du, Luxi hat doch auch keine Angst«, sagte Kovács und klopfte an den Busch, so daß die Äste raschelten. Kampfbereit beobachtete Kantor nun den Fleck, schließlich kroch er sogar auch in den Busch.

Unten im Tal leuchteten in der Stadt jetzt abertausend Lichter. Kovács verließ mit den Hunden den Wald und bog in Richtung des stillgelegten Steinbruchs ab. Der Wachtmeister dachte gerade, daß sie sich auf dem Weg nach Haus schon verspätet hatten. Da blieb Lux plötzlich stehen. Er spitzte die Ohren und machte seinen Herrn durch leises Knurren aufmerksam. Auch Kantor horchte. Er verhielt sich in allem so wie der größere Hund. Seine empfindlichen Ohren nahmen Geräusche ferner Schritte und das Krachen von Ästen wahr. Nun beugte sich sein Herr zu ihm hin, und er mahnte ihn mit gedämpftem Zischen, still zu sein. Dann zog er sich mit Kantor an den Wegrand zurück. Lux aber stellte sich auf die gegenüberliegende Seite. Wenig später hörte auch der Wachtmeister die Geräusche der sich nähernden Schritte. Als dunkle Schatten hinter dem Felsen auftauchten, ergriff er seine Taschenlampe und öffnete die Pistolentasche. Behutsam ging er zu Lux hin, und wenige Meter vor den flüsternden Gestalten trat er plötzlich mitten in den Weg. Mit dem Aufleuchten der Taschenlampe ertönte zugleich die Aufforderung: »Stehenbleiben!«

Vier Männer befolgten den Befehl. Zwei von ihnen hatten Säcke auf der Schulter, der vorangehende aber trug einen Knüppel in der Hand. »Säcke herunter!« befahl der Wachtmeister und zog seine Pistole aus der Tasche. Im gleichen Augenblick wurde ihm mit dem Knüppel die Lampe aus der Hand geschlagen. »Gauner!« schrie Kovács auf. Doch gleichzeitig ertönte noch ein Schrei im Dunkeln. Ehe die Lampe erlosch, war Lux wie ein Pfeil nach vorn geschnellt und hatte den Angreifer mit geübtem Zugriff zu Boden geworfen. Im ersten Moment beobachtete Kantor die Vorgänge erstaunt, doch begriff er schnell, was vorging. Und als einer der Männer seitlich in den Wald flüchten wollte, holte ihn Kantor, wie er es bei Lux gesehen hatte, in ein paar Sätzen ein und erwischte den flüchtenden Mann an der Hose.

Inzwischen hatte Kovács die Lampe wieder aufgehoben und sagte gelassen: »Schade um die Mühe, wer sich rührt, bekommt entweder eine Kugel, oder die Hunde bringen ihm Anstand bei.«

»Was ist das für eine Schweinerei, he!« sagte einer der Leute entrüstet.

»Sachte Freundchen, sachte. Schauen wir uns doch einmal eure Ausweise an.« In der Hand des Wachtmeisters leuchtete die Taschenlampe wieder auf. Die drei Männer, die auf dem Weg geblieben waren, standen in einer Gruppe zusammen. »Hände hoch! Auf den Bauch legen!« befahl der Wachtmeister.

Keiner von ihnen rührte sich; Lux aber riß – auf das Zeichen seines Herrn – den Mann, der den Knüppel geworfen hatte, zu Boden, so daß er auf dem Bauch lag. »Hilfe!« stöhnte der Angegriffene. »Auf den Bauch!« wiederholte der Wachtmeister, und ehe er gesprochen hatte, warf Lux auch schon den zweiten um. Inzwischen hatte Kantor den Flüchtling, der über Hundebisse klagte, auf den Weg zurückgetrieben. Als der Mann in den Lichtkreis der Taschenlampe geriet, packte Lux auch ihn sofort am Kragen, und nun lagen alle vier auf dem Boden. »Mit den Köpfen zur Mitte!« befahl der Wachtmeister. Die Männer dachten aber auch jetzt gar nicht daran, zu tun, was angeordnet war. So lange zerrte Lux an ihnen herum, bis diese sternförmig in gleichem Abstand voneinander lagen. Dabei hatte der Hund das Kommando »Stern« ausgeführt, das ihm sein Herr unlängst beigebracht hatte. Kantor beobachtete aufmerksam, was Lux machte, und als sich einer der Liegenden bewegte, sprang er ihm aus eigenem Entschluß auf den Rücken. Dieses »Spiel« gefiel Kantor sehr gut. Er hatte keine Angst mehr vor der Dunkelheit, vor den nächtlichen Geräuschen des Waldes, er fürchtete sich nicht mehr vor den schwarzen Schatten.

»Luxi, Tasche!« befahl Kovács, und Lux kehrte schnell nacheinander die Hosen- und Jackentaschen der Männer um. Er führte die Aufgabe gern aus, denn er spürte, daß er damit seinem Herrn eine Freude bereitete. Und auch das hatte er seinem Herrn zu verdanken. Lux sammelte ein, was sich in den Taschen befunden hatte: ein Trommelrevolver und vier Klappmesser.

»Was ist in den Säcken?« fragte Kovács.

»Unsere eigenen Sachen ... Was geht Sie das an? Dafür werden Sie sich zu verantworten haben!«

»Sehr richtig, Freundchen ... Lux, hol's Paket!« ordnete Kovács an.

Lux erfaßte einen der beiden Säcke und zog ihn ruckweise zu seinem Herrn. Der Wachtmeister griff mit einer Hand in den Sack. »Sieh mal an! Silberne Tabletts, Kleider, Spitzen, Leuchter, Pelze ..., also eure eigenen Sachen«, bemerkte er. »Schöne Sachen. Nur Armreifen fehlen euch noch, nicht wahr? Rechte und Linke hergeben!« befahl er und fesselte das erste Paar an den Händen aneinander. Den zwei anderen aber befahl er, je einen Sack auf die Schulter zu nehmen und den Gefesselten zu folgen.

Auf der einen Seite begleitete Lux den Zug, auf der anderen Kantor. Ihr Herr folgte als letzter. So stiegen sie den Berg hinab, bis sie am Zaun der Ziegelei entlang die Hauptstraße erreichten.

Lux bewachte die Diebe mit erhobenem Kopf. Er beobachtete jede Bewegung der vier Männer, und wenn einer von ihnen einmal stolpernd die von Lux bestimmte seitliche Begrenzungslinie überschritt, knurrte er ihn sofort an.

Auf das Bellen von Lux kam der Revierleiter herbei. »Was ist denn das für eine Prozession?« fragte er in aufgebrachtem Ton.

»Wir haben sie oben auf dem Remete-Berg gefaßt.«

»Kovács, Sie sind ein Glückspilz«, sagte der Leiter anerkennend.

Kovács lächelte, er wußte genau, was sein Chef vorher angenommen hatte. Seine Streifenzeit war nämlich noch nicht zu Ende, und als der Revierleiter Lux hatte bellen hören, hatte er geglaubt, der Wachtmeister hätte wegen der Hunde seinen Dienst verkürzt und damit die Dienstvorschrift verletzt.

Die Hunde begleiteten die Gefangenen bis ins Kellergeschoß, und als hinter den Männern das Gitter ins Schloß fiel, eilten sie zu ihrem Herrn zurück. »Gut, sehr gut!« Kovács streichelte beide zugleich, drückte ihre Köpfe an sich. Lux fühlte gegenüber Kantor keine Feindschaft mehr. Der junge Hund rieb sich in überschwenglicher Freude an Lux, der sich das gefallen ließ.

Im Dienstraum sagte der Revierleiter: »Kovács, glauben Sie ja nicht, es sei Friede geschlossen. Verstanden? Wenn ich noch einmal hier Ungeziefer von den Hunden finde, setze ich sie an die frische Luft, aber auch Sie können sich auf etwas gefaßt machen ... Im übrigen muß ich die Köter, äh, Ihre Hunde auch loben.«

Kovács strich vergnügt mit der Hand über das Fell der neben ihm stehenden Hunde. Lux ging, als habe er das Lob verstanden, schwänzelnd zum Ruheraum.

»Hm ...« Der Revierleiter räusperte sich und suchte etwas in seiner Tasche. »Ich hatte doch ein paar Fruchtbonbons, wo sind sie nur? Nicht zu finden! Betrachten Sie es so, als hätte ich Ihnen welche gegeben ... Trotzdem brauchen Sie sich nichts einzubilden, Genosse. Übrigens können Sie jetzt heimgehen.«

Kovács wandte sich seinen Hunden zu. »Na, kommt, Jungs!« Lux kroch widerwillig unter dem Bett hervor. Er hatte angenommen, diese Nacht könnte er erneut in der Nähe seines Herrn schlafen. Aber auch so gab es einen prächtigen Tagesabschluß: Sie fuhren mit der Straßenbahn bis zur Bécsi Straße. Lux sprang übermütig etwa hundert Meter vor der Endstation von der schnellfahrenden Bahn ab. Als Kantor mit seinem Herrn die Haltestelle erreichte, saß Lux bereits unter dem Schild und wartete, gelangweilt gähnend, auf sie.

Kantor gefiel es im Haus seines Herrn. Mit freundlichem Schwanzwedeln rannte er zu Kovács' Frau und zu dem etwa vier Jahre alten Jungen.

»Das ist Kantor«, stellte ihn der Wachtmeister seiner Familie vor. »Ein tüchtiger, mutiger Hund. Heute hat er auch schon gearbeitet, er half bei der Festnahme einer Diebesbande.«

Kovács' Frau hatte ebenso wie ihr Mann Hunde sehr gern. Am liebsten hätte sie allerdings einen kleinen Jagdhund im Hause gesehen, doch sie hatte sich damit abgefunden, daß sich ihr Mann mit Deutschen Schäferhunden beschäftigte. Für den Polizeihund reicht die Intelligenz und Klugheit eines kleinen Jagdhundes nicht aus. Ein Polizeihund muß kräftig und klug zugleich sein. Seiner Frau hatte er erklärt, daß der kleine Jagdhund seit uralten Zeiten der wachsamste Gefährte des Menschen sei. Allein jedoch konnte er nichts gegen Wölfe und Räuber ausrichten, die die Herde angriffen. Der kleine Jagdhund lebte mit dem größeren zottigen Hirtenhund zusammen in der Gesellschaft des Menschen. Und obwohl diese großen Hunde weniger klug als die kleinen waren, schützten sie doch eigentlich die Herde. Der kleine Jagdhund war nur gewissermaßen der Weckende. Er spürte schon von weitem eine Gefahr, in solchen Fällen alarmierte er die großen Hunde und die Hirten und führte sie mit unfehlbarem Instinkt auf die Spur des Feindes. Die den Jagdhunden nahestehenden Deutschen Schäferhunde hingegen waren stark und klug zugleich, im Laufe ihres Zusammenlebens mit dem Menschen hatte sich ihre Intelligenz besser entwickeln können als bei den anderen Hunderassen.

Von der Familie seines Herrn gefiel Kantor besonders der kleine Junge. Bald schon hatten die beiden ein gemeinsames Spiel gefunden: Kantor schlüpfte unters Bett, und der Junge kroch ihm hinterher. Am Abend rutschten sie lärmend umher, und wenn sie unter dem Bett wieder hervorkrochen, klammerten sie sich aneinander und kullerten auf dem Teppich herum.

Für die Nacht bereitete ihm sein Herr auf einer Stoffmatte unter dem Blumenständer ein Lager. Lux legte sich auf seinen Stammplatz neben dem Hauseingang nieder, doch als alles still geworden war, zog Lux seine Matte zur breiten Schwelle vor der Zimmertür. Einen Augenblick lang zögerte Kantor, dann tat er aber doch, was ihm sein Herr befohlen hatte – sich dort niederzulegen. Er schloß die Augen und glitt langsam in den Schlaf. In der Nacht wachte er alle paar Stunden auf, horchte ein wenig und schlief dann, hörte er das leise Schnarchen von Lux, wieder ein.

Am frühen Morgen waren die Hunde ausgeruht. Lux zog seine Matte zurück zur Verandatür. Er nieste umd begann an der Zimmertür zu kratzen. Er horchte, und da im Zimmer keinerlei Geräusche zu hören waren, klopfte er mit der rechten Vorderpfote kräftiger an die Tür. Zur Verstärkung bläffte er auch noch leise.

Kantor beobachtete Lux aus ein paar Schritt Entfernung. Plötzlich wandte sich der große Hund um, während er die Hinterläufe straffte. Sein Körper dehnte sich. Am Morgen ist das Strecken und Gähnen für den Hund sehr wichtig. Es tut den in der Nacht erschlafften Muskeln gut und wirkt erfrischend. Kovács kam müde aus dem Zimmer. Er öffnete die Verandatür. »Lauft!« sagte er schläfrig. Kantor begriff ohne Ermunterung, was die geöffnete Tür zu bedeuten hatte, und rannte Lux nach. Sie sprangen auf dem Hof umher, erledigten ihr morgendliches Geschäft, und bevor sie auf die Veranda zurückkehrten, tollten sie noch ein bißchen herum.

In der Tür wartete ihr Herr schon mit Leinen in der Hand. Gegenüber von Kovács' Haus lag ein nichteingezäuntes unbebautes Grundstück, das den Weg zum Berg hinauf freigab; die sanft ansteigende Wiese zog sich bis zum Waldrand hin. Die Hunde trabten ein paar Schritte vor ihrem Herrn her, und als sie am Ende des Grundstücks angelangt waren, erscholl der erste Befehl: »Hinlegen!« Lux und Kantor preßten sich gleichzeitig flach an die Erde.

Die Sonne leuchtete bereits über die Hausdächer, und von der weit entfernten Hauptstraße verstärkte sich der Lärm des morgendlichen Berufsverkehrs immer mehr. Doch Kovács übte unermüdlich mit den Hunden weiter. »Auf! – Nieder! – Kriechen! – Zu mir!« Zischende Laute und leise Pfiffe, Armbewegungen, Handzeichen und kurze Kommandoworte wechselten einander ab. Gelang diese oder jene Übung nicht beim erstenmal, trainierten sie so lange, bis ihr Herr zufrieden war.

Nach einer halbstündigen Disziplinübung führte sie ihr Herr zur Wand eines nicht fertig gebauten Hauses. Kantor entdeckte in der Hand seines Herrn die ihm bekannten Apporthölzer. Lux trottete ihnen mißvergnügt nach. Diese Übung erweckte bei ihm geradezu Abscheu. »Apport! Suche! Spur!« waren für ihn sterbenslangweilige Kommandoworte. Kovács ließ die Hunde auch diesmal, zehn Schritt von der Wand entfernt, sich niedersetzen. Er zog sich bis zu einem Steinhaufen zurück und hielt dort das Holz hoch. »Kantor, komm, such!« spornte er den Hund an. Kantor rannte zu seinem Herrn, der ihm das Bringeholz vor die Nase hielt, ließ den Hund kurz schnuppern und schickte ihn auf seinen Platz zurück. Dann fiel das Holz vor der Mauer nieder. »Kantor, such ihn!« Kantor stürzte zur Wand, wo er nach kurzer Witterung das Apportholz auch schon aus dem Gras hob. »Großartig!« lobte ihn sein Herr, dann begann das Spiel von neuem. Vor der Wand erblickte Kantor wieder den Stab, aber gleich danach verschwand sein Herr hinter der Mauer. Kantor wäre schon gern losgerannt, er hob auch nervös und ruckartig den Schwanz. Erst nach einigen Minuten tauchte am Ende der Wand sein Herr auf. »Kantor! Such!« Kantor eilte bis zur Wand. An der alten Stelle fand er das Holz jedoch nicht. Aber Kovács ermutigte ihn. »Such, such!« Da beroch Kantor die Stiefel seines Herrn und rannte unter ständigem Zuruf eifrig bis zur Mauerecke, wo er tatsächlich auf dem Gras die Geruchsspuren seines Herrn entdeckte und ihnen immer weiter folgte. Die Spur führte ihn gut fünfzig Meter weit bis zu einem Gestrüpp. Er umging den Busch und folgte dem vertrauten Geruch bis zu der Stelle, wo das Holz lag. Sogleich schnappte er es und rannte zu seinem Herrn, der ihm freundlich den Kopf tätschelte und lobend sagte: »Sieh an! Das lass' ich mir gefallen!« Dann wandte er sich Lux zu. »Siehst du das?« rief er dem im Gras liegenden Hund entgegen. Aber Lux interessierte sich nicht dafür.

»Was sagst du dazu, tüchtig, nicht?« fragte sein Herr, dann forderte er ihn lächelnd auf: »Jetzt bist du dran: Sprung!«

Lux wich ein paar Schritte zurück und nahm Anlauf zum Sprung auf die über zwei Meter hohe Steinmauer. Mit den Vorderläufen erreichte er den oberen Rand der Mauer und kletterte hinauf. Kantor schaute respektvoll zu dem auf dem Mauerkranz spazierenden Hund hinauf. Er ging auch etwa zehn Schritt zurück, nahm Anlauf und sprang im gestreckten Satz wie ein beutejagender Wolf in schnellem Tempo empor. Vor Überraschung stürzte Lux fast von der Mauer. Weder er noch sein Herr hatten bisher so etwas gesehen. Kantor hatte die obere Mauerfläche, ohne klettern zu müssen, mit seinem Leib genau erreicht und stellte sich sogleich sicher auf alle vier Beine.

»Bravo, Kantor, bravo!« Kovács freute sich, und Lux sprang von der Mauer, als ob er beleidigt wäre.

Kantor gewöhnte sich schnell an den sich wiederholenden Rhythmus der Arbeitstage. Ihm gefiel diese Regelmäßigkeit, obwohl er sich erst daran gewöhnen mußte, da er im Zwinger dreimal, nur in Ausnahmefällen zweimal täglich zu fressen bekommen hatte. Wenn sie im Hause ihres Herrn schliefen, erhielten die Hunde am Abend noch ein paar Essenreste.

Schon seit zwei Wochen lebte Kantor in der Gesellschaft von Lux, und bisher waren sie noch nicht aneinandergeraten. Manchmal hätte er gern mit Lux gespielt, aber dieser Wunsch quälte ihn nicht sonderlich, fanden sich doch an jedem Tag so viele ernsthafte Spiele. Und wenn er manchmal Lust zu einer Balgerei bekam, war ja der Junge seines Herrn da. Am liebsten spielten sie Versteck, und Vater Kovács schimpfte nicht.

Nach der Pflichtübung an einem angenehmen Herbstmorgen erlaubte der Wachtmeister den Hunden, frei herumzurennen. Lux sprang die Wiese mit langen Sätzen hinauf, und Kantor bemühte sich, ihm auch dann auf den Fersen zu bleiben, als Lux einen Feldhasen aufgescheucht hatte. Der Hase flüchtete zu dem sich oben auf dem Steilhang entlangziehenden Wald hin. Nach einer langen Hetzjagd hatte Lux den Hasen fast erreicht. Dieser duckte sich unter einen Strauch, und während er keuchend verschnaufte, bemerkte er den Hund nicht, der sich ihm gegen den Wind näherte. Kantor war gut zwanzig Meter zurückgeblieben, doch er bemühte sich, Lux einzuholen, und dabei hechelte er geräuschvoll. Auf solchen Lärm hin schnellte der Hase aus seinem Versteck, Lux direkt vor die Nase und jagte hakenschlagend den Hang hinunter. Am liebsten wäre Lux umgekehrt und hätte Kantor davongejagt, doch mit einem Hasen war nicht zu spaßen – ein kleiner Zeitverlust genügte, und schon war er entwichen. Nach einem reichlichen Kilometer weiterer Verfolgung verbarg sich der Hase abermals unter einem Strauch, und Lux war gezwungen, seiner Spur zu folgen. Kantor wollte Lux einholen, doch dabei keuchte er immer noch so geräuschvoll. Lux wollte sich gerade auf Meister Langohr werfen, als dieser durch das Schnauben des sich nähernden jungen Hundes erneut aufgescheucht wurde. Da knurrte Lux wutentbrannt. Aber der Pfiff ihres Herrn forderte die Hunde zur Beendigung der Jagd auf.

»Ja, Jungs«, empfing sie ihr Herr, »ist euch das Häschen entschlüpft!«

Lux kläffte ärgerlich.

»Genug, Lux«, unterbrach ihn sein Herr und sagte dann

ermutigend zu Kantor: »Tut nichts, das Jagen ist nur ein Spiel. Kümmere dich nicht um Hasen.«

Hinter den Ruinen des Klosters schlenderten sie den Berg hinunter. Sie mochten auf halbem Weg sein, als eine Frau dem Wachtmeister etwas nachrief. Kovács wandte sich zu dem alleinstehenden Haus um.

»Ist etwas passiert?« fragte er die Frau.

»Heute morgen sind bei mir zwei Hühner verschwunden!« sagte sie verbittert.

»Kann ich einmal sehen, wo die Hühner untergebracht waren?« Kovács war plötzlich der Hut eingefallen, den die Hunde ein paar Tage zuvor aus der Klosterruine hervorgeholt hatten. Lux betrachtete das zerknüllte Ding gleichgültig. Kantor jedoch bläffte freudig. Kovács sah Lux mißtrauisch an. »Wenn nicht du ihn gefunden, sondern ihn Kantor weggenommen hast . . .!« Und er drohte Lux mit dem Zeigefinger. Trotzdem ließ er den Hut zuerst von dem größeren Hund beschnuppern, doch Lux blieb unbeteiligt.

Inzwischen wedelte Kantor erregt mit dem Schwanz und beroch den schäbigen Hut dreimal; auf die Aufforderung »Such Spur!« rannte er dann an dem Zaun entlang bis zum Fußweg und verschwand um die Ecke. An einer durch die Wiese führenden Fußspur blieb er plötzlich stehen. In einem Umkreis von anderthalb Metern beschnupperte er aufgeregt jedes Fleckchen, und auf einmal spürte er den bekannten Geruch. Kantor folgte den Spuren. In der Mitte einer Fliederhecke, unter dichtem Gestrüpp, stieß er auf ein Loch. Er schlüpfte durch die Hecke und verfolgte die Spur zwischen den Bäumen des Gartens am Drahtzaun entlang bis zum Hühnerhof und blieb vor der Tür stehen. Auch sein Herr und die Frau langten jetzt dort an. Die Frau öffnete die Tür, Kantor ging witternd bis zu einem Korb. Der Wachtmeister beobachtete erregt die Tätigkeit des Hundes und spornte ihn an: »Such! Such!« Kantor jedoch rührte sich nicht von dem Korb.

»Hat man sie daraus gestohlen?« fragte der Wachtmeister.

»Ja.«

Mit Hilfe des Hutes hatte der Hund die Spur des Diebes gefunden. Demnach gehörte diese Kopfbedeckung jemandem, der sich in den Klosterruinen verborgen hielt, folgerte Kovács. Nach gründlichem Überlegen winkte er Kantor zu sich. Er schnallte ihm eine lange Leine um den Hals und hielt ihm vor der Hühnerstiege noch einmal den Hut vor. Kantor beschnupperte ihn. »Such Gauner! Such!« munterte ihn sein Herr auf, und Kantor verließ auf demselben Weg, den er gekommen war, den Garten wieder. Sie krochen durch die Hecke, und er führte seinen Herrn bis zur Straßenkreuzung. Er war auf der richtigen Spur. Lux lief auf den Wink seines Herrn einige Schritte hinter ihnen her und beschnupperte die von Kantor verfolgte Spur.

Kantor lief selbstsicher auf dem Pfad über die Wiese in Richtung des Klosters. Nach etwa anderthalb Kilometern bog er vom Fußweg rechts ab und ging geradewegs auf die Nordseite der Ruine zu. An der Ecke wandte er sich nach links und erreichte ein von Efeu bewachsenes dichtes Gebüsch. Lux, der ihnen bisher wie gelangweilt nachgetrottet war, schien plötzlich wie ausgewechselt. Er nahm die von Kantor verfolgte Spur auf und überholte schnell seinen Gefährten. Wie schwer es ihm auch fiel, konzentrierte er jetzt doch seine ganze Aufmerksamkeit auf diesen Geruch; penetrante Gerüche hatte er nie leiden können. Er rannte einige Meter vor Kantor her und war kaum zwanzig Schritte gelaufen, als unter seinen Pfoten der Efeu einsank und sich ein Spalt auftat.

Lux eilte zornig knurrend eine Treppe hinunter. Kurz danach ließ sich sein Bellen von unten vernehmen.

Durch Lux' unverhofftes Eingreifen blieb Kantor vor der Öffnung stehen und schaute auf seinen Herrn. »Schon gut, mein Hündchen«, Kovács streichelte ihn und spornte ihn an, »such, such nur!« Dieser Zeitvorsprung reichte für Lux, ehe die anderen die Treppe herabgestiegen waren, mit drohendem Knurren einen verwahrlosten Mann nach draußen zu schubsen, der beim Anblick des ihm entgegenkommenden Hundes entsetzt aufgeschrien hatte.

»Schreien Sie nicht, schnell hinaus! Der Hund tut Ihnen nichts«, sagte der Wachtmeister.

Vor Schreck stolperte der Mann und kletterte dann auf allen vieren aufwärts. Als er sich vor dem Wachtmeister mühsam erheben wollte, stieß ihn Lux, ohne daß Kovács ihn dazu aufgefordert hatte, um, so daß der Mann auf den Bauch fiel. »Keine Bewegung!« befahl Kovács, und Lux begann auch schon dem Vagabunden die Taschen umzuwenden.

»Lux, zur Seite ... Na, stehen Sie schon auf.«

»Sehen Sie, ich komme vom Lande und hatte keine Unterkunft ...«

»Erzählen Sie nicht solche Ammenmärchen!« unterbrach ihn Kovács, während er ihm Handschellen anlegte.

Pünktlich acht Uhr traf er im Revier ein. Der Wachhabende empfing Kovács mit einem anerkennenden Scherz. »Wenn du mit deinen Hunden so weitermachst, wird man uns bald kündigen, weil es für uns nichts mehr zu tun gibt.«

Eine halbe Stunde später kam auch der Revierleiter. Nicht einmal die Nachricht über die Festnahme des Landstreichers verbesserte seine schlechte Stimmung. Er berief sogleich eine Dienstbesprechung ein und erläuterte, daß die Vörösvárer gestern wieder Kohle auf dem Schwarzmarkt in der Miklósstraße verkauft hätten. »Morgen früh allgemeine Razzia zwischen Zollstelle und Friedhof!« ordnete er an. Dann wandte er sich zu Kovács. »Das gilt auch für Sie, schließlich kommen die Fuhrleute aus Vörösvár gerade durch Ihren Abschnitt.«

»Sie transportieren nur Kies«, erwiderte Kovács.

»Kies – großartig. Dann können Sie mir vielleicht auch schon sagen, wie die Kohle zur Miklósstraße kommt?«

Kovács grübelte den ganzen Vormittag. Als er gegen vierzehn Uhr die Hunde zum Mittagessen führte, trat er am Anfang der Bécsi Straße in ein halbverfallenes Haus ein. An einem baufälligen Schuppen auf dem Hof kam ihm ein alter Mann mit krummem Rücken gegen. »Du bist es, mein Junge?« sagte er zu Kovács.

Er war ihm zu Dank verpflichtet, denn Kovács hatte es nach

dem Kriege zu verhindern gewußt, daß man ihn, seinen früheren Lehrmeister, nach Deutschland aussiedelte. Die alte Schmiede mit dem Vordach drohte nun schon einzustürzen. Kovács durchzuckten Erinnerungen an seine Kindheit, als er mit seinem Vater zum erstenmal in diese Werkstatt eingetreten war. Der Schmiedemeister hatte den zu ihm in die Lehre gegebenen strebsamen Arbeiterjungen bald liebgewonnen. Kovács dachte jetzt daran, wie belebt es damals auf diesem Hof gewesen war. Fuhrleute kamen, Fuhrleute gingen, und die Vörösvárer kamen gern zur Hufschmiede, wo sie die langsam dahinschleichende Zeit des Wartens auf das Pferdebeschlagen bei gutem Wein verbringen konnten.

»Bist lange nicht mehr bei mir gewesen.« Der Alte reichte seinem früheren Gesellen die Hand.

»Viel Arbeit, Väterchen.«

Der Alte bat den jungen Polizisten in den nach einer Seite offenen Flur hinauf, bot ihm Platz auf einem zerschlissenen Rohrstuhl an und holte aus der Küche eine halbvolle Flasche Riesling.

»Gibt es etwa Ärger?« fragte er nach dem ersten Glas.

»Ja, Väterchen. Ich habe große Sorgen. Die Vörösvárer schieben Kohle, und mit mir schimpft der Chef, weil ich die Augen nicht aufmache.«

»Du kennst sie ja, die Brüder. Ich rate dir, schau doch mal unter den Kies.«

»Unter den Kies?« fragte Kovács verdutzt.

»Mehr kann ich nicht sagen. Das geht nicht ... Na, prost.«

Kovács trank den Wein aus und verabschiedete sich danach.

»Gehst du schon?« fragte der Alte enttäuscht.

»Ich muß. Die Hunde wollen fressen. Na, alles Gute.«

Auf dem Wege zum Krankenhaus grübelte Kovács unentwegt darüber nach, wieso er nicht selbst auf diesen Gedanken gekommen war.

Am frühen Morgen des nächsten Tages brachte er die Hunde nach einer kurzen Übung auf dem brachliegenden Grundstücksgelände gleich zum Zollrevier. Er traf ziemlich bald ein, und sie mußten noch eine Viertelstunde warten, ehe der erste O-Bus langsam aus der Garage fuhr. Lux setzte sich sogleich wie selbstverständlich neben den Fahrer, während Kovács mit Kantor auf dem Sitz gegenüber der vorderen Tür Platz nahm. Kovács überlegte, daß es für die Razzia am zweckmäßigsten wäre, wenn er eine Stelle etwa vier Kilometer vor der Zollstelle hinter der Eisenbahnschranke wählte. Am Friedhof, gleich neben dem Goldbach, war an dessen linkem Ufer ein Feldweg, der zur Stadt abzweigte. Von der Bus-Endstation am Friedhof gingen sie noch einen Kilometer zu Fuß, und kaum hatten sie die Eisenbahnschranke erreicht, da tauchte in der Ferne der erste Bauernwagen auf. Kovács zog sich mit den Hunden an den Grabenrand neben der Brücke zurück. Er gebot dem Fuhrmann erst dann Halt, als der Wagen schon ganz in seine Nähe gelangt war. Doch der Fuhrmann lenkte den Wagen weiter, als ginge ihn das überhaupt nichts an. »Lux! Halte ihn an!« rief Kovács verärgert. Lux preschte neben der Brücke hervor, stürzte zur Straßenmitte und faßte die Scheuklappe des Pferdes. »Ho!« schrie, auf den unverhofften Angriff hin, der Fuhrmann. Da war auch schon der Wachtmeister hinzugekommen und fragte den Mann streng: »Haben Sie nicht gehört, was ich sagte?« Und da der Fuhrmann nur mit den Schultern zuckte, fragte er weiter: »Was transportieren Sie auf dem Wagen?«

»Was sollte ich schon fahren, Herr Wachtmeister, ein bißchen Kies.«

»Und was noch?«

Der Mann schüttelte verneinend den Kopf, zuckte die Achseln und zeigte hinter sich auf den Wagen: Der Herr Polizist könne es doch sehen, unter der Plane sei der Wagenkasten voll mit einer Fuhre Kies. Da winkte Kovács die Hunde zum hinteren Teil des Wagens. »Spring, Lux!« befahl er, und als der Hund oben auf dem Wagen stand, griff Kovács in den Kies und ließ ihn durch die Finger rieseln. »Such!« flüsterte er Lux zu und verstärkte mit einer Handbewegung seinen Befehl. Lux griff sofort die Handbewegung seines Herrn auf und begann mit den

Vorderläufen zu scharren. Dabei warf er Kies vom Wagen. Nach einigen Minuten stießen seine Pfoten auf etwas Festes, Hartes, und da ihn sein Herr weiter anspornte, scharrte er runde Kohlenstücke aus dem Kies hervor.

»Gut, schon gut«, besänftigte Kovács nun Lux' Eifer und winkte dem Hund herunterzuspringen.

»Fahren Sie nur zur Seite. Meinen Sie nicht, daß dieser Sand ein bißchen zu schwarz ist?«

Der Fuhrmann breitete lamentierend die Arme aus und klagte immerfort, wer wohl der Spitzbube gewesen wäre, der ihm solch einen bösen Streich gespielt und Kohle unter dem Kies versteckt hätte. Bis früh um sieben standen neun Bauernwagen in einer Reihe am Straßenrand. Kantor hatte die Bewegungen von Lux beobachtet, und wenn zuweilen zwei Fuhrwerke hintereinander angekommen waren, hatten sich die beiden Hunde die Arbeit geteilt. Schließlich durchsuchten sie den letzten Wagen schon selbständig; Lux hatte gar nicht erst auf eine Anweisung gewartet, sondern war auf den Kastenrand hinaufgesprungen und scharrte unter dem Kies nach Kohle. Kantor jedoch wartete immer das Zeichen seines Herrn ab und ging erst dann an die Arbeit.

»Für heute genügt das«, entschied der Wachtmeister und setzte sich auf den Kutschbock des ersten Wagens. Lux befahl er, auf der Ladefläche des letzten Fuhrwerkes zu sitzen, Kantor aber wies er an, neben der Wagenkolonne auf und ab zu laufen und zurückbleibende Pferde zu schnellerem Tempo anzuspornen.

Am Eingang zum Friedhof erblickte Kovács zwei seiner Genossen, die an beiden Seiten der Straße warteten. Sie winkten ihn schon von weitem zu. Der Wachtmeister rief: »Sie sind alle gefaßt. Kommt!«

Als sie sich der alten Zollstelle näherten, rutschte der Fuhrmann auf dem Bock des ersten Wagens unruhig auf seinem Platz hin und her. Schließlich platzte er heraus: »Warum machen Sie das mit uns, Herr Wachtmeister?«

»Weil man nicht Schwarzhandel treiben darf.«

Der Fuhrmann begann umständlich zu erklären, daß sie die Kohlen ja gar nicht teuer verkauften. Die Kohlen hätten sie als Deputat bekommen. Der Winter stehe vor der Tür, und die Städter brauchten doch Kohle. Die Bergleute aber benötigten das Geld. Sie, die Fuhrleute, erwiesen dadurch sowohl den Bergarbeitern als auch den Käufern eine Gefälligkeit.

»Der Staat wird sich schon um die Kohlenversorgung der Stadtbewohner kümmern, das ist nicht Sache der Fuhrleute von Vörösvár«, antwortete Kovács streng, wußte aber selbst auch nicht, ob die eigene Familie genügend Feuerung für den Winter haben würde. Seine Frau hatte ihm neulich geklagt, dreimal habe sie sich beim Kohlenhandel anstellen müssen, ehe sie zehn Doppelzentner Kohlen in Raten erhalten habe.

»Der Alte hat eine schreckliche Wut«, flüsterte ihm der eine Polizist, den er am Friedhofstor hatte mit Platz nehmen lassen, erheitert ins Ohr. »Kannst dir ja vorstellen, seit früh vor sechs rennt er zwischen den beiden Kontrollpunkten hin und her. Er hat geschrien, er werde dich bestrafen, da er weder Schmugglerwagen noch dich gesehen hatte... Das wird ja nun eine schöne Überraschung!«

Kovács hoffte insgeheim, daß der Revierleiter der Razzia überdrüssig geworden und zum Revier zurückgekehrt sei. Und wirklich: Der Revierleiter wollte gerade aufbrechen, als auf dem Hügel über dem alten Zollhäuschen die Wagenkolonne auftauchte.

»Wo haben Sie sich denn herumgetrieben?« herrschte er sogleich den langsam vom Bock steigenden Kovács an.

»Ich habe neun Schwarzhändler gefaßt.«

»Wo?«

»Auf der Landstraße.«

»Alles beschlagnahmen!« ordnete der Revierleiter an. Ihn ärgerte auch, daß die Bahnkreuzung am Goldbach nicht ihm, sondern Kovács eingefallen war.

Die Fuhrleute jammerten: »Das sind Kohlen armer Leute. Machen Sie doch bitte keinen Fall daraus, wir haben damit überhaupt nichts Böses getan; wenn es in den Kohlenhandlungen nun einmal keine Kohlen gibt, kaufen die Städter dort, wo sie welche bekommen.«

»Gesetz bleibt Gesetz«, brummte der Revierleiter und wies die Polizisten an, die Personalien aufzunehmen. Dann wollte er zur Straßenbahnhaltestelle gehen. Nach ein paar Schritten aber drehte er sich um und winkte Kovács, ihm mit seinen Hunden zu folgen.

In der vorgesetzten Dienststelle erfuhr Kovács, daß der Hühnerdieb ein mehrfacher Raubmörder war, der im ganzen Land steckbrieflich gesucht wurde. Für die erfolgreiche Aktion erhielt Wachtmeister Kovács ein Lob, außerdem wurde er zum stellvertretenden Revierleiter ernannt.

»Mir brauchen Sie nicht zu danken.«

Kovács lächelte, denn sein Vorgesetzter war kein schlechter Mensch, nur etwas barsch, er glaubte, durch Grobheit erreiche er Autorität.

Im Leben der drei gab es aber nun folgende Veränderung. An einem Oktobernachmittag holte der Wachtmeister eine Aktentasche aus dem Schrank hervor. Er ließ sie lange von Lux und Kantor beschnuppern, dann gab er den Henkel Lux ins Gebiß. »Halte sie fest, sie gehört deinem Herrchen«, erklärte er wiederholt. Er setzte seine Mütze auf und sagte freundlich: »Kommt, Jungs, wir gehen.«

Lux hielt stolz die Tasche und trottete würdevoll seinem Herrn nach. Diesmal gingen sie zu Fuß.

Nach einem halbstündigen Spaziergang erreichten sie das Stadtbezirkspolizeiamt. Im Tor forderte der Wachtmeister Lux auf, die Tasche dort an die Wand zu lehnen, wohin er zeigte. Dann fragte er den Posten, ob man die Knochen bereit halte.

»Der Koch hat die Schüssel ans Ende des Hofes gestellt, wie wir es abgesprochen hatten.«

Danach winkte Kovács den Hunden und zeigte ihnen, wie sie die auf den Hof führende Pendeltür mit einem Kopfstoß öffnen könnten. Inzwischen telefonierte der Posten vom Toreingang aus und benachrichtigte die Aufsicht, daß vom Revier in der Vörösvári Straße das Dienstbuch eingetroffen sei und daß man es abholen könne. In der Zeit nämlich, in der sich Kovács mit den Hunden hinten im Hof aufhielt, wollte der Diensthabende das Buch aus der Tasche nehmen, seine Bemerkungen und die Aufgaben für den nächsten Tag eintragen und das Buch dann wieder in die Tasche zurücklegen. All das hatte er in genau einer Viertelstunde zu tun. Kovács betrachtete diese Sache als einen bedeutenden Versuch.

Auf dem schmalen Hinterhof zeigte der Wachtmeister Lux das Gefäß mit dem Fleisch, das er mit der Hand umstrich. Für Kantor nahm er auch ein sehniges Stück aus der Schüssel und gab es dem Hund, ein paar Schritte von Lux entfernt. Genau fünfzehn Minuten später hatte er auch den letzten Knochen sauber abgenagt. Da hob Lux den Kopf. »Können wir gehen?« fragte ihn sein Herr. Er lief auf den Wink des Wachtmeisters zum Ausgang. Seinem Herrn und Kantor vorauseilend, drückte er den einen Flügel der Pendeltür mit der Schulter zurück und sprang in den Toreingang. Kantor konnte gerade noch im letzten Augenblick vor der zurückschnellenden Tür zur Seite springen. Im Toreingang fiel Lux die Aktentasche ein. Mit drohendem Knurren näherte er sich dem Posten, doch als er entdeckte, daß die Tasche an der Wand genau dort lag, wo er sie auf Verlangen seines Herrn hingelegt hatte, kümmerte ihn der Wachposten nicht mehr. Er nahm wieder den Henkel ins Maul. Als sein Herr mit Kantor angelangt war, lobte er Lux und kraulte ihn hinter den Ohren. »Dann können wir ja gehen.«

An vier Nachmittagen hintereinander gingen sie den zum Stadtbezirkspolizeiamt führenden Weg gemeinsam, und Lux befolgte jedesmal, ohne die Tasche unterwegs irgendwo abzusetzen, den Befehl seines Herrn. Am Nachmittag des fünften Tages nahm Kovács die Aktentasche zur gewohnten Zeit wieder aus dem Schrank. Er steckte das Dienstbuch hinein und legte die Mappe dann auf den Schreibtischrand. Als Lux und Kantor das Klicken des Patentverschlusses hörten, schlüpften sie unter dem Bett des Ruheraumes hervor.

»Luxi!« sagte der Wachtmeister, nahm die Tasche in die Hand und reichte sie dem Hund. »Nimm sie! Stadtbezirkspolizeiamt!« Und er klopfte wiederholt an die Seite der Tasche. Von seiner Gewohnheit abweichend, setzte er jedoch seine Mütze nicht auf. Der Hund nahm die Tasche entgegen, worauf sein Herr die Tür öffnete. »Abmarsch!« befahl er und zeigte nach draußen. Vor dem Revier wandten sich die Hunde noch einmal um. Sie warteten ein Weilchen, doch statt ihres Herrn erreichte sie nur seine Stimme. »Abmarsch! Stadtbezirkspolizeiamt!« Für Lux hieß das diesmal, allein zu gehen.

»Dafür tragen Sie die Verantwortung«, sagte der Revierleiter zu seinem Stellvertreter, nachdem sich die Hunde entfernt hatten. »Alles hat seine Grenzen ... Und was wird, wenn die Köter das Dienstbuch verlieren?«

»Ich werde ihnen auf dem Rad folgen.«

»Sie scheinen zu vergessen, daß Sie nicht Zirkusdompteur sind, sondern Polizist. Verstanden? Das hier ist kein Zirkus, sondern ein Polizeirevier ...«

Den letzten Satz hörte Kovács, als er schon die Türklinke in der Hand hatte. Er schwang sich auf das Rad und fuhr den Hunden nach. An der nächsten Straßenbahnhaltestelle hatte er sie auch schon eingeholt. Lux lief am Bürgersteigrand entlang, während ihm Kantor im Abstand einer Kopflänge folgte. Der Wachtmeister war bestrebt, einen Abstand von fünfzig bis sechzig Metern zu halten, damit ihn seine Hunde nicht bemerkten. Er war aufgeregt, denn wenn der Revierleiter recht behielt und sich dieser Kurierdienst nicht bewährte, konnte er sich öfter anhören, daß ein Unterschied zwischen einem Polizisten und einem Zirkusdompteur bestünde.

Auf dem verkehrsreichen Platz vor der Brücke, wo sich die Straßenbahnlinien aus drei Richtungen kreuzten, bog Lux nach rechts ab und ging sicher auf der zum Ziel führenden Hauptstraße weiter. Sie liefen zum Ende des Platzes, die Bahn fuhr da wieder auf der Bürgersteigseite der Straße, als die erste Straßenbahn an ihnen vorbeirasselte. Kantor und Lux schauten sich schnell um. Im nächsten Augenblick schnellte Lux auf die offene hintere Plattform der Straßenbahn, die gerade von der Haltestelle abfuhr. Kantor bellte erschrocken. Mit ihrem Herrn waren sie auf dieser Straße immer zu Fuß gegangen, und wenn es ihr Herr befohlen hätte, würden sie die vorgeschriebene Strecke mit der Straßenbahn und nicht zu Fuß zurücklegen. Aber was sollte er tun? Lux war aufgesprungen, und Kantor mußte ihm nachrennen, denn auch ihm war die Tasche anvertraut. Verzweifelt lief er also mit der Straßenbahn um die Wette. Lux ging von der Einstiegplattform in den Fahrgastraum hinüber und ließ sich auf den kleinen Sitz neben der Tür nieder. Durch das Fenster sah er den neben der schnell fahrenden Straßenbahn laufenden Kantor.

»Dieser Rüpel!« brummte der Wachtmeister vor sich hin, als er Lux auf die Straßenbahn aufspringen sah. »Was für ein geriebener Kerl! Wo es geht, faulenzt er...« Trotzdem war er aber irgendwie mit ihm zufrieden.

Bei den Ruinen aus der Römerzeit bogen die Straßenbahnschienen nach rechts ab. Zum Stadtbezirkspolizeiamt mußte man aber nach links abbiegen. Die Haltestelle befand sich am Anfang der Ruinen, gut hundert Meter vor der Kurve. Da machte Kantor Lux durch Bellen darauf aufmerksam, endlich auszusteigen. Verblüfft beobachtete Kantor, wie die Straßenbahn mit Lux sich der Kurve näherte. In seiner Verzweiflung winselte er. Er blickte dem letzten Wagen nach, und als die Räder in der Kurve quietschten, flog Lux, die Tasche zwischen den Zähnen, mit einem gestreckten Tigersprung aus der Straßenbahn.

Lux näherte sich Kantor schwänzelnd, hob seinen Kopf über den vor Entsetzen noch immer regungslos dasitzenden jungen Hund, blinzelte ihn verschmitzt an und bog in die Timárstraße ein. Bei dem Stadtbezirkspolizeiamt öffnete der Wachposten das Tor, und Lux legte nach einem Seitenblick und drohendem Knurren die Tasche an der bestimmten Stelle der Wand nieder. Dann schaute er sich um, knurrte wieder und ging zur Pendeltür. Kantor folgte ihm bis zur Tür, doch da jagte Lux den

Kleinen zähnefletschend zurück. Mit Lux anzubinden war nicht ratsam.

»Der ist hier?« fragte der Diensthabende, der vom Seitenflur in den Toreingang kam.

»Es ist der Zahmere. Der Bissige befindet sich draußen auf dem Hof.« Da sah Kantor verwundert, wie der Mann mit sicheren Schritten zur Tasche ging, etwas daraus hervorholte und dann schnell im Flur verschwand. Instinktiv bellte Kantor. »Schon gut, schon gut, Hündchen«, beschwichtigte ihn der Posten. Kantor wandte nicht die Augen von der Tasche. Er verstand nicht, was hier eigentlich geschah. Der Mann griff zwar in die Tasche, doch er nahm sie nicht mit. Reichlich zehn Minuten waren vergangen, da tauchte der Diensthabende wieder auf, dessen Äußeres Kantor ein wenig an seinen Herrn erinnerte. Das Patentschloß klickte, er hörte, wie der Fremde zu dem Posten sagte: »Fertig.« Damit verschwand er wieder im Flur. Die Flügeltür schnellte auf. Lux trottete in den Toreingang, er schritt vorsichtig am Posten vorbei, und noch bevor ihm dieser hätte zurufen können: »Dort liegt sie, nimm sie!« schnappte Lux die Tasche und lief damit auf die Straße hinaus.

»Sie kommen«, sagte Kovács. In einem Toreingang auf der anderen Straßenseite wartete er, und als die Hunde um die Ecke verschwunden waren, kam er zu dem Posten herüber.

»Na, was sagst du zu ihnen?« fragte er den Polizisten.

»Die sind aber drollig. Der große hat den kleinen nicht auf den Hof gelassen, der saß die ganze Zeit neben der Tür und konnte alles sehen, aber er blieb ruhig«, antwortete der Posten.

Zufrieden schwang sich Kovács auf sein Rad, und an der Kreuzung Lajosstraße bemerkte er, wie die Hunde an der Bushaltestelle warteten. Ein paar Minuten später kam der überfüllte alte Autosbus herangezuckelt. Lux sprang mit der Tasche zunächst auf die Motorhaube. Der Wagenführer, der das Tier kannte, öffnete die linke Tür der Fahrerkabine. Durch einen geschickten Sprung schwang sich Lux auf den Sitz neben dem Fahrer. »Wo ist dein Herr?« fragte dieser, doch Lux knurrte den ebenfalls sprungbereiten Kantor an, der sich schließlich im letzten Augenblick zwischen den Menschenbeinen in den abfahrenden Bus hineinpreßte.

»Wo sind die Hunde?« Mit dieser Frage empfing der Revierleiter seinen Stellvertreter, der kräftig in die Pedale getreten hatte, und eine Abkürzungsstrecke gefahren war, um den Bus zu überholen.

»Sie kommen mit dem Bus«, keuchte Kovács.

Sein Vorgesetzter blickte ihn zweifelnd an. »Die Köter? Das können Sie Ihrer Großmutter erzählen.«

»Wenn Sie es nicht glauben, kommen Sie doch mit vors Haus.«

Alle stürzten zum Eingang. Da bremste auf der anderen Straßenseite gerade der Bus, und als er wieder weiterfuhr, sahen sie hinter seinem Heck an der Haltestelle die beiden Hunde. Lux beobachtete zunächst den Straßenverkehr, dann überquerte er mit der Tasche im Maul in Richtung Revier die Fahrbahn, während Kantor, eine halbe Körperlänge zurück, neben ihm hertrottete. Die Polizisten schüttelten ungläubig die Köpfe. Es schien ihnen unmöglich, daß die beiden mit dem Bus gekommen waren. Wer hatte sie in das Fahrzeug gesetzt und wo?

Kovács lachte. »Sie sind selbst eingestiegen. Warum sollte das so unglaubwürdig sein?«

Der Leiter des Reviers ging wortlos in den Dienstraum. Für ihn stand fest, das Kovács ihn zum Narren hielt, nur war nicht zu verstehen, wie zum Teufel er dies mache. Ein Hund solle allein in den Bus steigen können und obendrein mitten im größten Straßenverkehr auch noch wissen, wo er auszusteigen habe? – Nein. Das könne man ihm nicht einreden, da stecke irgendein Schwindel dahinter. »Hören Sie, heute nacht sind Sie Diensthabender.« Das sagte er dem Wachtmeister so von oben herab, dabei griff er sich plötzlich an die Hüfte. Aufgebracht zeterte er: »Wieder ein Floh, ein Floh! Hören Sie?«

Da öffnete sich die Tür, und Lux tänzelte herein. Wie ein

Zirkuspferd hob er die Läufe, und Kovács fragte sich verwundert, wieso er sich so bewege, denn das hatte er ihm nie beigebracht. »Benimm dich nicht wie ein Hochstapler!« herrschte er den Hund an. »Leg die Tasche hin!«

Lux kam der Aufforderung nach und wie einer, der seine Sache gut gemacht hat, sah er, auf Anerkennung wartend, seinen Herrn an. »Gut, schon gut«, sagte Kovács schließlich und klopfte ihm auf den Widerrist. Kantor zeigte durch leises Bläffen, daß er auch da sei.

»Schicken Sie sie hinaus«, forderte der Revierleiter. Der Wachtmeister öffnete die Tür, winkte mit der linken Hand, und die beiden Hunde rannten auf den hinteren Hof hinaus. Das Dienstbuch in der Tasche war unbeschädigt. Während der Revierleiter die Eintragungen las, begann er plötzlich zu hüsteln. Im Dienstbuch hatte Kovács nämlich ein Lob vom Leiter des Stadtbezirkspolizeiamtes erhalten, und im nächsten Tagesbefehl wurden ausdrücklich die Namen der beiden Hunde und ihre Verdienste bei der Festnahme des Raubmörders betont.

In der Tür wandte er sich noch einmal zu Kovács um. »Glauben Sie ja nicht, daß Sie eine ruhige Nacht haben werden.« Nachdem die Tür hinter dem Revierleiter ins Schloß gefallen war, begann Kovács vor sich hinzupfeifen. Jemand klopfte an die Tür. »Herein«, sagte er und schaute von den vor ihm liegenden Akten gar nicht erst auf. Lux trat ein, hinter ihm Kantor. »Na, was ist?« fragte er die Hunde und pfiff weiter. Die beiden setzten sich vor den Schreibtisch und bestaunten mit zur Seite geneigten Köpfen den Wachtmeister. »Euer Herrchen hat viel zu tun, geht schlafen.«

Entgegen der Prophezeiung des Revierleiters schien es eine friedliche Nacht zu werden, und der Wachtmeister bat den Posten, früh um drei Uhr bei ihm am Hoffenster zu klopfen, da er die Streifen im Revierbereich kontrollieren wollte. An dieser Bitte war ja nichts Besonderes. Im Revierbereich schlossen die Gaststätten um dreiundzwanzig Uhr, wenn also etwas vorgefallen wäre, hätten die Streifen etwaige Ruhestörer längst hereingebracht. Der Wachtmeister war müde geworden, er hatte einen anstrengenden Tag hinter sich und wollte nun ein paar Stunden schlafen. Um Mitternacht streckte sich Kovács auf dem Bett aus. Seine Hunde schliefen unter der Liege.

Einige Stunden später wurde Lux aufgeschreckt. Die Ohren gespitzt, lauschte er. Im Flur fiel jetzt mit lautem Knall die Tür ins Schloß. Gespräche näherten sich. Zunächst knurrte der Hund einmal, worauf Kantor auch munter wurde. Er hörte auch die sich verstärkenden, unterschiedlichen Geräusche, aber er kümmerte sich wenig darum. Doch der Lärm näherte sich nun dem Dienstzimmer. Deshalb kroch Lux vorsichtig unter dem Bett hervor. Durch das Fenster fiel der matte Schein der Hoflampe ins Zimmer. Lux blickte auf seinen Herrn, der fest schlief. Wieder knallte die Tür... Lux zögerte nicht mehr länger. Er öffnete die Tür des Ruheraumes und ging in das Dienstzimmer hinüber. Dort knipste gerade der Revierleiter das Licht an. Als die Lampe aufleuchtete, wandte er sich zum Flur hin und begann ziemlich laut zu sprechen, er hatte den neben dem Schreibtisch sprungbereit wartenden Lux nicht bemerkt. Drei fremde Polizeioffiziere kamen polternd herein. Zwar tauchte hinter ihnen die bekannte Gestalt des Postens auf, doch vergebens. Der Hund knurrte leise und drohend. Der Revierleiter wies den Posten an, aus der Küche warmen Tee zu holen.

Kantor hatte im Ruheraum den Kopf durch den Türspalt gesteckt und beobachtete nun, was im anderen Zimmer vor sich ging. Lux war der Revierleiter unsympathisch, jetzt hatte er Fremde mitgebracht und sprach überlaut, während sein Herr schlief. Genug, Lux sprang den Revierleiter an. Der starrte fassungslos auf den Hund, der sich in den Saum seines Uniformrocks festgebissen hatte. Über den Schreck des Leiters lachten die drei Fremden gleichzeitig. »Na, ist diese Berühmtheit auch da?« fragten sie.

»Bitte, bitte...«, begann der Revierleiter, »nur leise, Genossen, nur leise«, denn ihm war eingefallen, daß ihn damals der Hund angegriffen hatte, als er mit Kovács auch sehr laut gesprochen hatte. Nun ging auch Kantor bis zur Mitte des

Dienstraumes und setzte sich nieder. »Das sind Bestien!« klagte der Revierleiter weiter. »Die kennen keinen Spaß.«

»Warum rufen Sie denn nicht ihren Herrn, wenn er doch Dienst hat?« fragte der Leiter des Stadtbezirkspolizeiamtes.

»Das fehlte noch«, entgegnete der Revierleiter kleinlaut.

»Sie bilden sich doch nicht ein, daß wir wegen zweier Hunde hier viel Zimt machen?« Der Vorgesetzte tat einen Schritt zum Ruheraum hin. Der Revierleiter hob warnend die Hand. Aber schon im nächsten Augenblick stand Lux hinter dem Hauptmann und packte ihn am Mantelkragen.

»Ich beschwöre Sie, bewegen Sie sich nicht!« bat der Revierleiter. Der Hauptmann war nun ebenso erschrocken wie vorher der Revierleiter. Er hatte noch Glück, daß ihn Lux nicht auf den Rücken niederriß. Der Hund ließ ihn los und setzte sich zu Kantor mitten ins Zimmer. Von hier aus konnte er alle im Auge behalten. Da es keine andere Wahl gab, standen die Gäste und der Revierleiter möglichst regungslos da. Schließlich setzte sich der Revierleiter vorsichtig auf den vor dem Kleiderhaken stehenden Stuhl, während sich die Gäste auf die Bank niederließen. Einige Minuten später kam der Posten mit einem Tablett in der Hand herein. Er drückte die Klinke mit dem Ellenbogen nieder, und bevor er sich besinnen konnte, war auch er schon ein Gefangener der Hunde. Ihm blieb nichts übrig, als das Tablett auf den niedrigen Aktenschrank abzusetzen und seufzend zu sagen: »Hm! In einer halben Stunde müßte ich den Wachtmeister wecken!«

»Versuchen Sie es doch ...«

»Nur leise«, mahnte der Revierleiter seinen Vorgesetzten.

»Also probieren Sie es ... Die lassen Sie vielleicht hinein.« Der Posten winkte ab; er wußte genau, die Hunde würden ihn jetzt nicht einmal mehr auf den Flur lassen. Trotzdem wagte er es, sich der Tür zu nähern, doch er wich sogleich wieder zurück, denn blitzschnell stand Lux vor ihm, fletschte die Zähne und kurrte ihn drohend an.

Lux schien diese Situation sehr zu gefallen.

Kovács hatte einen schlechten Traum. Sein trainiertes Zeitempfinden riß ihn plötzlich aus dem Schlaf. Er knipste die Wandlampe an und blickte auf seine Uhr. »Zum Kuckuck!« Er rieb sich die Augen. Er hatte genau gesehen, daß es bereits halb vier war. Verärgert langte er nach seinen Stiefeln. Warum hat mich der Posten nicht geweckt? grübelte er, und da fiel sein Blick auf den Türspalt. Was mag hier geschehen sein? Draußen brennt Licht? Und im Türspalt sieht er einen Hundeschwanz? Instinktiv sah er unters Bett und griff sich dann an den Kopf. Du lieber Himmel! Hellwach wurde er. Er sprang in Socken zur Tür. Im Dienstzimmer angekommen, dachte er, er träume. Er rieb sich die Augen, als er den Leiter des Stadtbezirkspolizeiamtes, zwei weitere Offiziere und seinen Revierleiter erkannte und in der Mitte des Zimmers Lux sitzen sah. In seiner Aufregung trat er Kantor auf den Schwanz, und sein erstes Wort war der verzweifelte Ruf: »Lux!«

Als Lux die Stimme des Wachtmeisters hörte, stand er auf. Er drehte den Kopf hin und her, und dann trottete er zu seinem Herrn. »Marsch hinein!« befahl Kovács unheildrohend und gab dem Hund einen Klaps.

Kantor kroch erschrocken an die Seite des Schreibtisches. Da wandte sich Kovács dem Hauptmann zu, in Socken wirkte seine Meldung ein bißchen komisch. Doch bevor er eine umständliche Erklärung beginnen konnte, lachten seine Vorgesetzten laut auf. Das Schweigen, die Spannung und die Aufregung während der peinlichen Stunde des Wartens lösten sich in Heiterkeit auf, und der Hauptmann fragte: »Darf man hier nun wieder reden? Denn Ihre Hunde haben es bisher verboten ...«

»Aber der Genosse Revierleiter wußte ...«

»Was wußte ich?« fragte dieser barsch und streckte seine vom Sitzen steif gewordenen Glieder.

»Daß der Lärm Lux stört.«

»Na so was, das geht aber entschieden zu weit. Wer ist denn hier wichtiger, die Hunde oder wir?«

»Lassen wir die Diskussion«, warf der Hauptmann ein. »Und Sie, Wachtmeister, ziehen Sie sich an.«

Kovács ging ins Zimmer zurück. »Das habt ihr ja fein gemacht. Wenn ich jetzt keine Strafe bekomme, dann nie ... Das war sicher wieder so einer deiner idiotischen Einfälle. Du machst umsonst ein so unschuldiges Gesicht. Na gut, ich weiß ...«, beendete er seine Rede. Er brachte es nicht fertig, dem Strolch böse zu sein, er konnte es einfach nicht. Und er schaute ihn obendrein an wie ein Mönch ein Heiligtum. Statt der erhofften Liebkosung bekam Lux einen Nasenstüber, und damit war der Friede wiederhergestellt.

Nach dem Mittagessen im Krankenhaus spazierten sie direkt zum Donauufer. Lux liebte das Wasser und konnte kaum erwarten, daß sein Herr ein Stück Holz in die Donau warf. Vom Ufer aus sprang er mutig und schwungvoll ins Wasser. Kantor rannte ihm nach und brachte es zurück. Der Wachtmeister spielte so lange mit ihm, bis der Stock ins Wasser fiel. Kantor watete zu dem auf den Wellen schaukelnden Hölzchen notgedrungen ins Wasser. Er wurde bis zum Bauch naß, ehe er das wippende Holz fassen konnte. Als er mit der Schnauze nach dem Holzstück haschte, hatte er sie voll Wasser. Ein paar Meter vom Ufer entfernt, schwamm Lux herum. Seine Vorderpfoten arbeiteten nur so viel, daß ihn die schwache Strömung nicht mitnahm. So schien es, als schwebte er an einer Stelle, wobei er die Augen niemals von seinem Herrn abwandte, der auf den Steinen am Ufer hockte. Während Kantor trank, schwamm das Hölzchen einige Meter fort. Der Hund watete ihm nach, und es gefiel ihm immer mehr, wie sich das plätschernde, spritzende Wasser unter seinen Pfoten teilte. Das nächste Mal schleuderte Kovács den Stab ziemlich weit in die Donau hinein. Kantor verlor plötzlich den Boden, und vergebens strampelte er mit den Hinterläufen. Er sank, und nur noch seine Nasenspitze schaute aus dem Wasser hervor. Da packte ihn die Verzweiflung, und er begann nun mit den Vorderläufen zu schlagen. Überrascht stellte er fest, daß sich sein Körper durch die gleichmäßige Beinarbeit hob und sein Kopf bis zum Hals aus dem Wasser hervortauchte. Er schlug immer rhythmischer ins Wasser und konnte sich daher so bewegen wie Lux: Er schwamm. Eine

Weile drehte er sich im Kreis, doch dann platschte etwas in seiner Nähe, er wandte den Kopf dorthin und entdeckte das Holz, das ihm sein Herr vom Ufer aus zugeworfen hatte. Er schnappte es und schaute dann auf den Pfiff hin zum Ufer, wo er den winkenden Menschen sah, und nun schwamm er zielstrebig zum Ufer. Das Lob seines Herrn blieb diesmal auch nicht aus, und Kantor spürte, daß er seit seinem Zusammensein mit Lux täglich etwas Neues lernte. In seiner Welpenzeit, im »Kindergarten« und in der »Grundschule« hatte er auf Kommando gelernt, hier aber – in Gesellschaft von Lux – lernte er spielend. Überdies hatte er sich zahlreiche kleine Fertigkeiten abgesehen.

Dem Ausflug an die Donau folgte ein viertelstündiges freies Herumtollen. Dabei trocknete das Fell der Hunde. Danach eilten sie zum Revier zurück, denn es war bald Zeit, das Dienstbuch zum Stadtbezirkspolizeiamt zu bringen.

An einem frühen Morgen sah sich Kantor nach dem Erwachen einer ungewohnten Erscheinung gegenüber: Als er zum Verandafenster hinausblickte, sah er eigenartig dicke Baumäste. Sie glänzten matt, ein weißgrauer Schein ging aus von ihnen, dabei war doch die Sonne noch gar nicht aufgegangen. Lux hatte bereits an die Tür des Wachtmeisters geklopft und wartete an der Verandatür. Lux mußte schlecht geschlafen haben, denn an diesem Morgen stieß er Kantor, den die so plötzlich veränderte Welt unruhig und neugierig gemacht hatte, mürrisch zur Seite. Der Wachtmeister kam aus dem Zimmer, kraulte die Hunde hinter den Ohren und sagte: »Na, Jungs, der Winter ist da.«

Auf der Treppe fiel Kantor in dem weichen Schnee auf den Bauch, und nachdem er sich mühsam wieder aufgerichtet hatte, beschnupperte er argwöhnisch das dicke Weiß. Lux trottete gleichgültig durch den Hof in seine Ecke und hinterließ tiefe Spuren im Schnee. Instinktiv trat Kantor in die Spuren seines mißgelaunten Freundes. Für ihn war es interessant, wie seine Pfoten bis zum Fesselgelenk in den glitzernden Belag einsanken, den er zum erstenmal in seinem Leben sah. Anfangs lief er unsicher, doch dann stellte er fest – nicht gefährlich, ja ausgesprochen angenehm! Übermütig kugelte er sich zwischen den Blumenbeeten. Danach leckte und biß er mit weit aufgesperrter Schnauze in den Schnee und schüttelte sich. Der Schnee war kalt, wie interessant: Auf seiner Zunge schmolz der Schnee und wurde zu Wasser, an den Pfoten nicht. Während Kantor herumtollte, war Lux bereits in ihrem Hofwinkel gewesen. Nachdem auch Kantor von dort zurückgekehrt war, hüpfte er, Lux' Spur verlassend, wieder im Hof umher. Außer Atem erreichte er die Veranda, wo er verwundert wahrnahm, daß Lux mit hängendem Kopf am Fuße der Treppe saß. Um ihn aufzumuntern, scharrte er Lux mit den Hinterläufen eine ganze Menge Schnee ins Gesicht. Er erwartete, daß auf diese Herausforderung Lux über ihn herfallen und ihn in den Schnee kullern würde. Der ältere Hund jedoch knurrte nicht einmal. »Laß ihn!« Mit einer Schaufel in der Hand trat Kovács aus der Veranda. »Siehst du es nicht? Er ist verliebt.« Aber Kantor begriff das nicht.

Der Wachtmeister schaufelte einen schmalen Weg frei bis zum Hoftor. Der Einzug des Winters hatte zwar die Landschaft verwandelt, im Tagesablauf der Hunde trat jedoch keinerlei Veränderung ein. Sie machten die täglichen Übungen weiter. Im Schnee war das sogar noch interessanter, nachdem sich Kantor davon überzeugt hatte, daß die bekannten Gerüche auch unter dem Schnee hervordrangen: Vergebens hatte sich die Welt mit Schnee zugedeckt, die Spuren blieben auch unter der unberührten weichen Schicht erhalten. Rennen konnten sie zwar nicht mehr so leicht, aber jede Übung, selbst das Apportholzsuchen, war weiterhin durchführbar. Lux bewegte sich anfangs nur ungern, doch der Wachtmeister ließ nicht locker, er spornte ihn an und ließ ihn nachlässig durchgeführte Dressurübungen immer wieder von neuem beginnen.

Im Krankenhaus führte sie Kovács nach dem Mittagessen in das geräumige Zimmer neben der Küche. Aus seiner Tasche holte er Bleistift und Papier hervor; zuerst setzte er Kantor auf die unsicher wankende Brückenwaage. »Das lass' ich mir gefallen, achtundzwanzig Kilo hast du.« Nach dem Wiegen hieß er Kantor niedersitzen, durch sanfte Klapse mahnte er ihn, den Kopf nicht hin- und herzuwerfen, während er ein Zentimetermaß von der Erde bis zum Widerrist des Hundes anlegte. »Sieh mal an, weißt du, wie groß du bist? Siebzig Zentimeter. Bist schön herangewachsen!« Der Wachtmeister unterhielt sich mit seinen Hunden, als verstünden sie wie die Menschen jedes seiner Worte. Nach Kantor kam Lux an die Reihe. »Du kannst dich auch nicht beklagen«, sagte der Wachtmeister und strich dem Hund wiederholt über den Hals, denn Lux war vierzig Kilo schwer, aber nur knapp drei Zentimeter größer als Kantor. »So ist das, Jungs. Man plagt sich mit euch ab, und dabei merkt man gar nicht, daß ihr einem über den Kopf wachst ...«, und er legte die Arme um den Hals der beiden nebeneinander sitzenden Hunde. Als Kovács sich erhob, sprang auch Lux auf. Er stellte sich aufrecht, legte die Vorderpfoten auf die Schultern seines Herrn und rieb schmeichelnd den Kopf an dessen Gesicht ... »Gut, schon gut!« sagte der Wachtmeister und kraulte dem aufrecht stehenden Tier den Rücken. Kantor wollte da natürlich auch nichts versäumen, und erhob sich ebenfalls auf die Hinterläufe, doch er konnte sich nur an Lux' Rücken lehnen. Durch die Last fiel Kovács beinahe auf den Rücken. »He, Jungs, ihr drückt mich ja tot!«

Als sie das Krankenhaus verließen, schlug er vor: »Wir machen einen kleinen Spaziergang, ja?«

Er führte die Hunde nicht zur Straßenbahnhaltestelle. Der Wachtmeister war mit sich und der Welt zufrieden und rief den Hunden zu: »Schön ist das Leben, nicht wahr?« Dann begann er das Lied vom sagenumwobenen Herzog Bob zu pfeifen. Von der guten Laune ihres Herrn angesteckt, schubsten sich Lux und Kantor gegenseitig auf dem Gehsteig. Langsam trotteten sie in Richtung Cellin Straße. Plötzlich aber ließ Lux vom Schubsen ab, spitzte die Ohren und horchte nach vorn. Gut zwanzig Meter vor ihnen lief eine Frau im Pelzmantel. An ihrer Hand schaukelte eine kleine Tasche. Der Wachtmeister pfiff vor sich hin, und achtete gar nicht darauf, wonach sein Hund so spähte. Ein Weilchen wartete Lux noch auf das Zeichen seines Herrn, wie so oft, seit er ihm beigebracht hatte, wie man einen Hut von einer Tasche unterscheiden und wie man mit einem geschickten Ruck die schaukelnde Tasche von hinten aus der Hand reißen kann. Er sah mehrmals seinen Herrn an, und da dieser noch immer kein Zeichen gab, schnellte er wie ein Pfeil nach vorn. Ehe die Frau aufschreien konnte, stand Lux bereits wieder vor Kovács und hielt ihm die schwarze Handtasche entgegen. Die Dame drehte sich einmal um sich selbst, doch da sie keinen Menschen in der unmittelbaren Nähe sah, suchte sie den Angreifer. Schließlich entdeckte sie den sich nähernden Polizisten, und da rief sie um Hilfe.

»Was bist du für ein großer Strolch!« rügte Kovács leise den Hund. Er war wegen der selbständigen Aktion des Hundes verstimmt. Gewiß, er hatte ihm all das beigebracht, aber ohne Aufforderung durfte Lux einfach keine Tasche wegnehmen. Wenn das Spiel schon einmal begonnen hat, wollen wir es auch zu Ende spielen, ermutigte sich der Wachtmeister selbst und eilte zu der ratlos dastehenden Frau. »Verzeihung, meine Dame«, begann er, konnte aber nicht fortfahren, da sie ihn unterbrach: »Mein Geld war darin. Herr Wachtmeister, Sie sind doch hinter mir gewesen, haben Sie den Dieb denn nicht gesehen?«

»Verzeihung, meine Dame«, begann der Wachtmeister von neuem und schaute der Frau ins Gesicht. Ausgesprochen hübsch, stellte er fest. Die linke Hand, in der er die Tasche hielt, hatte er hinter seinem Rücken versteckt.

»Bitte, glauben Sie mir!« sagte die Frau beschwörend, denn sie hatte den Eindruck, der Polizist bezweifle ihre Worte.

»Meine Dame, ich glaube Ihnen, und hier, bitte, ist Ihre Tasche.«

»Sollte ich sie fallen gelassen haben?« fragte die Frau.

»Kovács ..., Wachtmeister Kovács«, stellte er sich vor.

Nach diesem Vorfall kamen Kovács und die Frau ins Gespräch. Lux und Kantor trotteten in einem Abstand von zwei

Schritten hinter ihrem Herrn. Als sie die Cellin Straße erreicht hatten, warf Lux, Kantor überhaupt nicht beachtend, den Kopf auf und witterte. Er stürzte zu dem halb umgestürzten Prellstein, der sich am Anfang der steil den Berg hinaufführenden Straße befand. Dreimal lief er in fieberhafter Eile um den Stein herum, beschnupperte ihn, dann senkte er den Kopf und rannte zum Gesträuch am Rande des Steilhangs davon. Kantor starrte ihm verblüfft nach. Er blieb immer wieder zurück und äugte nach hinten in die Richtung, in der Lux verschwunden war. Ratlos näherte er sich bald seinem Herrn, bald lief er bis zum Zaun zurück, und dabei wurde er wegen Lux immer unruhiger. Sie hatten auch schon die Baracken des Schäferdorfs hinter sich gelassen und näherten sich bereits der alten Zollstelle, an der sie rechts abbiegen mußten, aber Lux war noch immer nicht zurückgekommen. Jetzt blieb Kovács stehen und reichte der Dame die Hand. Kantor trippelte vor Ungeduld, als Lux endlich neben dem Zaun der Ziegelei auftauchte. In großer Hast rannte er auf sie zu, und als sich der Wachtmeister umwandte, stand Lux schon mit gesenktem Kopf und schmutzigem Fell neben Kantor.

Auf ihrem Weg vom Stadtbezirkspolizeiamt verursachte Lux in der Straßenbahn einen Skandal. Der Schaffner wollte, daß der Hund nicht auf der Bank sitzen blieb, da fiel Lux ihn an und riß ihm knurrend die Tasche von der Schulter. Die Fahrgäste flohen ans andere Ende des Wagens. Solange Lux nicht aufhörte, den Schaffner zu zausen, und die Hunde nicht aus dem Wagen waren, stand der Verkehr. Der Schaffner war ein Bekannter der Hunde, und wäre nicht eine alte Frau eingestiegen, hätte er Lux vom Platz am Fenster sicherlich ungestört hinausschauen lassen.

Die beiden Hunde erreichten mißgelaunt, wenn auch aus unterschiedlichen Gründen, das Revier. Kovács fiel das auf, und er fragte sie dann auch: »Ist etwas passiert?« Lux verzog sich geradewegs unter das Bett. Auch Kantor versteckte sich, aber vergebens, denn ein paar Minuten später erfuhr ihr Herr alles. Der Schaffner kam aus dem gegenüberliegenden Straßenbahndepot herüber. Als er eintrat, erkannte ihn Kantor sofort, er beobachtete den aufgeregt sprechenden Mann. In lautem Tonfall rief Kovács Lux heran. Er gab dem Hund einen derben Klaps, während er mit der anderen Hand den Arm des Schaffners anfaßte. »Noch einmal so etwas, und du bekommst was mit dem Koppel«, fügte er hinzu und tat, als schnalle er das Koppel ab. Davor erschrak Lux, und er sah auf die Hände seines Herrn. Er wimmerte und schloß die Augen. Wie erstarrt wartete er auf die Schläge, und weil nichts geschah, blickte er vorsichtig wieder auf. »Jetzt passiert dir nichts, aber wenn du noch einmal ... Marsch, auf deinen Platz!« sagte der Herr streng, und Lux verdrückte sich wieder unter das Bett.

Bald darauf rief sie ihr Herr wieder und sagte: »Heute gehen wir früher nach Hause, und dann rodeln wir eine Runde!«

In dem kleinen Haus am Berg wartete der Junge des Wachtmeisters schon am Tor auf sie. Kantor rannte als erster zu ihm hin. Peti hing sich dem Hund an den Hals, und beide fielen in den Schnee. »Vati, Vati!« rief das Kind und lachte dabei aus vollem Halse.

Anfangs fand Kantor das Riemengeschirr, das man ihm um die Brust geschnallt hatte, recht unbequem, doch als nach der Ermutigung durch den Vater auch Peti zu rufen begann: »Hü, hü!«, setzte sich Kantor mit dem Schlitten in Bewegung. Sie rannten die Straße entlang, dann bogen sie in die ausgefahrene Bergstraße ein. Nach einigen hundert Metern Fahrt den Berg hinauf spannte Kovács den Hund aus, setzte sich auf den Schlitten, nahm seinen Sohn auf den Schoß, und dann glitten die beiden in schnellem Tempo abwärts. Kantor stürzte ihnen keuchend nach, unten im Tal bremste er so plötzlich, daß er in den Schnee purzelte.

Das war ein prächtiges Spiel; erst als es dunkelte, bereitete der Wachtmeister dem Rodeln ein Ende. Er hing Kantor das Geschirr wieder um den Hals, und in zügigem Tempo ging er nach Hause.

Lux wartete in der Veranda auf sie. Er beobachtete neidisch, wie sein Herr den Schnee von Kantors Fell kehrte. Heute hatte er einen ganz mißglückten Tag. Am liebsten hätte er sich mit Kantor angelegt. Sein Herr hatte ihn nicht einmal angeschaut, Kantor dagegen rief er sogar ins Zimmer hinein. Eine Weile hörte sich Lux in der Veranda das durch die Tür dringende Lachen und Petis Kreischen an. Er hielt es nicht mehr länger aus, hob sich auf die Hinterläufe, drückte die Klinke nieder und ging hinaus auf den Hof. Eine Weile schlenderte er ziellos im Garten umher, dann verzog er sich in den Holzschuppen. Nachdem er dort eine reichliche Stunde zugebracht hatte, schauderte es ihn vor Kälte. Vergebens lief er auf und ab, von dem unangenehmen Gefühl konnte er sich nicht befreien. Da besann er sich aber auf sein Recht, auf die warme Stube seines Herrn. Er ging in die Veranda zurück und begann winselnd an der Zimmertür zu kratzen. »Es ist doch nicht etwa kalt?« fragte sein Herr. Lux sah, wie der Junge seines Herrn bäuchlings auf dem Teppich lag, und Kantor hob ihn an den Trägern seines Overalls auf und setzte ihn ein Stückchen weiter wieder ab. Lux wandte sich ab und legte sich vor den Ofen. Er schloß die Augen und versuchte zu schlafen. Auf Kantors Bläffen hin aber blickte er zuweilen zornig auf, doch von ihm nahm niemand Notiz. Der Ofen verströmte große Wärme, und davon begann Lux' Rücken allmählich unerträglich zu brennen. Eine Weile ertrug er es geduldig, schließlich aber erhob er sich doch und ließ sich hinter einem Bein des Bettes auf der gegenüberliegenden Zimmerseite nieder.

Kantor übte an Peti ohne Ermüdung Pakettransport und Lebensrettung. Der kleine Junge kroch unters Bett, Kantor wartete ein Weilchen, und er spähte so eifrig nach Petis Versteck, daß er Lux unter dem Bett gar nicht bemerkte. Er wollte dem Kind hinterherkriechen, aber ein zorniges Knurren und sogleich darauf Petis Aufschrei lähmten ihn. Der Junge hatte Lux unter dem Bett nicht gesehen, und als er auf der anderen Seite zwischen den Bettbeinen hervorkriechen wollte, hatte er geglaubt, Kantor warte dort auf ihn und umarmte den Hals des Hundes. Lux aber biß dem Kind wütend ins Gesicht. Auf den

Schrei sprang Kovács auf, der auf dem Sofa lag. Entsetzt erblickte er das blutende Gesicht Petis. Sein erster Gedanke war: schnell ins Krankenhaus. Er zog nur sein Jackett über, wickelte das Kind in eine Bettdecke und stürzte mit ihm in größter Hast davon. Lux beobachtete ängstlich seinen zerstreuten Herrn, das weinende Kind, das Durcheinander.

Seine schlechte Laune hatte nun Unheil gebracht. Jetzt erst verstand er, daß er denjenigen gebissen hatte, den sein Herr noch mehr liebte als ihn. Und außerdem hatte er einem Kind wehgetan. Er schreckte auf, als Kantor mit funkelnden Augen vor ihm stand. Lux hatte das Bedürfnis zu fliehen. Vor dem zornig knurrenden jungen Hund schlich er mit eingezogenem Schwanz zur Tür. »Kantor!« rief Kovács' Frau den in seiner Empörung zu einer Rauferei bereiten Hund zurück. Lux aber öffnete sie die Tür. Sich duckend, huschte der Hund durch den Spalt hinaus. Kantor wollte ihm nachsetzen, doch die Frau schlug ihm die Tür vor der Nase zu. »Du bleibst hier!« und sie wies in die Ecke, wo sich Kantor folgsam niederlegte.

Alles hatte sich geändert. Wo sonst Heiterkeit und Fürsorge waren, gab es plötzlich Beklemmung und Kummer. Die Frau weinte.

Als der Wachtmeister zurückkehrte, rief er: »Wo ist dieser verfluchte Köter? Ich erschieße ihn!«

»Ich habe ihn hinausgelassen«, antwortete seine Frau. Kovács stürzte hinaus, durchsuchte den Hof, leuchtete in jeden Winkel. Von Lux jedoch war keine Spur zu sehen.

»Wohin mag der bloß verschwunden sein?« Mit dieser Frage trat Kovács wieder ins Zimmer.

»Du hast nur den Hund im Kopf. Sag mir lieber, was mit Peti ist!« forderte seine Frau ihn unter Tränen auf. Kovács setzte sich auf das Sofa und sagte traurig: »Sein Gesicht muß genäht werden.«

»Du lieber Gott«, schluchzte die Frau, »wird man es sehen?«

»Der Arzt meint ..., vielleicht ..., na, heul nur nicht«, beschwichtigte er seine Frau. »Er stirbt schon nicht daran.«

Vor Angst war Lux in die eisige Winternacht hinausgejagt, und nachdem er über den Zaun hinweg auf die Straße gesprungen war, lief er bergan. Auf halbem Wege kehrte er jedoch um und streifte ratlos umher, immer in der Nähe des Hauses. Er lauerte auf die Rückkehr seines Herrn. Im Schnee entdeckte er schließlich dessen Stiefelspuren. Er ging witternd dem bekannten Geruch nach. An der Hauptstraße angelangt, bog er nach rechts ab und verfolgte Kovács' Spur bis zum Krankenhauseingang. An der Pförtnerloge jedoch wich er zurück, denn er hörte die Stimme des Wachtmeisters. Er rannte auf die gegenüberliegende Seite und beobachtete, hinter einer Litfaßsäule versteckt, den Eingang. Hier stand er zitternd, bis Kovács im Tor auftauchte. Treue und Angst rangen in Lux miteinander, am Ende jedoch lief er wie gehetzt in Richtung Ziegelei davon. Er spürte, daß es besser wäre, den Polizisten jetzt zu meiden. Doch wohin sollte er gehen. Außer dem Häuschen von Kovács kannte er nur das Revier noch gut. Also begab er sich dorthin. Es war schon spät. Die Straßentür fand er verschlossen. Er scharrte und bellte leise. Der Posten steckte den Kopf zur Straße hinaus, und da drang Lux durch den Spalt in den Flur ein. Als der Posten den Hund sah, wartete er, daß auch der stellvertretende Revierleiter käme. Er schaute eine Weile auf der Straße nach rechts und links, aber vergebens. Schließlich machte er die Tür wieder zu und suchte den Hund. Der hatte sich unterdessen im Holzschuppen auf dem Hinterhof versteckt. Dort war ein großer Haufen Sägespäne, in den wühlte er sich hinein. Allmählich wurde er wieder warm und schlief dann ein ...

In der Frühe weckte diesmal Kantor seinen Herrn allein. Wie er es bei Lux gesehen hatte, scharrte er zunächst vorsichtig, dann etwas stärker an der Tür. »Ist er nicht zurückgekommen?« fragte Kovács, während er für Kantor die Tür öffnete. Der Hunger, dachte Kovács, der wird den Strolch schon nach Hause treiben.

Kantor erschien die heutige Pflichtübung ungewohnt, denn es hatte ihm gefallen, die Dressur- und Geschicklichkeitsübungen zu zweit zu absolvieren; allein klappte es gar nicht, nicht so gut wie sonst. Gewöhnlich war nur selten ein Fehler vorgekommen, doch jetzt war der Hund offensichtlich unkonzentriert. Dabei mußte man jedoch berücksichtigen, daß sein Herr die Befehle recht zerstreut erteilte. Er hörte auch früher, in Gedanken vertieft, mit den Übungen auf. Schweigend ging er mit Kantor zum Revier.

Im Dienstzimmer wurde Kovács vom Diensthabenden mit der Frage empfangen: »Was ist denn los, schicken Sie neuerdings Ihren Hund für Sie zum Kontrollieren?«

»Wieso?« fragte der Wachtmeister verwundert.

Da berichtete der Polizist, wie sich Lux gegen Mitternacht im Revier eingefunden hatte. Als Kantor Lux' Namen hörte, spitzte er die Ohren und ging in den hinteren Hof. Er sah noch, wie Lux von der Steinmauer auf das Nachbargrundstück hinuntersprang.

»Wo ist dieser Köter?« fragte Kovács, der gerade in den Hinterhof kam.

»Soeben hat er sich davongemacht«, antwortete einer der Polizisten. »Er übersprang die Einfriedung, als wäre sie gar nicht zwei Meter hoch.«

Also ist er vor mir ausgerissen, dachte Kovács verärgert, dennoch beruhigte er sich: Sogar in dieser Situation handelt Lux gemäß seiner Erziehung. Er strolcht nicht einfach herum, sondern meidet mich, weil er wahrscheinlich ahnt, welch eine Gemeinheit er begangen hat.

Am Vormittag tauchte Lux nicht mehr auf. Die Mittagszeit war herangerückt. Kovács hoffte insgeheim, daß der Hund, wenn sich sein Magen rührte, wiederkommen würde. Doch er wartete vergebens, schließlich mußte er mit Kantor allein ins Krankenhaus gehen. Während Kantor im Kellergeschoß fraß, eilte der Wachtmeister in die Chirurgische Abteilung, um nach seinem Jungen zu sehen. Von Petis Kopf sah er nur die Augen und den Mund. Alles andere war verbunden. »Garstiger Lux«, sagte das Kind. Kovács gab seinem Jungen einen Beutel Bonbons, und als er ihn betrachtete, dachte er: Peti ist bereits vier

Jahre alt und hat bisher weder Apfelsinen noch Schokolade gesehen. In diesem Jahr war auch die Knecht-Ruprecht-Figur nur aus Zucker gewesen und dabei so hart. Statt Schokolade einen Hundebiß. Der Wachtmeister lächelte betrübt. »Macht nichts, Peti, hat nichts zu sagen«, und er strich seinem Söhnchen über die Hand.

Auf dem Flur traf er den Oberarzt, der ihn verwundert fragte: »Sind Sie immer noch hier?«

»Ich bin vor einer halben Stunde mit meinem Hund ...«

»Vor einer halben Stunde? Das war sicher vor zwei Stunden. Sie sollten besser auf den Hund aufpassen, er hat die Stationsschwester beinah umgestoßen. Hat sie sich nicht beklagt?«

»Verzeihung«, unterbrach Kovács den Arzt, »aber ich verstehe nicht recht, wovon Sie sprechen.«

»Wieso verstehen Sie nicht? – Als Ihr Hund kam, rief ich ihn in mein Zimmer, da brachte die Schwester gerade mein Mittagessen, und als sie es auf den Tisch stellte, sprang der Hund auf, jagte die Schwester davon und fraß alles auf.« Kovács war verblüfft.

»Aber das ist noch gar nichts. Nachdem er mein Mittagessen aufgefressen hatte, stürzte er auf den Flur hinaus und ging alle Krankenzimmer der Reihe nach durch. Die Schwester wollte ihn fortjagen, aber der Hund gab ihr einen solchen Stoß, daß sie beinah auf den Rücken fiel. Ich ging ihm auch nach, fuhr ihn an, doch er machte sich nichts daraus, sondern lief aus einem Krankenzimmer ins andere, bis er Ihren Jungen gefunden hatte.«

»Peti?« fragte Kovács.

»Ja, ja! Ich habe alles von der Tür aus beobachtet. Der Junge schlief gerade, sein Arm hing vom Bett. Da stürzte diese Bestie zum Bettrand hin, wimmerte und leckte dem Kind die Hand. Als ich dann ins Zimmer trat, hörte er auf, klemmte den Schwanz zwischen die Beine und lief mit gesenktem Kopf an mir vorbei.«

»Fast unglaublich.«

»Hätte ich es nicht mit eigenen Augen gesehen, würde ich es auch nicht glauben, obwohl ich wirklich ein großer Hundefreund bin.«

Andere Einzelheiten erfuhr Kovács von den Küchenfrauen. Lux war nach seinem »Besuch« bei Peti in die Küche hinuntergegangen, hatte dort noch einmal etwas gefressen, und als Kovács mit Kantor eintraf, war er schon wieder verschwunden. Kantor würde ihn sicherlich finden, dachte Kovács bei sich, aber einen Hund auf die Spur eines anderen ansetzen – das darf man nicht. Lange jedoch darf sich Lux so nicht herumtreiben, sonst würde er verwildern. Dann aber wären mein bisheriges Ringen und meine Mühe umsonst gewesen.

Auf dem Revier empfing man ihn abermals mit: »Ihr Hund ist soeben über den Zaun gesprungen.«

So ging das zwei Tage lang. Am frühen Morgen des dritten Tages brachte Kovács den Hund Kantor, statt mit ihm zu üben, sogleich zum Revier. Er hatte folgendes überlegt: Wenn Lux im Revier übernachtete, erwartete er Kovács noch nicht zu diesem frühen Zeitpunkt. Gewöhnlich hatten sie die ganze Nacht dort verbracht, aber wenn sie übten, trafen sie nie vor halb acht ein. Kovács ließ Kantor vor dem Reviereingang Platz nehmen, er selbst versuchte, geräuschlos in den Hinterhof zu gelangen. Zu seinem Ärger fand er die Tür verschlossen. Bis er sie geöffnet hatte, war kostbare Zeit verstrichen, und diese genügte, daß sich der Geruch seiner Person und seiner Bekleidung auf zwanzig, dreißig Meter ausbreiten konnte. Obwohl Lux noch nicht vollends wach war, erkannte er sofort den Geruch und sprang blitzschnell auf. Doch ehe er die schiefe Tür des Holzschuppens so weit aufgestoßen hatte, daß er durch den Spalt hinausschlüpfen konnte, stand sein Herr bereits vor dem Schuppen. Lux fiel in panischen Schrecken, er hetzte zum hinteren Zaun. Schon setzte er zum Sprung an, als ihn der entschiedene Befehl seines Herrn erreichte. »Platz!« Lux legte sich, wie er es gelernt hatte, mit gerade vorgestreckten Vorderläufen und den Kopf zum Zaun hin nieder. Zurückzuschauen wagte er nicht. Angstvoll vernahm er die sich nähernden

Schritte, und er erwartete die Fausthiebe, wie sie ihn bei ihrer ersten Begegnung getroffen hatten. Entsetzt begann er zu wimmern, und die Erwartung der Schläge mit dem Koppel auf seinen Rücken lähmte ihn völlig. Er konnte nur zittern. Lux spürte, daß der Mann schon hinter ihm stand. In seiner Qual biß er in den schmutzigen Schnee. Der Hieb jedoch blieb aus.

Der Wachtmeister schaute nachdenklich auf den flach auf der Erde liegenden Hund. Lux hatte Angst vor Schlägen. Aber wußte er denn genau, warum er Angst hatte? Bereits vor drei Tagen hatte er den Jungen gebissen. Inzwischen hatte er Peti im Krankenhaus gesucht, und er war bestrebt, seinen Herrn zu meiden. Er wich der Begegnung aus! Es war noch ein Glück, daß er im Krankenhaus zu fressen bekam. In seiner ersten Erregung hätte Kovács beinahe einen verhängnisvollen Fehler begangen: Er wollte ihn erschießen.

»Steh auf und komm!« Damit ging Kovács, als wäre nichts geschehen, zurück zum Haus. Nur schwer erfaßte Lux, daß die Prügel ausgeblieben waren und daß sein Herr ihm zwar nicht freundlich, doch auch nicht unheilverkündend, befohlen hatte, mit ihm zu gehen. Er erhob sich mühsam und lief seinem Herrn mit zitternden Beinen nach.

Der Wind hatte sich gelegt. Die Schneeflocken tanzten träge im Lichtkreis der Straßenlampen. Kovács las in der großen Zeitung, die er über den Schreibtisch ausgebreitet hatte. Lux und Kantor lagen in der Nähe des knisternd brennenden eisernen Ofens. Der Wachtmeister warf einen Blick auf seine Uhr. Noch zwanzig Minuten, und die Streife kommt, dachte er bei sich.

»He, Recken!« sagte er zu seinen Hunden und erhob sich vom Tisch. Kantor sprang auf und trottete zu seinem Herrn. Lux blinzelte abwartend mit einem Auge.

»Los«, fuhr Kovács fort, »wir machen eine Runde«, und er stampfte mit dem Fuß auf. Da sprang auch Lux auf.

»Du Strolch, du ...«, und Kovács gab Lux einen Klaps auf den Kopf.

Plötzlich flog die Tür auf. Der Posten vom Tor und ein älterer Schaffner stürzten aufgeregt herein. »Herr Wachtmeister ..., hinter dem Straßenbahnschuppen ..., hat man ihn niedergeschossen ...«, keuchte der Schaffner.

»Was reden Sie da?« Kovács zog die Brauen hoch.

»Im Depot hörten wir nur den Knall. Ehe wir hinauskamen, war Pista Tóth bereits tot. Man hat ihm die Schaffnertasche geraubt.«

Kovács warf sich den Mantel um. »Kommt«, er winkte den Hunden. Das Koppel mit der Pistolentasche schnallte er sich im Toreingang um. Ein paar Minuten später waren sie an Ort und Stelle. Der Tote lag hinter dem zweihundert Meter langen Straßenbahndepot an der Wand.

»Ein einziger Schuß, von hinten«, stellte der Wachtmeister fest.

»Hat jemand den Täter gesehen?« fragte er die Schaffner, die schweigend in einer Gruppe beisammenstanden.

»Ich war als erster draußen ... Habe nur den Schuß gehört«, antwortete der ältere Schaffner, der den Vorgang auf dem Revier gemeldet hatte.

»Bis die Kriminalisten eintreffen, darf keiner fortgehen«, wies Kovács die Umstehenden an. Auf dem frischen Schnee führten Spuren von geriffelten Gummisohlen zum hinteren Zaun.

»Kantor«, Kovács rief seinen Hund näher. Auch Lux drängte sich zu seinem Herrn. »Warte«, er schob Lux am Kopf beiseite.

»Spur ... such.« Er wies auf die Spur im Schnee und wartete erregt darauf, was der Hund nun machen würde. Das war jetzt kein Spiel mehr. Kantor deutete durch Schwanzwedeln an, seinen Herrn begriffen zu haben. Er steckte die Nase witternd in den Schnee. »Such«, flüsterte sein Herr gespannt. Kantor ging auf die Einfriedung zu. Eine Viertelstunde Vorsprung mag der Kerl haben, rechnete sich Kovács aus. Hinter der baufälligen Backsteinmauer breitete sich brachliegendes Ackerland aus. Vor der Mauer hielt Kantor inne. »Weiter ... such«, spornte ihn sein Herr an. Der Hund spannte die Muskeln und übersprang die fast zwei Meter hohe Mauer in einem Satz. Lux schnellte Kantor, ohne daß es Kovács befohlen hatte, nach. Der Wachtmeister kletterte in seinem langen Mantel, sich in den Lücken herausgefallener Steine festhaltend, schwerfällig nach oben. Auf der anderen Seite warteten die Hunde geduldig auf ihn. »Wir können gehen«, keuchte er, nachdem er zu ihnen hinuntergesprungen war.

Das große Grundstück, das sich zwei Kilometer lang bis zum Friedhof von Óbuda erstreckte, lag in ungewissem Halbdunkel. Stellenweise sanken Kovács und seine Hunde in den Schnee ein. Die Hunde kämpften sich mit äußerster Kraftanstrengung vorwärts. Kantor ging zielstrebig voraus. Die Gruben der alten Ziegelei umgingen sie. Kovács schaltete zuweilen seine Taschenlampe ein. Von Zeit zu Zeit erhob sich stoßartig der Wind. »Der wird noch die Spur dieses Kerls verwehen«, sagte der Wachtmeister. Kantor jedoch verfolgte die Spur weiter. Der hat einen erstaunlichen Spürsinn, stellte Kovács fest und hob mühsam seine derben Stiefel. Als sie sich vom Ackerland zur äußeren Bécsi Straße durch den Schnee gearbeitet hatten, gingen schon Polizeistreifen auf dem bis zur Zollstelle reichenden Abschnitt. »Wir haben einen einzelnen Mann gesehen, doch als wir hinkamen, war er verschwunden«, erklärte einer der Streifenposten. Kantor bestätigte bald Kovács' Vermutung über den weiteren Fluchtweg des Mörders, denn nach einigen Metern bog er von der Landstraße ab und witterte weiter in Richtung der verschneiten Felder.

Gegen Mitternacht erreichten sie den Friedhof. Kantor ging an der hohen Mauer entlang. Etwa einen halben Kilometer lief er, dann hielt er plötzlich inne. Über der verlassenen Gegend tauchte der Mond zwischen den Wolken auf. Bald verschwand sein Lichtschein, bald leuchtete er auf, so wie die Wolken es zuließen. Kantor stand vor einem halbzerfallenen, verrosteten eisernen Tor. Wenn Kovács noch gezweifelt hatte, bevor sie auf die Hauptstraße gelangt waren, so vertraute er von dort ab seinem kleineren Hund doch blindlings. Durch die Wahrnehmungen der Streifenposten war er in der Ansicht bestärkt worden, dem Täter auf der Spur zu sein. Sie gelangten zwischen verwahrloste, von Gesträuch überwucherte Gräber. Die Blätter von Immergrünbüschen raschelten gespenstisch im Wind. Kovács zog seine Pistole und spähte beklommen über die Sträucher. Das Herz schlug ihm bis zum Hals. Alte Grüfte, gewaltige Grabsteine, mannshoher Christusdorn und Zypressen ... Alle Gegenstände hatten ein geheimnisvolles Aussehen. Aber wo sind die Hunde hingekommen? »Kantor ..., Lux«, wollte er gerade leise rufen, da krachte ein Schuß. Dann noch einer ...

Der Wachtmeister hörte, wie die Geschosse durch die Luft pfiffen. Die Kugeln zerrissen raschelnd die vereisten Äste. Kovács warf sich in den Schnee. Aus einer Gruft erschollen Klageschreie. »Hilfe!« kreischte verzweifelt eine Stimme. Kovács überlegte nicht mehr. Er kroch zur Gruft hin. Nach einigen Metern hatte er den Eingang der Grabstätte erreicht. Wütendes Knurren. Gerassel. Wimmern.

»Lux!« ächzte Kovács und wischte sich den Schweiß von der Stirn. Im nächsten Augenblick rief er energisch in die Höhle hinein: »Hervorkommen!« Er hatte keine Angst mehr. Lux und Kantor waren, als der erste Schuß krachte, in die Gruft gesprungen. Beim zweiten Schuß packte Lux den im Dunkeln lauernden Mann am Handgelenk.

Als sie den Streifenposten wieder begegneten, die auf die Schüsse hin zum Friedhof geeilt waren, führte Kovács den Raubmörder bereits ab zum Revier. Die Tasche trug Kantor. Lux begleitete seinen Herrn.

Am darauffolgenden Vormittag suchten Journalisten und Bildreporter das Vorstadtrevier auf. Man fotografierte den Wachtmeister mit seinen Hunden und ohne Hunde. Kantor verkroch sich vor dem Blitzlicht hinter seinem Herrn, Lux jedoch – von seiner Gewohnheit abweichend – duldete diesmal mit stolzer Miene das um sie herum entstandene Gewimmel. Anfangs hielt der Wachtmeister den Hund besorgt am Halsband. Er befürchtete, daß sein launischer Hund eventuell den einen oder den anderen der vielen Fremden im Büro anfallen würde. Doch er war selbst überrascht, wie ruhig Lux vor ihm saß und das Aufflammen der Blitzlichter ohne Klagetöne erduldete. Von Zeit zu Zeit hob er lediglich den Kopf und schaute seinen Herrn an, der darüber nachdachte, was seinen Hund wohl veranlaßt haben könnte, zu merken, daß dieser ganze Auflauf wegen seines Herrn zustande gekommen war.

Am nächsten Tag brachten die Morgenzeitungen längere und kürzere Berichte über die beiden Hunde und den »Hundewachtmeister von Óbuda«.

»Ihr seid berühmt geworden«, wurde Kovács von seinen Kameraden schon am Tor des Reviers empfangen.

»Berühmt«, brummte Kovács vor sich hin. Der Unterhalt der Hunde blieb nach wie vor ihm überlassen. Womit und auf welche Weise er die Hunde fütterte, das kümmerte niemanden. Nach seinen bisherigen Erfolgen hielten es seine Vorgesetzten für ganz natürlich, daß er höhere Ergebnisse als die anderen erreichte.

Es ist besser, gar nicht daran zu denken. Er verscheuchte seine immer wiederkehrenden Sorgen. Am Morgen, als er seinen gewohnten Kontrollgang auf dem Berg durchführte, hatte er wieder darüber nachgesonnen, was für eine vortreffliche Ausbildungsstätte für Polizeihunde man einrichten könnte. Mit Hilfe der »Spürnasen« ließe sich die Zahl der nichtaufgeklärten Verbrechen verringern, die öffentliche Ordnung noch mehr festigen ... Er würde ein großes Wildgehege anlegen, wo die Hunde mit allerlei einheimischem Wild aufwachsen könnten.

Ein schöner Traum, das wußte er, und man ließ es ihn auch spüren; im Grunde hielt man ihn für einen Sonderling und wunderte sich dann, wenn er mit seinen Hunden rätselhaft erscheinende Fälle erfolgreich gelöst hatte. Es war nicht zu leugnen – das wußte er nur zu gut –, solche Erfolge wie der letzte, als er den Raubmörder in der Gruft gefangengenommen hatte, hingen vom Zufall ab. Ganz anders wäre die Lage, wenn er die Hunde noch besser unterweisen könnte und die Hunde im Ermittlungsplan auch ihren Platz bekämen. Er möchte sie gern unterrichten, auch wenn er dafür selbst noch lernen müßte. Da war zum Beispiel Kantor. Mit ihm würde er wahre Wunder vollbringen können. Oder Lux. Was wäre denn aus dem Hund geworden, wenn Kovács nicht mit ihm einen Kampf ausgefochten hätte? Vor ein paar Tagen hatte er einen Kriminalroman gelesen, in dem Einbrecher den Herrn eines Hundes gefesselt hatten. Der Hund biß den Strick durch, zog dem Mann den Knebel – ein Taschentuch – aus dem Mund, dann stellte er die Einbrecher. – Phantasie? Märchen? Ist »Wolfsblut« von Jack London etwa auch ein Märchen? Und ist der »Ruf der Wildnis« nicht auch wahr? Nur bedingte Reflexe, Kovács fiel die Erklärung eines Dozenten der Veterinärmedizinischen Fakultät über die Ursachen der Handlungen eines Hundes ein. Aber war es denn Reflex, wenn Lux entdeckte: Mit der Straßenbahn und mit dem Bus zu fahren ist bequemer als zu laufen? Und wenn ein Hund bei einer zu lösenden Aufgabe die leichtere, mit weniger Mühe verbundene Arbeit wählte ... Ihm konnte man viel von Reflexen erzählen, er hatte es ja in der Praxis erfahren, daß ein Hund – bei entsprechender Erziehung natürlich – zu kombinieren imstande ist. Auch die Menschen muß man die Kombination, das Denken lehren; der Hund erkennt auch gewisse Zusammenhänge und ist auf einem bestimmten, wenn auch weit niedrigerem Niveau als der Mensch zu selbständigem Handeln fähig.

Dieses Thema beschäftigte den Wachtmeister nun mehrere Tage. An einem Abend hatte er zu Hause mit Kantor einen Versuch gemacht. Er band sich mit einem dünnen Bindfaden locker an einen Stuhl, mit der linken Hand bewegte er die Schnüre vor Kantors Nase herum, wobei er ihn aufforderte: »Faß zu! Faß zu!« Der Hund begriff bei der dritten Probe, daß sein Herr Hilfe von ihm erwartete. Nach einigem Mühen gelang es ihm auch, den Bindfaden zu zerreißen. Als Kovács sich wieder vom Stuhl erhob und sich bei Kantor bedankte, sah er deutlich an den Augen des Hundes, daß er den Zweck der Übung verstanden hatte. Also war die Szene im Roman nicht Phantasieprodukt des Autors gewesen. Bei Lux lagen die Dinge allerdings anders. Er begriff schwerer, was sein Herr mit der Schnur eigentlich wollte. Nicht etwa, weil er vielleicht über eine schwächere Auffassungsgabe als Kantor verfügte, sondern weil er die seinem Herrn drohende Gefahr nicht so schnell erkannte wie Kantor. Die Situation kam Lux wie ein Spiel vor, und er begann erst dann an der Schnur zu zerren, als Kovács wimmerte.

Außer seiner Frau konnte Kovács niemandem seine Gedanken über die Hunde mitteilen. In seinem Revierbereich hatte jeder mit sich zu tun. Im übrigen interessierten Hundeprobleme seine Gefährten gar nicht. Sie hätten auch nicht begriffen, was das bedeutete: Tierpsyche, Kombination, Zusammenspiel. Für sie waren alle Hunde gleich.

An einem milden, nebligen Februartag wurde Kovács gegen neun Uhr dringend ins Stadtbezirkspolizeiamt gerufen. Zwanzig Minuten später meldete sich Kovács mit seinen Hunden beim stellvertretenden Leiter der Dienststelle in der Timárstraße. Lux und Kantor ließ er im Vorraum, und er trat in den Dienstraum. Seine Vorgesetzten unterhielten sich mit einem ihm unbekannten Oberstleutnant. Der Wachtmeister meldete. Statt zu antworten, wandte sich der Leiter der Kriminalabteilung dem Oberstleutnant zu und wies auf Wachtmeister Kovács.

»Das ist er.«

»Ich freue mich, Sie auch persönlich kennenlernen zu können«, sagte der Oberstleutnant, erhob sich und reichte Kovács die Hand. In seiner Verlegenheit wußte der junge Wachtmeister gar nicht, was er tun sollte. »Lassen Sie bitte die Förmlichkeiten, setzen Sie sich nur.« In Kovács' Kopf schwirrten die Gedanken durcheinander: Warum hatte man ihn rufen lassen, wer war dieser Polizeioffizier, und was wollte er von ihm? Hatte er einen Fehler begangen? War es etwa seiner Hunde wegen ...? Die Hunde würde er nie aufgeben. Mag da kommen, was wolle: Eher würde er seine Entlassung beantragen, als sich von den Hunden trennen, dachte er.

»Wie geht es Ihnen und den Ihren?« fragte der Oberstleutnant.

»Gut, und sie warten draußen vor der Tür.«

»Wer denn ...?«

»Na, Lux und Kantor, meine amtlich nichtzugelassenen Mitarbeiter.«

Darauf erklang im Zimmer lautes Lachen. Es war nicht beleidigend. Der Oberstleutnant hatte den Wachtmeister und seine Familie gemeint.

»Also – also, das ist sehr gut. Und die sind hier vor der Tür? Bringen Sie sie doch herein.«

Kovács hatte den Grund für das Gelächter nicht begriffen, doch auf die Forderung hin sprang er auf und winkte den Hunden.

»Salutiert!« befahl er leise. Lux und Kantor liefen zur Zimmermitte hin, setzten sich dort nieder und hoben die rechte Vorderpfote an den Ohransatz.

»Bravo«, gratulierte der Oberstleutnant. »Sie haben gut daran getan, Ihre Hunde mitzubringen. Man hat mich nämlich beauftragt, Sie bis um elf Uhr zum Landes-Polizeipräsidium zu bringen.«

»Mich?« Kovács verschlug es den Atem.

»Gewiß. Das heißt: alle zusammen«, und der Oberstleutnant wies auf ihn und die Hunde.

Kovács holte tief Luft und sagte dann fest entschlossen: »Auf die Hunde werde ich nicht verzichten.«

»Brauchen Sie auch nicht.« Der Obersleutnant blickte auf seine Uhr, »nun wir müssen aufbrechen.«

Vor dem Stadtbezirkspolizeiamt stiegen sie in einen Wagen, und eine Viertelstunde später warteten sie bereits vor dem Dienstraum des Leiters der Landeskriminalpolizei. Pünktlich um elf Uhr öffnete sich die Tür, und ein grauhaariger Oberst forderte sie freundlich auf, einzutreten. Nach den beiden Männern – als wäre es die natürlichste Sache der Welt – kamen auch Lux und Kantor in das mit Teppichen ausgelegte große Zimmer. Kovács' anfängliche Aufregung hatte sich bereits gelegt, denn unterwegs hatte er von dem Oberstleutnant erfahren, daß man die Einrichtung einer Ausbildungsstätte für Polizeihunde genehmigt hatte: Der vor zwei Jahren geschriebene Vorschlag des Wachtmeisters war also aus der Versenkung des Archivs geholt und auf die Tagesordnung gesetzt worden. Wenn es um die Sache so steht, dann alles daransetzen! dachte Kovács, jetzt oder nie.

In der Mitte des geräumigen Arbeitszimmers führten die beiden Hunde auf Kovács' kaum vernehmbare Anweisung zunächst den Befehl »Stillgesessen!« aus, dann salutierten beide gleichzeitig mit der rechten Vorderpfote.

Der Oberst lachte. »Wie ich sehe, haben Sie sich auf den Empfang vorbereitet«, bemerkte er schließlich vergnügt. Kovács erhob Einspruch und beteuerte wortreich, daß sie, das heißt die Hunde und er, sich ständig in Bereitschaft befänden. Der Tag begänne bei ihnen mit halbstündigen Dressurübungen, und dazu gehörten auch diese Bewegungen. Polizeiarbeit sei schwerer Dienst, und da dürften auch die Hunde keine Ausnahme machen; auch für sie gelte strenge Disziplin, ständige Übung und Gehorsam.

Kovács begann einen zusammenhängenden Vortrag, so, als erklärte er es Jani Sárki, einem Polizisten des Reviers in der Vörösvári Straße.

Bei Scotland Yard wurden Bluthunde zu Beginn des 18. Jahrhunderts eingeführt, aber diese Hunde sind nur bei der Aufklärung von Mordtaten einzusetzen, und auch nur dann, wenn der Mörder Blutspuren hinterlassen hatte. Während des zweiten Weltkrieges hat sich die britische Polizei auf Deutsche Schäferhunde umgestellt.

»Leider bediente sich die Gestapo auch dieser Hunde«, bemerkte der Oberst.

»So ist es«, bestätigte Kovács. »Die deutschen Faschisten setzten diese Hunde zur Bewachung in den Konzentrationslagern ein, zum Aufspüren von Flüchtlingen und zur Verfolgung der Kommunisten ... Aber sie hatten auch Bluthunde.«

»Meinen Sie nicht, wenn unsere Polizei nun auch Hunde

einsetzt, daß das bei manchen Menschen schlimme Erinnerungen wecken könnte?«

Der Wachtmeister war betroffen, daran hatte er bis jetzt noch gar nicht gedacht. Was wollte er antworten, er betrachtete dieses Problem von seiner eigenen Praxis aus. Besonders durch die Einsätze in den Kommandos der SS und Gestapo hatten die Deutschen Schäferhunde einen schlechten Ruf, und die entsetzlichen Greueltaten sind nicht vergessen, so daß die Frage berechtigt war. Deshalb begann Kovács unsicher weiterzusprechen.

»Der Hund ist in erster Linie vom Menschen abhängig. Der Hund, mag er ein noch so verständiges Tier sein, kennt weder eine eigene organisierte Gesellschaft noch ein eigenes gesellschaftliches Gefühl. Deshalb leistet er dem Menschen Hilfe sowohl im Interesse edler und humanistischer Ziele als auch bei der Verwirklichung verbrecherischer Absichten. Der Hund kann – wie der Mensch – hilfreich und gut sein, doch er kann – wie dieser – auch zur Verwirklichung böser Absichten eingesetzt werden. Das ist eine Tatsache«, fügte Kovács mit Eifer hinzu, »und so wie die moderne Kriminalpolizei ohne Daktyloskopie nicht mehr auskommt, kann sie auch auf die Hilfe der außergewöhnlich verständigen und disziplinierten Fährtenhunde nicht verzichten ... Ich glaube, entscheidend ist hierbei, zur Erreichung welcher Ziele sie der Mensch verwendet.«

»Das klingt ja überzeugend«, antwortete der Oberst, wobei er sich lächelnd von seinem Schreibtisch erhob, und wie einer, der einem anderen Freude bereiten will, fügte er hinzu: »Wachtmeister, Sie haben meine letzten Bedenken zerstreut.«

»Meine Hunde, selbst dieser Halbwüchsige hier«, Kovács wies auf Kantor, »hassen jeden übelgesinnten Menschen und helfen allen, die sich in Not befinden. Anfang Dezember, als wir den Raubmörder von Óbuda verfolgten, führte uns Kantor von der in der Umgebung des Opfers gefundenen Spur vier Kilometer weit auf den Óbudaer Friedhof, und in einer Gruft fanden die beiden Hunde um Mitternacht den Mörder, der auch auf seine Verfolger schoß. Zum Glück waren die Hunde bereits in der

Gruft, der Mann hatte sie nicht bemerkt, sondern sah nur meinen Schatten vor der Grabstätte und zielte auf mich. Daß er mich nicht traf, ist nur einem glücklichen Umstand zu verdanken. Die Hunde haben ein sehr gutes Orientierungsvermögen. Obwohl Lux den Schuß nicht mehr verhindern konnte, faßte er im letzten Augenblick die den Revolver haltende Hand, so daß die Kugel das Ziel verfehlte. Ich konnte den Mann nur mit Mühe aus den Fängen der wütenden Hunde befreien.«

»Die Geschichte kennen wir«, bemerkte der Oberst. »Jetzt geht es darum, ob Sie, falls das Innenministerium im Frühjahr eine Ausbildungsstätte für Hundeführer einrichten sollte, die Leitung dieser Einrichtung übernehmen würden.«

Dieses Angebot verschlug Kovács die Sprache. Erst nach einer Weile antwortete er leicht verlegen: »Ich ..., ich diene dem arbeitenden Volk!«

»Gut, Genosse, gut«, sagte der Oberst, »ab Ersten des nächsten Monats übernehmen wir Sie in die Landespolizeibehörde, Sie bleiben aber bis auf weiteres bei Ihrer derzeitigen Dienststelle ..., natürlich zusammen mit Ihren Hunden.«

Dann fragte er interessiert: »Wo und wovon ernähren Sie eigentlich Ihre Hunde?«

»Wir bekommen im Margareten-Krankenhaus Gratiskost. Ich mußte das so organisieren, denn die Hunde fressen viel, und mein Gehalt reicht nicht dazu.«

»Verstehe, verstehe. Auch dieses Problem wird sich bald lösen. Bis dahin erhalten Sie monatlich einen Verpflegungszuschuß.«

Lux und Kantor beobachteten die Männer von der Zimmermitte aus. Sie saßen still da, nur den Kopf drehten sie stets in die Richtung dessen, der gerade sprach. Sie beobachteten das Gesicht und die Bewegungen ihres Herrn, und als sie ihn lächeln sahen, wedelten sie mit dem Schwanz.

Am Schluß der Besprechung salutierten sie auf Kovács' Zeichen und verließen an der Seite des Wachtmeisters den Raum. Im Flur klopfte der Oberst dem Wachtmeister freundschaftlich auf die Schulter. »Sie waren großartig. Sie haben gewonnen ... Na, und Ihre Hunde! Die sind wirklich eine Sensation.«

»Im Zwinger in Angyalföld gibt es ebenso gute Hunde«, bemerkte Kovács.

»Ja, ja ..., nur die Ergebnisse sind nicht so gut wie Ihre.«

»Die Ergebnisse, Genosse Oberst, hängen immer von den Menschen ab. Der Hund erwartet während seiner Arbeit von dem Menschen nicht nur Vertrauen, sondern fordert bei schwierig zu lösenden Aufgaben auch seine Hilfe.«

»Sie hätten Agitator, nicht Polizist werden sollen«, sagte der Oberst lächelnd. »Wenn Sie die gesamte Kriminalpolizei vom berechtigten Einsatz der Hunde genauso überzeugen wie mich, schlage ich Sie zur Beförderung vor.«

»Das ist keine Frage der Agitation«, erwiderte lächelnd Kovács. Am Fuß der Treppe legte er den Hunden die Arme um den Hals. »Prächtig, Jungs«, flüsterte er ihnen in die Ohren und rieb sein Gesicht an den beiden Stirnen. »So muß man es machen.« Zu dem Oberst aber sagte er, auf die Hunde zeigend: »Wenn die hier unser Ministerium nicht durch ihre Arbeit überzeugen, dann kann ein kleiner Wachtmeister sowieso reden, soviel er will.«

Von Buda drang Glockengeläut zum Pester Ufer herüber. Kovács bummelte mit seinen Hunden am Donauufer entlang zur Margareten-Brücke hin. Die Sonne schien auf dem Rand der Kuppelruine der eingestürzten königlichen Burg zu sitzen, dort, wo sich am Fuße des Schloßberges der Fluß in großem Bogen nach Südost wendet. Am rechten Ufer, hinter der Burg, erhebt der Szabadságberg den buckligen Rücken, und vom Westen her, auf der Spitze des Jánosberges, reckt sich – vergleichbar mit dem Fühler einer Riesenschnecke – der Aussichtsturm in den Himmel. So oft Kovács über die Brücke spazierte, die die Margareteninsel mit den beiden Ufern verbindet, kamen ihm seine Jugendjahre in den Sinn. Die Zeit hatte nichts hinweggespült. Durch die Brücke schwammen Eisschollen wie dunkelgraue Flöße mit weißen Rändern dahin, auf manchen saß wie ein einsamer Steuermann eine Möwe. Still dahinhuschende Inseln auf dem dunklen Wasserspiegel ...

Die Brückenbögen verschlangen dann die Eisinseln, und am unteren Ende der Öffnung tauchten sie aus dem durch die Pfeiler verursachten Wasserwirbel wieder auf. Ein endloser Strom, eine nie aufhörende Flut. Was für eine Bewegung, dachte Kovács, und welch eine Gelassenheit.

Von der Mitte der Brücke führte eine Abzweigung auf die Insel, und als er die nun betrachtete, fiel ihm auch jener Sonntag im Oktober ein, als die in der Stadt verbliebenen faschistischen Truppen den Brückenteil zwischen dem Pester Ufer und der Insel in die Luft sprengten. Ja, die Margaretenbrücke kam als erste dran. Die Front lag vom östlichen Stadtrand noch etwa fünfzig bis sechzig Kilometer entfernt, als die Brücke mitsamt den Straßenbahnen, Autobussen und Hunderten von Menschen vernichtet wurde. »Aus Versehen ...«, schrieb man – wie er sich erinnerte – damals in den faschistischen Zeitungen. Zu jener Zeit arbeitete er in der Werft und wollte gerade von Újpest nach Óbuda zurück, als die Brücke in Teile zersprang, die mit schrecklichem Getöse in die Donau sanken. Er hatte es eilig, denn er sollte eine wichtige Nachricht aus der Váci Straße übermitteln: Die Verlegung der Werft ins Ausland mußte verhindert werden. So hatten die geheimen Arbeiterkomitees der Fabriken in der Váci Straße entschieden.

Wegen der Sprengung war Kovács nur bis zur Kettenbrücke gekommen, und dort war es ihm gelungen, durch die Reihen der faschistischen Kontrollposten und der ungarischen Pfeilkreuzler hindurch das Budaer Ufer zu erreichen ... Drei Jahre später hatte er als Mitglied einer freiwilligen Arbeiterbrigade jeden Sonnabend und Sonntag seine Freizeit beim Wiederaufbau der Brücke verbracht. Tausende mit ihm zusammen halfen, damit die neue Brücke so schnell wie möglich fertig wurde, ragten damals doch nur die beschädigten Pfeiler der weltberühmten Budapester Brücke aus der Donau hervor.

Kaum fünf, sechs Jahre sind vergangen, und was alles ist

seitdem geschehen, murmelte Kovács vor sich hin und sah auf die wohlgeformten Beine einer vor ihm laufenden Frau. Wie gut, daß sich die Welt verändert hat, auch daß es wieder Frühling wird. Dabei vergaß er seine Hunde, die auf der Brücke ohne Leine frei neben ihm hergingen.

Die Ereignisse des Tages hatten ihn aufgewühlt. Er war aus dem gewohnten Rhythmus geraten, und der Vormittag kam ihm vor, wie wenn im Theater der Vorhang aufgeht und die Bühne freigegeben wird. Seine heimliche Wünsche waren unerwartet in erreichbare Nähe gerückt. Leiter werde ich sein ... Er kostete das Wort aus, war er sich doch der Bedeutung bewußt, die ein Leiter hat. Sechsundzwanzig Jahre alt war er, und von jetzt an durfte er sich ausschließlich seinen Hunden widmen ... Aber er würde nicht so ein Leiter sein wie sein Vorgesetzter mit der Furcht vor Flöhen. Er wird ein ganz durchschnittlicher Mensch bleiben.

Dieser Februartag war so schön, daß er zu träumen glaubte.

Nach dem Ablegen seines Winterkleides warf der Rosenhügel das Licht der mit dem Frost ringenden Sonne gelbgefärbt zurück. Ehe die Knopsen der Kastanien auf der Insel sich öffnen, werde ich vielleicht schon das Depot leiten, träumte er vor sich hin und überlegte, ob er all das seiner Frau erzählen oder ob er alles zunächst noch geheimhalten sollte. »Sieh«, würde er ihr dann sagen, »die Mühe war nicht umsonst; es hat sich gelohnt, sich auch in den schweren Jahren nach 1945 anzustrengen. Nun bringen mir die Hunde die Beförderung.« Dann überkam ihn plötzlich Besorgnis: Ob er schon genügend wisse, um andere unterrichten zu können? – Sogleich beschloß er, ab heute jeden Tag Fachbücher über Hunde zu lesen und emsig zu lernen. Ach, wenn er doch einmal ein richtiges Gehege einrichten könnte, in dem Wild und Hunde gemeinsam aufwüchsen! Das wäre das richtige: Suchhunde mit reinrassigen Stämmen, geschulte Nachkommen geschulter Eltern. – Allein schon dieser Gedanke verursachte ihm so viel Vergnügen, daß er zu pfeifen begann.

Ein Geräusch weckte Kovács aus seiner Träumerei. Er blickte zu den Hunden hin und sah gerade noch, wie Lux ohne Anlauf emporschnellte und über das Eisengitter sprang. Kantor beschnupperte eine auf den Gehsteig geworfene Jacke, doch noch bevor ihm Kovács etwas sagen konnte, sprang auch er. Gestreckt und flink schoß er über das Geländer. Kovács lehnte sich über die Brüstung und sah zur Donau hinunter. Fünfzehn Meter unter ihm spritzte das Wasser auf, und winzige Wasserkugeln schäumten empor. Lux war schon im Fluß angelangt. Als er den Kopf aus der Donau streckte und, im Kreise schwimmend, Ausschau hielt, plumpste Kantor gerade in seiner Nähe ins Wasser, nur einige Meter von einer schnell heranschwimmenden Eisscholle entfernt. Die Hunde wichen ihr aus, trieben zum Pfeiler hin, und da tauchte unter der Brücke ein menschlicher Körper auf. Der Ertrinkende breitete die Arme aus, schrie aber nicht. Lux hatte ihn sofort entdeckt und schwamm mit ganzer Kraft in Richtung des Mannes. Bevor dieser wieder versank, erreichte ihn der Hund und faßte ihn am Gelenk der aus dem Wasser ragenden rechten Hand. Ein paar Meter hinter ihm folgte Kantor. Mit kräftigen Schlägen holte er Lux ein, der sich mit dem Ertrinkenden abmühte, und Kovács konnte erkennen, wie er die Lage innerhalb eines Augenblicks meisterte: Mit dem Wasserwirbel ringend, war Kantor bestrebt, hinter den Ertrinkenden zu gelangen, und Kovács sah noch, wie er diesen am Genick packte. Bravo! dachte er. So hatte er sie die Rettung aus dem Wasser gelehrt. Aber vergebens packte Kantor zu, der Nacken des Mannes glitt dem Hund aus dem Fang. Er erfaßte darauf die linke Hand des Ertrinkenden.

Unterdessen hastete der Wachtmeister auf die andere Seite der Brücke. In der Nähe des Pfeilers, am Fuße der mythologischen Gestalt mit den Weintrauben, tauchten auch schon die beiden Hunde auf, zwischen sich den Mann, den sie durchs Wasser zogen.

»Luxi«, rief Kovács, und als Lux aufschaute, winkte er mit der Hand nach links, damit sie der Strudel der an der Inselspitze zusammenlaufenden beiden Donauarme nicht forttreibe. Lux hatte das Zeichen seines Herrn verstanden. Er steuerte auf das näher gelegene Ufer zu.

Auf der Brücke hatten sich schon Menschen gesammelt. Als Kovács die Hunde in Sicherheit wähnte, rannte er zurück, um die Jacke des Selbstmörders zu holen; und lief dann, was seine Lunge hergab, zum Pester Ufer hinüber. Dabei spähte er ins Wasser, nach den treibenden Eisschollen, zwischen denen die beiden Hunde die schwere Last mit erstaunlicher Sicherheit steuerten. Lux und Kantor faßten, sowie der Körper des Ertrinkenden erschlaffte, seine Arme immer weiter oben an, bis sie den Mann schließlich in Höhe der Achselhöhlen festhielten. Dadurch erreichten sie, daß dessen Kopf nicht im Wasser hing.

Etwa hundert Meter von der Brückenauffahrt entfernt, blieb Kovács am Ufer in Strömungsrichtung stehen. Seine Gestalt war das Ziel der Hunde. Sie ruderten auch kräftig zum Ufer hin, obwohl sie die starke Strömung immer mehr nach Süden trieb. Kovács befahl durch eine schnelle Folge von Pfiffen: nicht weiter! Er folgte am terrassenförmigen Ufer langsam den mit der Strömung ringenden Tieren. Fünfzig Meter weiter säumte eine hohe Steinmauer den Strom, und der Wachtmeister erkannte, wenn die Hunde weiter abgetrieben würden, könnten sie an dieser Stelle mit ihrer Last nicht herausklettern. Er pfiff einmal schrill und durchdringend. Lux blickte sogleich zu seinem Herrn, und obwohl sie noch reichlich hundert Meter vom Ufer entfernt waren, begann er mit voller Kraft gegen den Strom zu schwimmen, auch Kantor arbeitete mit seinen kräftigen Vorderläufen schneller als bisher. Am Ufer bremste gerade ein Rettungswagen mit lautem Sirenengeheul. Kantor warf den Kopf zur Seite, und er konnte im letzten Augenblick durch äußerste Anspannung der Kräfte einer Eisscholle ausweichen. Sie stieß ihn jdoch noch so stark gegen die Schulter, daß er vor Schmerz wimmerte.

Am Ufer warteten neben dem Wachtmeister bereits viele Menschen. Die Hunde hatten noch nicht die unterste Stufe erreicht, da langten schon zehn Hände nach dem bewußtlosen Mann, der sogleich auf eine Trage gelegt wurde. Kantor und Lux schüttelten kräftig das unangenehm kalte Wasser aus dem Fell. Solange sie den Ertrinkenden geschleppt hatten, froren sie nicht, hatte doch jeder Nerv und jeder Muskel angestrengt gearbeitet. Doch hier am Ufer wehte der Wind, und fünf Grad Celsius waren ja auch für einen Hund für ein Freibad wenig geeignet. Die Hunde beobachteten aufmerksam, wie man die Trage in den Wagen schob. Die aufheulende Sirene ließ sie erschaudern. Diesmal hatten die Hunde keine Disziplinlosigkeit begangen, sondern etwas Großes und Gutes getan. Langsam erwärmten sie sich wieder.

Sie wurden von Menschen umringt.

»Na, das reicht, gehen wir!« sagte sein Herr.

»Ein wunderschöner Hund«, lobte eine ältere Dame, »er hat sich die Rettungsmedaille verdient.«

»Sagen Sie doch bitte, hat er einen Stammbaum?« fragte ein Herr.

Das fehlt mir gerade noch, der Wachtmeister bekam Angst, wenn die mich hier auszufragen beginnen, nehmen die Antworten kein Ende. Ohne ein Wort zu sagen, drehte er sich um und ging auf die Brücke zu. Lux schwänzelte gemächlich aus der Menschenmenge heraus. Kantor hatte immer noch an der Stelle gestanden, von wo der Rettungswagen abgefahren war. Nachdem sie die Leute verlassen hatten, befahl ihnen ihr Herr: »Laufschritt!«

Damit war die Episode zu Ende. Die Glocken waren verstummt, auf der Brücke rasselten nur die Straßenbahnen. Auf dem dunklen Wasser schwammen schmutziggraue Eisschollen dahin, und wenn Kantor und Lux an dem dritten Brückenbogen nicht stehengeblieben wären, hätte Kovács nicht einmal mehr feststellen können, von wo aus jener Unglückliche in den Fluß gesprungen war. – Wer kann wissen, ob sie nun wirklich Gutes getan haben, grübelte der Wachtmeister. Mitunter ist einer des Lebens so sehr überdrüssig ..., er schüttelte den Kopf und verscheuchte die erdrückenden Gedanken. Möglich, daß der

Unbekannte einmal glücklich sein und die beiden Hunde, die ihm das Leben gerettet hatten, preisen würde.

Kovács schlenderte schon weiter, die Hunde aber rührten sich nicht vom Fleck. Da fiel ihm ein: Er hatte etwas versäumt. Er ging zurück zu ihnen, streichelte beide, gab ihnen freundliche Klapse auf den Kopf und lobte sie: »Tüchtige, sehr tüchtige Hunde sind Lux und Kantor.« Heute war Lux der Held des Tages. Und Kantor mußte gelobt werden, daß er sogleich Lux hinterhergesprungen war, obwohl er sich bislang noch nie aus einer solchen Höhe ins Wasser gewagt hatte. Lux war imstande, auch wegen eines Stück Holzes von der Brücke in die Donau zu springen, und deshalb galt Kantors Entschluß als ein viel größerer moralischer Erfolg, mußte er doch erst einmal die Angst überwinden. »Du bist ein guter Kamerad«, lobte Kovács den an Lux' Seite dahinschreitenden Hund und bedauerte, daß er sich bald von ihm trennen sollte. Er hätte ihn sehr gerne behalten. Die beiden Hunde ergänzten einander vortrefflich, dafür hatte die Rettung des Mannes den endgültigen Beweis erbracht.

Am nächsten Morgen hielt der Revierleiter Kovács die Morgenzeitungen unter die Nase. »Lesen Sie nur, lesen Sie ... Man schreibt wieder über Sie.«

»Bravouröse Lebensrettung ... Die beiden Polizeihunde zwischen Treibeis«, las Kovács laut die Überschriften der Artikel. Eine Weile schaute er nur darauf, dann sagte er: »Das verstehe ich nicht.«

»Wieso denn?«

»Ich habe dort mit keinem Journalisten gesprochen.«

Der Revierleiter musterte seinen Stellvertreter. »Nur keine falsche Bescheidenheit, verstanden? Neuerdings bringen Ihre Hunde immer nur so zufällig«, und er rümpfte die Nase, »nur so nebenbei eine kleine Sensation zustande.«

»Was soll ich sagen? Wir sind über die Brücke gelaufen.«

»Aha, warum ist er gerade dann ins Wasser gesprungen?«

»Sie denken doch nicht etwa ...«, sagte Kovács betroffen.

»Ich denke gar nichts, verstanden? Ich fragte nur: Warum gerade dann, wenn Sie und die Hunde irgendwo hinkommen?«

»Ich weiß es nicht«, meinte der Wachtmeister achselzukkend.

»Na, ich werde es Ihnen sagen: Damit die vielen Schreiber allerlei Geschichten über Sie und Ihre Hunde zusammenstellen können ... Über einen Polizisten! Nicht über einen Pferdedresseur vom Zirkus, sondern über den Wachtmeister Géza Kovács und seine zwei Hunde! Verstehen Sie endlich! Ein Polizist ist kein Schauspieler, Sie stehen ja allmählich schon mehr in den Zeitungen als ein Schauspieler. Solange Sie nicht mit den Hunden anfingen, herrschte hier bei uns Stille, Ordnung und Frieden. Da konnte ich wenigstens ruhig schlafen. Und jetzt? Da wird man schon in aller Frühe aufgestört, daß Sie persönlich beim Vorsitzenden erscheinen müssen mitsamt Ihren Hunden, wegen der Lebensretter-Auszeichnung nämlich ... Was für Zeiten, wenn hier schon die Hunde ausgezeichnet werden!«

Während dieser ungerechtfertigten Mißbilligung seines Vorgesetzten horchte Kovács nur bei dem Wort »Vorsitzenden« auf.

»Ich verstehe Sie nicht«, sagte er.

»Was verstehen Sie schon wieder nicht? Morgen um elf Uhr werfen Sie sich in Gala und gehen zum Vorsitzenden des Rates des Stadtbezirks. Und ich muß mir den Kopf zerbrechen, durch wen ich Sie vertreten lassen soll für die Zeit, in der Sie empfangen werden.«

Am achten Jahrestag der Befreiung Ungarns wurde im 3. Bezirk der Hauptstadt die Zentrale Hundelehranstalt eröffnet. Anderthalb Monate harte Arbeit, faßte der Leiter der neuen Einrichtung, Wachtmeister Kovács, in Gedanken zusammen. Bei der Polizei ist noch üblich, daß sich jahrelang niemand um die Dinge kümmert, doch wenn jemandem erst einmal etwas Richtiges einfällt, dann wird gehastet. Kovács hatte jedoch keinerlei Grund, sich zu beklagen. In dem schön gelegenen

Stadtviertel, das zum Naherholungsbezirk gehörte, hatten sie ein vortreffliches Grundstück bekommen. Schon auf den ersten Blick erkannte Kovács, daß ein besserer Platz gar nicht hätte gefunden werden können: Berge, Wiesen, Fluß, aufgelockerte und dichte Bebauung. Nicht weniger angenehm war, daß man ihn zum Leiter dieser wichtigen Institution ernannt hatte.

In drei neuerrichteten Boxen wurden sechzehn Diensthunde einquartiert. Man hatte sie aus den Revieren der Vororte hereingebracht, und vom Zwinger in Angyalföld hatten sie – für die Dauer des ersten Lehrgangs – zwei vorzüglich ausgebildete Arbeitshunde – Kormos und Tigi – geliehen bekommen. Der Übungsplatz war nach den internationalen Normen gebaut worden. Kovács hatte ihn gemeinsam mit seinen Mitarbeitern entworfen und angelegt. Wie viele Diskussionen und Probleme es da gegeben hatte: Ob nun der Reifen oder der Wassergraben als erstes Hindernis dienen sollte, eventuell auch die Mittelplanke ... Im alten Hundedepot waren kaum ein paar Hindernisse vorhanden, aber hier, auf der zweihundert Meter langen Kreisbahn, wollte er alle erdenklichen Übungsgeräte aufstellen. Den Reifen zum Beispiel brachte er von zu Hause mit. Vom Wäschekessel montierte er heimlich den oberen Rand ab. Das wäre ja auch kein Unglück gewesen, wenn seine Frau nicht die große Wäsche vorgehabt hätte. – Jetzt konnte er sich freuen, daß er schon den Ständer und die Stange an den Ring montiert und auch die Maße selbst dafür bestimmt hatte. Die Hunde hatten daran bereits geübt. Die Planken für die Sprung- und Kletterwand waren an einem Sonnabendnachmittag von seinen alten Bekannten, den Tischlern aus der Werft, aufgestellt worden. Die Wand war so hoch wie ein Stockwerk, und in verschiedenen Höhen hatten sie auch kleine Türen und Fenster eingelassen. Jedes Mitglied des kleinen Ausbildungskollektivs hatte etwas von zu Hause mitgebracht, wovon es glaubte, daß es in der Anlage zu verwenden wäre: einer eine Leiter, der andere eine Eisenstange, der dritte verrosteten, doch noch brauchbaren Maschendraht ... Drei Wochen lang gruben und hämmerten die Männer. Sie bauten auf der Erde auch noch eine zehn Meter lange Tonröhre zwischen die Hinternisse ein. So begann die Bahn schließlich doch mit dem Ring, dann folgten ein Wassergraben, ein Balken, eine Röhre, eine kleine und eine mittelhohe Planke, und am Ende versperrte die zwei Meter hohe Wand den Hunden den Weg, ihre Geschicklichkeit auf die Probe stellend. Dort mußten sie über eine Leiter zum Hochstand hinaufklettern, von wo ein steiles Brett zur ersten Etage zurückführte, und von hier aus konnten sie, über eine dünne Stange balancierend, zur hinaufführenden Treppe gelangen.

»Fünfzehn Hindernisse und eine ziemlich harte Bahn«, stellte der Wachtmeister in den aufregenden Bautagen fest und rieb sich erfreut die Hände. Seine Kameraden waren der Meinung, nicht so viele Hindernisse aufzustellen, weil man »die armen Hunde dann doch so sehr plagen müßte, wenn sie die Bahn fehlerlos, jedes Hindernis überwindend, durchlaufen sollten.« »Ohne strenge Normen gibt es keine Leistung«, wiederholte Kovács, »das ist ein Gesetz.« Wie weit wäre er denn mit Lux gekommen oder auch mit Kantor, wenn man von den Hunden nicht das Maximum ihrer Fähigkeiten und Kraftentfaltung gefordert hätte? Und Lux war ja erst der Anfang. Aus Kantor könnte er noch viel mehr herausholen, und aus den anderen erst recht. Er freute sich, sooft er daran dachte, daß aus den in ihrer Abrichtungsanstalt erzogenen Hunden hervorragende und disziplinierte Gehilfen des Menschen werden würden. Gut und schön, aber das Problem ist, daß aus den verschiedensten Teilen des Landes sechzehn Mann zu dem Lehrgang abkommandiert worden sind und daß sechzehn Hunde vorhanden waren. – Jedesmal, wenn ihm das in den Sinn kam, grübelte er darüber nach, in wessen Hände er Kantor geben sollte. Wem sollte er ihn anvertrauen, wenn er ihn nun einmal nicht mehr selbst betreuen konnte? Auch mit Lux würde es Schwierigkeiten geben. Ein Suchhund war kein Hofhund oder Schoßhund. Lux war arbeitsam und durfte nicht untätig zu Hause herumlungern. Wenn Kovács schon einmal Ausbildungsleiter geworden war, bedeutete dies nicht, daß Lux nun nicht mehr zu arbeiten brauchte. Sollte er ruhig arbeiten – aber mit wem? Die Lage war unverändert: Außer ihm ließ der Hund ja niemanden in seine Nähe. Wer sich mit ihm anfreunden wollte, auf den war er wütender als auf einen, der ihn versehentlich einmal in die Seite stieß. Kovács hatte noch nicht entschieden, was er tun würde. Seit dem Inkrafttreten der Verordnung des Innenministeriums hatte sich unverwartet herausgestellt, daß es doch sehr wenig Hunde gab und daß sich mit der Aufzucht Deutscher Schäferhunde im ganzen Land nur wenige Menschen beschäftigten. Am ersten April hatte das Landes-Polizeipräsidium sechzehn Hunde amtlich in den Polizeidienst aufgenommen. Mehr gab es nicht.

Gestern wurde die Anstalt eingeweiht. Der Leiter der technischen Hauptgruppe sprach, und nach dieser Rede führten Kormos, Tigi, Lux und Kantor eine Geschicklichkeitsschau vor. Ein bescheidener, aber guter Anfang. Der Wachtmeister rief sich die Geschehnisse des Festtages ins Gedächtnis zurück, während er am frühen Morgen mit dem Fahrrad an der Ruinenstadt Aquincum vorbei in Richtung Schule fuhr. Kantor und Lux begleiteten ihren Herrn, auf dem Gehsteig laufend, aber diesmal schenkte ihnen Kovács wenig Beachtung. Die Sorgen eines Leiters lasteten nun auf seinen Schultern, und obwohl er stolz auf seine Beförderung war, wurde er doch auch ein wenig traurig, denn er spürte: Die spielerischen, heiteren Tage, an denen es auch ab und zu Streiche gab, waren zu Ende. Der Leiter der technischen Hauptgruppe erwartete, wie seiner Festrede zu entnehmen war, von der Ausbildung des ersten Durchgangs der Hundeführer und von den Hunden geradezu Wunderdinge. Im vergangenen Jahr war der Hund noch ein unnötiges Übel, und jetzt soll er ein Wunderding sein? überlegte Kovács. Was für ein komplizierter Beruf das ist, kann ein Außenstehender kaum ahnen. Auch der am besten ausgebildete Hund versagt, wenn er keinen entsprechenden Partner hat. Ein Polizist mit gutem Kombinationsvermögen hingegen kann auch einen Hund mit durchschnittlichen Fähigkeiten zu außergewöhnlichen Leistungen befähigen ... Teufel nochmal, der

Revierleiter in der Vörösvári Straße hatte wahrscheinlich recht: Nur kein Aufhebens machen, sondern Stille, Ordnung und Frieden, grübelte Kovács, doch die Angelegenheit lief bereits, und er konnte sich mit seinen Hunden nicht mehr in die Abgeschiedenheit der Anstalt auf dem Csillagberg zurückziehen, dazu hatte er schon zu sehr die Aufmerksamkeit auf sich gelenkt. Wie würde er die Beschäftigung am ersten Unterrichtstag beginnen? Entschieden hatte er dann gestern abend, während er schlaflos im Bett lag, daß er über Hunde sprechen würde, über die alte Beziehung zwischen Mensch und Hund. Er wollte die Geschichte der ersten ungarischen Polizeihundeführerschule erzählen, die zu Beginn des Jahrhunderts an der Ecke Ecseri und Üllöi Straße, in unmittelbarer Nachbarschaft der berüchtigten Maria-Valeria-Elendssiedlung, errichtet worden war. Der geschlossene Steinbarackenkomplex wurde nach dem ersten Weltkrieg zu Notwohnungen umgebaut und verschmolz mit der eigentlichen Barackenstadt. In den dreißiger Jahren erbaute die Budapester Kriminalpolizei eine Schule in der Hösstraße. Nach Beendigung des zweiten Weltkrieges hatte die Polizei des neuen Ungarn das Gebäude übernommen. Aber in welchem Zustand! Die Situation glich der allgemeinen Lage des Landes: Ruinen, Zerstörung, Leere. – Unsere Heldenzeit, dachte Kovács und trat in die Pedale ... Vier Polizeianwärter, die zufällig zusammengetroffen waren. Ihr »Fachwissen« bestand aus dem, was sie als junge Burschen in Schmökern gelesen hatten. In den Diensträumen fanden sie ein paar alte Bücher und Aufzeichnungen, aus denen sie nach und nach die Arbeit mit den Hunden zu lernen begannen. Alte Kriminalgeschichten und Berichte über ein paar Fälle, die sich wirklich ereignet hatten. Sie tappten im dunkeln, und dennoch gingen sie mutig dem Unbekannten entgegen. Anfangs sammelten sie alle Arten von Hunden, erst später begannen sie nach Rassen zu sortieren. Eines Tages aber kommandierte man Kovács von hier ab, er wurde Revierpolizist. Doch nach seiner ersten Begegnung mit dem Deutschen Schäferhund hatte er sich stets nach den Hunden gesehnt ... Und siehe da, sein Weg führte ihn erneut zu den Hunden zurück. Und er hoffte, für immer ... Aber wer hat man denn aus den Bezirken delegiert? grübelte Kovács weiter. Werden sich diese Hunde auch für den schweren Dienst eignen? Denn dort, wohin man nach dem Lehrgang einen Hund versetzt, erwartet man sicherlich von der neuen »Spürnase« die Aufklärung sämtlicher schwieriger Strafhandlungen, und wenn Hund und Betreuer einander nicht völlig verstehen, ist alles aus. Eine komische Situation ist das: Da erlernen alle – mit mir zusammen – jetzt diese Fachrichtung, und dabei ist es – zum Teufel – viel leichter, zu handeln, als darüber zu reden. Hier aber muß man sprechen.

Im Park gegenüber der Zentralen Hundelehranstalt waren in der Nacht die Knospen der Platanen aufgeplatzt. Die halbstündige Fahrt auf dem Rad und der klare, nach Frühling duftende Morgen hatten den Wachtmeister erfrischt. Er sah die Bäume mit ihrer fleckigen Rinde, betrachtete die am Hang des Arany-Berges weiß schimmernden Kirschblüten und die das Római-Bad umrahmenden Pappeln. Kovács liebte die Natur sehr. Er hätte auch mit dem Vorortzug, der alle zwanzig Minuten verkehrte, bis hierherkommen können, aber er fuhr lieber mit dem Rad, vor allem, um die vom Frühling erweckte Natur zu erleben. Unter den Platanen entdeckte er »seine« sechzehn Polizisten. »Die Burschen kommen, sie kommen.« Und er trat in die Pedale. Mit einigen Minuten Vorsprung war er am Eingang angelangt und lehnte sein Rad an die Wand der Villa. Auf der offenen Veranda mühte sich einer seiner Mitarbeiter mit Plakatmalen ab. »Was soll denn das?« fragte Kovács.

»Ein Firmenschild, das wir über den Eingang hängen wollen ... Gut, daß Sie kommen, Genosse Kovács. Wie schreibt man richtig: Polizei-Hundeführerschule oder Polizeihunde-Führerschule?«

»Weder ... noch«, antwortete Kovács verärgert, »lassen Sie das. Wozu braucht man das zu schreiben, hier haust doch nicht der Zirkus Csája ...«, und er ließ den staunenden Zugführer stehen, der unsicher vor sich hin brummelte: »Irgendein Schild braucht man doch schließlich.«

»Ich habe gesagt, lassen Sie es. Sie alle sollten sich lieber um die Hunde kümmern.«

Mittlerweile war Lux mit Kantor zusammen auch auf der Veranda eingetroffen. Mit zornigem Gekläff verjagte Lux sogleich den Polizisten von dem Gartentisch.

Den Unterrichtsraum hatten sie im Erdgeschoß eingerichtet. Vor der alten Schule war nur ein einziger Ausbilder abkommandiert worden, Kovács' alter Freund, Feldwebel Németh, der sein Stellvertreter wurde. Németh war Kantors erster Lehrmeister gewesen. Die beiden Männer freuten sich aufrichtig, daß sie wieder zusammenarbeiten konnten. Die Schule in Angyalföld war Ausbildungsanstalt der Budapester Polizei geworden. Németh hatte seine Hunde, den alten Kormos und Tigi, mitgebracht.

»Was soll aus uns werden?« fragte Kovács. »Außer uns beiden versteht hier so gut wie keiner etwas vom Fach.«

»Und wir sind auch nicht vollkommen«, fügte sein Freund hinzu.

»Wie ist der Bestand?« erkundigte sich Kovács.

Sein Stellvertreter zuckte die Schultern. »Wir werden sehen«, meinte er. Dabei war das gar keine einfache Sache. Die Individualität der Männer und der Hunde mußte sich entgegenkommen, andernfalls würden sie keine guten Arbeitskameraden werden, sondern sich gegenseitig quälen. »Eine dumme Situation«, brummte er. Beide kannten die Charaktereigenschaften einiger Hunde besser als die der Männer, die sich zum Lehrgang gemeldet hatten.

»Weißt du was«, schlug Németh vor, »beginnen wir doch auf diese Art: Wir stellen die Männer auf die eine Seite und ihnen gegenüber die Hunde auf die andere. Überlassen wir ihnen die Wahl.«

»Das ist doch kein Gesellschaftstanz ...«

»Wir können es ruhig mal ausprobieren.«

Die Hunde sind sehr empfindlich. Wenn sie einen Menschen auswählen dürfen, dann gesellen sie sich zu demjenigen, der ihnen am sympathischsten erscheint. Das widerspricht nicht der

Erfahrung, daß sie im Ernstfall jeden als ihren Herrn akzeptieren können, der ihnen nichts zuleide tut.

»Da gibt es auch noch ein anderes Übel«, sagte Kovács.

»Denkst du an die Alten?« Németh hatte auch schon an die weitere Zukunft seiner eigenen Hunde gedacht. »Kormos und Tigi können wir nicht hinausgeben.«

»Lux auch nicht«, entschied sich Kovács für seinen Hund. »Aber woher sollen wir andere für sie besorgen?«

»Wir kaufen welche.«

»Dafür sind keine Mittel geplant.«

»Ich kenne einen Züchter, der würde mir billig welche verkaufen.«

»Meinen bezahle ich«, sagte Kovács schnell, und erst später fiel ihm ein, daß er nicht wußte, wovon.

Sechzehn Hunde müßten wir darüber haben. Sechzehn Bezirke nämlich werden nach Beendigung des Lehrgangs je einen Hund bekommen. Davon müßten sonst zwei Hunde je zwei Bezirke und einer sogar drei Bezirke betreuen. Noch dazu die drei westlichen Bezirke, das schwierigste Gebiet ... Kovács schaute zum Fenster hinaus. Die Teilnehmer des Lehrgangs unterhielten sich in kleinen Gruppen. Ein untersetzter, pausbäckiger junger Mann reckte die Arme zum Himmel, als turnte er. Ein drolliger Kerl. Da erblickte Kovács einen hinter dem Haus hervorpreschenden Hund. Ihm also galten die Armzeichen, dachte er und stutzte sogleich. »Aber das ist doch Kantor!« sagte er laut. Es gab ihm einen Stich ins Herz. »Die berühmte Hundetreue!« brummte er, und ihm kam zum Bewußtsein, daß er eifersüchtig war auf den anderen, den Fremden, der sich innerhalb weniger Augenblicke mit Kantor zu verstehen schien. Daß die Minute des Abschieds kommen würde, wußte Kovács ja, aber daß ihn dieser Augenblick so schmerzlich treffen würde, das hätte er nicht gedacht.

»Tibor, wer ist dieser Bursche?« fragte er seinen Stellvertreter.

»Mein Namensvetter«, antwortete Németh lachend, »Tibor Tóti, von der Zentrale des westlichen Bereichs zum Lehrgang kommandiert. Gestern abend habe ich mich in seinem Quartier mit ihm unterhalten, und ich kann sagen, der ist so ein großer Hundenarr wie wir beide.«

»Rufe ihn herein, diesen ›Ti...tó...ti...‹, oder wie er heißt –, und Kantor auch«, fügte Kovács hinzu.

Lux lag bisher in der Ecke. Wenn sich sein Herr im Dienstraum aufhielt, hätte man Lux nicht einmal gewaltsam hinausjagen können. Er tat so, als schliefe er, mit einem Auge jedoch verfolgte er jede Bewegung von Kovács. Mehr als je zuvor war er bestrebt, die Wünsche seines Herrn zu erraten, und das gelang ihm auch oft. In solchen Fällen sagte dann Kovács verwundert: »Luxi, du bist ein Gedankenleser.«

Bei dem Geräusch der sich öffnenden Tür blickte Lux auf. Zwei Männer und Kantor kamen herein. Er lief zu ihm. Ein bißchen erhitzt, aber doch freundlich leckte er seinem kratzbürstigen Lehrmeister übers Gesicht. Nach den gemeinsam verbrachten Monaten und den vielen erlebten Abenteuern hegte Lux Kantor gegenüber jetzt friedliche, ja ausgesprochen freundschaftliche Gefühle. Er hatte sich an den mutigen, aber vorsichtigen jungen Gefährten gewöhnt, und irgendwie erschien ihm die Welt um sich herum ruhiger, wenn er Kantor in seiner Nähe wußte.

»Sie kommen also aus Szombathely?« fragte Kovács und musterte den untersetzten Mann mit forschendem Blick. Kantors neuer Freund hatte interessante, schmalgeschnittene grüne Augen. Das Gesicht und die lässigen Bewegungen bewiesen, daß er über große Kräfte verfügte. Auch hatte er einen drolligen Namen – Tibor Tóti – den er mehrmals für sich wiederholte.

»Seit wann sind Sie bei der Polizei?«

»Seit zwei Jahren.«

»Haben Sie sich freiwillig hierher gemeldet, oder hat man Sie bestimmt?«

»Freiwillig ...«

»Wissen Sie, was für ein schwerer Beruf das ist?«

»Als ich noch in der Schmiede einer Fahrzeugreparaturwerkstatt arbeitete, habe ich zu Hause schon meine ganze Freizeit mit der Aufzucht von Schäferhunden verbracht.«

Das Herz von Kovács schlug heftiger: Schmied und Schäferhunde! Er lachte: »Ich war auch Schmied in der Werft von Óbuda und habe ebenfalls mit kleinen Schäferhunden angefangen.«

Damit gab er sich zufrieden und schloß den etwas krummbeinigen Polizisten mit dem drolligen Gesicht in sein Herz. Hier könnte Kantor vielleicht einen guten Herrn finden. Er beschloß, den Hund tagsüber Tóti anzuvertrauen und winkte Kantor zu sich. »Paß gut auf!« sagte er zu dem Hund und klopfte und streichelte freundlich dem Polizisten Schulter und Arm. Kantor wedelte mit dem Schwanz, dadurch bekundete er seine große Freude darüber, daß der ihm sympathische Mann, mit dem er am Morgen gespielt hatte, auch seinem Herrn gefiel. Damit war die gegenseitige Vorstellung vollzogen. Kovács beschloß, sich mit dem neuen Ausbilder namens Csupati – wenn dieser Lust dazu hätte – auch persönlich anzufreunden.

»Gut. Sie können künftig mit Kantor zusammen üben.«

»Danke«, antwortete Csupati, und mit einem Lächeln im Gesicht fuhr er Kantor mit den Fingern durch die Kopfhaare. Nachdem er sich entfernt hatte, sagte Németh lachend: »Siehst du, Kantor hat schon gewählt. So ist das Leben. Im ›Kindergarten‹ habe ich ihn erzogen, in der ›Grundschule‹ hast du ihn unterrichtet, und jetzt haben wir ihn für die ›Oberschule‹ aufnehmen lassen.«

»Wollen wir hoffen, daß er den geeigneten Lehrmeister hat. Denn um diesen Hund wäre es schade ...«

»Die haben einander bereits ausgewählt. Ich glaube, sie werden fleißig arbeiten. Darin liegt wohl auch irgendeine Bestimmung. Kantor bekommt also die drei westlichen Bezirke, das schwierigste Gebiet: Grenzverletzer, Schmuggler, Diversanten ... Plus unsere eigenen Sünder ... Es ist zu befürchten, daß nach sechs Wochen dort alle von seinem Spürsinn Wunder erwarten.«

Der Kommandant begann den Unterricht auf der Grundlage

seiner bisherigen praktischen Erfahrungen. Er war bestrebt, den Teilnehmern des Lehrgangs seine eigenen Erziehungsmethoden verständlich zu machen, und am Ende der ersten Woche konnte er zufrieden feststellen: Seine Erklärungen über Hund und Mensch, Arbeit, Kriminalität und Strafverfolgung waren auf fruchtbaren Boden gefallen. Schon von Anfang an hatte er auf Kantor verzichtet und ließ ihn auch über Nacht in der Schule, in Gesellschaft der anderen Hunde. Der endgültige Bruch war an einem Nachmittag erfolgt, als Lux seinem Herrn nachtrottete, der sein Fahrrad zum Tor hinausschob. Auf der Straße hatte sich Kovács bereits auf das Rad geschwungen, doch Lux rührte sich noch nicht, er schaute immer wieder durch den Gitterzaun zurück: Er wartete auf Kantor. Nichts war für ihn natürlicher, als daß Kantor hinter ihm herrannte, und nun bewog ihn das Ungewöhnliche zum Warten. Hinter dem Zaun zwischen den Sträuchern jedoch war keine Bewegung, dabei fuhr sein Herr im langsamen Tempo bereits heimwärts. Lux warf den Kopf hin und her, bald schaute er zur Schule hin, bald seinem sich immer weiter entfernenden Herrn nach. »Komm!« rief ihm sein Herr über die Schulter zu, worauf Lux losrannte, um ihn einzuholen. Als er dann neben Kovács hertrabte, meinte dieser halblaut: »Ja, ja, Luxi, Kantor ist nicht mehr da.« Als Lux Kantors Namen hörte, schaute er wieder zurück. Unterwegs bis zur Ruinenstadt wandte er den Kopf immer wieder nach hinten, bis die Hundeausbildungsanstalt endgültig seinen Augen entschwand. Da wurde es Lux klar: Der andere kommt nicht mehr mit ihnen mit!

Inzwischen sann Kovács darüber nach, was für ein interessanter Mann dieser Csupati doch war. Er führte sich die Ereignisse des Tages noch einmal vor Augen und versuchte, die ihm anvertrauten Polizisten einzuschätzen. Csupati war ein kräftiger, strammer Bursche, auf den ersten Blick kam er ihm zwar ein bißchen phlegmatisch vor, aber er versteht ausgezeichnet den Umgang mit Hunden.

Kovács merkte selbst nicht, wie schnell er alles, was nicht mit den Hunden und dem Lehrgang zusammenhing, aus seiner

Gedankenwelt verdrängt hatte. Kantor würde in gute Hände kommen, doch Lux' Schicksal beunruhigte ihn unverändert. Németh war es nicht gelungen, entsprechende Hunde zu finden, und gestern nachmittag hatte Lux den am besten ausgebildeten Hund, Kormos, angegriffen. Auf der Hindernisbahn war Lux plötzlich Kormos nachgelaufen und hatte ihn an der Tonröhre, als er schon halb in die enge Öffnung geschlüpft war, hinterrücks gebissen. Zur Ehre von Kormos sei gesagt, daß er die Übung trotzdem durchführte, doch am anderen Ende der Röhre wartete er auf Lux und fiel ihn an. Er war ein großer, kluger, kräftiger Hund, außergewöhnlich diszipliniert, aber er blieb niemandem etwas schuldig. Die Ordnung hatte sich innerhalb weniger Augenblicke aufgelöst, alle Hunde rannten zu den Raufenden hin, und sie verbissen sich derart ineinander, daß die Männer sie nur mit Schlägen auseinanderjagen konnten. Die Vormittagsübung mußte unterbrochen werden. Der Zwischenfall hatte die Hunde nervös gemacht, man mußte sie in ihre Boxen treiben. Kovács hatte bestürzt die beiden Störenfriede betrachtet, die sich, auch nachdem sie auseinandergebracht worden waren, gegenseitig anfletschten. Heute konnte man Lux nicht mehr auf den Übungsplatz schicken. Was sollte nur aus ihm werden? Er konnte ihn weder zu Hause lassen, noch ständig bei sich behalten. In der Schule aber suchte er Streit mit den anderen Hunden. Kovács dachte an vieles, nur nicht daran, was der eigentliche Grund des Zusammenstoßes der beiden Hunde gewesen war, nämlich die alte Antipathie von Lux gegenüber Kormos. Lux hatte ihre erste Begegnung nicht vergessen, und wie es schien, hatte sich Kormos' Verhalten auch nicht geändert.

In der neu aufgestellten Liste war Lux für die »Spezialausbildung« als bekannter Streifen- und Suchhund aufgenommen worden, der sich für operative Arbeit eignete. Das beunruhigte Kovács um so mehr, als ihm Anfang der Woche seine Vorgesetzten mitgeteilt hatten, daß in Zukunft auch der Grenzschutz auf die Arbeit der Hunde rechne. Es könne sich ergeben, daß sie sich an dieser oder jener Aktion beteiligten müßten. Lux konnte da keine Ausnahme bilden. Lux' Name aber bedeutete gleichzeitig Kovács, denn dieser Hund konnte ja nur mit ihm zusammenarbeiten.

Csupati beendete den Lehrgang mit »Ausgezeichnet«. Als er das Prüfungszeugnis erhielt, wurde er außerdem zum Wachtmeister befördert und konnte Kantor nun auch dienstlich übernehmen. In den vergangenen sechs Wochen hatte er sich mit dem Kommandanten angefreundet und viele praktische Kniffe von ihm erlernt. Kantor hatte sich ihm überraschend schnell angepaßt, und die Anhänglichkeit des Hundes und sein schnelles Erkennen von Zusammenhängen trugen auch zur Beförderung Tótis zum Wachtmeister bei. Während des Lehrgangs blieb der Spitzname Csupati an ihm hängen. Der Lehrgangsleiter machte kein Hehl daraus, daß an Csupatis Beförderung Kantor auch beteiligt war. Kovács schlug vor, bei der Einstufung der Hunde den Dienstgrad ihres Herrn zugrunde zu legen. Da Hundeführer und Hund eng zusammenarbeiteten, stünde ihnen der gleiche Dienstgrad zu. Csupati hatte das Empfinden, daß Kantor in den wenigen, schnell verflossenen Wochen so sehr Mitgestalter seines Lebens und seiner Arbeit geworden sei, als hätte er schon wer weiß wie lange mit ihm zusammengearbeitet. Csupati war Kovács sehr dankbar, weil dieser ihm mit Kantor zusammen auch solche Fertigkeiten beigebracht hatte, die nicht unmittelbar zur Pflichtausbildung gehörten. Durch die Genauigkeit seiner Arbeit ragte Kantor weit über die Hunde des Lehrgangs hinaus, und während die anderen Hunde durch strenge Kommandoworte zur täglichen Routineübung und zur Überwindung der Hindernisse auf der Bahn gezwungen werden mußten, führte Kantor auf das erste Zeichen seines Herrn hin alles durch, was dieser von ihm forderte.

»Der ist gar kein richtiger Hund«, sagten Csupatis Kameraden neidisch, denn Kantor versuchte nie – im Gegensatz zu den anderen Hunden – sich zu drücken, und während jene, wo immer es möglich war, die Planken umgingen und nicht durch die Tonröhre krochen, fühlte sich Kantor dann glücklich, wenn er Aufgaben mit vollem Erfolg löste, die die anderen noch nicht bewältigen konnten. Ihm gefielen schwere Aufgaben, und mit Csupati hatte er sich schnell angefreundet. Sein Instinkt bewog ihn, das Gefühl des Zusammengehörens nur einem Menschen gegenüber empfinden zu können, und diesen Menschen hatte er nun gefunden. Er wußte natürlich nicht, daß auch der Mensch nur imstande ist, für einen Hund solch eine Freundschaft zu empfinden und ein gutes gegenseitiges Verhältnis zu entwickeln. Csupati hatte sich im Verlauf der gemeinsam verbrachten Wochen nicht nur die Technik der Hundedressur, Fertigkeiten beim Spurensuchen, grundlegendes kriminalistisches Wissen und Kenntnisse über die Hundepsychologie angeeignet, sondern ihm war auch bewußt geworden, daß er von Kantor Leistungen verlangen durfte, zu denen andere Hunde nicht fähig waren. Beide waren sie jung, vertrauensvoll und mutig. Jeder fühlte eine Berufung für das, was auf ihn wartete.

Csupati hatte einmal ein Buch über einen Komponisten gelesen, aus dem er einen Satz behalten hatte: »Wer Großes vollbringen will, muß auf vieles verzichten.« Natürlich war ihm das noch nicht in aller Deutlichkeit bewußt, was dies Verzichten heißt, doch Großes tun wollte auch er. Zur Polizei hatte ihn die romantische Vorstellung gezogen, die Geheimnisse rätselhafter Fälle entschleiern zu können. Aus wenigen Fakten den ihm unbekannten Verlauf einer begangenen Tat zu rekonstruieren und nachzuweisen ... Ja, das war das Richtige für ihn.

Diese Gedanken gingen ihm im Kopf herum, während sie in dem überfüllten und schmutzigen Eisenbahnwagen zusammengedrängt nebeneinander saßen. Zweihundertvierzig Kilometer mußte er mit seinem Hund fahren. Er hatte also Zeit zu überdenken, was sein Hund schon alles konnte. Dabei überlegte er, was sie gemeinsam noch lernen müßten. Er wollte Kantor genau kennenlernen, jede seiner Regungen beobachten, seine Verhaltensweisen festhalten und nach Möglichkeiten seiner weiteren Entwicklung suchen.

Kantor saß am Fenster, und obwohl er sich in Gesellschaft seines neuen Herrn an den Geruch des Tabaks schon gewöhnt hatte, biß ihn der Rauch doch in die Augen. Er sah die vorbeihuschende Landschaft, verfolgte das rhythmische Auftauchen und Verschwinden der Telegrafenmasten.

In die Bilder der sich verändernden Welt stahlen sich zuweilen noch Erinnerungen aus dem Depot, wo sich Kantor wohlgefühlt hatte.

»Na, was siehst du denn da?« Csupati stieß den Hund leicht in die Seite. Der Zug raste mit ihnen einer dem Hund unbekannten, neuen Welt entgegen, immer weiter fort von der lärmenden Stadt, weg auch von der an Spielen reichen Jugendzeit. Als hätte Csupati Kantors Stimmung erraten, kraulte er ihn hinterm Ohr und ermutigte ihn: »Sei nicht traurig!« Dabei hob er ihm sanft die Schnauze nach oben. »Kopf hoch, was war, ist vorbei!«

»Wir fahren zu deinem Herrchen. Du wirst sehen, bei uns hast du es gut. Brauchst nicht traurig zu sein. Wir werden in die Flur hinausgehen, du bekommst jeden Tag feines Fresserchen, und ich werde dich gern haben. Auch die anderen Menschen werden das Hündchen lieben. Weißt du, Tjutju, die Menschen – nicht die Gauner ...«

Csupatis Zureden beruhigte Kantor, auf das Wort »Gauner« jedoch warf er den Kopf auf. Sein Blick glitt über die dunklen Gesichter in dem verrauchten Abteil. »Nein, nein, jetzt ist kein Gauner da«, sagte Csupati und legte seinen Arm um Kantors kräftigen Hals. »Jetzt ist alles in Ordnung«, und er drückte seinen Kopf an Kantors Kopf. Die im Abteil mitreisenden Fahrgäste starrten den mit dem Hund sprechenden Mann verwundert an, aber sie kannten ja nicht die Geschichte der beiden.

Die erste Nacht verbrachte Kantor unruhig. Beim Abschied hatte Csupati scherzhaft zu seinem Hund gesagt: »Die Ecken brauchst du nicht zu zählen.« Folgsam verzog sich Kantor ins Innere eines bequemen Hundezwingers, der sich in einem

Winkel des geräumigen Hofes befand, und legte sich nieder. Die Reise hatte viel länger gedauert, als die mit Lux unternommenen Straßenbahnfahrten. Seine Augen waren beim Beobachten der sich ständig bewegenden Welt überanstrengt worden, und es kam ihm noch in der Box eine Weile so vor, als wollten die Gegenstände von ihren Plätzen rücken. Es war die erste Nacht, die er allein verbrachte. Er sehnte sich unter das Bett seines früheren Herrn zurück, wo er, mit Lux zusammen schlummernd, doch wachsam den Schlaf des Wachtmeisters behütet hatte.

Seiner Gewohnheit entsprechend, wachte er früh auf. Der Schleier der Dunkelheit hatte sich noch nicht gehoben, als er bereits die Augen öffnete. Besorgt schaute er sich um und wartete beklommen auf seinen Herrn, der in freundlichem Ton zu ihm sprechen und die Tür seiner Hütte öffnen würde. Im Magen verspürte er Hungergefühl. Ein paar Minuten später aber tauchte auf sein Jaulen hin vor seiner Box ein Mann auf. »Ruhe!« befahl er, und obwohl die Stimme nicht die seines Herrn war, beschwichtigte sie ihn doch etwas. Allmählich begann der Tag, und als die Gegenstände in seiner Umgebung jenseits des Gitters wieder klare Umrisse annahmen, erschien auch sein Herr.

»Wie ich höre, hast du gejault«, sagte Csupati zu ihm. »Du hattest doch nicht etwa Angst, tu-tu-tu-tu?« er ahmte Kantors Geheul nach. »Das ist nicht schön, das ist deiner unwürdig.« Der Wachtmeister sprach ruhig, dennoch spürte Kantor Unwillen in seiner Stimme. Mit gesenktem Kopf trottete er aus seinem Bau hervor. »Mein Tjutju, nachts muß man, wenn möglich, schlafen. Du und ich auch. Wir werden noch viele Nächte haben, in denen wir nicht schlafen dürfen ... Na, komm, du Dummerchen.«

Das erste Kommandowort für eine Übung bedeutete Kantor eine Erleichterung. Der gewohnte Rhythmus war wieder eingekehrt. Schnell hatte er die Beklemmung vergessen und rannte, den Kopf freudig aufgeworfen, am Fuße der Steinmauer und des Zaunes umher. Während des Laufs führte er bald auf laute, bald auf gezischte Kommandos oder auf das Pochen der Stiefelabsätze und Handzeichen sofort die gewünschte Bewegung oder die Veränderung der Körperhaltung aus. Er lief, setzte sich nieder, legte sich auf den Bauch, kroch, lief wieder, horchte und sprang konzentriert und die ihn umgebenden Geräusche ausschaltend, richtete er alle Sinne und alle Aufmerksamkeit auf die Befehle seines Herrn.

Um acht Uhr mußte die morgendliche Übung unterbrochen werden. Der Leiter der Kriminalabteilung, Major Bokor, ein sorgenvoller, magenkranker, hagerer Mann von etwa vierzig Jahren, hatte Csupati rufen lassen. »Ich gratuliere Ihnen«, empfing er ihn. Der untersetzte, junge Polizist mit dem vollen Gesicht lächelte erfreut.

»Wie ich sehe, können Sie schon prima zusammen umherrennen«, dämpfte er sogleich Csupatis gute Stimmung. »Aber was kann der Hund außerdem?« fragte der Major und hielt die Beurteilung durch die Lehrabteilung auf seinem Schreibtisch in der Hand.

Die Frage überraschte Csupati. In seiner Verlegenheit antwortete er: »Salutieren.«

»Salutieren? Sie scherzen.«

»Nein.« Csupati wurde rot.

»Sondern ...? Das hier ist kein Zirkus. Da muß man nicht salutieren, sondern arbeiten.«

»Das kann er auch«, und nachdem er seine erste Aufregung überwunden hatte, zählte er auf, was Kantor alles konnte: »Er beherrscht die Dressurübungen, hat einen hervorragenden Spürsinn, wählt unter mehreren Gegenständen und Personen die gesuchten aus, kann Menschen aus dem Wasser retten und verfolgt selbst auf verkehrsreicher Straße die ihm aufgegebene Spur. Er kann sogar seinen gefesselten und geknebelten Herrn befreien, eine drei Meter hohe Planke überspringen ...«

»Dann ist das ja gar kein Hund, sondern ein Wundertier ... Doch genug davon. Ihnen hat er jedenfalls schon eine Beförderung außer der Reihe eingebracht. Alles Weitere werden wir in der Praxis sehen. Sie können aber damit rechnen, daß auch der Grenzschutz Ihren Hund in Anspruch nimmt ... Wann werden Sie einsatzbereit sein?«

»In zwei Wochen.«

»Zwei Wochen? Machen Sie keine Witze. Soviel Zeit können wir nicht zum Vorbereiten geben.«

»Aber die Übungen!« Csupati versuchte Einspruch zu erheben.

»Sie werden eben während der Arbeit üben. In vier Tagen nehmen Sie den Bereitschaftsdienst auf. Sie können gehen.«

Csupati kehrte schweren Herzens zu Kantor zurück. Der Hund lag vor der Box, und als er seinen Herrn erblickte, deutete er seine Freude über das Wiedersehen durch Schwanzwedeln an. Csupati zog einen Holzklotz zu Kantor hin und setzte sich darauf. »Wir sind in der Klemme. Tjutju. Man will uns beide ins Wasser werfen. Sie glauben, wir könnten schwimmen.« Er zuckte ratlos die Achseln. »Vier Tage. Weißt du, wieviel das ist? Du bist Anfänger, und ich bin es auch. Na, egal. Komm, beginnen wir mit der Arbeit.«

Csupati winkte seinem Hund, und sie gingen auf die Straße hinaus. Am Zaun der gegenüber dem Revier gelegenen Schule floß schnell und mit leisem Rauschen ein Bach in einem breiten, tiefen Bett. Der Weg führte am Bach entlang bis zum Sportplatz, wo das Flüßchen zu den Feldern hin abbog. »Vielleicht fangen wir hier an«, sagte der Wachtmeister zu sich selbst. An der Ecke tauchte ein Junge auf, der in großer Eile zur Schule hastete. Der hat sich aber ziemlich verspätet, dachte Csupati und wies dann auf die nassen Schuhspuren, die auf dem Straßenpflaster deutlich zu sehen waren. »Such!« ermunterte er Kantor, und nachdem der Hund Witterung genommen hatte, fügte Csupati hinzu: »Wir wollen sehen, woher dieser Musterschüler gekommen ist.«

Es wehte ein schwacher Südwind, und Csupati beobachtete, daß Kantor den Kopf trotz der sich am Boden deutlich abzeichnenden Spur nicht direkt darüber, sondern einen halben Meter seitwärts hielt und ihr auf diese Weise folgte. Nach etwa fünfhundert Metern durchquerten sie ein Wäldchen, und am jenseitigen Ufer des Baches suchte Kantor die Witterung wieder parallel zu den Spuren. Csupati fand schließlich die Erklärung für dieses Verhalten des Hundes: Der Wind bewegt den Geruch wie die Kerzenflamme, und dementsprechend läuft der Hund mal quer, mal seitwärts.

Nach einem eiligen Marsch von nahezu zwei Kilometern blieb Kantor vor dem Gartentor eines Hauses stehen, das in der Mitte einer verhältnismäßig verkehrsreichen Straße lag, warf den Kopf auf und signalisierte damit, daß sie angelangt waren. Er wartete auf einen weiteren Befehl, denn der kaum zwei Meter hohe Zaun bedeutete für ihn kein Hindernis. »Warte.« Csupati winkte und drückte die Klingel. Eine alte Frau schlürfte auf die Terrasse, und als sie den Polizisten erblickte, fragte sie erregt: »Wen suchen Sie?«

»Haben Sie ein Schulkind im Haushalt?«

»Du lieber Gott!« Die Frau erschrak. »Ist etwa diesem Schlingel etwas zugestoßen?«

Wir sind angekommen, dachte Csupati lächelnd, Kantor hat die richtige Spur verfolgt. Dann bemühte er sich, die erschrockene Frau zu beruhigen. »Es ist nichts passiert, der Junge ist bloß zu spät in die Schule gekommen.«

Die alte Frau schaute beide verständnislos an. Wozu waren sie gekommen, wenn dem Jungen nichts zugestoßen war? »Du lieber Himmel!« stöhnte sie erneut, und der Wachtmeister mußte ihr noch dreimal versichern, daß kein Grund zur Aufregung vorhanden sei, dem Kind fehle überhaupt nichts. Auch die Nachbarn waren schon aufmerksam geworden. Csupati winkte dem Hund und verschiedete sich von der alten Frau. »Na, alles Gute, Mütterchen, es ist nichts passiert, nur mein Hund hatte Lust zu einem Spaziergang. Deshalb sind wir in diese Gegend gekommen.«

Er nahm Kantor auf die linke Seite, dann gingen sie gemächlich von dannen. Während sie zum Flüßchen hin gingen, stieg die Sonne immer höher. Es war erst Ende Mai und schon so heiß wie sonst erst im Juli.

Im Tor des Bezirksamtes empfing der Posten Csupati mit den

Worten: »Gut, daß du kommst. Um zehn Uhr ist außerordentliche Dienstbesprechung.«

In diesem unruhigen Grenzgebiet galt fast jeder Tag als außerordentlich. Csupatis Polizeilaufbahn hatte auch unter solchen außergewöhnlichen Umständen begonnen. Er konnte noch nicht einmal vorschriftsmäßig grüßen, als man ihn schon eines frühen Morgens mit einer Einsatzgruppe in ein kleines Grenzdorf schickte. Man hatte ihm eine Namensliste in die Hand gegeben, und an Hand der Liste sollten sie bestimmte Leute »einsammeln.«

Die Gegend galt schon seit jeher als arm; der Boden war sauer und mager. Im Tal des Bergflüßchens, wo nach dem ersten Weltkrieg von den Ententemächten die neue Landesgrenze Ungarns festgelegt worden war, brachte das Gras der Wiesen den einzigen Wert für die landwirtschaftliche Produktion. Aus den angrenzenden Teilen des Landes trieb man des Nachts auf schmalen Pfaden ganze Rinderherden zu diesen Wiesen. Ein paar Tage weideten sie hier, und in einem geeigneten Augenblick wurden die Herden dann durch den seichten Fluß über die Grenze getrieben, um dann in den Schlachthöfen von Graz oder Wien ihr Ende zu finden. Auf diese Weise hatte sich hier der Tierschmuggel zwischen den beiden Weltkriegen zur Haupteinnahmequelle der Grenzbevölkerung entwickelt. Die hier lebenden Menschen waren an diese gefährliche Tätigkeit gewöhnt.

Csupati dachte voller Unruhe an die außerordentliche Dienstbesprechung und setzte sich auf den Klotz vor Kantors Box. »Das ist ein schweres Handwerk, Kamerad«, sagte er zu seinem Hund, der ihn ansah, als verstünde er jedes Wort. »Wir sind einfache Polizisten, Tjutju, jeder kann uns hin- und herschieben. Vergebens wollen wir dies und das erreichen, die Leute hier haben uns nicht sehr gern. Doch zu wem laufen sie, wenn man ihre Hühner stiehlt? Und wenn man bei ihnen einbricht, gar wegen ein paar Filler einen Mord begeht, von wem erwarten sie die Aufklärung des Falles? Von dir und mir ... Hol's der Teufel!«

Sie versammelten sich im Speisesaal. Während des Wartens tauchten in Csupatis Kopf viele komplizierte Fragen auf. Er dachte auch daran zurück, wie begeistert er als Jungkommunist in seiner Freizeit freiwillig gearbeitet hatte, um zu helfen, seinen Betrieb wieder auf die Beine zu bringen. Seitdem war viel Zeit vergangen ...

Aus seinen Gedanken schreckte ihn die Stimme des Leiters auf. Der Oberstleutnant warf ihnen Worte zu, klobig wie Felsenbrocken. Csupati versuchte, den Charakter seines Chefs zu analysieren. Er hielt ihn für cholerisch. Und von seinem ganzen Wortschwall begriff er nur, daß es in Budapest einen neuen Ministerpräsidenten gab und daß die Großbauern sich zusammentaten. Auch in diesem Bezirk hatten sich schon mehrere Genossenschaften aufgelöst, und es war zu erwarten, daß die Tätigkeit der westlichen Spionagedienste weiter zunahm. – Zum Teufel, bisher hat es ja sowieso nie Ruhe gegeben! sagte sich Csupati, den dies am ehesten betraf, denn wenn noch öfter Agenten herüberkamen, mußte er mit Kantor ständig nur ihren Spuren nachjagen. Doch warum verwendete da nicht auch der Grenzschutz Suchhunde? Freilich, dort war es bequemer, mit schwerfälligen, großen Hunden herumzuziehen, die man zwar zur Abschreckung benutzen konnte, deren Arbeit aber keinen Pfifferling wert war. – Unversehens geriet er in eine überhebliche Stimmung: Seitdem er Kantor kennengelernt hatte, verachtete er jeden anderen Hund.

Mit seiner geringen Schulbildung fand sich Csupati in den verwickelten politischen Erläuterungen nur schwer zurecht. Beschleunigter Bau von Fabriken, Geldknappheit usw. ... Und nun zitierte der Chef auch noch den Ministerpräsidenten: hier Fehler, dort Fehler ...

Nach der Dienstbesprechung verließen alle stumm den Speisesaal. Die Gesichter der meisten waren sorgenvoll. Neue Belastungen ... Was sollte bloß werden, wenn man in Zukunft die zahlenmäßig ohnehin schwache Gruppe der Kriminalpolizei auch noch für den Grenzschutz einsetzen würde?

Csupati eilte geradewegs zu seinem Hund. Kantor rieb

schmeichelnd die Schnauze an Csupatis Gesicht. Die Liebkosung des Hundes brachte Csupati zum Lachen; bei diesem Fröhlichkeitsausbruch sprang Kantor spielerisch um ihn herum. »Du hast recht, Tjutju, es lohnt sich nicht, betrübt zu sein. Na, komm, man hat uns endlich die Hindernisse gebracht, und wir werden eine schöne Bahn bauen ...« Csupati erklärte, und Kantor trabte zufrieden an seiner linken Seite. Sobald sein Herr ein Hindernis aufgestellt hatte, probierte es Kantor sogleich aus. Csupati hob kleine Gruben aus, und Kantor half ihm, indem er sie ausscharrte. So arbeiteten sie bis zur Mittagszeit.

Nach dem Mittagessen bauten sie weiter an der Übungsbahn, und als es dunkelte, hatten sie – mit Ausnahme der großen Planken – alles fertig. »Das genügt für heute.« Der Wachtmeister legte den Spaten nieder und ermunterte Kantor, noch eine letzte Runde zu laufen. Kantor rannte erfreut los und nahm die Hindernisse der Reihe nach: Reifen, Stangenklettern, Wassergraben, Tonröhre, kleine Planke, Drahtzaun.

»Prächtig, prächtig«, lobte ihn sein Herr zufrieden und zog die mit Watte gefütterte Übungsjacke über. Er ließ ein Zischen hören, dann wies er den Hund an, über ihn herzufallen, ihn festzuhalten, denn er sei jetzt ein Gauner. Er schlug mit den Händen um sich, drehte und wendete sich. Kantor umging ihn in einer immer enger werdenden Ellipse. Er suchte nach dem günstigsten Augenblick des Angriffs. In seiner Rechten schwang Csupati einen Knüppel und tat, als wollte er den Hund angreifen, dabei kommandierte er: »Faß' ihn, Gauner!« Kantor beschleunigte das Tempo, und als der Knüppel hochgehoben wurde, schoß Kantor nach einem irritierenden Seitensprung durch die Luft und packte während des Sprunges Csupatis Handgelenk. Der Stock flog weit fort, und der Wachtmeister lobte den Hund, der in den dicken Jackenärmel biß: »Richtig so, richtig!« Auf den Befehl: »Den Gauner auf den Bauch!« sprang Kantor – wie er das auch schon mit Lux zusammen geübt hatte – hinter Csupati und riß seinen Herrn unmittelbar danach zu Boden. Der Wachtmeister blieb einige Sekunden bewegungslos liegen, wobei Kantor auf seinem Rücken stand und am Kragen der Wattejacke herumzerrte. »Kannst herunterkommen, hör auf!« sagte Csupati und zog dann die Übungsjacke aus. Nun stand er wieder in seiner normalen Kleidung da.

Kantor begriff, daß dies nur Spiel war und daß sich unter der fremden Jacke sein Herr befand, doch wenn das seinem Herrn gefiel, warum sollte er es nicht tun? Csupati strich Kantor zufrieden über den Kopf. »Na, siehst du, so macht man das«, brummte er und ging auf das Hauptgebäude zu. Er führte Kantor zur Box, wobei er ihm dreimal hintereinander erklärte: »Das Hündchen braucht sich nicht zu fürchten, Herrchen ist doch in der Nähe.«

Nach dem abwechslungsreichen Tag legte sich Kantor, angenehm ermüdet, nieder und schlief auch sogleich.

Autogeräusche schreckten ihn auf. Um ihn herum war es finster, nur an der Hauswand brannte eine gelbe Lampe. Aus der Ferne erklang die Stimme Csupatis: »Sofort, Genossen, Kantor hole ich auch.«

»Du willst doch nicht etwa eine Messe lesen lassen?« fragte eine Stimme.

»Das nicht, aber es ist möglich, daß wir heute nacht die letzte Ölung brauchen.«

»Was? Hast du vielleicht schon jetzt die Hosen voll?«

»Dein Tantchen hat sie voll«, erwiderte Csupati verärgert, während er zu Kantors Box eilte. Als sich die Tür öffnete, schlüpfte Kantor ohne Aufforderung heraus. Csupati konnte es sich nicht verkneifen zu sagen: »Tjutju, siehst du, die haben uns nicht einmal die versprochenen vier Tage gegeben ... Was würden sie anfangen, wenn wir beide nicht da wären? Würden sie dann überhaupt keinen Spion fangen?«

»He, was wird?« ertönte erneut die rauhe Stimme.

»Wir kommen schon«, antwortete Csupati ungehalten.

»Schade um jede Minute. Auch so mag der Kerl schon zwei Stunden Vorsprung haben.«

Was für eine Nacht! Zu ihrem Glück schien im Westen am

Himmel noch der Mond. Auf dem Hof surrte der Motor eines Geländewagens vom Grenzschutz. Beim Anblick des Autos begann Kantors Herz heftig zu klopfen; jedesmal, wenn er nachts geweckt und gerufen worden war, hatte er eine außergewöhnliche Erregung empfunden. In seinen Erinnerungen war die Finsternis mit harter Arbeit verbunden.

»Sieh mal an!« Der Leutnant mit der heiseren Stimme wunderte sich, als er Kantor sah. »Der ist ja so groß wie ein Kalb!«

Csupati ärgerte sich über den Scherz, jedoch er sagte nur: »Setzen Sie sich nur nach vorn, Genosse Leutnant, der Hund sitzt neben mir.«

Csupati stieg mit der Gereiztheit eines aus dem Schlaf gerüttelten Menschen auf den hinteren Sitz. Kantor wartete, bis sein Herr Platz genommen hatte, dann sprang er in den Wagen. »Wir können fahren«, sagte der Offizier zu dem Fahrer.

Kantor lehnte sich an seinen Herrn. Csupati aber umarmte ihn und lehnte seinen Kopf an Kantors Hals. Er ärgerte sich über die Späße des jungen Leutnants und beschloß, ihm nichts schuldig zu bleiben.

»Wann ist er hereingekommen?« fragte Csupati.

»Wer denn?« Der Leutnant wandte sich zu ihm um. »Ach so, der Agent? Um dreiundzwanzig Uhr hat die Streife seine Spuren entdeckt.«

»Sie arbeiten aber auch nicht sehr schnell«, sagte der Wachtmeister. »Es ist bereits drei Viertel zwei. Ein Glück, daß Ihnen der Hund nicht nach zwei Wochen eingefallen ist.«

»Warum?« Der Leutnant begriff offensichtlich Csupatis Spott nicht.

»Auf diese Weise haben Sie dem Kerl mindestens zweiundeinehalbe Stunde Vorsprung gegeben. Gibt's bei Ihnen denn keine Funkgeräte?«

»Was sollte ich tun? Ich kann Sie nur mit Sondergenehmigung anfordern.«

Der Wagen fuhr im Eiltempo durch die menschenleeren und spärlich beleuchteten Straßen der Bezirksstadt. In den Kurven quietschten die Reifen, und Csupati wurde mit Kantor auf dem Sitz hin- und hergeworfen.

»He«, er hob nach einer scharfen Kurve die Stimme, »es ist nicht nötig, daß wir uns vorzeitig das Genick brechen.«

Der Fahrer lachte, aber der Leutnant spornte ihn noch an: Er solle nur zügig fahren.

Sie legten die Strecke in kürzester Zeit zurück. Die letzten Kilometer des Weges führten über einen schlammigen Feldweg zu einem kleinen Dorf auf einem Hügel. Früher war das Dorf dichtbesiedelt gewesen, jetzt wohnten da kaum fünfzig Menschen. Die Hälfte der Häuser war schon teilweise eingestürzt. Die Landesgrenze umschloß das Dorf im Halbkreis. Diejenigen, die damals im Friedensvertrag von Trianon die Grenze auf der Landkarte festgelegt hatten, kümmerte es wenig, unter welche Staatshoheit dieses oder jenes Haus fiel; ein Teil des Dorfes wurde vom anderen abgeschnitten. Auf diese Weise hatte der Vertrag Nachbarn getrennt. Die Menschen verließen das Dorf. Die Schule wurde nur noch von acht Schülern besucht. Kinder der ersten, zweiten und dritten Klasse gab es gar nicht, und in ein paar Jahren würde auch der Lehrer das ehemals blühende Dorf verlassen.

Die Grenzwache war oberhalb der Kirche an einem waldigen Hang in einem Betonbau mit flachem Dach untergebracht. Sie wurden vom Diensthabenden empfangen.

»Wieviel Mann können Sie uns geben?« fragte ihn der Leutnant.

»Zwei ...«

»Das ist nicht viel, aber zur Sicherung genügen sie vielleicht. Einen Funker haben wir.«

Kantor wartete im Auto und betrachtete mittlerweile aufmerksam die in Mondschein gebadete Landschaft. Die unzähligen Geräusche der Nacht vereinigten sich zu einem einzigen Rauschen. Zuweilen warf der Hund nervös den Kopf auf. Er war genauso unruhig wie sein Herr. Csupati überlegte, was wohl werden würde, wenn ihre erste gemeinsame Aktion mißlänge, wenn Kantor die Spur aufgeben müßte oder sich verlaufen würde. Das war wie das Debüt eines Schauspielers. Csupati hatte, als er noch in der Fahrzeugreparaturwerkstatt arbeitete, einer Laienspielgruppe angehört. Er mußte nur eine kleine Rolle spielen, hatte aber dennoch zwei Wochen lang an den wenigen Sätzen gelernt. Er sagte sie am Tage, er sagte sie nachts, wenn er aufwachte, doch als er auf die Bühne trat, schnürte es ihm die Kehle zu, und es fiel ihm nicht ein einziges Wort ein. »Das war ein scheußliches Gefühl«, sagte er jetzt leise vor sich hin. Der Fahrer drehte sich nach hinten: »Was denn?«

»Nichts, nichts«, Csupati schreckte aus seiner Träumerei auf. Er empfand die gleiche Beklemmung wie damals. Diesmal war es nun kein Laienspielzirkel mehr ...

»Aussteigen!« sagte der Leutnant. »Von hier aus gehen wir zu Fuß.« Der Fahrer hob das Funkgerät auf, und als er es bereitgemacht hatte, rief er sofort den Posten.

Der Mond versank allmählich am Horizont hinter den Bergen von Kärnten. Auf einem Zickzackpfad im Walde zogen sie hintereinander voran. Einer der ortskundigen Soldaten führte sie. Zwanzig Minuten später waren sie an eine Schlucht gelangt. »Hier ist der Spurstreifen«, sagte der Grenzsoldat an der Spitze und blieb stehen. Csupati schaute über den Drahtzaun. Er hatte plötzlich das Gefühl, an der Grenze einer Welt zu stehen und daß jenseits der Drahtsperre gar keine Menschen mehr lebten. Der Leutnant schaltete seine Taschenlampe an und richtete den Strahl auf die Stiefelspuren, die sich auf der geharkten Erde gut abzeichneten. »Sind sie das?« fragte Csupati. Der Grenzsoldat nickte.

»Na, dann wollen wir mal sehen, was Sie können«, wandte sich der Leutnant Csupati und dem Hund zu.

Csupati maß Länge und Breite der Stiefelsohle mit Aststückchen aus und steckte die entsprechend abgeschnittenen Stäbchen in seine Tasche. Dann schnallte er das Spursuchgeschirr um Kantors Brust und Rücken. Während der Wachtmeister noch die Fußspur vermessen hatte, nahm der Hund bereits Witterung auf, und nachdem der Befehl zum Suchen gegeben worden war, witterte er erneut in der Spur, dann umschnupperte er ihre unmittelbare Umgebung und warf den Kopf auf.

»Warum geht er denn nicht los?« fragte der Leutnant ungeduldig. Auf das zweite fordernde Kommando »Such!« setzte er sich in Bewegung. Vor Erregung zitterte er am ganzen Körper. Als sich die Leine ruckartig spannte, eilte Csupati befriedigt seinem Hund nach. Die erste Etappe war genommen. Der Mond verschwand am Horizont nun ganz. Der Wachtmeister knipste seine Taschenlampe an. Unter den Sohlen raschelte das vorjährige Laub. Kantor beschleunigte sein Tempo immer mehr. Bald verließ er den Fußweg und nahm Kurs auf den Hügelrücken. Den Grenzposten umging er in großem Bogen, und nach drei Kilometern bog er auf einem Waldpfad am Rande der ins Flußtal hinunterführenden Straße nach Süden ab.

»Der Kerl muß das Gelände gekannt haben«, erklärte Csupati dem beim Laufen ins Schwitzen gekommenen Leutnant. Von Osten her dämmerte es allmählich. An einem schmalen Gebirgsbach blieb Kantor stehen. Das Wasser plätscherte leise dahin. Durch eine Kopfbewegung deutete der Hund an, daß sie sich an dem steilen Bachufer hinunterlassen müßten. »Los!« ermutigte ihn Csupati und ließ die Leine länger. Am Rande des Baches witterte Kantor einige Zeit nach rechts und links. »Der Kerl wollte seine Spuren verwischen«, bemerkte Csupati und leuchtete mit seiner Lampe auf den Grund des Wasserlaufs. Ein paar Fußspuren waren in weichem Lehm unter dem Wasser erhalten geblieben. »Er hat sich nach oben gewandt«, sagte der Wachtmeister und ließ Kantor entgegen der Strömungsrichtung des Wassers suchen. Nach etwa hundert Metern wurde das Wasser des Baches von einer sumpfigen Fläche verschlungen, und nach weiteren fünfzig Metern war das Wasser schon völlig verschwunden und das Bachbett ausgetrocknet. Kantor witterte vergebens, er fand die Spuren nicht. »Der hat uns ’reingelegt. Im Laufschritt zurück!« Am Bachrand blieben sie bei der letzten Fußspur stehen, und da ließ Csupati Kantor noch einmal die Spur wittern, dann schnallte er die Leine ab. Auf das Kommando »Such!« begann der Hund bachabwärts zu gehen. Csupati nötigte die Soldaten zu einem schnelleren Marsch, denn unten in der Schlucht war Kantor bestrebt, die wiederentdeckte Spur eilig zu verfolgen. In der Ferne pfiff ein Zug. Csupati winkte ungeduldig den hinter ihm herlaufenden Soldaten. Die nächste Bahnstation lag vier Kilometer von hier entfernt. Er warf einen Blick auf seine Uhr. Es war fünf Minuten nach vier.

»Wann fährt der erste Zug?« fragte er einen der Grenzsoldaten.

»So gegen halb fünf.«

Im Tal, einige hundert Meter unter ihnen, tauchte hinter einem Hang, die Lokomotive auf. Wir kommen zu spät, schoß es Csupati durch den Kopf. Doch als er genauer hinschaute, wurde ihm leichter: Ein Güterzug stand auf der Strecke. Die Soldaten rangen keuchend nach Luft, als sie am Fuße des Hanges angelangt waren. Der Waldpfad führte über die Bahnschienen. Der Gebirgsbach floß unter dem Bahndamm hindurch. Kantor watete durch das Wasser, und am anderen Ufer bedeutete er durch Schwanzwedeln, daß er die Spur wieder aufgenommen habe. Rechts stand ein Bahnwärterhäuschen, links von ihnen aber wartete in etwa hundert Metern Entfernung auf der Strecke ein Güterzug.

»Rufen Sie sofort die Grenzbereichswache«, sagte Csupati zu dem Funker. »Sagen Sie, daß man die Bahnstationen des Bereichs beobachten soll.«

Als Csupati den Hund eingeholt hatte, legte er ihm wieder die Leine an, und Kantor rannte immer ungeduldiger auf das Wärterhäuschen zu. Er umging den niedrigen Lattenzaun, der den kleinen Hof umgab, und blieb vor der Tür stehen. Csupati duckte sich vorsichtig an die Wand, zog seine Pistole und drückte dann mit der linken Hand die Türklinke nieder. Kantor stürzte zornig knurrend durch den Spalt ins Zimmer.

»Hände hoch!« rief Csupati und wartete – sich duckend – auf einen Schuß aus dem Wärterhäuschen. Statt dessen aber kam Kantor zurück. »Gauner, such!« spornte er ihn aufgeregt an,

Kantor jedoch wedelte mit dem Schwanz und rührte sich nicht vom Fleck. Er hielt ein Lappenknäuel zwischen den Zähnen. »Pfui«, sagte Csupati, worauf der Hund das Taschentuch vor seine Füße fallen ließ. Da vernahm Csupati aus dem Raum leises Wimmern. Beherzt trat er ein und rief sogleich den Hund. »Hierher, hierher zu mir!«

Auf dem Fußboden lag, an einen umgestoßenen Stuhl gefesselt, der Bahnwärter in Hemd und Unterhosen. Zuerst durchschnitt Csupati mit seinem Taschenmesser die drückenden Fesseln, dann hob er den Stuhl auf. Die Grenzsoldaten gingen mit schußbereiten Waffen um das kleine Haus herum. Kantor beobachtete aus einer Ecke des Raumes, wie sein Herr versuchte, den ohnmächtigen Mann zum Bewußtsein zu bringen. »Wachen Sie auf, Mann!« Er schüttelte den Wärter an der Schulter. Mittlerweile waren der Leutnant und auch der Lokführer eingetroffen.

»Du lieber Himmel! Was ist mit Onkel Lajos passiert?« fragte der Lokführer.

»Jammern Sie nicht herum, sondern helfen Sie lieber. Bringen Sie Wasser!« rief der Wachtmeister dem Eisenbahner zu. Von dem kalten Wasser kam der Bahnwärter allmählich zu sich. Zuerst stöhnte er, dann öffnete er verstört die Augen.

»Nur Mut, Alter, nur Mut«, redete ihm Csupati zu. »Hören Sie mich?« der Wächter nickte.

»Wann hat man Sie niedergeschlagen?«

»Um zwei Uhr«, antwortete er kraftlos.

»Wie viele waren es?«

»Ein Großer ... Er hielt eine Pistole ... Meine Uniform ...«, und der Bahnwärter fiel wieder in Ohnmacht. Der Wachtmeister befühlte den Kopf des bewußtlosen Mannes. »Ganze Arbeit«, stellte er fest. Das Telefon läutete. Der Leutnant hob den Hörer ab. »Na endlich«, schallte es aus der Muschel. »Sind Sie eingeschlafen? Was ist mit dem Güterzug?«

»Kann er kommen?« fragte der Leutnant.

»Warum zum Teufel nicht? Wegen dem halte ich doch schon seit zehn Minuten den Personenzug zurück.«

»Dann halten Sie ihn noch ein Weilchen und telefonieren Sie sofort ins Kreiskrankenhaus nach einem Rettungswagen. Schicken Sie die Leute auf dem schnellsten Weg hierher zum Wärterhäuschen.«

Der Fahrdienstleiter begriff nur langsam, was geschehen war. Gleich danach rief der Funker zur Tür herein, daß man die Anweisung gegeben hatte, einen Sicherungsposten zurückzulassen, der Hund aber solle die Suche fortführen. Eine Untersuchungskommission sei bereits unterwegs.

Mittlerweile war der Bahnwärter wieder zu sich gekommen: »Ein großer Blonder ..., mit Pistole«, sagte er zusammenhanglos. Nun schickte Csupati alle aus dem Zimmer. Ihm war bewußt geworden, daß er die elementarsten Regeln der Spursuche verletzt hatte. In dem kleinen Raum hatten sie die Spuren des Täters verwischt. Er fluchte und blinzelte besorgt zu Kantor. Von wo aus sollte er nun Kantor ansetzen? Während des Grübelns trat ihm der Schweiß auf die Stirn. Er schob sich die Mütze in den Nacken und forderte ziemlich kläglich den Hund auf: »Such! Spur!« und er zeigte auf den Stuhl. Der Hund ging aufmerksam um den Bahnwärter herum, dann begann er auf dem Fußboden zu wittern. Er arbeitete methodisch, ohne jede Hast. Nach dem Fußboden beschnupperte er wieder die Armlehne des Stuhls; danach gab er mit plötzlich hochgestelltem Schwanz zu erkennen, daß er die Spur gefunden habe. Als Kantor zwischen den Schienen dem Güterzug entgegenrannte, dachte Csupati beklommen, daß der Hund vielleicht der Spur des Lokführers folgte. Seine Nervosität legte sich erst dann, als Kantor einige Schritte vor der Lokomotive rechts abbog und querfeldein lief. Sein feiner Spürsinn nahm den ihm bekannten Geruch auf. Er irrte sich nicht. Er verspürte nur einen schwachen Geruch, aber der genügte ihm vollauf. Sein Kopf war ständig direkt über der Erde, hinter ihm lief geräuschvoll sein Herr. Kantor eilte zielsicher weiter.

Wieviel Vorsprung mag der Kerl haben? überlegte Csupati. Laut Aussage des Alten war er um zwei Uhr im Wärterhaus, jetzt ist es gleich halb fünf. Also zwei und eine halbe Stunde.

Bis hierher haben wir etwa sechs bis sieben Kilometer zurückgelegt ...

Kantor überquerte die Betonstraße. Ein Stück lief er im Straßengraben, dann bog er in Richtung des rechts liegenden Waldstreifens ab. Csupati lief mechanisch hinterher. Als sie den Wald wieder verlassen hatten, gelangten sie zu einem kleinen Dorf an einem Nebenfluß der Donau. Kantor ging auf die Gärten zu, die sich bis zum Flußufer erstreckten, und war bestrebt, auf einem schmalen Fußweg voranzukommen. Er zog zunehmend stärker an der Leine und deutete damit an, daß die Spur »warm« werde, der Vorsprung des Flüchtenden sich immer mehr verringere. Schließlich blieb er vor einer Gartentür stehen. Csupati wartete auf seine Begleiter. Der ungepflegte Garten reichte bis ans Flußufer hinunter, und das auf dem Hügel stehende Haus wurde von einer hohen Fliederhecke verdeckt, die sich quer durch den Garten zog und zu dieser Jahreszeit dicht belaubt war.

»Ich glaube, wir sind an Ort und Stelle«, flüsterte Csupati dem Leutnant zu und klinkte die wacklige Tür auf. Kantor betrat ungeduldig den Garten und ging geradewegs auf den Hof hinter der Hecke zu. Csupati hielt den Hund einige Sekunden zurück und riet dem Leutnant, daß der Funker sie hinter dem Heckenzaun absichern und sie nur zu dritt ins Haus gehen sollten. Kantor führte die kleine Gruppe zu einer zweiflügligen Tür. Csupati schnallte Kantors Leine ab und stieß mit einer flinken Bewegung die Tür auf. Kantor sprang, und im nächsten Augenblick war in dem halbdunklen Raum der Schrei einer Frau zu hören.

»Halten Sie den Mund!« Mit dieser Aufforderung lief der Wachtmeister seinem Hund hinterher, sie traten in eine Küche ein. Hinter dem Tisch saß, einen Kochtopf in der Hand, eine vor Angst zitternde Frau.

»Mein Mann, mein ... Mann«, stammelte die Frau, während sich Kantor vor die Glastür links stellte. Er wandte sich halb zurück, bellte einmal und deutete an, daß sie sich auch darin umsehen sollten.

»Wer ist in dem Zimmer?« herrschte Csupati die Frau an, um seine Erregung durch Entschlossenheit zu verdecken.

»Niemand.«

»Wirklich?« fragte er spöttisch, wobei er entschlossen, die Pistole in der Hand, vor Kantor plötzlich die Tür öffnete. Im Zimmer hielt sich tatsächlich niemand auf. Der Hund kroch unters Bett, wo er den bis hierher verfolgten bekannten Geruch spürte. Er fand einen Koffer und zog ihn ruckweise unter dem Bett hervor. Csupati wartete mit schußbereiter Pistole darauf, was Kantor wohl gefunden haben mochte. Das Bett krachte zuweilen gewaltig, wenn der Hund bei seiner Kraftanstrengung den Rücken gegen die Bretter drückte. Der Koffer war tatsächlich schwer. Nach Schätzung des Wachtmeisters wog er mindestens zehn Kilo. Csupati klappte den Deckel auf. Ein paar Männersachen und ein Handtuch. Argwöhnisch betrachtete er alles. Das sollte so schwer sein? Immer wieder tastete er den Innenraum des Koffers ab, bis seine Finger unverhofft einen Knopf fanden. Als er darauf drückte, öffnete sich das untere Fach.

»Also ein Funkgerät, ein kleines Funkgerät«, murmelte Csupati vor sich hin, während er die Deckplatte wieder zuklappte.

»Den hätten wir«, sagte er, und er stellte den Koffer in der Küche vor der Frau auf den Tisch. »Aber wo ist der Eigentümer?«

»Es ist der Koffer meines Mannes«, gestand die Frau.

»Nehmen Sie sie bitte mit, Genosse Leutnant, denn ich glaube, sie wird der Hauptbeweis sein.«

Inzwischen hatte Kantor weitergesucht. Er war in den äußeren Flur hinausgegangen und lenkte durch leises Bellen Csupatis Aufmerksamkeit auf sich.

»Mir scheint, da finden wir auch noch anderes ...« Er winkte dem Leutnant und folgte Kantor. Der Hund lief wieder hinunter in den Hof, dort bog er nach links ab, überquerte seine eigene Spur, dann stürzte er zu dem Schuppen am hinteren Ende des Hauses. Vor der geschlossenen Tür blieb er mit gesträubtem

Fell stehen und begann zu knurren. Der Leutnant brachte die Frau zum Schuppen. Csupati rief auch den Funker zu der Scheune. Kreidebleich war die Frau im Gesicht, sie knüllte den Saum ihrer Schürze zusammen. »Machen Sie auf!« sagte der Leutnant. Die Frau trat zaudernd zum Schuppen hin.

»Schnell!« rief Csupati ungeduldig. Die Frau griff unschlüssig nach dem verrosteten Draht, mit dem die Scheune verschlossen war. »Ich habe Angst –, vor dem Hund«, stammelte sie.

»Ich glaube, Sie müssen sich vor etwas anderem fürchten, nicht vor dem Hund«, bemerkte Csupati. Endlich öffnete die Frau die Schuppentür, und Kantor stürmte durch den Spalt hinein. Der Hund stieß gegen eine große Menge Heu. Er bohrte den Kopf in den raschelnden, duftenden Heuhaufen. Bis zur Hälfte seines Körpers war er hineingekrochen, er wühlte, knurrte und scharrte, dann lief er zu Csupati zurück. Csupati betrat nun hinter Kantor den Schuppen. Neben der Tür fand er eine an die Wand gelehnte Mistgabel, damit stieß er einige Male in das Heu. Ohne Erfolg. Er winkte den Soldaten, sie sollten die Scheune gründlich durchsuchen.

Die Frau schluchzte auf. »Was wird jetzt werden?«

»Was sollte wohl werden?« Csupati zuckte die Achseln. »Sie wissen ja auch, daß Sie einen Spion und Diversanten versteckt haben.« Er zog sich mit dem immer noch unruhigen Hund an die Bretterwand zurück. Unterdessen hatten die Soldaten das ganze Heu umgewendet, und sie meldeten, niemanden gefunden zu haben.

Das Weinen der Frau ging plötzlich in ein hysterisches Gelächter über.

»Nicht möglich«, sagte Csupati.

Draußen vor der Bretterwand sträubte sich noch immer Kantors Fell, er war unruhig. Als die Soldaten aus dem Schuppen herauskamen, begann Kantor neben seinem Herrn die Bretterwand von außen zu beschnuppern. Bei einem größeren Spalt drückte er aufgeregt die Nase an die Seite des Schuppens und begann sogleich zu knurren. Csupati schaute

Kantor an. »Hast du ihn?« fragte er leise. Er beugte sich zum Spalt und rief: »Herauskommen, oder ich schieße!«

Es war, als raschelte hinter den Brettern eine Maus. Auf seine Aufforderung erhielt er jedoch keine Antwort. Da schoß Csupati einen halben Meter über dem Spalt in die Bretterplanke. Das erwies sich als wirksam.

»Nicht schießen!« jammerte drinnen gedämpft eine Stimme.

»Dann aber auf der Stelle heraus!« befahl Csupati und winkte dem Hund: »Hilf ihm, Tjutju.« Inzwischen erklärte er den Soldaten: »Seht ihr«, sagte er, »wir haben ihn deshalb nicht im Heu gefunden, weil er sich zwischen das Heu und die Wand gedrückt hatte.«

Als in der Ecke das Heu raschelte, sprang Kantor hinzu. Er bohrte sich hinein, und nach einigen Augenblicken zerrte er eine Hand mit einem Trommelrevolver hervor. Beim Anblick der Waffe trat Csupati der Angstschweiß auf die Stirn; erst jetzt dachte er daran, daß der Mann auch durch die Bretterwand hätte schießen können, und dann würde er jetzt nicht mehr hierstehen. Seine Nervosität verbergend, sagte er mit heiserer, ruhiger Stimme: »Endlich haben wir dich!«

Kantor überwand ebenfalls seine Erregung, indem er, auf dem Bauch rutschend, einen Mann in Eisenbahnuniform aus dem Heu herauszerrte. »Es genügt, Tjutju«, winkte Csupati Kantor schließlich ab. »Laß den Gauner!«

Auf das Wort Gauner zwickte Kantor den Mann ins Bein.

»Also bist du doch zum Vorschein gekommen«, sagte Csupati zu dem Mann, nachdem er ihn aus Kantors Fängen befreit hatte. Den Trommelrevolver steckte er ein, den Mann aber fesselte er. »Bei Spionage kann man noch mit ein paar Jahren Gefängnis davonkommen ... Aber mit Mord belastet ...«, und er zeigte auf die Eisenbahnerjacke.

»Ist er tot?« stieß der Gefangene erschrocken hervor, bereute es aber sogleich, daß er dem Wachtmeister auf den Leim gegangen war.

Er bedeutete Kantor, dem Gauner die Taschen umzukehren.

Mit einem einzigen Sprung stieß der Hund den hageren blonden Mann auf den Bauch und kehrte ihm innerhalb weniger Augenblicke die Jacken- und Hosentaschen um.

»Ja, meine Liebe«, Csupati wandte sich nun zu der an ihrem Schürzensaum immer noch zupfenden Frau, »was sagen Sie zu all dem?« Und er wies auf die von Kantor auf einen Haufen zusammengetragenen Dinge: ein Säckchen mit Patronen, einen Dolch und eine Pistole. »Ist wohl ganz unschuldig, wie?« fragte er spöttisch, dann wechselte er plötzlich den Ton. »Wo ist Ihr Mann?«

»Er ist zur Bahn gegangen.«

»Ist er Eisenbahner?«

»Ja ...«

»So? Ihm gehört also auch der Koffer? Würden Sie mir bitte sagen, wozu ein Eisenbahner ein Funkgerät braucht?«

Die Frau schluchzte, gab aber keine Antwort.

»Leg dich auf den Rücken!« befahl Csupati dem etwa fünfunddreißig Jahre alten Mann. Er holte die zwei Reisigstäbchen aus seiner Tasche hervor und hielt sie längs und quer an die Schnürstiefelsohlen des Mannes.

»Die Maße stimmen auch«, brummte er vor sich hin, dann fuhr er ihn an: »Wo haben Sie sich kennengelernt?«

»Im Kriege. Wir kämpften zusammen. Waren Kameraden.«

»Und wann ist die Frau Ihre Geliebte geworden?«

»Aber bitte, bitte ...«, doch dann gestand er: 1944, als er mit der Hunyadi-Panzertruppe vor der Sowjetarmee in Richtung Österreich geflohen war, verließ er seine Einheit und suchte das Haus seines Kameraden auf. »Der war damals noch nicht zu Hause, nur seine Frau ..., so kam es eben.«

»Die wievielte Reise ist das?« fragte Csupati.

»Die erste.«

»Lügen Sie nicht!«

»Die vierte ...«

Vor dem Haus bremste ein Fahrzeug. Der Leutnant meldete das Ergebnis der Fahndung. Der Offizier, der die Gruppe leitete, gratulierte Csupati. »Hörst du, Tjutju, du wirst gelobt, bedanke dich«, gab dieser zur Antwort. Kantor richtete sich auf und salutierte.

Der Leiter der Kriminalabteilung trommelte nervös auf den Tisch. Gereizt fuhr er auf: »Dann sagen Sie mir doch, was ich tun soll!«

Csupati beklagte sich bei ihm, er habe Kopfschmerzen. Er war erst Sonntagvormittag nach Hause gekommen, doch nur für kurze Zeit, denn am Nachmittag mußte er schon wieder zum Dienst.

»Andere Polizisten arbeiten acht Stunden und gehen nach Hause«, sagte der Wachtmeister zu seinem Chef. »Bei jeder Kleinigkeit nimmt man uns in Anspruch.«

Der Major winkte müde ab. Er hatte auch keinen Sonntag mehr. Es gab einige unaufgeklärte Verbrechen. Beim Kriminaldienst wurde bisher keiner Erweiterung des Stellenplans zugestimmt.

»Jetzt schickt man uns wieder nach Zala. Dabei kocht meine Frau heute abend Fischsuppe. Ich dachte: Endlich einmal ein ruhiger Tag. Wozu müssen wir denn wegen der paar Liter Wein nach Zala gehen?«

»Sie sagen, ein paar Liter Wein und Kleinigkeiten. Hören Sie mal zu, Genosse Tóti, erstens: Für einen Polizisten kann es keine kleinen oder großen Fälle geben. Das Wohl der Staatsbürger ist für uns am wichtigsten. Das wissen Sie auch. Zweitens: Erst im Verlauf der Ermittlungen können wir uns über die Größe eines Falles eine Meinung bilden. Wenn wir unsere Arbeit mit Vorurteilen beginnen würden, könnten daraus schwerwiegende Irrtümer entstehen. Im übrigen hat auch der Nachbarbezirk ein Recht darauf, den Hund in Anspruch zu nehmen. Auch wenn uns das weniger gefällt ... Haben Sie verstanden?«

Csupati spürte, daß sein Vorgesetzter recht hatte; er verließ das Zimmer.

Der Geländewagen wartete schon seit einer halben Stunde auf ihn. Csupati bat den Major, er möge den Diensthabenden zu seiner Frau schicken und ihr ausrichten, daß sie heute abend nicht auf ihn zu warten brauche.

Mißgelaunt rief er Kantor. »Warum freust du dich? Wir müssen wieder dorthin, wo sich die Füchse gute Nacht sagen.«

Aber Kantor freute sich, wieder mit seinem Herrn zusammen zu sein, sich wieder bewegen zu können und neue Erlebnisse zu haben. Ihn störte es durchaus nicht, daß sie am Abend zuvor spät nach Hause gekommen waren, auch nicht, daß er am Morgen die für jeden Tag vorgeschriebenen Übungsrunden bereits absolviert hatte. Ihm genügte, eine Stunde in seiner Box liegen zu dürfen, und schon fühlte er sich wieder frisch. Die Arbeit, die Bewegung und das Suchen – da fühlte er sich in seinem Element. Hatte er eine Aufgabe gelöst, wartete er schon ungeduldig darauf, an die nächste heranzugehen. Er sprang – seinen Herrn überholend – auf den Kotflügel des Fahrzeugs.

»Wieviel Kilometer fahren wir?« fragte Csupati gelangweilt den Fahrer. Der zuckte die Schultern. »Vielleicht hundert«, bemerkte er schließlich.

»Was für Verhältnisse herrschen denn bei euch? Gibt es dort keine tüchtigen Polizisten, die eine solche Lappalie wie Weindiebstahl an Ort und Stelle aufklären konnten?« fragte er den Fahrer.

»Sie haben's bisher eben nicht geschafft.« Von da an hörte der aus dem Bezirk Zala kommende Fahrer nicht mehr auf zu schwatzen. Während sie auf den holprigen Straßen des Gebirges dahinfuhren, gab er Csupati einen Überblick über das Leben in seinem Bezirk. Wie er sagte, hätten gerade die guten Bauern ihre Dörfer verlassen, um Kraftfahrer oder Erdölarbeiter zu werden. Zu Hause seien nur die Alten geblieben, die aber könnten die schwere Landarbeit nicht mehr bewältigen. Der Boden benötige aber kräftige Hände, und statt des Getreides gehe das Unkraut auf. »Woher sollen die Alten die Kräfte nehmen? Mit Kühen pflügen?«

»Sollen sie doch Traktoren kaufen«, bemerkte Csupati.

»Traktoren? Bist du bei Trost? Wovon denn?«

»Man liest doch immer in der Zeitung, Genossenschaften und

Großbetriebe taugten ohne Traktoren gar nichts. Der Staat gibt den Bauern Millionen für Maschinen.«

»Schon möglich, daß er sie ihnen gibt, aber nicht in unserer Gegend ... Weißt du, was für eine Gegend das ist?«

Der Teufel weiß es, dachte Csupati, und er entdeckte schon von weitem ein Wirtshaus neben der Kirche. Er schüttelte den Fahrer an der Schulter. »Bist du Bauer gewesen?«

Der nickte. »Aha ...« Csupati war erst recht erbost über den Auftrag und den Fahrer.

»Halte vor dem Gasthaus an.«

Der Wagen bremste vor dem Gasthaus, von dem schon der Putz abbröckelte. Csupati nahm Kantor mit und lud auch den Fahrer ein, sich ihm anzuschließen. Es war heiß. Die Junisonne hatte fast die Mittagshöhe erreicht. Csupati wischte sich den Schweiß von der Stirn, während er mit der rechten Hand an die verschlossene Tür pochte.

»Da kannst du lange warten, daß jemand öffnet. Man sieht, daß du aus der Stadt kommst«, bemerkte der Fahrer. Nachdem sie lange geklopft hatten, setzten sie sich wieder in das Auto.

»Gibt es unterwegs irgendwo einen größeren Ort oder eine Stadt?«

»Eine Stadt gibt es hier nicht. Wir fahren die alte Römerstraße entlang; das Dorf, in das wir wollen, liegt am Ufer des südlichen Grenzflusses.«

»Was für eine Welt«, stöhnte Csupati und trocknete sich wieder den Schweiß ab. Er wunderte sich: Wieso gab es keine Stadt, schließlich müßten sie doch unterwegs irgendwo einen Kriminalisten aufnehmen, der die Ermittlung leitete. Aber der Fahrer zerstörte sogleich seine Hoffnungen. Er teilte ihm mit, daß erst an Ort und Stelle ein Kriminalist auf sie warte. Csupati erstickte fast vor Hitze und Wut. Sie mußten also hundert Kilometer fahren, nur weil dort in dem Krähwinkel einer nicht in der Lage war, zwei und zwei zusammenzuzählen; für den schien es selbstverständlich zu sein, daß er mit Kantor aus hundert Kilometer Entfernung herkam, um das Rätsel zu lösen.

»Worum geht es denn überhaupt?« fragte er nach einer Weile.

»Aus einem Berggehöft hat man vor zwei Tagen ein Faß guten Wein gestohlen.«

»Ein Faß guten Wein? Und keinen sauren? Das ist natürlich ein Unterschied.«

Wenn er zwischen Gold und Wein wählen könnte, würde er sich, ohne zu zaudern, den Wein aussuchen, aber trotzdem verließ ihn nicht sein Unmut über den »Fall«, als sie abfuhren.

Die Plane des Wagens war eingerissen. Durch die Risse drang feiner brauner Staub, der Gesicht und Hände mit einer dünnen Schicht überzog und in der Nase einen unangenehmen Niesreiz auslöste. »Auf diesem Weg schluckt man ja so viel Staub, daß man davon ganze Ziegelsteine ausspucken könnte«, krächzte der Wachtmeister.

Der Wagen fuhr zwischen den Hügeln dahin und holperte auf einem vom Wasser ausgespülten Feldweg den am Fuß eines Berges gelegenen Gehöften zu. Der Kraftfahrer mußte zweimal anhalten und sich bei den in den Weingärten arbeitenden Leuten nach dem gesuchten Gehöft erkundigen. Er bekam aber nur unsichere Antworten. Verärgert setzte er sich wieder in das Auto.

Nun bog er aufs Geratewohl in einen Hohlweg ein. Am Ende der etwa dreihundert Meter langen Schlucht gelangten sie zu Weinterrassen.

Der Zufall hatte sie direkt ans Ziel geführt. Im Schatten der Nußbäume stand ein Berghaus. Beim Anblick der offenen Haustür belebte sich das Gesicht des Fahrers. »Das ist es!« Er hatte es wiedererkannt und hielt mit dem Wagen unter den Bäumen. An einem runden Tisch im Schatten eines der Nußbäume tranken zwei Männer Wein. Der Staub, der von den Rädern aufgewirbelt worden war, zog in Schwaden langsam den Hang hinunter. Csupati stieg mühsam aus dem Wagen und klopfte seine Kleidung ab. Auch Kantor schüttelte sich. Bei ihrer Ankunft erhob sich von der Bank ein hagerer Mann. Seine Augen glänzten vom Wein.

»Haben Sie endlich hergefunden?« fragte er den Fahrer, statt zu grüßen.

Csupati und Kantor gingen gemächlich zum Gehöft. Kantor beobachtete die Männer aus einiger Entfernung. Csupati gab jedem die Hand, und als er sich an den Tisch setzte, legte Kantor sich hinter ihm ins Gras.

Der Geschädigte, der hagere Weinbauer, lief aufgeregt hin und her und holte Gläser für die Polizisten. Csupati hustete immer noch. »Trinken Sie, Gevatter«, nötigte ihn der Bauer mit der Freundlichkeit leicht angeheiterter Menschen. »Ein Gläschen kann doch nur helfen. Der Herr Leutnant und ich«, er stupste den hageren jungen Mann in Zivil an, »haben schon alles besprochen ... Er denkt, daß Sie meinen Wein wieder herbeischaffen werden, Gevatter.«

»Die Schurken haben den Wein auf einer Karre fortgeschoben. Ein zwei Hektoliter großes Faß! Es war mein bester Wein. Nicht mal die Männer von der Weinerfassungsstelle haben sich an das Faß herangewagt. Und jetzt wurde es mir gestohlen.«

»Haben Sie irgendeinen Verdacht?«

»Tja, Gevatter, das kann man nicht so genau wissen.«

Der Leutnant ergänzte: »Es können nur Hiesige gewesen sein. Einheimische.«

Csupati trank den etwas sauren Wein aus und konnte es sich nicht verkneifen zu fragen: »Sagen Sie mal, schmeckte der Wein, den man Ihnen gestohlen hat, etwa so wie dieser?«

Der Bauer schüttelte den Kopf und beteuerte, daß der andere eine Burgunder Qualität gehabt habe.

»Dann wollen wir mal an die Arbeit gehen.« Csupati erhob sich, obwohl er sich am liebsten im Schatten des Nußbaumes auf dem Gras ausgestreckt hätte.

»Fangen Sie nur an«, erwiderte der Kriminalist ziemlich müde.

»Ein großes Unglück wäre es ja nicht, Gevatter, wenn mein Faß nicht mehr auftauchen sollte; denn, nicht wahr, die Hauptsache ist doch die Gesundheit.« Der Geschädigte versuchte, sich selbst zu trösten.

»Wir versuchen es. Zeigen Sie uns bitte, wo das Faß lag.« Csupati winkte seinem Hund.

Sie gingen in den Keller. An einer Stelle wies der Bauer auf eine Mauernische. Kantor beschnupperte den Geschädigten, die Wand und den Fußboden des Kellers. Nachdem er Witterung aufgenommen hatte, warf er den Kopf auf und schaute seinen Herrn an. »Such!« befahl Csupati mit einer Handbewegung, und Kantor ging durch den überbauten Kelleraufgang nach draußen. Vor dem Gehöft beschnupperte er zweimal die in den lehmigen Boden eingedrückte Reifenspur und lief dann weiter.

»Soll ich auch kommen?« fragte der Kriminalist.

Csupati zuckte die Schultern. Er war sich nicht sicher, ob die Spurverfolgung gelingen würde. Er ging auch deshalb dem Hund nach, weil ihm der alte Bauer leid tat. Zwei Tage alte Spuren verfolgen? – Keine leichte Sache! Vor Müdigkeit fielen ihm fast die Augen zu. Mechanisch lief er hinter Kantor her, der flink und entschlossen auf dem zum Hohlweg führenden Pfad entlangeilte. Im Tal wechselte Kantor auf den zum Dorf abbiegenden Fußweg über, und Csupati beobachtete, wie zielsicher sein Hund geworden war. Am Dorfrand hängte sich ihnen eine Kinderschar an die Fersen und begleitete den Polizisten mit dem Hund, ängstlich und neugierig bis zum Gasthaus. Kantor keuchte mit heraushängender Zunge, doch den drei Kilometer langen Weg legte er ohne Unterbrechung zurück.

»Wir sind wohl an Ort und Stelle«, sagte Csupati an der Gasthaustreppe zu dem Leutnant und schickte einen der herumstehenden Knaben zum Dorfpolizisten. Mich verfolgt das Pech, dachte er, während er sich mit seiner Mütze Kühlung zufächelte. Auch dieses Wirtshaus war geschlossen. Es schien, als hätten im Bezirk Zala sämtliche Gasthäuser zur gleichen Zeit ihren Ruhetag.

Der Dorfpolizist war schnell herbeigeholt. Er rannte im wahrsten Sinn des Wortes, und Csupati quittierte lächelnd seinen großen Eifer und fragte sich: Tut er das, weil Vorgesetzte der Kreisbehörde gekommen sind? Es scheint ja der bequemste Posten der Welt zu sein, in einem solch kleinen Dorf als Polizist zu arbeiten. Was kann hier schon passieren? Höchstens zweimal im Jahr, zu Ostern und zur Kirchweih, Raufereien. Nicht einmal die Hühnerdiebstähle braucht der Polizist selber aufzuklären. Das hier ist schon ein »Fall«, und dazu schickt der Kreis qualifizierte Kriminalbeamte her.

»Schaffen Sie den Gastwirt herbei!« empfing der Leutnant den Polizisten.

Einige Minuten später brachte der Polizist den Wirt. Er war mit einer weiten Leinenhose bekleidet. Csupati betrachtete neiderfüllt den luftig gekleideten, hochgewachsenen Mann, der aufgeregt die Tür des Hintereingangs öffnete. Kantor trottete auf den Hof, dann ging er in die Schankstube, dort witterte er umher, kehrte wieder auf den Hof zurück, schaute dahin und dorthin, bis er sich schließlich vor der Kellertür an der Wand niedersetzte. Der Wirt scharwenzelte um Csupati herum. Der Wachtmeister beobachtete die auffällige Betriebsamkeit des beleibten Mannes, und er vermutete: Der hat kein reines Gewissen.

»Öffnen Sie«, ordnete er an und zeigte auf die Kellertür. Der Wirt schien gar nicht erfreut zu sein.

»Jawohl, Herr Oberstabsfeldwebel, aber wenn ich fragen dürfte ...«

»Erstens bin ich nicht Oberstabsfeldwebel, zweitens dürfen Sie nicht fragen«, bemerkte Csupati. Der Gastwirt verbeugte sich verlegen: »Jawohl, ganz wie Sie wünschen.«

Kantor lief in den kühlen Keller, und da Csupati ihm nicht gleich folgte, bellte er laut. Im Keller machte Csupati den Wirt auf Kantor aufmerksam, der auf ein kleineres Faß geklettert war. »Na, Meister, was sagen Sie dazu?«

»Bitte schön, dieses Faß habe ich vorgestern gekauft.«

»Wirklich? Von wem denn?«

»Von den Burschen des Nachbardorfes.« Der Wirt war blaß geworden: War etwas mit diesem Kauf nicht in Ordnung? Er hatte den Wein doch so billig erstanden!

»Haben Sie es gehört, Genosse Leutnant?« Csupati wandte sich an den Kriminalbeamten. »Das übrige ist Ihre Sache.«

In der Schankstube verfaßte er einen kurzen Ermittlungsbericht, und nachdem der Leutnant den Bericht unterschrieben hatte, winkte Csupati seinem Hund, daß sie gehen könnten.

Da sagte der Wirt: »Wie wär's, als Erfrischung vielleicht einen kleinen Schluck ...«

Csupati verspürte einen Krampf in der Kehle. Etwas zu trinken! Seit dem Morgen hatte er sich nach nichts anderem gesehnt als nach einem guten Getränk mit viel Selters. Er war schon nahe daran, der Versuchung nachzugeben. Aber er überwand sein Durstgefühl und wies das Angebot des Wirtes zurück. »Soviel ich weiß, haben Sie heute Ruhetag. Ich möchte nicht, daß man Sie bestraft.«

In der flirrenden, heißen Mittagssonne ging er keuchend zu dem Weinberg zurück, und als sie im Gehöft angekommen waren, sank er erschöpft auf eine Bank. Der Fahrer lag schon auf einer Decke und schlief, während der Bauer im Weingarten arbeitete.

»Wenn ich noch einmal zur Welt käme, würde ich nur Kraftfahrer werden.« Csupati seufzte tief. »Tjutju, hol den Mann her!« sagte er müde zu Kantor, worauf der Hund zu dem Bauern eilte. Er stand neben dem Bestohlenen, bis dieser verstand, daß der Wachtmeister ihn sprechen wollte.

»Kommen Sie nur her, Väterchen«, ermutigte Csupati den Alten. »Sie brauchen keine Angst vor dem Hund zu haben. Na, dann bedanken Sie sich mal bei ihm für Ihr Glück.«

»Wie meinen Sie das, Gevatter?«

»So, daß sich Ihr Wein wiedergefunden hat.«

Mit offenem Mund hörte der Bauer den Wachtmeister an und schüttelte ungläubig den Kopf darüber, daß sein Wein im Wirtshauskeller war und kein Liter davon fehlte.

»Die ihn entwendet haben, werden ihn auch wieder zurückbringen, so daß alles in Ordnung ist. Hier, lesen Sie und unterschreiben Sie«, Csupati zeigte auf das Protokoll in seinem Heft.

»Na, so was«, der hagere Bauer staunte, »ich hätte nie geglaubt, daß es in Ihrem Verein solche anständige Gevattern wie Sie gibt. Denn wissen Sie, ein Polizist ist halt doch nur ein Polizist. Ich hätte nie gedacht, daß Sie mir tatsächlich helfen würden.«

»Da haben Sie sich eben geirrt. Na, nun unterschreiben Sie schon, daß wir die Aufgabe erledigt haben ... Das übrige ist Ihre gemeinsame Sache«, und er wies auf den Kriminalbeamten, der sich an den Tisch gelehnt hatte. Der Weinbauer warf ein: »So geht das nicht, Gevatter. Was möchten Sie essen?«

Der Nachmittag neigte sich. Csupati war wider seinen Willen eingeschlafen. Als er erwachte, schweifte sein Blick über die Hügellandschaft. Unten im Tal glänzte silbern wie ein Band der Grenzfluß. Am Horizont erhoben sich die kroatischen Berge, vom Westen her begrenzte der Gebirgszug der slowenischen Alpen das Blickfeld.

»Ich habe ein bißchen Speck, Gevatter. Erweisen Sie mir die Ehre und setzen Sie sich mit uns.«

Inzwischen war auch der Fahrer aufgewacht, und sie setzten sich zu dritt an den Tisch. Zum Speck brachte der Bauer dunkelroten Wein. Das ist nicht der saure Wein vom Vormittag, stellte Csupati fest. Mir scheint, seit heute morgen ist hier das Ansehen der Polizei um ein Vielfaches gestiegen!

Kantor lag mit dem Bauch im Gras. Seine Zunge hing aus dem Maul. Die Augen verfolgten jede Bewegung der trinkenden Männer. Er versuchte zu schlafen, doch durch das Klirren der Gläser beim Anstoßen schreckte er immer wieder auf. Schon erstreckten sich die Schatten vom Rücken des Hügels bis ins Tal hinunter; die Luft kühlte sich allmählich ab. Es wurde angenehmer.

»Was könnte ich Ihnen noch anbieten?« fragte der Hauswirt seine Gäste. Da sah Csupati seinen Hund an. »Geben Sie ihm ein bißchen Wasser.« Der Bauer kratzte sich mit den knotigen Fingern unter seinem Hut und sagte bedauernd: »Tja, Gevatter, das ist das einzige, was ich nicht habe. Der Brunnen ist versiegt, und das Wasser auf dem Boden des Betonbeckens ist durch Kupfervitriol verunreinigt ... Ein bißchen leichten Wein hingegen könnte ich ihm anbieten.«

Csupati erwiderte: »Wenn er für seinen Herrn gut genug ist, wird er auch für den Hund taugen.«

Der Alte schob Kantor eine Waschschüssel hin, in die er etwa einen Krug Wein geschüttet hatte.

»Trink nur, Tjutju, mein Goldkamerad«, ermutigte Csupati den Hund, »du hast doch auch für meinen Wein tüchtig gearbeitet.«

Kantor spürte sofort den merkwürdigen Geruch. Zuerst leckte er nur mit der Zungenspitze vorsichtig daran, aber weil ihm die Flüssigkeit schmeckte, begann er gierig zu schlabbern, wobei er immer wieder den Kopf hob und Csupati anblinzelte.

»Dein Hund ist ein besserer Trinker als du, Kamerad«, sagte der Fahrer.

Kantor leckte den Inhalt der Schüssel bis zum letzten Tropfen aus. Anfangs kühlte ihm das Getränk angenehm den Gaumen. Doch nach einigen Minuten spürte er, wie sich ein merkwürdiges Prickeln über seinem Körper ausbreitete. Bald sank er in tiefen Schlaf.

Als Kantor aufwachte, hörte er Stimmengewirr. »Jetzt ein Lied, ein echtes Lied vom Bergland von Zala«, rief gerade der Bauer sehr laut. Jemand trommelte rhythmisch auf die Tischplatte. Kantor erhob sich mühsam. Nach einigen unsicheren Schritten bemerkte er im schwankenden Kerzenschein hinter sich einen Schatten, als folgte ihm etwas. Er schnappte nach seinem Schwanz und gewahrte dabei selber nicht, wie er sich im Kreise zu drehen begann.

»Ihr Hund tanzt, Gevatter«, jauchzte der Bauer. Kantor aber drehte und drehte sich, bis er sich, schwindlig geworden, überschlug und, nachdem er auf den Rücken gefallen war, zu schnarchen begann. Nach einer Weile sprang er wieder auf und verfolgte kreisend abermals seinen Schwanz. Csupati war betroffen. Er schrie Kantor an, doch dieser beachtete ihn gar nicht, er wirbelte und kreiste nur wie ein krankes Schaf.

»Du lieber Himmel! Der hat die Tollwut!«

»Unsinn! Siehst du denn nicht, daß er betrunken ist?» rief der Fahrer, lauthals lachend. Csupati kauerte sich zu ihm nieder. »Tjutju, mein Lieber, was fehlt dir?«

Kantor tanzte weiter, bis er erschöpft war. Dann plumpste er wieder hin und schnarchte. Csupati erschrak, und er machte sich Vorwürfe. Seinem Hund hatte er Wein geben lassen! Was sollte mit ihm werden? Was würde aus ihnen werden? – Innerhalb weniger Augenblicke verflog sein kleiner Rausch. Er machte dem Trinken ein Ende und rüstete zum Aufbruch. Kantor konnte er nicht einmal mehr aufwecken; gemeinsam mit dem Fahrer legte er ihn auf den hinteren Sitz des Wagens. Auf der holprigen Straße drückte Csupati besorgt den Kopf seines Hundes an sich, denn in den Kurven rutschte Kantor hilflos hin und her. Gegen zweiundzwanzig Uhr ging der Mond auf. Nach einer einstündigen Fahrt gelangten sie zu Fischteichen. Csupati und der Fahrer schleppten Kantor ans Wasser. Das Bad half. In dem angenehm kühlen Naß kam Kantor allmählich zu sich und begann gierig zu trinken. Auf Csupatis Rufe reagierte er mit unsicheren Schritten und trottete bis zum Wagen. Ins Auto jedoch konnte er nur mit Unterstützung seines Herrn hinaufklettern. Auf dem Sitz schlief er sogleich wieder ein.

Am frühen Morgen des nächsten Tages eilte Csupati nervös und erregt zu Kantor. Lange beobachtete er durch die Gittertür den Hund, der immer noch tief schlief. Er mußte zweimal rufen, bevor Kantor die Augen öffnete. Der Wachtmeister atmete erleichtert auf: Kantor lebte, und wie es schien, war er nicht ernsthaft krank. Er öffnete sperrangelweit die Boxtür, und als Kantor auf das Knarren jäh emporschnellte und, freudig mit dem Schwanz wedelnd, zu ihm lief, umarmte er das Tier und drohte ihm scherzhaft: »Du Liederjan! Gestern hast du dich betrunken, aber heute abend, zu meinem Geburtstag, werde ich etwas trinken!«

Beim Wasserhahn auf dem Hof aber machte Kantor sich sogleich über die Wasserpfütze her. »Das brennt, was?« Csupati gab ihm neckend einen Klaps. »Richtung Übungsplatz, hopphopp!« kommandierte er, und Kantor führte alle Befehle ohne Fehler aus. Er sprang genau, duckte sich, kroch und salutierte wie immer.

Um sieben Uhr verließen sie wie gewohnt das Polizeiamt. In der Ausbildung kannte Csupati weder Spaß noch Nachsicht. Die tägliche Übung im Spurverfolgen auf einer Strecke von mindestens einem oder anderthalb Kilometer gehörte zu ihrer unabänderlichen Beschäftigung.

Sie gingen die Spur eines von Csupatis Kameraden nach, der eine Viertelstunde zuvor aufgebrochen war. Am Ende der zum Park am Stadtrand führenden Straße lehnte sich eine alte Frau über einen niedrigen Gitterzaun. Mit Überraschung erkannte Csupati in der Frau seine ehemalige Grundschullehrerin. »Sie hat das Glück hergeführt, mein Junge«, erwiderte sie Csupatis Gruß mit tränenfeuchten Augen.

»Ist etwas vorgefallen?«

»Ja, uns ist ein großes Unglück zugestoßen. Vergangene Nacht sind alle zwölf Hühner gestohlen worden, unsere sichere Einnahmequelle. Was soll jetzt nur werden?«

Gerührt hörte Csupati der bejahrten Frau zu, die ihm einst in der Lehmziegelschule von Kamon – einer Vorstadt von Szombathely – Lesen und Schreiben beigebracht hatte. An dem Haus des pensionierten Lehrerehepaars hatte die Zeit den Putz angegriffen; auch der Zaun war voller Lücken und stand nicht mehr fest.

»Haben Sie es schon gemeldet?« fragte Csupati.

»Ach, mein lieber Junge, ich habe es doch erst vorhin bemerkt ... Ihrem Kollegen habe ich es gesagt.«

Csupati schüttelte sorgenvoll den Kopf. Für eine Ermittlung genügte das nicht, so etwas mußte man auf dem Polizeiamt melden. Auf eigene Faust konnte er keine Ermittlungen anstellen; er war doch kein Privatdetektiv. Verlegen stand er herum und grübelte, wie er der herzensguten, alten Frau die Notwendigkeit von Formalitäten erklären sollte.

Aber Kantor handelte schon inzwischen. Er ging auf die aus

Brettern gezimmerte Gartentür zu. Csupati kam ein rettender Gedanke: Statt der Übungsspur könnten sie doch auch eine richtige Spur verfolgen, gegebenenfalls würde er sagen, der Hund sei von der ursprünglichen Spur abgewichen.

Nach einigem Umherschnuppern deutete Kantor an, daß sie gehen konnten.

»Wenn wir etwas herausbekommen, sage ich Ihnen sofort Bescheid.« Csupati verabschiedete sich und zog Kantor hinter sich her durch den zur Nebenstraße führenden Garten. Der Hund schlüpfte durch die Lücken im Zaun und eilte durch gewundene Nebenstraßen vorwärts. Im Halbkreis umgingen sie den Stadtrand. Die Spuren führten zu den »Százhold« genannten Baracken. Csupati wußte, daß die Bewohner der Baracken von Gelegenheitsarbeit lebten, daß sie in der Mehrzahl den Alkohol liebten. Noch war früher Morgen, und Csupati hoffte, in einem der winzigen Gärten oder im Gestrüpp die Hühner zu finden.

Kantor bog in den Weg zwischen den Holzhäuschen ein, danach wechselte er in die Hauptstraße der Siedlung und hielt dann auf eine Brücke zu, die über einen kleinen Fluß führte. Csupati argwöhnte, daß sich sein Hund irrte. Aber Kantor ging zielstrebig weiter. Csupati hatte schon vermutet, daß er den Täter in den Baracken finden würde. Aber Kantor zog in Richtung Schuhfabrik, und Csupati dachte voll Besorgnis daran, daß Kantor bestimmt von der Spur abkäme, da doch über die Straße zum Werk beim ersten Schichtwechsel vor ihnen mindestens tausend Menschen gegangen waren. Kantor lief diese Straße entlang, gelangte wieder zu einer Straßenbahnlinie, und Csupati erschrak: Wenn die Diebe in die Straßenbahn eingestiegen waren, was dann? Aber sofort wurde ihm leichter, denn Kantor ging an der Haltestelle vorbei. Nur eines begriff Csupati nicht: Warum hatte der Dieb diesen Umweg gemacht? Sicher war er ein ganz gerissener Kerl, der mit diesem Umweg den Verdacht auf die Bewohner der Barackensiedlung lenken wollte, oder aber Kantor hatte die ursprüngliche Spur verloren ... Sie waren am Barockgebäude des Rates des Bezirks vorbeigegangen, und Kantor bog in den Forgóköz ein. Am anderen Ende des Basar-Gäßchens gelangten sie auf einen dreieckigen großen Platz. Vor dem Tor eines mehrstöckigen Hauses machte Kantor seinen Herrn durch erregtes Wedeln auf zwei braune Blutspuren aufmerksam, die auf den abgetretenen alten Pflastersteinen zu sehen waren. Geradezu andächtig sah Csupati seinen Hund an. Seit sie die Barackensiedlung verlassen hatten, hatte er nämlich nicht mehr damit gerechnet, daß dieser anstrengende Marsch zu irgendeinem Ergebnis führen könnte. Kantor ging, nachdem auch sein Herr die Spuren untersucht hatte, auf den engen Hof, wo am Fuße der Feuerwand des Nachbarhauses eine Reihe Bretterschuppen stand. Vor einer Tür blieb Kantor stehen.

»Wem gehört dieser Verschlag?« fragte Csupati den Hausmeister, der ihnen gefolgt war.

»Der Familie Szabó. Im ersten Stock, zweite Tür rechts von der Treppe.«

Csupati winkte Kantor, und sie hasteten die Treppe hinauf. Auf das Klingeln öffnete eine müde, ungekämmte Frau in zerschlissenem Morgenrock die Tür. Als sie Kantor erblickte, wich sie entsetzt zurück.

»Sind Sie Frau Szabó?« fragte Csupati. Die Frau stammelte irgend etwas.

»Wo ist Ihr Mann?«

»Er ist um acht Uhr in sein Büro gegangen.«

»Und Ihr Sohn?«

»Das weiß ich nicht. Ich bin krank. Er kam erst spät nach Hause. Er hat seinen Einberufungsbefehl erhalten; da hat er gestern mit seinen Freunden Abschied gefeiert.«

Eine Tür wurde in der Mitte des Korridors geöffnet.

»Mutter, warum bist du aufgestanden?« fragte ein etwa zwanzigjähriger junger Mann und trat näher. Die Frau, die sich vom ersten Schreck gerade erholt hatte, erschrak zum zweitenmal und fragte entsetzt: »Mein Junge, du hast doch nicht etwas angestellt?«

»Ach, nichts Besonderes. Das Ganze ist bloß ein nächtlicher

kleiner Hühnerdiebstahl«, antwortete Csupati statt des Jungen.

»Mit welchem Recht wagen Sie, mich zu verdächtigen?«

»Leiser, mein Lieber. Siehst du nicht, daß deine Mutti krank ist? Na, komm schnell, öffne uns euren Bretterverschlag.«

»Ich habe meinen Einberufungsbefehl bekommen und muß um halb zehn dort sein. Und im übrigen, was denken Sie überhaupt von uns?«

»Genug der Rederei. Du machst auf und kannst dann auch noch rechtzeitig fort«, sagte Csupati und fügte in Gedanken hinzu: Vorläufig freilich nicht gerade zur Armee. Der junge Mann holte den Schlüssel und versuchte mit unsicher gewordener Stimme seine Mutter zu trösten, daß es sicherlich nur ein Mißverständnis wäre.

In dem Holzschuppen zählte Csupati die Hühner mit den durchschnittenen Hälsen sogar zweimal. Aber es blieben nur sechs. »Wo sind die anderen?«

»Bei meinem Kumpel. Seien Sie mir nicht böse, Herr Wachtmeister, aber vor meiner Mutter wollte ich es nicht sagen.«

»Dann steck die Hühner in einen Sack und komm!«

Der Bursche führte Csupati und Kantor zu einer Wohnung im zweiten Stock in der Nähe des großen Platzes. Hier öffnete ebenfalls die Hausfrau die Tür. Csupati grüßte und sagte dann: »Mein Hund führte mich zu Ihrer Wohnung.«

»Und warum?«

»Wenn Sie gestohlene Hühner haben, geben Sie sie heraus.«

Da fuhr die Frau auf: »Was erlauben Sie sich, mein Mann wird es Ihnen schon zeigen. Wissen Sie überhaupt, wer wir sind?«

»Ich weiß es, aber das interessiert mich nicht. Im übrigen sollten Sie nicht so schreien, wenn Sie den Nachbarn nicht auf die Nase binden wollen, daß Sie gewöhnliche Hühnerdiebe sind. Ich glaube, darüber würde sich Ihr Mann nicht gerade freuen. Wo ist Ihr Sohn?«

Auf den entschiedenen Ton des Wachtmeisters legte sich die Empörung der Frau. »Mein Sohn schläft noch.«

»Komm mal her, Freundchen ... Kennen Sie sich?« Csupati wies spöttisch auf den jungen Mann mit dem Sack auf dem Rücken.

»Na, so was«, die Frau schlug die Hände zusammen. »Jancsi, Sie sind hier?«

»Ja«, antwortete der Bursche leise. In der Zimmertür erschien ein Struwelkopf. Der Bursche sah schläfrig zu seiner Mutter: »Mutti, gib sie heraus!«

»Ich habe sie doch schon alle gerupft.« Dann erklärte die Frau errötend: »Aber bitte, Herr Wachtmeister, ich wußte nicht ... Ich glaubte ...«

In einem Zimmer des Polizeiamtes, wohin er die Hühnerdiebe gebracht hatte, hörte dann Csupati das Geständnis der beiden Burschen mit an. Der Kriminalbeamte blätterte in einer Mappe, die die seit anderthalb Jahren begangenen und noch nicht aufgeklärten Strafhandlungen enthielt. Ein Sittlichkeitsdelikt, ein ausgeraubter Betrunkener, niedergeschlagene und beraubte gelegentliche Zechkumpane, Fahrraddiebstähle, Uhrendiebstähle.

»Ja, das waren wir«, gestanden sie nacheinander ein. Csupati betrachtete sie betroffen – einnehmendes Äußeres, offene Augen –, solche Gemeinheiten würde man ihnen gar nicht zutrauen. Er kraulte den Kopf seines Hundes, der neben seinem Stuhl saß.

Wie werden Menschen zu Verbrechern? grübelte Csupati, während er das Polizeiamt verließ. Die beiden waren Kinder von Familien, die in guten Verhältnissen lebten. Niemand hätte vermutet, daß sie zu solchen Untaten fähig seien, und wäre Kantor nicht, wie viele Menschen hätten sie noch schädigen, wieviel Kummer und Tragödien noch verursachen können.

Die Turmuhr der Kirche zeigte dreizehn Uhr dreißig. Über der Stadt ballten sich dunkle Wolken zusammen, und Csupati spähte besorgt zum Himmel hinauf. Die drückende Wärme machte ihn nervös. Er bat den Dienstleiter, ihm einen Regenmantel zu borgen. Am Tor stieg er mit Kantor in den Geländewagen ein, der am Gebäude des Polizeiamtes vorgefahren war.

»Ich warte schon eine Viertelstunde auf dich. Wir müssen uns in Rábafalu melden«, sagte ihm der Fahrer. Aber Einzelheiten über den Fall wußte er nicht. Den Kopf auf den Schoß seines Herrn gelegt, ruhte Kantor auf dem Sitz.

Sie fuhren im Tal des Rába-Flusses, als das Gewitter begann und es in Strömen zu regnen anfing. »Eine Zugabe haben wir schon bekommen«, meinte Csupati sarkastisch und strich Kantor über den Kopf.

Kantor fürchtete sich nicht vor dem Donner, auch nicht vor Blitzen. In dem harten, anstrengenden Dienst war er kräftig geworden. Besonders die Brust- und Schulterpartie hatte sich gut entwickelt. Er besaß Kraft und Schwung. »Du bist ein richtiger schöner junger Mann«, pflegte Csupati zu ihm zu sagen.

Der Regen klopfte auf das Zeltdach des Wagens. Das Dorf Rábafalu erstreckte sich auf der linken Seite eines Tales bis zum Waldsaum. Etwa hundert Meter vom letzten Haus entfernt, stand unmittelbar am Waldrand das Forsthaus. Trotz des Sprühregens standen vor den Häusern Gruppen neugieriger Menschen.

Am Ende der Dorfstraße, wo der unbefestigte Weg in einer scharfen Kurve in eine Schlucht mündete, parkten schon drei Fahrzeuge der Grenzpolizei. Im Forsthaus hielten sich Grenzsoldaten und die Kriminalisten der Gruppe von Oberleutnant Sátori auf. Csupati verließ mit Kantor zusammen den Wagen. Er entdeckte in der Gruppe der Offiziere, die sich auf dem langen Gang unterhielten, auch seinen unmittelbaren Vorgesetzten.

»Genosse Major, wir sind eingetroffen.«

»Na endlich.«

Da wand sich zwischen den Beinen der Männer ein wimmernder kleinrassiger Schäferhund zu Kantor durch. Er kroch zwischen die Vorderläufe des großen Hundes und winselte weiter.

Csupati erfuhr, warum man ihn mit Kantor herbeordert hatte. Laut Bericht des Kommandeurs der Grenzeinheit – er war ein junger Offizier mit runden, großen Augen – hatten die Grenzsoldaten mit dem Förster vereinbart, daß er bis elf Uhr zurückkommen und mit ihnen Mittag essen sollte. Um zwölf wurde im Forsthaus der Hörer des direktgeschalteten Telefons auf einen Anruf nicht abgenommen. Eine halbe Stunde später hatte der Offizier es noch einmal versucht, doch auch diesmal keine Antwort erhalten.

Nach den ergebnislosen Versuchen schickte der Offizier einen der Soldaten zum Forsthaus. Der Grenzsoldat hatte den Weg hin und zurück in einer Dreiviertelstunde bewältigt und meldete: »Das Haus ist leer, die Tür geöffnet, nur der Hund hält sich zu Hause auf, aber er wimmert, jault und rennt umher, als hätte er die Tollwut.« Dem Offizier hatte das Verhalten des Hundes zu denken gegeben. Er äußerte das jetzt auch.

»Das ist unwesentlich«, unterbrach Major Bokor den Genossen. »Der Hund ist da. Sein Herr aber ..., kann es sein, daß er sich davongemacht hat?« Er deutete mit dem Daumen in Richtung Westen.

»Ausgeschlossen. Der bestimmt nicht. Außerdem haben wir auch auf dem Grenzstreifen keinerlei verdächtige Spuren gefunden.«

»Er ist doch Ihr Freund. Hat er darüber gesprochen, daß er vielleicht eine Frau ...? Es ist ja aber auch möglich, daß er einfach in die Forstwirtschaftszentrale gegangen ist.«

»Ausgeschlossen. Wenn er in die Zentrale gegangen wäre, wüßte ich es. Auch von einer Frau müßte ich etwas wissen. Aber in den letzten vier Jahren hat er nie über dieses Thema gesprochen.«

Der Major überlegte sorgenvoll.

Oberleutnant Sátori diskutierte vor dem Kücheneingang auf der Veranda mit dem Kriminaltechniker. Csupati verstand nicht alles, denn sie sprachen leise. Kantor beleckte den Kopf des unter seine Brust geschlüpften kleinen Hundes. Er war sonst nicht von geselliger Natur, aber dieser jaulende, winselnde kleine Kerl gefiel ihm. Csupati betrachtete die beiden, und das klagende kleine Tier beunruhigte auch ihn.

Sátori war erst seit einigen Wochen in der Kriminalabteilung des Bezirkspolizeiamtes eingesetzt. Hier im westlichen Grenzgebiet Ungarns war er geboren und hatte an einem der ältesten Gymnasien des Landes sein Abitur abgelegt. Sein Vater war Lehrer. Über Jahre wurde die Tätigkeit des jungen Ermittlungsoffiziers von seinen Vorgesetzten beobachtet, der über gute Fähigkeiten für seinen Beruf verfügte, und man versetzte ihn ins Polizeiamt des Grenzbezirks, wo er in der Kriminalabteilung zu arbeiten begann. Mit neunundzwanzig Jahren wurde er Gruppenleiter. Und dies war nun sein erster bedeutender Fall.

Sátori winkte Csupati zu sich, mit dem er sich ein paar Tage nach seiner Ankunft wegen des Hundes Kantor angefreundet hatte, auch Brüderschaft hatten sie schon getrunken.

»Was sagst du zu dem Hund?« fragte er Csupati.

»Der kleine Schäferhund ...? Mit seinem Herrn ist bestimmt etwas passiert. Vielleicht hatte er einen Unfall.«

»Und Kantor ..., könnte er den Förster finden?«

»Frisch gewagt ist halb gewonnen ...«

»Hier im Haus haben wir leider keinerlei verdächtige Spuren entdeckt. Vielleicht kann dein Hund helfen.«

Der Förster Gábor Baksa lebte seit dem Tode seiner Frau vor vier Jahren allein in dem Haus am Waldrand. Zweimal in der Woche kam eine alte Frau zu ihm, eine gewisse Frau Kuti, die der Förster teils ernsthaft, teils scherzend Sára nana nannte. Das Wort »nan« bedeutet in dieser Gegend auch Großmutter, doch bei Mütterchen Sara lautete fast jedes zweite Wort: »Nana!« Baksa war fast siebenundfünfzig Jahre alt. Seine Kinder lebten in den verschiedensten Städten des Landes, alle hatten sie eine eigene Familie gegründet. Einmal im Jahr kamen seine vier Söhne nach Hause. Sie brachten Frauen und Kinder mit, und dann zog jeweils für eine Woche Fröhlichkeit in das Forsthaus ein. »Tausend Tage noch«, hatte der Förster neulich zu einem der Offiziere gesagt. Er zählt die Tage von tausend zurück, die Null würde der Beginn seiner Pensionierung, das Ende seiner Dienstzeit bedeuten. Mit seinen Söhnen hatte er sich darauf geeinigt, daß er dann bei jedem von ihnen sechs Monate leben würde, und – darauf bestanden die Söhne und Schwiegertöchter – dort, wo es ihm am besten gefiele, sollte er für immer bleiben. Die Wahl wollten sie ihm überlassen. »Diese Schlauköpfe, wie soll ein Vater wählen, wenn er sie alle gleich gern hat?« pflegte er zu sagen.

An diesem Morgen rief er den Kommandeur der Grenzwache an. »Spätestens zu Mittag bin ich wieder da, ich gehe nur bis hinter den Kerengö, zum neuen Holzschlag«, erklärte er, denn der Offizier hatte Namenstag, und er hatte den Förster zur Feier eingeladen. Baksa war in vierzig Jahren niemals irgendwohin zu spät gekommen. Er kannte seinen Rundgang so gut, daß er den genauen Zeitpunkt seiner Rückkehr angeben konnte. Der Hund Pamacs, sein einziger treuer Gefährte, schleppte erfreut den verzierten Spazierstock seines Herrn bis zur Schlucht. Die Doppelflinte hatte der Förster diesmal nicht mitgenommen. Pamacs hatte das noch im Vorzimmer gemerkt und war zu der Wand zurückgerannt, an der das Gewehr hing, um seinen Herrn auf sein Versäumnis aufmerksam zu machen.

»Wir kehren bald wieder nach Hause zurück. Heute nehmen wir die Flinte nicht mit.« Baksa hatte den Kopf geschüttelt. Er war seit einer Woche nicht mehr in der Gemarkung von Orfalu gewesen, die Privateigentümern gehörte. Der Förster wußte genau, wie habgierig diese Menschen waren. Für fünf Bäume bekamen sie die Genehmigung zum Fällen, aber sie schlugen auch noch einen sechsten oder siebenten.

Auf dem Bergsattel zwischen dem Kerengö und dem Mál erreichte ihn der Sturm. Er nahm Pamacs den Spazierstock ab und ermunterte ihn zu einem schnelleren Tempo. Auf dem festgelegten Rodeplatz fand er niemanden mehr. »Mir scheint, die sind vor dem heraufziehenden Gewitter nach Hause gegangen«, sagte er leise, und da er neben dem geschichteten

Klafterholz versteckt Sägen und Äxte entdeckte, ärgerte er sich sehr, daß er nicht früher gekommen war.

»Auf diesen Weg hat uns der Teufel geführt«, sagte er zu Pamacs und beobachtete die Blitze, die über den dunklen Himmel zuckten. Da fiel ihm die Marienbuche ein – der alte Baum oben über der Felsschlucht auf der Westseite des Kerengögipfels. Nach Schätzung des Försters mußte er schon mehrere Jahrhunderte alt sein. Vor langer Zeit hatten die Bewohner der Umgebung eine Marienstatue vor dem Baum aufgestellt. Ein kleines Halbdach aus Holzschindeln schützte die Statue vor dem Regen.

Baksa hatte kaum Zuflucht unter dem Schutzdach gefunden, als sich auch schon das Augustgewitter über dem Kerengö entlud. Pamacs drückte sich erschrocken an den Baumstamm. Er fürchtete sich vor den grellen Blitzen, aber noch mehr vor dem Dröhnen des Donners. Ein Spätsommerschauer spendete lang erwartete Feuchtigkeit. Seit Wochen hatte Dürre den Boden ausgetrocknet, und die breiten Risse sogen gierig den niederströmenden Regen auf. So schnell, wie es gekommen war, zog das Gewitter weiter. In dem einsamen Wald war nur das Geräusch der von den Blättern fallenden Tropfen zu hören. Baksa spähte zum Himmel hinauf. »Wir bekommen noch mehr davon ab«, teilte er dem Hund mit. Er war bestrebt, auf dem zur Westseite des Berggipfels führenden Pfad und über die große Schneise auf dem kürzesten Weg nach Hause zu gelangen. Es war zehn Uhr.

»Beeil dich, Pamacs«, spornte er auch sich selbst mit der an seinen Hund gerichteten Ermunterung an. Der Wind hatte die feuchte, schwüle Luft nicht vertrieben. Der Förster verspürte einen Schmerz im rechten Knie. Er hinkte jetzt zwar, aber das Tempo verminderte er nicht. Sie hatten bereits die große Schneise erreicht, als Pamacs plötzlich stehenblieb und hin und her witterte. »Was ist los, Kamerad?« fragte der Förster und blieb ebenfalls stehen. Pamacs bog vom Waldpfad rechts ab. Baksa schaute die steil abfallende Schneise entlang ins Tal hinunter, da blieb sein Blick plötzlich an einem am Wegrand liegenden Leinenbeutel hängen. Er trat näher und bückte sich. In dem offenen kleinen Sack waren Pilze. Da ertönte zwischen den Bäumen wieder Pamacs' Bellen. Der Förster richtete sich erregt auf. Er rief Pamacs, doch der Hund kam nicht, sondern schlug – als er seinen Herrn hörte – noch größeren Lärm. Baksa ging in den Wald. Nach zehn bis fünfzehn Schritten stolperte er an einem Strauch über die Beine eines Menschen. Unruhig und beklommenen Herzens kniete er zu dem bäuchlings Liegenden nieder. Er versuchte, ihn vorsichtig auf den Rücken zu drehen, und als er ihn anhob, erkannte er ihn. »Das ist doch Bálint Kara«, fuhr Baksa auf. Doch er rief ihn vergebens beim Namen. Der Holzfäller im blauen Overall und Gummistiefeln antwortete nicht, er röchelte nur. Anfangs lief der Förster hilflos und unentschlossen hin und her, bis ihm schließlich das alte Jägerhaus einfiel. Im Frühjahr war es als Arbeiterunterkunft eingerichtet worden, den Verbandkasten hatte er selber hinübergeschafft, damit er zur Verfügung wäre, wenn ein Arbeiter erste Hilfe benötigte. Unfälle gab es nicht, also müßte der Verbandkasten noch auf seinem Platz stehen, schoß es ihm durch den Kopf. Er hob den Mann auf und begann ihn zum Jägerhaus zu schleppen. Die Absätze der Gummistiefel des großen Holzfällers zogen tiefe Furchen in den Waldpfad. Eine gute halbe Stunde dauerte es, bis er mit seiner Last, vor Erschöpfung keuchend, die kleine Lichtung vor dem Holzhaus erreicht hatte. Er setzte den schweren, verletzten Mann auf die Erde und lehnte ihn mit dem Rücken an die Aufgangstreppe. Da fiel ihm ein, daß er den Schlüssel zu dem Vorhängeschloß nicht bei sich hatte. Doch als er das Schloß ansah, bemerkte er, daß das Überfallband leer an der Tür hing. Sollte der Brigadier nicht zugeschlossen haben? fragte er sich kopfschüttelnd, doch er grübelte nicht weiter darüber nach, sondern eilte die Treppe hinauf. Denn jetzt mußte er dem Holzfäller Erste Hilfe leisten. Die Klinke gab nach. Pamacs stürzte in den ihm bekannten, halbdunklen Raum, nach ihm trat auch sein Herr ein. Im nächsten Augenblick jedoch hastete der kleine Schäferhund wieder winselnd hinaus.

»Eine komplizierte Situation«, sagte Csupati laut.

»Lächerlich. Euch beiden kommt alles gleich kompliziert vor.« Der Major winkte ab. Oberleutnant Sátori sparte sich eine Entgegnung. Der Major, der auch sein unmittelbarer Vorgesetzter war, verlangte die Karte des Bereichs. Sátori gab sie ihm und zeigte darauf ihren augenblicklichen Standort.

Csupati ging ungeduldig umher. Dieses Geländestudium ist gar nicht notwendig, dachte er verärgert. Allen Anzeichen nach mußte der Förster irgendwo in der Nähe in Not geraten sein. Wozu sollte also diese Wichtigtuerei mit der Karte gut sein? Er unterdrückte seine Erregung und sagte dann schließlich: »Genosse Major, ich bitte um die Erlaubnis zur Spuraufnahme.«

»Fangen Sie nur an«, ermutigte ihn jetzt Bokor.

Csupati faßte Kantor am Halsband, beugte sich zu ihm nieder und ließ ein Zischen hören. Als der Hund das Zeichen vernahm, umging er vorsichtig die auf die Karte blickenden Offiziere. In der Küche nahm Csupati eine abgetragene Jacke des Försters vom Kleiderhaken und hielt sie Kantor vor die Nase. Csupati wies auf das gemachte Bett, und Kantor steckte sogleich die Nase unter die Daunendecke. Dann wedelte er mit dem Schwanz und gab damit zu verstehen, daß sie gehen könnten.

Auf dem Außenflur war inzwischen auch die Diskussion an der Karte beendet worden, und unter Leitung des Majors formierte sich der Sicherungstrupp. Am Tor drängte Csupati: »Schneller, mir nach!«

Es nieselte. Kantor war trotzdem erleichtert, denn er wartete nicht gern. Die nervöse Spannung entlud sich schnell, sobald er die Nase auf die Spur setzte. Csupati charakterisierte Kantors Tätigkeit so: Er sei wie ein Pianist, der es kaum erwarten könnte, in die Tasten zu greifen, um dann nur noch in der Welt der Töne zu leben.

Die lehmige Erde war vom Regen aufgequollen wie Hefeteig. Dieser Boden duldete nur Nadelbäume. Auch die sonst kräftigen Eichen blieben hier nur Kümmerlinge, und die Steineiche wurde nicht höher als ein Strauch. Kantor wechselte auf einen mit Fichtennadeln bedeckten Pfad. Auf den dürren Nadeln war der aufgenommene Geruch gut wahrnehmbar; der Regen hatte ihn noch nicht fortgespült. Kantor jagte ihm gierig nach. Es war angenehm kühl geworden, und als sie sich dem Bergkamm näherten, ließ auch der Nieselregen nach. Der Major war mit den Funkern bereits nach dem zweiten Kilometer ans Ende des Zuges geraten. Csupati stellte zufrieden fest: Jetzt kann er wenigstens nicht alles immer besser wissen!

Der Oberleutnant von der Grenzeinheit holte Sátori und Csupati ein und fragte sie freundlich, wie sie über die Geschichte dächten. »Vorläufig nur soviel, daß die Spur richtig ist. Der Hund verfolgt sie sicher.«

Diese Gegend hier ist seit jeher Grenzgebiet. Schon am Ende des 10. Jahrhunderts hatte Fürst Géza hier eine Schutzgrenze errichtet. Er siedelte Soldatenfamilien an, die als fürstliche und später königliche Freie von Generation zu Generation den Schutz der Westgrenze bis zu den Alpen gegenüber dem fränkischen Grafen übernahmen. Nach dem Vorfall bei Mohács jedoch, als ein Teil des ungarischen Hochadels dem österreichischen Kaiser die Krone anbot, verlor das Gebiet seinen Charakter als Verteidigungsgürtel. Die vom Fertö-See bis zum Fluß Mura reichende zweihundert Kilometer lange Grenze ordnete sich während der hundertfünfzigjährigen Türkenherrschaft nicht nach dem Westen, sondern nach Osten hin mit den Festungen des mittleren und südlichen Burgenlandes in die Verteidigungslinie Österreichs ein. Die Burgherren aber waren bestrebt, die freien Soldaten zu ihren Leibeigenen zu machen. Felsóör, Alsóör und das Pinkatal unterwarfen sich auch, doch das Gebiet um Rábafalu hatte sein unabhängiges und freies Leben und seine Siedlungsart der verstreuten Einzelgehöftegruppen bis zum heutigen Tag bewahrt. Felsóör und ein großer Teil des Pinkatals gehören seit 1920 zu Österreich. Seinen ursprünglichen Grenzmarkcharakter aber hat die Landschaft um Rábafalu mit dem Sammelnamen Őrség (Wache) nach dem zweiten Weltkrieg wiedererlangt.

All das hatte der Oberleutnant Csupati erzählt, der ihn nun staunend fragte, woher er stamme. Der Offizier antwortete lachend: »Aus Szeged.«

»Sehen Sie, und ich bin hier im Bezirk Vác geboren, aber mir hat noch nie jemand davon erzählt.«

Kantor legte ein gleichmäßiges Tempo vor. An der Schlucht blieben sie auf Befehl des Majors stehen und warteten auf die Zurückgebliebenen. Major Bokor war über das Unternehmen verärgert. Seiner Meinung nach würde der Förster längst zu Hause sein und Schnaps trinken. »Wo sind wir eigentlich?« fragte er den Oberleutnant.

»Auf der Höhe zwei, dreihundertzehn Meter über dem Meeresspiegel.«

»Rufen Sie den Funkwagen«, wies der Major einen der Funker an.

Er meldete sich. Sátori nahm die Kopfhörer. Seine erste Frage lautete, ob »der Alte« nach Hause gekommen sei. Nachdem er einen kurzen Lagebericht entgegengenommen hatte, bemerkte er leise: »Die Sicherungsposten am Haus sind abgelöst worden, aber der Förster ist noch nicht zu Hause. Und noch etwas: Wir haben Zeichen eines unbekannten Senders aufgefangen. Genau anpeilen konnten ihn die Genossen noch nicht, aber sie schwören darauf, daß er innerhalb eines Umkreises von zehn Kilometern liegt.«

»Verflucht!« Der Major ärgerte sich.

»Können wir aufbrechen?« fragte Csupati.

»Rennen Sie wenigstens nicht so sehr.«

Nach der kurzen Rast nahm Kantor mit frischer Kraft die Spur auf. Sie hatten schon den Bergkamm überschritten, hinter kleinen Hügeln tauchte ein Dorf auf.

»Wie weit sind wir noch von dem Dorf entfernt?« fragte Csupati.

»Die östliche Gehöftgruppe liegt etwa drei Kilometer vor uns.«

Kantor lief munter zwischen den Bäumen hindurch und erschrak nicht einmal, als genau vor seiner Nase ein Hase aus einem Busch sprang. Der Weg fiel ab, und Csupati zügelte das Tempo seines Hundes, denn einer, der auf dem rutschigen Boden auf vier Beinen laufen konnte und nicht auf den Rücken fiel, hatte es leichter als der Mensch. Auch Csupati war nun schon argwöhnisch geworden. Wenn dem Förster ein Unfall zugestoßen und er von einem Felsen gestürzt wäre, so konnte das nur bei den Schluchten geschehen sein. – Sollte Kantors Aufmerksamkeit etwas entgangen sein? – Zweifelnd blickte der Wachtmeister auf seinen Hund, stellte aber sogleich beschämt fest, daß er selbst jetzt genauso ungeduldig war wie der Major. Gewiß, es wäre schön, wenn man nach einigen hundert Metern Verfolgung ans Ziel gelangte. Schneller Erfolg bleibt immer nur ein Wunschtraum. Wer für diese Arbeit keine Geduld hat, sollte sich einen anderen Beruf aussuchen. Csupati nahm sich von neuem vor: Die Genossen könnten reden, was sie wollten, er ließe sich nicht nervös machen und nicht beeinflussen.

Sie erreichten eine abschüssige Berglichtung. Kantor ging zu dem aufgeschichteten Klafterholz. Er beschnupperte jeden Stapel und bog dann in der Mitte der Lichtung nach Westen ab.

»Der Förster muß hiergewesen sein«, sagte Sátori.

»Es ist aber nichts passiert«, stellte Csupati schließlich fest, denn Kantor hatte einfach nur die Spur des Försters und seinen Aufenthalt hier angezeigt.

»Wahrhaftig!« sagte ein Offizier. »Heute vormittag hat der Alte doch erwähnt, daß er in dieser Gemarkung die Holzfäller aufsuchen wollte. An einem Baum in der Nähe muß eine holzgeschnitzte Jungfrau Maria stehen«, fügte er hinzu.

Kantor wandte sich mit Bestimmtheit wieder dem Wald zu und führte die Gruppe zu einer mächtigen Buche. »Da ist die Marienstatue«, sagte Csupati. »Wir sind auf der richtigen Spur.«

Der Kommandeur der Grenzeinheit blickte auf die Karte. »Anscheinend wollte er auf der Westseite des Kerengö in Richtung Szömölnök nach Hause gehen.«

»Ist das eine Abkürzung?«

»Ja.«

Es war jetzt genau drei Viertel fünf; gegen sieben begann es schon dunkel zu werden. Einer, der sich hier gut auskannte, konnte in zweieinhalb Stunden Rábafalu erreichen. Csupati hatte Hunger, doch als er Kantor anschaute, besann er sich: Würdest du essen, während dein Hund hungert?

Sie überquerten eine Schneise. Da sie in nördlicher Richtung vorangingen, erblickte Csupati plötzlich den Fluß, der sich in der Tiefe als glänzendes Band dahinschlängelte. Eine stimmungsvolle, abwechslungsreiche Gegend, und er würde sie sicherlich noch schöner finden, wenn er in seiner Freizeit in Ruhe die Berge in der Ferne bewundern könnte. Kantor aber zerrte ungeduldig an der Leine. »Gut, gut, ich komme ja schon.« Es begann wieder zu nieseln.

Bei der kleinen Gruppe machten sich Zeichen der Ermüdung bemerkbar. Einer der Soldaten mußte schon von seinen Kameraden gestützt werden. Sie hatten in dem waldigen Gebirgsgelände einen Eilmarsch zurückgelegt. Auch der Funker war bestrebt, Kantor auf den Fersen zu bleiben, obwohl die Riemen des zwanzig Kilo schweren Geräts in die Schultern schnitten. Die Grenzsoldaten halfen ihm tragen. Der Hund hielt plötzlich inne und starrte auf einen Punkt. Csupati beugte sich über das dürre Laub. Er schob Kantor ein bißchen zur Seite und holte eine Lupe hervor. »Blut«, stellte er nach einer Weile fest und erklärte sogleich Sátori: »Ein großes Glück, daß unter den Fichtennadeln der Boden nicht durchgeweicht ist und der Regen die Spuren nicht fortwaschen konnte.«

»Was ist?« fragte der Major, der sie eingeholt hatte.

»Blut«, wiederholte Csupati. Und während sie den Fleck betrachteten, fand Kantor einige Schritte weiter einen Leinenbeutel. »Pilze. Butterpilze und Steinpilze«, sagte einer der Grenzsoldaten.

Csupati und Kantor durchforschten inzwischen zu beiden Seiten des Fußweges in einem Umkreis von fünfzehn bis zwanzig Metern jeden Strauch, doch ohne Ergebnis. Schließlich wickelte der Wachtmeister den Leinenbeutel in Zeitungspapier. Auch er grübelte darüber nach, wo man den Förster versteckt haben konnte, falls hier ein Mord geschehen sein sollte.

Kantor ging, ohne zu zaudern, auf dem Waldpfad weiter, und nach ein paar Schritten entdeckte Csupati auf dem Boden plötzlich zwei deutlich sichtbare und parallel verlaufende Streifen.

»Hier hat man etwas gezogen«, äußerte er zu Sátori. Die Spuren führten bis zum Rand einer Schlucht. Dort verließen sie den Fußweg und bogen nach rechts. Nach etwa dreihundert Metern war die Schlucht zu Ende, und Kantor wandte sich nach links.

Das wird immer seltsamer, grübelte Sátori. Wenn sie den Förster niedergestochen und seine Leiche fortgeschafft haben, warum haben sie ihn dann nicht in die Schlucht geworfen? Warum schleppten sie ihn so umständlich fort? »Wie viele waren es deiner Meinung nach?« fragte er Csupati.

»Nur ein Mann. Der Kriminaltechniker ist der gleichen Ansicht.«

Plötzlich fiel dem jungen Ermittlungsoffizier der Text eines vor drei Tagen erhaltenen Steckbriefes ein. »Das ist nicht ausgeschlossen, obwohl die Polizei in dem Fall von Pápa zwei bis drei Personen suchte. Hier gibt es nur eine Spur und demzufolge sicherlich auch nur einen Täter.«

Am jenseitigen Rande der Schlucht fand Kantor wieder auf den Waldpfad zurück. Der Hund blieb zuweilen stehen, aber er warf seinen Kopf nicht auf. »Wir gehen auf das Jägerhaus in Gemes zu«, flüsterte der Kommandant des Grenzstützpunktes Csupati zu und merkte dabei nicht, daß er die Stimme gedämpft hatte. Er bedeutete seinen Soldaten, die Maschinenpistolen schußbereit zu halten. Eine Viertelstunde später gelangten sie auf eine kleine Lichtung, und vor ihnen stand ein aus Balken gezimmertes Waldhäuschen. Vor dem Haus entsprang eine Quelle. Ihr Wasser floß in einem schmalen Rinnsal abwärts.

»Zwei Mann zu mir«, rief Csupati nach hinten und hielt

Kantor, der kräftig an der Leine zog, zurück. Auf einen Wink des Oberleutnants liefen die Grenzsoldaten nach vorn, Csupati aber ließ Kantor los. Das Fell des Hundes sträubte sich, mit leisem Knurren lief er zum Jägerhaus. Zum Eingang des verwahrlosten Gebäudes führten ein paar Stufen. Neben der Treppe, mit dem Rücken an die Wand gelehnt, saß ein verschmutzter, durchnäßter Mann. Zu ihm stürzte Kantor, doch einige Schritte vor ihm blieb er plötzlich stehen. Der Major und seine Soldaten näherten sich, an die Wand geduckt, dem Aufgang.

»Ist das der Förster?« fragte Csupati den Grenzoffizier.

»Nein«, antwortete er und betrachtete widerstrebend das entstellte Gesicht.

»Mit dem ist es aus«, stellte Csupati fest. »Was sagst du dazu, Genosse?« Er wandte sich an Sátori, und ihm schoß durch den Kopf: Wie konnte das möglich sein? Kantor hatte doch die Spur des Försters verfolgt! Demnach mußte der Förster diesen Mann unterwegs getroffen haben. Aber warum hatte er ihn niedergestochen? Lange Zeit blieb nicht zum Überlegen, denn Kantor wartete bereits oben auf der Treppe vor der Tür und forderte mit ungeduldigem, kurzem Knurren seinen Herrn auf, ihm doch die Tür zu öffnen. Csupati trat auf die erste Stufe. Ihm lief ein Schauer über den Rücken. Was wird, wenn hinter der Tür ein Wahnsinniger oder ein zu allem entschlossener Mörder lauert? Da trinke ich höchstwahrscheinlich keinen Tropfen mehr im Wirtshaus. Vielleicht war ihm das deshalb gerade eingefallen, weil er am Abend seinen achtundzwanzigsten Geburtstag feiern wollte.

Als Csupati sich der Gefahr, die sein Leben bedrohte, bewußt wurde, stand er mit einem Mal auf der obersten Stufe und duckte sich neben die Tür. Es dauerte eine Weile, bis er sich so weit gefaßt hatte, daß er auf die Klinke drücken und die Tür aufstoßen konnte. Knarrend öffnete sie sich, und Kantor setzte mit einem einzigen Sprung in den halbdunklen Raum. Csupati wartete mit angehaltenem Atem. Die Zeit schien zu gerinnen. Dann ermannte er sich und rief hinein: »Ist hier jemand?«

Auf die Frage erschien Kantor. Verdrossen schaute er seinen Herrn an und bedeutete durch Schwanzwedeln, daß er eintreten könne. Csupati wischte sich den Schweiß von der Stirn und stieß mit der Schulter auch den anderen Türflügel auf. Das gespenstische Halbdunkel löste sich allmählich auf. Unter den Schnürstiefeln des Wachtmeisters knarrten die Dielenbretter. Mit einem Mal beruhigt, schaute sich Csupati um. Wäre ein lebender Mensch in dem Raum gewesen, hätten sich Kantors Haare gesträubt.

Da stieß Csupati betroffen einen Schrei aus. Auf dem Fußboden lag bäuchlings ein Mann. Sátori kam als erster ins Zimmer. »Keine Bewegung!« rief er und richtete seine Maschinenpistole auf die dunkle Zimmerecke.

»Hier bewegt sich niemand mehr«, sagte Csupati und wies auf den Toten.

»Das ist doch Baksa, der Förster!« rief der Grenzoffizier.

Das Angstgefühl Csupatis war einer ermüdenden Mattigkeit gewichen. »Gehen Sie hinaus, Genosse Oberleutnant, und Sie auch. Solange ich nicht rufe, lassen Sie bitte niemanden herein.«

Seine Stimme klang sanft, fast untertänig, denn ihm war ganz elend; den Anblick sinnlosen Todes hatte er noch nie ertragen können. Bald hatte er sich wieder gefaßt und rief die Genossen herein.

Kantor durchstöberte das Waldhaus und brachte seinem Herrn aus einer Ecke der staubbedeckten Diele eine leere Streichholzschachtel. Csupati öffnete die Fenster und versuchte zu rekonstruieren, was sich im Zimmer abgespielt haben mochte. Vor dem Förster auf dem Fußboden lag ein Verbandkasten aus Aluminium. In der Zimmermitte, unter dem Tisch, entdeckte Kantor ein paar rundstielige, abgebrannte rote Streichhölzer, die Csupati mit der Spitze seines Taschenmessers in eine Tabakdose aus Blech beförderte. Die abgenutzte Dose diente ihm immer als Behälter für Beweisstücke.

Der Major starrte Csupati, Kantor und den auf der Erde liegenden Förster mit eigenartigem Gefühl an. Sich verlegen räuspernd, winkte Csupati. Sie kamen gemeinsam zu der Feststellung, daß der Förster von hinten erstochen worden war. Auf Grund des auf dem Boden liegenden Verbandkastens folgerte Csupati, daß der Förster unterwegs auf den Pilze sammelnden Mann gestoßen war, der noch gelebt haben mußte. Deshalb hatte er ihn zu dem nahe gelegenen Jägerhaus geschleppt. Da wollte er ihm die Erste Hilfe leisten. Er hatte den Verletzten neben die Aufgangstreppe gesetzt und war ins Haus gegangen, um den Verbandkasten zu holen. Er mußte erstochen worden sein, als er sich ein wenig reckte, um nach dem Verbandkasten auf dem Wandregal zu langen.

»Aber wer hat es getan?« fragte Major Bokor laut.

Nach Meinung des Kriminaltechnikers mochte der Tod vor etwa sechs bis sieben Stunden eingetreten sein. Genauer würde das von den Medizinern festgestellt werden.

»Genosse Oberleutnant«, meldete jetzt einer von den Grenzsoldaten, »in der Tasche des Toten da draußen haben wir das gefunden ...« Er hielt ein Blatt Papier in der Hand. Der Oberleutnant las halblaut: »Genehmigung für Bálint Kara, Szömölnök ... Dem Genannten bewilligen wir die Ausforstung von fünf Kubikmeter Nutzholz.«

Bálint Kara ...? grübelte Csupati. Aber warum mußte er sterben? Warum hat Kantor unterwegs nicht mehr Blutflecke gefunden? Der Wachtmeister rieb sich sorgenvoll die Stirn. Den starren Körper des Försters wollte er gemeinsam mit dem Major aufsetzen. Doch da es ihnen nicht gelang, schlug Csupati die Jacke und das Hemd des Toten zurück. Unter dem linken Schulterblatt zeigte ein Fleck geronnenen Blutes die Einstichstelle an.

»Ganze Arbeit«, stellte der Major fest und wandte sich den Soldaten zu. Er ließ die Leiche von draußen auch hereinbringen. Bei dem Mann aus Szömölnök fanden sie an derselben Körperstelle die gleiche Einstichstelle wie bei dem Förster. Die beiden Stiche stammten ohne Zweifel von derselben Hand. Csupati betrachtete aufmerksam die leblosen menschlichen Körper. Ihn überraschte es, daß er unter dem Rücken des

Försters auf dem Fußboden keinen Tropfen Blut gefunden hatte. »Verstehen Sie das?« Er wandte sich den Offizieren zu.

»Innere Blutung. Deshalb sagte ich vorhin, daß der Mörder ganze Arbeit geleistet hat und daß er nicht bloß ein streitsüchtiger Bursche sein kann«, antwortete der Major.

Kantor saß in der Nähe der Tür und betrachtete die beiden regungslosen Männer. Tote hatte er noch nicht gesehen. Bisher galt für ihn der Mensch immer als ein bewegliches, lebendiges, über ihm stehendes Wesen. Nun lagen da zwei regungslos. Seine Nase hatte zum erstenmal den Geruch des Todes entdeckt.

Kantor beschnupperte noch einmal die Toten, dann hob er den Kopf und schaute seinen Herrn an. Csupati verstand Kantors Verhalten. Einige Zeit ging er wieder umher, dann ließ er in der Ecke neben dem Bett plötzlich ein Kläffen hören. Kantor witterte erregt und gab zu erkennen, daß er jetzt dem neuen Geruch auf der Spur war.

»Wachtmeister! Können wir weitergehen?« fragte der Major.

Csupati nickte, während er Kantor beobachtete. Das Kläffen war für ihn die Ermutigung, und er hoffte, daß Kantor etwas gespürt hatte, wovon sie bisher nichts wußten. Die Opfer hatten sie nun, aber würden sie auch den Täter finden?

Der Mörder hatte mindestens sieben Stunden Vorsprung. In dieser Zeit konnte er mit etwas Glück sogar die Hauptstadt erreichen. Es gab also nicht viel Hoffnung auf Erfolg. Draußen wurde es schon dunkel. Durch ein Zischen machte der Wachtmeister seinen Hund aufmerksam und ließ ihn die Streichhölzer beschnuppern. Nur auf ihn konnte er sich jetzt verlassen. Auf Grund der bisher verfolgten Spur hatte Kantor den Förster gefunden. Jetzt mußte er sie vergessen und sich auf einen anderen Geruch konzentrieren. Kantor nahm auch hier Witterung auf. Nach einigen Sekunden wandte er sich um und ging hinaus. Der Major ließ in dem Waldhaus einen Funker und zwei Soldaten zurück. Sie sollten dem Stützpunkt einen ausführlichen Bericht über die Geschehnisse geben, einen Polizeiarzt herbeirufen und warmes Essen bestellen.

Kantor überquerte die Lichtung und ging in westlicher Richtung. Nach etwa hundert Metern führte die Spur zurück und erreichte dann den steilen Rand der Schlucht, die sie am Nachmittag umgangen hatten. Kantor ließ sich an der steinigen Seite vorsichtig hinunter. Csupati folgte ihm. Unten lief der Hund bald auf der einen, bald auf der anderen Seite. Vielleicht – schloß Csupati – verfolgte Kantor zwei Spuren, vielleicht gäbe es zwei Täter.

Sie zogen auf nassen, schwerem Boden vorwärts. An einer Stelle verbreiterte sich der immer tiefer in den Berg eingeschnittene Hohlweg zu einem kleinen Plateau. Der ebene Teil war von Akazien umsäumt, und die Quelle, die oben vor dem Waldhaus entsprang, hatte ihn mit nachgiebigem, lehmigem Schlamm aufgefüllt. In der Dunkelheit konnte Csupati die Gestalt des einige Meter vor ihm laufenden Kantor immer nur mehr vermuten als sehen.

Der Hohlweg endete wieder über einer steilen Schlucht. Unten in der Ferne, wo der Wachtmeister den Grenzfluß vermutete, blinkten winzige Lichter. Die Doppelposten der Streifen, die die Grenze sicherten, gaben einander Zeichen. Auf der feuchten Anschwemmung verlor Kantor plötzlich die Spur und begann unruhig immer größere Suchkreise zu ziehen. In einer Entfernung von etwa zwanzig Metern fand er sie schließlich wieder und ging dann aufwärts. Csupati sah den Hund nicht mehr, aber auch seine Genossen nicht. Er tastete sich vorwärts. Ihn überkam wieder Erregung, aber er wagte nicht zu rufen. Vor Erschöpfung zitterten ihm die Beine. Csupati hatte sich dem oberen Rand der Schlucht schon bis auf einige Meter genähert, sah auch über sich Kantors Silhouette, als unten in der Tiefe plötzlich ein Ruf erscholl: »Stehenbleiben! Wer da?«

Dann krachte ein Schuß, und im nächsten Augenblick leuchtete unten in der Schlucht Mündungsfeuer auf. Csupati rannte nach den ersten Schüssen zum Felsenrand hinauf und legte sich keuchend neben Kantor auf den Bauch. Er bemerkte, daß vom Westen her – die Stellung ständig wechselnd – eine einzelne Maschinenpistole ratterte. Csupatis Gefährten antworteten von einem sich in den Berg bohrenden Einschnitt aus. Der Wachtmeister beobachtete, wie der Schütze am Steilhang der Schlucht fliehen wollte. Er schnallte die Leine ab und drehte den Kopf des Hundes in Richtung der in Abständen aufblitzenden Schüsse, dann flüsterte er Kantor ins Ohr: »Gauner! Faß ihn!«

Nachdem der Hund davongejagt war, formte er seine Hände zu einem Trichter und rief in die Schlucht hinunter: »Nicht schießen!«

Auf seinen Ruf hin verstummten unten die Waffen. Die jäh entstandene Stille legte sich dem Wachtmeister schwer auf das Herz. Ihm war, als hätte die Dunkelheit Gewicht. Die Angst ließ ihn sich an die Erde pressen. Als Kind pflegte er in solchen Situationen zu pfeifen und zu singen. Es war Unsinn, Kantor loszulassen, dachte er und hob den Kopf, da in seiner Nähe Äste erzitterten. Im selben Augenblick bekam er einen Schlag. Csupati fiel auf den Waldboden. Der Schlag hatte ihn jedoch nicht voll getroffen.

Unterdessen umwitterte Kantor den unten in der Schlucht liegenden Mann. Um auf sich aufmerksam zu machen, bellte er einmal und wartete auf die Antwort seines Herrn, auf seinen weiteren Befehl. Doch auch nach dem zweiten Bellen erfolgte nichts. Eine Taschenlampe leuchtete in die Schlucht.

»Der Hund ist da«, rief der an der Spitze der Soldaten laufende Grenzoffizier unwillkürlich etwas lauter, als gewollt.

Kantor knurrte leise und blinzelte, denn der Schein der Taschenlampe blendete seine Augen. Der Major ließ den Lichtkegel über die steile Bergwand gleiten. Der Oberleutnant schaute zurück; er suchte die Genossen, und nachdem sie gemeinsam festgestellt hatten, daß bei dem Schußwechsel niemand von ihnen verletzt worden war, begann er den auf der Erde liegenden Mann zu untersuchen. Da warf Kantor unruhig den Kopf hoch. Er schaute zum wolkenverhangenen Himmel empor und bellte wieder. Dann rannte er den Hang hinauf.

»Der Hund ist fortgelaufen«, stellte einer der Soldaten fest. Sátori schaute sich sorgenvoll um. »Wo mag der Wachtmeister sein?« fragte er leise.

Der Major knipste seine Taschenlampe aus.

»Wir sollten vorsichtig sein, vielleicht sind es mehrere, und sie schießen auf uns. Wir müßten dem Hund nachgehen, denn der hier«, er zeigte auf den auf der Erde liegenden Mann, »ist sowieso schon tot. Und es kann ja auch sein, daß der Wachtmeister verletzt wurde.«

»Los!« entschied Major Bokor und ging auf den zerklüfteten Rand der Schlucht zu. Die anderen, bis auf die Haut durchnäßt, kletterten ihm, vorsichtig tastend, nach. Sie drangen im Finstern aufs Geratewohl vorwärts.

Kantor drückte die Nase an das Gesicht seines Herrn, der regungslos auf der von nassen Fichtennadeln bedeckten Erde lag. Der Körper war warm. Kantor konnte nicht verstehen: Warum sagte sein Herr nichts, wenn er lebte? Er umtappte Csupati mit zunehmender Erregung. Auf der rechten Schulter seines Herrn drang ihm plötzlich ein bekannter Geruch in die Nase. Erregt witterte er auf dem Gelände umher. Sein Geruchssinn täuschte ihn nicht. Die Spur war frisch. Er wäre ihr auch sogleich nachgelaufen, wenn sein Herr nicht so regungslos daliegen würde. Mittlerweile war Kantor auf das Ende seiner Leine gestoßen. Seine Nasenspitze umschnupperte wieder Csupati, und plötzlich entdeckte er auf Csupatis Rücken einen Knoten. Zunächst beleckte der Hund die zusammengebundenen Hände seines Herrn. Er versuchte mit der Nase die eine Hand von der anderen wegzustoßen, doch vergebens. Vorsichtig, um die Handgelenke nicht zu verletzen, biß er in den dicken Knoten. Auf der dünnsten Stelle begann er zu kauen und konzentrierte darauf all seine Kraft und Geschicklichkeit. Er hörte zwar die fernen Rufe, denn der kleine Trupp suchte sie beide, doch ihre Stimmen entfernten sich immer mehr in westlicher Richtung, bis das unruhige Rauschen des Nadelwaldes sie schließlich völlig verschlang. Kantor zerbiß die Fessel, doch

Csupatis Körper blieb regungslos, und deshalb legte er seine Nase wieder an sein Gesicht. Er zog einen Lappen aus dem Mund seines Herrn.

Csupati, allmählich aus seiner Betäubung erwachend, spürte wie Kantors naßkalte Nasenspitze sein Gesicht kitzelte.

Csupati stöhnte. Ihm brummte der Kopf, und sein erster Gedanke war: Ich bin tot! Aber er dachte ja, also war er nicht tot. Langsam kam er zu sich. Es war ihm eine Qual, die rechte Hand zu bewegen. Erst nach einiger Zeit erkannte er, daß Kantor darauf lag, dicht an seine Seite geschmiegt, deshalb konnte er sie nicht gebrauchen. Als sich sein Herr zum erstenmal bewegte, wäre Kantor am liebsten übermütig umhergesprungen. Aber er rührte sich nicht, denn instinktiv erfaßte er, daß er auf den hilflosen, sich nur mühsam erhebenden Csupati achtgeben mußte.

Endlich konnte Csupati aufstehen. Bei jeder Kopfbewegung spürte er einen heftigen stechenden Schmerz im Nacken. Allmählich aber gewann er sein Orientierungsvermögen zurück und entdeckte am linken Handgelenk die Reste der Fessel. – Man hat mich also niedergeschlagen. Aber wo sind die Genossen? fragte er sich nun. Am Fuß des steil abfallenden Hanges sah er wieder die blinkenden Lichter am Flußufer. Csupati wußte nicht, wieviel Zeit vergangen war, und da es ihm nur mühsam gelang, einen Gedanken zu fassen, war er vor allem bestrebt, seine eigene Lage zu klären. Eine augenblickliche Gefahr konnte ihm nicht drohen, sonst würde Kantor ihm nicht die Hand lecken. Er kniete nieder, umarmte seinen Hund und flüsterte ihm leise ins Ohr: »Danke, Tjutju, mein lieber, kleiner Hund.«

Der Mann, der in der Schlucht geschossen hatte, konnte ihn nicht niedergeschlagen haben, denn den hätte Kantor schon unterwegs kampfunfähig gemacht. Also mußte sich ein zweiter hier oben verborgen gehalten und – als sein Hund ihn verließ – von hinten auf ihn eingeschlagen haben. Am besten wäre es, zum Waldhaus zurückzukehren, dachte er bei sich. Unsinn, er verwarf sogleich den Einfall, denn der Mann, der ihn überfallen hatte, mußte sich irgendwo in der Nähe versteckt halten, und in der dunklen Nacht konnte ihn nur Kantor finden. Die Spur durften sie nicht aufgeben. Csupati entschied: Ich muß mit Kantor zusammen weitergehen. Er befestigte dem Hund die Leine wieder am Hals und flüsterte ihm zu: »Such den Gauner!«

Auf das Kommando zog Kantor los.

Anfangs machte Csupati noch unsichere Schritte, weil ihm der Kopf brummte, aber er war bestrebt, seinem Hund auf den Fersen zu bleiben. Vielleicht eine halbe Stunde waren sie durch den Wald gelaufen, als Kantor plötzlich stehenblieb, seine Haare sich sträubten, und dann rannte er schnell los. Der Wachtmeister wurde von einem Brechreiz gequält, ihm wurde schwindlig. Er warf die zwanzig Meter lange aufgewickelte Führleine hin, ließ sich auf die Knie nieder und ergriff das Ende der Leine. Weiter als fünfzehn Meter würde er den Hund nicht fortlassen. Er nahm die Pistole in die Hand. Die Seilschlingen lösten sich surrend, so wie Kantor vorwärtsdrang. Dann hörte plötzlich das Geräusch auf. Csupati betastete die Leine. Noch drei Schlaufen waren geblieben. Der Hund mußte also fünfzehn bis sechzehn Meter von ihm entfernt sein. Aber worauf wartete er, warum rührte er sich nicht? Eine Sekunde nach der anderen verging, und die Stille des Wartens rief in ihm wieder ein beklemmendes Angstgefühl hervor. Csupati entschloß sich, an der Leine vortastend, vorsichtig weiterzukriechen. Acht Meter hatte er schon aufgewickelt, neun, zehn ..., da erblickte er hinter einem Strauch, auf dem Felsen vor ihm, den undeutlichen Schatten von Kantor. Er knipste seine Taschenlampe an und trat mit schußbereiter Pistole auf die schmale Lichtung hinaus. Der Hund saß auf dem Rücken eines auf dem Bauch liegenden Mannes und knurrte zornig.

Der Wachtmeister erstarrte für einen Augenblick. Seine Hemmung versuchte er durch Reden zu überwinden. »Wo sind deine Kumpane?« fragte er, da er aber keine Antwort erhielt und auch befürchtete, daß sich noch jemand in der Nähe aufhielt, ermutigte er nervös Kantor: »Beiß zu!«

»Hilfe!« rief da der auf den Boden gepreßte Mann.

»Also hast du doch eine Stimme«, sagte Csupati, Mut fassend, und schleppte sich näher heran.

»Woher stammst du? Wie viele seid ihr …? Ach, du gibst keine Antwort? Kantor …«

»Nicht, nur nicht den Hund«, stöhnte der Gefangene. Schließlich sagte er: »Wir sind zu zweit.«

»Wo hast du deine Pistole?«

»Unter meinem … Bauch.«

Nun schoß Csupati einmal in die Luft und gab Lichtzeichen mit der Taschenlampe. In seiner ersten Erregung hätte er diesen Kerl, der wahrscheinlich zwei Menschen ermordet und auch ihn niedergeschlagen hatte, am liebsten auch tot gesehen.

Aus dem abschüssigen Waldteil ratterte als Antwort auf seine Signale eine kurze Maschinenpistolensalve. Mit gelassener Ruhe setzte sich Csupati, drei Schritte von dem Gefangenen entfernt, nieder. Das Strahlenbündel seiner Taschenlampe richtete er auf den Kopf des auf der Erde liegenden Mannes mit dem blauen Mantel.

»Kopf nach links!« kommandierte er.

Als der Mann seinen schlammbeschmierten Kopf ihm mühsam zuwandte, sagte Csupati: »Jetzt erzählst du mal ein bißchen.«

Da der Hund immer noch auf ihm lag, machte der Mann keine Anstalten, sich zu wehren und begann. »Vor drei Wochen sind wir ins Land gekommen, und hier wollten wir wieder über die Grenze …«

Eine Viertelstunde später krachten trockene Äste im Wald. Der Oberleutnant und die beiden Grenzsoldaten trafen als erste auf der Lichtung ein.

»Du hast uns ja einen schönen Schrecken eingejagt«, meinte Sátori.

Csupati lachte heiser. »Und ich bin erst einmal erschrocken gewesen, als ich zu mir kam … Aber lassen wir das jetzt …« Er wies die beiden Soldaten an, sich rechts und links neben den Gefangenen zu legen und ihm die Hände unter dem Bauch hervorzuziehen. In der Linken sah er den Stiel eines auf Knopfdruck herausschnellenden Dolches. Csupati überlief ein Schauder. Der rechten Hand des Mannes entrissen sie eine geladene Pistole. Csupati nahm einen Lappen und hob den Dolch und die Pistole auf, dann befahl er Kantor, dem Banditen die Taschen umzukehren.

Bevor Major Bokor und der andere Offizier an Ort und Stelle eingetroffen waren, hatte Csupati seinen Gefangenen schon gefesselt und betrachtete beim Schein seiner Taschenlampe den Schnappdolch.

»Wahrscheinlich haben sie damit den Mann aus Szömölnök und den Förster ermordet«, bemerkte Sátori.

Der Gefangene verwahrte sich sogleich: »Ich bin es nicht gewesen.«

»Lüge nicht, dein Kumpan hat es schon gestanden.«

»Ist er denn nicht gestorben?«

»Warum sollte er denn, bist du etwa gestorben?« fragte Csupati.

»Kommt, Genossen«, drängte sie der Major, »im Waldhaus werden wir die Vernehmung fortsetzen.«

Der Oberleutnant markierte auf der Karte den Ort der Festnahme. Der eine Grenzsoldat ging voran, um sie auf den richtigen Pfad zu führen. Da kam Csupati Kantor in den Sinn. »Tjutju, komm, die Arbeit ist zu Ende«, rief er, doch der Hund war nicht da. »Wo zum Kuckuck steckst du?« Csupati leuchtete mit seiner Taschenlampe auf die Sträucher ihrer Umgebung.

»Warten wir ein bißchen!« Csupati wurde unruhig. »Da stimmt etwas nicht.« Er setzte sich müde auf einen großen Stein. Sátori blieb bei ihm, und die beiden berieten flüsternd. Wäre es möglich, daß sich noch ein dritter Bandit in der Nähe herumtrieb? Sie löschten sofort ihre Lampen und horchten mit verhaltenem Atem. Es hatte aufgehört zu regnen; nur von den Bäumen fielen zuweilen schwere Tropfen. Csupati grämte sich. Ein schöner Namenstag ... Die ganze Verwandtschaft ißt jetzt und trinkt, und ich muß hier, wo sich die Füchse gute Nacht sagen, allein herumhocken.

Sátori legte ihm die Hand auf die Schulter und flüsterte ihm ins Ohr: »Hörst du?«

Vom Felsen her war das Krachen von Ästen mit zunehmender Stärke zu hören. Sie wandten sich sofort in Richtung des Geräusches, und Sátori entsicherte seine Maschinenpistole. Keuchen und Stöhnen. Auf alles gefaßt, leuchtete Csupati zum Felsen hin. Er erkannte Kantor, der sich ihnen rückwärts näherte.

Csupati rannte zu seinem Hund. Erstaunt betrachtete er den verschmutzten Rucksack, den Kantor anschleppte. »Laß ihn!« befahl er ihm, und Kantor gehorchte. Csupati wollte ihn aufheben. Aber der Rucksack hatte ein erhebliches Gewicht. Was mag da drin sein? überlegte Csupati, und sie begannen die mindestens zwanzig Kilo schwere Last vorsichtig auszupakken.

»Ein Funkgerät«, antwortete Sátori. »Das ist also der unbekannte Sender, den die Genossen am Nachmittag gemeldet hatten.«

Csupati beklopfte Kantors Hals und drückte seinen Kopf an sich. Sátori lächelte. »Sag mal, hätschelst du deine Frau auch so?«

»Ach«, sagte Csupati betrübt, »wenn das noch lange so weitergeht, vergesse ich über kurz oder lang sogar ihren Namen.«

Csupati konnte sich, da er gewohnt war, sehr einfach zu denken, von allem, was nicht unmittelbar zu Kantor und der Spursuche gehörte, nur schwer ein Bild machen. Schon über ein Jahr lief er Tag für Tag hinter Kantor her, und seine Frau entdeckte immer augenfälligere Veränderungen im Verhalten ihres Mannes. Das unregelmäßige Leben, die ständig wiederkehrende und seine ganze körperliche Kraft verlangende Arbeit, die oft unter freiem Himmel verbrachten Tage und Nächte und das Grübeln über die Lösung der Aufgaben brachten das mit sich.

Die unzerreißbare Klammer des Aufeinandergewiesenseins von Mensch und Hund hielt sie fest zusammen.

Kantor hing mit unerschütterlicher Liebe an seinem Herrn, von dem er nie Schläge bekam, der ihn nie ausschimpfte. Sie hatten schon an die fünfhundert Kilometer gemeinsam zurückgelegt – und was für Kilometer: in zu Sumpfland verwandelten Herbstfurchen, durch nasse Wiesen, im Schneesturm, auf ausgetrockneten Feldern mit verkrusteter Erde, bei Hitze und Kälte, in nächtlichen Wäldern, bei plötzlich niederprasselnden Gewitterschauern – alle erdenklichen Wetterunbilden mußten sie erdulden.

»Du sprichst schon fast so wenig wie ein Hund«, hatte seine Frau einmal verbittert zu ihm gesagt. Das war freilich übertrieben. Aber seine Sprache hatte sich auf einfache Sätze reduziert. Er sagte kein unnötiges Wort, und in der Familie vergaß er oft, daß er sich nicht mit Kantor unterhielt, seine Gedanken also nicht durch Handzeichen ausdrücken durfte.

Kantors Körperbau hatte sich weiter gekräftigt. Er war imstande, ein Schaf mit einem einzigen Schlag niederzuwerfen, und es gab keinen Mann, der sich ihm erfolgreich zu widersetzen vermochte. Seine Kombinationsfähigkeit und seine Reaktionsschnelligkeit brachten ihm die Achtung der Menschen ein. Auf unerwartete Einwirkungen, auf Schüsse, Kreischen und Dröhnen reagierte er blitzschnell, wie es ihm seine Lehrmeister bisher beigebracht hatten. Wenn sich Csupati und Kantor in einer lärmenden Gesellschaft befanden, saß Kantor ruhig neben seinem Herrn. Durch leises Knurren brachte er zuweilen sein Mißfallen zum Ausdruck, wenn in seiner Umgebung jemand überlaut alberte oder streitsüchtig war. Die Arbeit, die im Instinkt seiner Ahnen noch mit der Jagd gleichbedeutend war, hatte sich bei Kantor zur bewußten Leidenschaft gesteigert. Im vergangenen Jahr hatte er an der Aufklärung von mehr als hundert Fällen mitgeholfen, den Täter zu fassen.

Auf die Spur, der er jetzt folgte, war er schon dreimal seit September vergangenen Jahres angesetzt worden. Es handelte sich wieder um den Abdruck eines Bergschnürschuhs, der auf dem an der Landesgrenze verlaufenden Spurstreifen festgestellt worden war. Damals hatte er ihn zehn Kilometer weit bis zu den Rinderställen eines Staatsgutes verfolgt. Am Fuß eines Strohschobers mit senkrecht geschichteten Seitenpartien war Kantor stehengeblieben. Hier endete die Spur plötzlich. »Der Hund hat sich geirrt«, sagten die Grenzsoldaten, und Csupati wurde wankend. »Warum sollte er sich nicht irren dürfen, kann sich doch auch der Mensch bisweilen irren«, suchte er Kantor zu entschuldigen, aber er glaubte es selbst nicht. Deshalb hatte er ihn einige Kilometer zurückgeführt, dorthin, wo sich die letzten Sohlenabdrücke der Schuhe des Verfolgten auf der Erde abzeichneten. Kantor hatte sie aber wieder zu den Rinderställen geführt. Vom Schober holte gerade ein Melker Stroh. Csupati fragte ihn wie beiläufig. »Wie kommt man auf den hohen Schober hinauf?«

»Mit der Leiter«, antwortete der Mann und fügte hinzu: »Die Leiter ist nicht da, denn die Arbeiter haben sie vor etwa drei Stunden zu den Schweineställen hinübergetragen.«

Während sie durch das nutzlose Herumlaufen die Zeit vertrödelten, hatte der Agent ein Versteck gefunden und sich dann davongemacht.

Einige Monate später, im Januar, der Grenzstreifen war leicht verschneit, da hatte eine Grenzstreife Spuren von Skiern entdeckt. Csupati und der Hund wurden geholt. Stellenweise versank Kantor bis zum Bauch im Schnee. Er hatte sich nach drei Kilometern mit Csupati auf den waldigen Hügel hinaufgearbeitet, der parallel zur Grenze verlief. Da fand er ein weggeworfenes Handtuch, das er lange beschnupperte. Sie verfolgten die Spur weiter. Schon fünfzehn Kilometer hatten sie zurückgelegt. An Csupatis Anorak war sein Atem schon zu Rauhreif geworden. Vor Müdigkeit konnte er sich kaum noch auf den Beinen halten, als Kantor auch die Skier fand und Csupati wieder auf die geriffelten Spuren der Bergschuhe stieß. Ein Schnellzug fuhr an ihnen vorbei, und der Wachtmeister fluchte. »Möglich, daß uns der verdammte Kerl hinter dem Fenster eines gutgeheizten Wagens auslacht ...«

Im März hatten sie dann dieselbe Spur auf dem Grenzstreifen

gefunden; Kantor verfolgte sie bis zum Bahnhof der Bezirksstadt. Sie fanden sogar den Schalter, an dem der Gesuchte die Fahrkarte gelöst hatte. Damals waren sie eine Stunde zu spät gekommen, und das reichte aus, daß ihnen der früh um fünf Uhr nach Budapest fahrende Schnellzug den Mann vor der Nase weg entführte. Nach diesem drittenmal hatte Csupati überzeugt behauptet, daß es immer dieselbe Person sein mußte, die in ihrem Bereich nach Ungarn hereinkäme. Die Sicherheitsorgane aber legten ihm die Frage vor, warum die Spuren denn immer nur herein- und nie wieder hinausführten. Eine Erklärung dafür wußte er nicht. Doch Csupati ließ sich von seiner Meinung nicht abbringen. Bisher hatte er die Feinde des Landes verfolgt; auch dieser war ein Agent, aber wegen seiner Hartnäckigkeit empfand Csupati den Unbekannten als persönlichen Feind.

Csupati ärgerte sich über seine eigene Ungeschicklichkeit. Wenn ihm dort am Strohschober gleich beim erstenmal eingefallen wäre, daß man auch über eine Leiter auf den Schober steigen konnte, hätte sie dieses Fiasko nicht ereilt. Seit einem halben Jahr hatte Csupati bei jedem Alarm zuerst gedacht: Der unsichtbare »Große Schlaue« ist wieder da. Einmal, zweimal, dreimal war er ihnen entkommen ...

Die Erregung des Wachtmeisters übertrug sich auch auf den Hund. Csupati hatte festgestellt, daß sein Hund in letzter Zeit unruhig war. Offensichtlich hatten ihn die drei Mißerfolge beeinflußt.

Und nun folgten sie – nach Csupatis Meinung – das vierte Mal derselben Spur. Der muß aber tollkühn sein, stellte Csupati fest. Sich am hellichten Morgen hinter dem Vorhang eines Maigewitters auf den Weg über die Grenze zu machen, dazu benötigte man nicht nur Geistesgegenwart, sondern auch Draufgängertum. Möglicherweise war er sich seiner Sache schon so sicher, vertraute er so sehr auf sein Glück und die Unaufmerksamkeit der Grenzposten, die bei Gewitter eine geschützte Stelle suchten, daß er auch etwas unternahm, wovor andere zurückschrecken würden.

Grübelnd lief Csupati Kantor hinterher. Der Suchtrieb hatte ihn wieder vollends erfaßt. Er nötigte Csupati zu einem immer schnelleren Tempo. Nach den Spuren zu urteilen, hatte der Grenzverletzer diesmal höchstens zwei Stunden Vorsprung.

Sie gingen über eine nasse Wiese. Acht Kilometer hatten sie zurückgelegt, die Mitglieder der Begleitmannschaft liefen erschöpft Kantor und Csupati nach. Die Wiese war durch einen Wassergraben von einem großen Acker getrennt, linker Hand, kaum hundert Meter vom Graben entfernt, erstreckte sich auf einem sanft ansteigenden Hügel ein schmaler Waldstreifen. Auf der anderen Seite des Grabens angelangt, hielt Csupati seinen Hund an. Er dachte, daß auf dem Acker mit dem durchnäßten, weichen Boden auch die Spur zu sehen sein müßte. Der Gruppenleiter befahl – nachdem Csupati, fünfzehn Meter von der Übertrittsstelle entfernt, den Sohlenabdruck des Bergschuhs gefunden hatte – dem Grenzkommando über Funk die Meldung zur Umstellung des Bahnhofs der Bezirksstadt weiterzugeben. Während sich die Männer berieten, hatte Kantor am Grabenufer ein Grasbüschel gefunden. »Hier hat er seine Schuhe abgewischt«, meinte Csupati. Sie brachen sofort auf, Kantor war wieder an der Spitze des Zuges. Er durchquerte das Wäldchen und kletterte auf die Böschung der Eisenbahnlinie, die das Grenzstädtchen mit der Bezirkshauptstadt verband.

Entlang der Eisenbahnlinie näherten sie sich der Stadt. Jedoch zwei Kilometer vor dem Bahnhof, wo die Bahngleise aus drei Richtungen zusammenliefen, verließ Kantor den Damm und wandte sich nach Osten. Ist das aber ein findiger Gauner, stellte Csupati wieder fest, als Kantor nach einigen hundert Metern auf dem Damm der nach Budapest führenden Bahnlinie, neben den Schienen herlaufend, ein nicht nachlassendes Tempo vorschrieb. Gewiß aber rechnet er nicht mit Kantor. – Csupati dachte mit heimlicher Freude daran, was für ein Gesicht der Grenzverletzer machen würde, wenn sie ihm plötzlich gegenüberstehen würden. Da erreichte sie aus der Ferne der Glockenschlag der doppeltürmigen Bischofskirche.

»In einer Stunde fährt der Schnellzug nach Budapest ab.«

Csupati bat den Gruppenleiter, sofort anzuweisen, daß Polizisten den Zug besetzten; denn die gesuchte Person werde vermutlich in diesen Schnellzug einsteigen.

Kantor beschleunigte das Tempo ohne Ermunterung. Wettrennen mit den Minuten. Als nach einer scharfen Kurve das verwitterte, gelbe Bahnhofsgebäude der ersten Station nach Vas auftauchte, blickte Csupati auf seine Uhr und atmete erleichtert auf. Zehn Minuten noch! Zehn Minuten – und alles würde sich aufklären. Die Mühe und der anstrengende Einsatz konnten ja auch umsonst gewesen sein. Oft glaubt man, das Ziel bald erreicht zu haben, doch unmittelbar vor dem Ziel stellt sich dann heraus, daß man viel weiter davon entfernt ist als beim Start.

Der Bahnwärter hatte die Schranken schon heruntergelassen. Die Reisenden warteten auf dem Bahnsteig, und Kantor ging, zu Csupatis größtem Erstaunen, nicht geradewegs auf sie zu, sondern schlüpfte unter der Schranke durch und trat durch den hinteren Bahnhofseingang in die geräumige Wartehalle. Grenzsoldaten waren hier ein gewohnter Anblick, so daß die hinter Csupati erscheinenden Soldaten kein Aufsehen erregten.

Am Fahrkartenschalter warteten vier Personen. Ein hagerer, hochgewachsener, etwa dreißig Jahre alter Mann stand als letzter in der Reihe. Als Kantor in die Wartehalle eintrat, ertönte aus dem Lautsprecher eine schnarrende Stimme: »Schnellzug fährt auf Gleis vier ein ..., planmäßige Abfahrt ...«

Neben dem Schalter stand eine Bank. Csupati hielt Kantor ein wenig zurück, er bedeutete ihm mit dem Finger: nur ruhig und leise sein. Dann schnallte er ihm die Leine vom Hals und schaute mit gleichgültiger Miene umher. Kantor beherzigte die Aufforderung und schlich sich lautlos hinter den am Ende der Reihe ungeduldig wartenden Mann. Der mußte sich augenscheinlich sehr beherrschen, um die am Schalter umständlich ihr Fahrgeld zusammensuchende ältere Bäuerin nicht wegzustoßen. In seiner Erregung schaute er nicht einmal um sich und sah Kantor gar nicht, der, kaum einige Zentimeter von den Füßen des Fremden entfernt, gierig schnupperte. Nur sein Herr allein wußte, welche Zurückhaltung es den Hund kostete, nach der langen Verfolgung seine Beute nicht sofort angreifen zu dürfen. Unterdessen legte der Mann seine Aktentasche auf die Bank und warf einen Hundert-Forint-Schein auf die Drehschale des Schalters. Csupati hörte, wie die Fahrkartenverkäuferin verärgert fragte: »Ist denn heute Zahltag? Als gäbe es kein anderes Geld, nur Hunderter.«

»Bitte ...«, sagte der Mann ungeduldig.

»Was soll ich machen? Ich kann nicht herausgeben, habe selbst nur Hunderter.«

»Dann behalten Sie sie«, sagte der Fremde empört und griff nach seiner Tasche. Als die Hand des Mannes den Henkel der Tasche berührte, ließ Csupati ein Zischen hören – und Kantor erfaßte die Hand oberhalb des Gelenks. Der Verfolgte, den nur noch dreißig Sekunden von der Abfahrt des Zuges trennten, blickte entsetzt auf den Hund. Scharfe Zähne senkten sich in seine Muskeln, und er erkannte, daß er sein Spiel verloren hatte. Csupati drückte ihm die Pistole in die Seite und flüsterte ihm ruhig zu: »Linke Hand hoch!«

»Ich muß doch bitten, was sind denn das für Methoden? ... Ich habe keine Zeit, mich mit Ihnen einzulassen. Ich muß mich beeilen. Der Zug ...«

»Du brauchst dich nicht mehr zu beeilen, Freundchen. Wir haben dich eingeholt«, sagte Csupati.

Draußen bremste quietschend der Zug, und im nächsten Augenblick kamen vom Bahnsteig her drei Zivilbeamte und zwei Bahnpolizisten in den Warteraum. Den hinteren Ausgang hatten die Grenzsoldaten besetzt.

»Wie du siehst, mein Bürschchen, hast du diesmal Pech gehabt.« Csupati durchsuchte seinen Gefangenen geschickt mit der linken Hand. »Wieso hast du keine Waffe?« fragte er erstaunt. Er tastete den Agenten ab, kehrte ihm die Taschen um und legte einen Ausweis und ein Schnappmesser auf die Bank neben die Aktentasche. »Neulich hast du dein Handtuch verloren ... Deine Skier haben wir auch gefunden ... Na, zeig doch mal deine Schuhsohlen.«

Er hielt die Holzstäbchen seinem Gefangenen nach dem Schuhmaßvergleich vor die Nase: »Wie du siehst, stimmt das auch. Du hättest übrigens jedesmal sogar andere Schuhe anziehen können ...«

Ein Kriminalpolizist in Zivil trat zu Csupati und dankte ihm für seine Arbeit. Der festgenommene Grenzverletzer wurde in den Raum des Bahnhofsvorstehers abgeführt. Auf Csupatis Befehl ließ Kantor das Handgelenk des Mannes los, doch die Tasche hielt er fest und trug sie, würdevoll an der Seite seines Herrn schreitend, persönlich in das Dienstzimmer. Hier öffnete Csupati die Tasche und stülpte den Inhalt auf den Tisch aus. Als erstes fielen zwei schußfertig geladene amerikanische Militärpistolen geräuschvoll auf die Schreibtischplatte. »Deshalb hattest du keine Waffe in den Hosentaschen«, bemerkte der Wachtmeister spöttisch und fragte dann: »Weißt du, seit wann wir dir schon auf der Spur sind?« Der Gefangene zuckte die Achseln und erwiderte: »Aber heute vormittag, als Sie am Wiesenrand meine Spur suchten, hätte ich Sie auch abknallen können.«

»Schön von dir, daß du es nicht getan hast. Besten Dank.«

»Ich glaubte, ich könnte es wieder schaffen.«

»Wie neulich, wie schon dreimal. Nicht wahr?«

»An fünf Minuten lag es.« Der Mann winkte ab.

»Es war schlau von dir, daß du nicht in die Grenzstadt gegangen, sondern lieber noch acht Kilometer gelaufen bist. Doch ihn«, und Csupati wies auf Kantor, »konntest du nicht irreführen.«

Der Leiter der Einsatzgruppe sah unterdessen sorgfältig die Papiere des Grenzverletzers durch. »Sie sind ein ganz gerissener Kerl«, sagte er und legte dabei den gefälschten ungarischen Personalausweis auf den Tisch. »Nicht genug, daß Sie sich gegen Ihr Vaterland niederträchtig benehmen, Sie schämen sich auch nicht, mit fünfzig Prozent Ermäßigung umherzufahren.«

»Herr Inspektor, bitte, ich bin kein Spion. Ich beschäftige mich ausschließlich mit Menschen. Das Geschäft organisieren andere, ich wickle es nur ab. Je Person bekomme ich in Budapest tausend Forint und nach Ankunft in Wien siebenhundert Schilling... Ich muß mit dem Zug reisen. Außerdem erhöht der Ausweis für Fahrpreisermäßigung das Sicherheitsgefühl ... Glauben Sie mir, das ist ein gefährliches Handwerk. Früher bin ich in Sopron Postangestellter gewesen ... Meine Verwandten haben mich aus dem Lande gelockt. Sie können mir glauben, mit lumpigen siebenhundert Schillingen ist meine Arbeit nicht bezahlt.«

Csupati brummte: »Wir werden gleich gerührt sein ... Erzähle uns lieber davon, wo du wieder die Grenze verlassen wolltest?«

»Zwischen Bozsok und Búcsú kam ich herein ...«

»Das wissen wir.«

»In der Nähe von Mekszikópuszta brachte ich die Leute hinaus.«

»Eine schöne Rundfahrt! Mit fünfzig Prozent Fahrpreisermäßigung. Du bist ein gerissener Gauner!« stellte Csupati fest und winkte Kantor. Ihre Arbeit war beendet. »Was für Menschen es doch gibt«, brummte er und machte eine wegwerfende Handbewegung. »Der ist nicht nur ein Feind, sondern auch eine Laus«, entschied er bei sich.

Enttäuscht hockte er neben Kantor im offenen Wagen. Anfangs hatte er geglaubt, sie verfolgten einen Wolf, und dabei hatte sie nur ein listiger Fuchs zum Narren halten wollen.

»Den Seinen gibt's der Herr im Schlaf.« Mit diesen Worten empfing der Leiter der Kriminalabteilung scherzend Csupati. Der Wachtmeister winkte ab und wollte mit der Darlegung seines letzten Falles beginnen, aber der Major hielt ihm einen Brief hin.

»Material- und technische Abteilung ...«, las Csupati zögernd, doch dann nahm er ihm den Brief plötzlich erregt aus der Hand. »Nanu! Zwei neue Spürnasen bekommen wir?«

»Und einen Gehilfen können Sie anlernen. Sprechen Sie mit den Maurern, sie sollen ein paar neue Boxen bauen.«

»Mit den Maurern?« Csupati schaute mißtrauisch seinen

Vorgesetzten an. Das war wohl einer der schlechten Scherze des Majors. Hatte er doch voriges Jahr, als er für Kantor eine geräumige Hundehütte bauen lassen wollte, zur Antwort bekommen: »Dafür haben wir kein Geld. Wenn es wichtig ist, bauen Sie die Hütte, wie Sie es eben können.« – Und jetzt sollte er sogar Maurer beauftragen können? Er maß Major Bokor mit den Augen, gewann aber den Eindruck, daß er es diesmal ernst meinte. »Es geht vorwärts, es geht vorwärts«, brummte er vor sich hin.

»Noch etwas«, rief ihm der Abteilungsleiter nach, »bringen Sie diesen Versicherungsschein ins Archiv hinunter!«

»Was ist das?«

»Eine Lebensversicherung.«

»Für mich?« fragte Csupati, doch der Major lachte.

»Nein, nein. So weit haben wir uns noch nicht entwickelt. Die ist für den Hund. Über zwanzigtausend Forint. Eine schöne Summe, was?«

Csupatis rundes Gesicht hellte sich auf. »Das ist schon etwas«, meinte er und nahm den Versicherungsschein entgegen. »Doch was das anbelangt, Kantor ist zehnmal soviel wert.«

»Sie übertreiben immer alles«, sagte der Major.

»Wirklich? Kann man denn das Leben in Geld umrechnen?«

»Sie sind ein merkwürdiger Kerl ..., Sie Csupati.« Der Major lachte.

Von seinem Chef aus ging Csupati geradewegs zu Kantor. Ging? Nein – er eilte.

»Hörst du, Tjutju, was passiert ist?« Und mit dem Versicherungsschein in der Hand begann er dem Hund zu erklären, als verstünde der alles: »Jetzt bist du die wichtigste Person hier. Der Kaiser. Jawohl, denn so etwas hat nicht einmal der Polizeipräsident.« Kantor begriff zwar nicht die Bedeutung des Papierstücks.

Doch wenn Csupati nun einmal guter Laune war, bellte er fröhlich.

In der darauffolgenden Nacht war Kantors Herr Diensthabender, und Kantor durfte die Nacht mit ihm zusammen verbringen. Für diese Zeit verwandelte sich für ihn das graue Dienstzimmer stets in ein Paradies: Kantor konnte sich wieder unter das Bett seines Herrn legen. Schläfrig blickte er zuweilen zu Csupati, der am Schreibtisch saß. An solchen Dienstabenden hatte er beobachtet, wenn das vor seinem Herrn stehende schwarze Kästchen zu klingeln begann, langte Csupati hin, hob ab, und es hörte sofort auf zu läuten. Manchmal pflegte Csupati laut über das Telefon und das Klingeln zu schimpfen – auch das hatte sich Kantor gemerkt.

Es ging auf Mitternacht zu. Sein Herr legte sich auf das Bett, und der Schlaf überwältigte ihn schnell. Als dann das Kästchen zu rasseln anfing, erschien Kantor sogleich am Tisch. Vorsichtig hob er mit den Zähnen den Hörer ab und legte ihn neben den Apparat. Er hörte eine menschliche Stimme, schaute seinen Herrn an, doch der atmete gleichmäßig und schlief weiter. »Hallo, hallo – warum antworten Sie nicht?« schnarrte es aus der Muschel. Kantor suchte den Sprecher unter dem Tisch, am Schrank und in jeder Ecke des Zimmers. Doch er mußte feststellen, daß außer ihm und seinem Herrn niemand im Zimmer war.

Zehn Minuten später polterte der Torposten an der Tür. Csupati schreckte aus dem Schlaf hoch. »Was ist?«

»Der Major tobt ... Man sagt, du würdest bestraft ... Warum hast du den Hörer danebengelegt?«

Csupati schaute auf den Apparat, und er glaubte zu träumen. Er rieb sich die Augen. Da kam Kantor unter dem Bett hervor. Csupati legte den Hörer auf seinen Platz und schaute seinen Hund an. In diesem Augenblick klirrte das Telefon. Mit Kantor zusammen langte er nach dem Hörer.

»Du bist es also gewesen!« sagte er.

»Was heißt, ich bin es gewesen? Mit welchem Recht duzen Sie mich?«

Csupati wurde blaß. »Nicht Sie, Genosse Major, meinen Hund ...«

»Das ist unerhört! Sind Sie überhaupt nüchtern? Woher nehmen Sie das Recht, sich so unverschämt zu benehmen!«

»Ich bin nicht unverschämt, nur – mein Hund ...«, er konnte nicht weitersprechen. Major Bokor knallte am anderen Ende der Leitung den Hörer auf die Gabel, und Csupati fiel hilflos in seinen Stuhl zurück. Kantor schmeichelte um seine Beine. »Das hast du ja fein hingekriegt. Gerade der mußte uns erwischen ... Weißt du, was daraus wird, Tjutju? Drei Tage Arrest. Der kennt keinen Spaß.«

Das Telefon rasselte wieder. Csupati griff seufzend nach dem Hörer. Erleichtert erkannte er die Stimme des Leiters der Kriminalabteilung.

»Bist du es?« fragte Oberleutnant Sátori. »Hast du den Verstand verloren? Erst duzt du den großen Chef, dann sagst du zu ihm, er sei dein Hund. Obendrein nimmst du den Hörer ab und legst ihn neben den Apparat, auf seine Frage aber antwortest du nicht. Bist du noch normal?«

»Aber glaube mir, nicht ich habe den Hörer abgenommen, sondern Kantor.«

»Dein Hund? Weißt du was, das erwähnst du am besten gar nicht. Sonst denken sie noch, du willst sie für dumm verkaufen.«

»Wenn ich dir aber sage ...«

»Schau, Genosse, da dieser Hitzkopf auf dich so wütend ist, könntest du noch froh sein, wenn du mit drei Tagen Arrest davonkommst. Nach dem Dienst melde dich bei ihm, aber daß du mir ja nicht deinen Wunderhund vorbringst ...«

Sátori hatte aufgelegt, und Csupati wandte sich wieder Kantor zu: »Na, was habe ich gesagt. Jetzt kannst du deinem Herrchen drei Tage lang das Essen bringen.«

Zwischen den beiden Weltkriegen hatte sich die am Rábaufer gelegene Kreisstadt gut herausgemacht. Die von der kleinen Stadt Koper an der Adria ausgehende berühmte, von den Römern erbaute sogenannte »Bernsteinstraße« erreichte hier das Rábá-Tal. Die Stadt war eine alte Siedlung mit einer zweitausendjährigen Geschichte. Im Mittelalter hatte der Feudalherr an der Flußüberfahrt eine Burg errichten lassen. Die Straße führte über den Hof der Burg, damit kein einziger Händler den Zöllnern des Herrn entgehen konnte.

Den großen Platz in der Stadt umgaben im Barockstil erbaute zweistöckige Häuser. Auf den Platz führten einige Straßen, die auch von mehrere Stockwerke hohen Geschäfts- und Gasthäusern gesäumt waren. Die dem zweiten Weltkrieg folgenden politischen Veränderungen hatten eine neue Lage geschaffen und den Charakter des Städtchens als Handelsknotenpunkt aufgehoben. Größere Industrieanlagen aber gab es hier nicht, wegen der Nähe der Westgrenze wurden in dem Ort auch keine Betriebe angesiedelt. Ein Teil der Bewohner wanderte ins Innere des Landes ab, der andere nahm die Arbeit in dem sich entwickelnden Industriegebiet des Bakony auf. In der Stadt selbst gab es lediglich einen Holzverarbeitungsbetrieb und ein kleines Bauunternehmen. In einem unversehrt gebliebenen Flügel der im Krieg beschädigten Burg richtete man ein Quartier für die Arbeiter des Bauunternehmens ein. Da die qualifizierten Facharbeiter alle an den großen Baustellen des Landes arbeiteten, war der kleine örtliche Betrieb gezwungen, jeden Bewerber aufzunehmen.

Der auf der Kante des eisernen Bettes sitzende Mann ließ seine großen Fäuste schwerfällig in den Schoß fallen. Er hatte eine breite Stirn und dichte rotbraune Augenbrauen. Blinzelnd beobachtete er einen Zimmerkollegen, der die geflickte Decke auf seinem Bett glättete. In dem gewölbten Raum standen fünfzehn Eisenbetten an den Wänden entlang.

»Fahren wir heute nicht?« fragte er schließlich wie einer, der schon im voraus um Verzeihung bittet.

»Was sagst du?« Der andere warf den Kopf zurück.

»Ich frage, ob wir nicht reisen.«

»Nein!« lautete die barsche Antwort.

»Dabei ist morgen freier Sonnabend. Alle sind sie fortgefahren.«

»Na und? Halte den Mund und störe mich nicht.«

»Schon gut, schon gut, werde nur nicht gleich wütend. Oder erwartest du wieder deinen Pester Freund? Du würdigst mich ja keines Wortes ... Dabei hast du mir für heute auch Traumpulver versprochen ...«

In der kleinen Kreisstadt am Rábaufer wurde schon das zweite Jahr an einem neuen, zweistöckigen Seitenflügel des Krankenhauses gebaut. An dem Bau arbeitete eine Brigade von acht bis zehn Mann. Zu ihnen gehörten auch Péter Mészáros und András Kerkai. Mészáros war der Stärkere. Doch dieser neunzig Kilo schwere, einem Ringkämpfer gleichende Dreißigjährige ließ sich von Kerkai tyrannisieren, der wesentlich schwächer und eine Kopflänge kleiner war als er. Kerkai hatte ein kantiges Gesicht und eine Nase, die an einen Rabenschnabel erinnerte. In seinen grünen Augen funkelten sogar beim Lachen böse kleine Flammen.

»Wohin willst du fahren, Péter?« Kerkai wechselte plötzlich den Ton.

»Was weiß ich. Wohin du willst. Du hast doch gesagt, daß wir noch einen letzten Wochenendausflug machen werden.«

»Werden wir auch ... Aber heute warte ich auf jemanden. Wenn er bis zwanzig Uhr nicht da ist, fahren wir noch heute nacht.«

»Wohin?«

»Das bleibt vorläufig ein Geheimnis.«

»Dann könntest du mir von dem Traumpulver geben ...«

»Morgen. Wenn du ein kluger und folgsamer Junge bist, bekommst du morgen eine doppelte Dosis.«

Mészáros hatte aus Kerkais Stimme nicht die verborgene Gehässigkeit herausgehört. Er geriet in Wut. »Wenn du mir nichts gibst, mache ich mit dir nichts mehr gemeinsam. Im übrigen hat man mich heute vormittag ins Polizeiamt bestellt und sich bei mir auch nach dir erkundigt.«

»Nach mir?« Kerkai fuhr zusammen.

»Jawohl! Aber ich habe gesagt, daß du an dem Unfall keine Schuld hättest. Der Mörtelkasten auf der Mauer sei rein zufällig umgekippt und deshalb heruntergefallen. Ich sagte, sie dächten doch nicht etwa, daß ihn mein bester Freund auf mich werfen würde ...«

»Brav, sehr tüchtig, Péter. Dafür werde ich mich noch erkenntlich zeigen. Bald wirst du sie los sein und kannst leben wie Gott in Frankreich ... Heute nacht erledigen wir noch eine Sache, die letzte«, fügte er mit Nachdruck hinzu, »dann ist die Schlepparbeit zu Ende.«

»Ich will nicht weg.«

»Bisher wolltest du.«

»Ja, aber die Ica hat gestern gesagt, sie habe es sich überlegt und würde mich heiraten. Falls ich sie auch mitnehmen könnte.«

»Diese ...«, Kerkai schluckte. »Deine Sache«, sagte er nach einer Weile, »daß du es dann aber nicht bereust.«

»András, ich habe Angst vor der Polizei. Es wäre besser, sofort aufzubrechen. Die haben etwas herausbekommen. Nicht wegen des Unfalls schnüffeln sie. Seit man mich aus der Armee 'rausgeschmissen hat ...«

»Laß den Quatsch!« Kerkai ging gereizt hoch, fuhr dann aber versöhnlich fort: »Warum? Ist dir daraus irgendeine Unannehmlichkeit erwachsen? Du hast die dreißig Tage abgesessen und von mir Kies bekommen, soviel du nur brauchtest.«

Péter Mészáros nickte zustimmend. Vor zwei Jahren hatte er bei der technischen Truppe eines Armeelagers als Feldwebel gedient. Mit Kerkai war er in einem Nachtlokal der nahe gelegenen Stadt bekannt geworden. Er hatte unheimlichen Bierdurst – und Kerkai bezahlte. Es blieb aber nicht nur beim Bier. – Kerkai hatte sich als Bautechniker vorgestellt. Er erwies sich auch als anständiger Kerl, als im Lokal eine Schlägerei entstanden war: Ehe die Bereitschaftspolizei eintraf, hatte Kerkai Mészáros schon weggebracht. Zwei Tage später trafen sie sich wieder. Kerkai sagte damals, daß er etwas viel Besseres als Alkohol kenne. »Traumreise, und der Magen tut dir hinterher auch nicht weh.« Er hatte ihm eine gestopfte Pfeife in die Hand gedrückt. Das Rauchen berauschte ihn. Er konnte nicht mehr von dem Pulver loskommen.

Seinen Freund interessierte alles. Mészáros leistete in der Regimentsschreibstube Dienst, und um Kerkais Neugier zu befriedigen, schmuggelte er zuweilen diese oder jene vertrauliche Akte aus der Kaserne. Einmal war ihm dann keine Zeit mehr geblieben, eine solche Akte in den Schrank zurückzulegen, er konnte sie nur noch auf seinem eigenen Tisch unterbringen. Wegen Verletzung der Wachsamkeit hatte man ihn zu dreißig Tagen Arrest verurteilt und ihn dann aus dem Dienst entlassen. Im Arrest hatte ihn das Fehlen des Opiums sehr gequält. Nach seiner Entlassung suchte er Kerkai monatelang vergebens; der schien spurlos verschwunden zu sein. Als Mészáros' Geld zur Neige ging, fuhr er in sein Dorf zurück. Er fing an zu trinken, doch weder der Wein noch der Rum vermochten, sein Verlangen nach Opium zu stillen. Dann hörte er plötzlich auf zu trinken. Man stellte ihn beim Bau ein, und als ihn das Verlangen nach dem Rauschpulver kaum noch plagte, tauchte urplötzlich sein »Freund« wieder auf.

Das war vor zehn Monaten gewesen, und seitdem konnte er wöchentlich dreimal »auf dem Meer der Betäubung reisen«, wie er es nannte. Kerkai hatte damals beteuert, er werde ihn nie verlassen, habe ihn so gern, daß er sogar untergeordnete Arbeit annehme, nur um mit ihm zusammensein zu können.

In letzter Zeit jedoch schien sich Kerkai verändert zu haben. Er gab Mészáros immer irgendwelche Aufgaben, und nur nach deren erfolgreicher Lösung erhielt dieser jeweils eine Pfeife. Vor zwei Wochen, auf einem ihrer schon gewohnten »Wochenendausflüge«, als Mészáros in Feldwebeluniform aus einem verlassenen Gehölz bemüht war, sich einer Funkmeßstation zu nähern, hatte ein Posten auf ihn geschossen. Er erreichte noch rechtzeitig seinen unten in der Schlucht wartenden Freund und entfloh mit ihm zusammen auf Fahrrädern. »Lassen wir das doch«, hatte er Kerkai nach diesem Zwischenfall gebeten, doch der hatte ihn als feige bezeichnet und das ausgesprochen, was Mészáros zwar schon manchmal gedacht, es aber nicht einmal selber einzugestehen gewagt hatte. »Was denkst denn du, wovon ich das Traumpulver kaufen kann? Etwa von dem auf dem Bau verdienten Geld?« – »Aber ich habe Angst«, hatte Mészáros wiederholt gesagt, und er spürte zum erstenmal, daß seine Hände und Knie zitterten.

»Ich pfeife auf deine Angst. Da wir einmal begonnen haben, machen wir auch weiter – und damit basta! Jetzt kannst du nicht mehr aussteigen. Am Ende werden wir schon die Kurve kratzen. Draußen bekommst du soviel Kies, daß du bis an dein Lebensende auf großem Fuße davon leben kannst.«

Je leidenschaftlicher Mészáros das Opium forderte, um so unerträglicher empfand Kerkai diese Freundschaft. Sein Auftrag war fast vollständig ausgeführt, und auch das trug dazu bei, daß sich seine »freundschaftlichen Gefühle« abzukühlen begannen. Beide hatten zwei leichtfertige Schwestern kennengelernt; dreimal wöchentlich schliefen sie dort, und bei ihnen erlaubte Kerkai Mészáros den Opiumgenuß. Auch die Mädchen hatte er an das Rauschgift gewöhnt. Er mußte auf Mészáros' Rauschträume achten, damit dieser nicht irgendwo etwas über ihre »Wochenendausflüge« ausplauderte. Seit drei Tagen wartete er bereits auf seinen Verbindungsmann. Wenn er mit dem Achtuhrzug heute abend auch nicht eintreffen sollte, mußte etwas passiert sein, und dann müßte er, Kerkai, verschwinden. Schon seit Wochen hatte er sich darauf vorbereitet. Zahlreiche Pläne waren in seinem Kopf entstanden, aber das, was ihm am Vormittag in den Sinn gekommen war, schien ihm besser als alles andere zu sein. Den Einfall dazu verdankte er Mészáros, der ihm vor dem Schaufenster des Uhren- und Schmuckgeschäfts überschwenglich die Eheringe gezeigt hatte. »Diesen hier und auch einen solchen würde ich meiner Braut kaufen.«

Ich muß den Verdacht auf ihn lenken und ihn dann verschwinden lassen, dachte er jetzt. Denn was sollte er mit diesem Opiumschwein, wie er ihn bei sich nannte, sonst anfangen ... Darüber grübelte er, während Mészáros ihm leise Vorwürfe machte. – Ich muß ihn zum Schweigen bringen. – Viel nutzte er ihm ohnehin nicht mehr. Nur die Erkundung eines achtzig Kilometer langen Abschnitts fehlte ihm noch; wenn er sein Ziel erreicht hätte, könnte er komplettes Material mitnehmen. Doch auch ohne dies stand er nicht schlecht da. Er hatte deshalb im Grenzgebiet Arbeit angenommen ... Und nun haben wir's, der hat die Hosen voll, der Verbindungsmann läßt auf sich warten, die Polizei schnüffelt schon ... Er entschied: Morgen werde ich verschwinden.

Dreiviertel acht holte ein schwarzer Pobeda Csupati zum Dienst ab. Der Wachtmeister richtete gerade seine Mütze, als Oberleutnant Sátori hereinstürzte.

»Was ist, ist es so wichtig, daß dich der Major persönlich geschickt hat, mich abzuholen?«

»Ach, Unsinn. Nimm deinen Hund und beeil dich. In der vergangenen Nacht hat man das Juweliergeschäft in K. ausgeräumt.«

»Richtige Arbeit?« Csupatis Augen leuchteten auf. »Das ist etwas anderes. Kantor, los!« rief er und ging selbstbewußt zur Tür.

»Na, na! Um die Strafe kommst du trotzdem nicht herum«, teilte ihm Sátori mit, als er seine gute Laune sah. Im Toreingang antwortete Csupati lachend: »Dann habe ich wenigstens mal Ferien. Seit anderthalb Jahren hatte ich ohnehin noch keine drei Tage zusammenhängend Ruhepause.« Er öffnete, laut pfeifend, die Tür des Wagens. Neben dem Fahrer auf dem Vordersitz saß der Major. Auf Csupatis Gesicht erstarb sogleich das Lächeln.

»Machen Sie schon«, brummte Major Bokor. Schweigend legten sie den dreißig Kilometer langen Weg zurück. Der Wachtmeister drängte sich dicht an Kantor heran und legte seinem Hund den Arm um die Schulter.

An der Arkadenreihe, unter deren Gewölbe sich auch der Eingang des Juweliergeschäfts befand, wurden sie von zwei Kriminalbeamten und dem Techniker empfangen. Die Polizisten des Kreispolizeiamtes waren bestrebt, die Neugierigen vom Eingang fernzuhalten.

»Habt ihr etwas gefunden?« fragte Sátori den Techniker.

»Mir ist es gelungen, vier Fingerabdrücke zu fixieren. Das Eindringen erfolgte vom Hofe her.«

Der Laden war am Morgen um halb sieben geöffnet worden. Der Geschäftsleiter hatte in Anwesenheit zweier Mitarbeiter festgestellt, daß aus einer der offenen Vitrinen eine ganze Perlenkollektion fehlte. Das wurde sofort dem Kreispolizeiamt gemeldet. Die am Tatort eintreffenden Kriminalbeamten fanden unter dem Ladentisch verstreut Perlen.

»Wie hoch ist der Schaden?« fragte der Major.

»Laut Aussage des Geschäftsleiters waren etwa fünftausend Forint in der Kasse. Im übrigen ist die Bestandsaufnahme noch im Gange. Bisher wurde das Fehlen von einem Dutzend goldener Trauringe und von zwanzig Juwelen festgestellt«, berichtete einer der Beamten. »Zeitpunkt des Eindringens?« – Achselzucken. Das habe man bisher noch nicht genau feststellen können.

Csupati betrat mit Kantor zusammen den Laden, wandte sich aber sogleich wieder um. »Von hier aus geht es nicht«, sagte er und breitete dabei die Arme aus, »der Fußboden ist ölig und von zu vielen betreten worden ...«

»Wann werden Sie endlich Ihren Beruf völlig beherrschen?« fuhr der Major die Kriminalisten an.

»Versuchen Sie an einer anderen Stelle, die Spur aufzunehmen«, er wandte sich Csupati zu.

Csupati ging mit Oberleutnant Sátori, dem Techniker und Kantor auf den Hof. Durch die Schuppen, die sich an einer Seite an die Feuermauer lehnten, könnte der Täter hereingekommen sein. Die Fensterscheibe war mit Hilfe von leimbeschmiertem Papier eingedrückt worden.

»Ein solches Fenster ohne Gitter ist Leichtsinn«, meinte der Techniker.

Csupati durchforschte Zentimeter um Zentimeter den schmalen Durchgang. Kantor machte sich auch sogleich an die Arbeit. Er entdeckte einen zwischen den moosbewachsenen Steinen eingeklemmten Mantelknopf und auch die Schuhspuren eines Mannes, der sich unter dem Fenster sicherlich aufgerichtet hatte. »Apport!« sagte Csupati, und Kantor hob den Kopf von der Erde auf. Der Wachtmeister wandte sich seinen Genossen zu. »Vom Mantel ist auch ein Stückchen Stoff mit abgerissen«, sagte er. Der Techniker war der Ansicht, daß der Einbrecher einen Anorak angehabt hatte. Während sie beratschlagten, wartete Kantor ungeduldig darauf, daß ihm sein Herr die Suchleine umschnallte.

»Szántó, du bleibst hier und sicherst den Tatort ab«, wies Sátori einen der Kriminalisten an. Nachdem Kantor von Stoff und Knopf die Witterung aufgenommen hatte, begann er seinen Weg quer über den strauchbewachsenen großen Platz. Auf der anderen Seite neben der Kirche schwenkte er nach rechts ab und lief dann in den Hof eines einstöckigen Hauses. Am Ende des Hofes blieb er vor der letzten Tür stehen. Durch Erheben der rechten Vorderpfote bat er Csupati, die Tür zu öffnen. Auf das Klopfen steckte eine Frau mit zerzaustem Haar und verlebtem Gesicht den Kopf durch den Türspalt. Einer der hiesigen Polizisten sagte energisch zu ihr: »Mach auf, Ica!«

»Was wollt ihr denn schon wieder?«

»Mach nur auf, dann wirst du es schon erfahren.«

Kantor wartete nicht, bis die Frau die Tür öffnete, sondern stieß sie mühelos mit der Schulter auf. »Hilfe!« kreischte die Frau beim Anblick des Hundes und flüchtete ins Zimmer. Auf einem Bett lag eine zweite etwa gleichaltrige Frau. Kantor lief knurrend hin.

»Herauskommen!« ertönte Csupatis Befehl, und da kroch von der anderen Seite des Bettes ein leichtbekleideter älterer Mann hervor. Kantor sprang zu dem sich mühsam erhebenden, zitternden Mann, beschnupperte ihn, doch dann wandte er die Nase ab und suchte im Zimmer weiter.

»Da haben wir dich, du sauberer Vogel!« sagte einer der Kriminalbeamten des Kreises zu dem Mann.

»Der ist es nicht!« Csupati beschwichtigte den Eifer des jungen Detektivs.

»Wieso ist er es nicht?« widersprach er Csupati. »Wir kennen ihn doch. Er ist hier Tankstellenwart gewesen und hat wegen Unterschlagung anderthalb Jahre bekommen.«

»Aber Herr Inspektor«, stammelte der Mann, »Sie wissen doch selbst, daß ich seit meiner Entlassung in Ajka arbeite. Ich bin nur zu Besuch, nachts um zwei hat mich Ancsa hierhergebracht.«

»Das kannst du im Polizeiamt klären. Zieh dich an ... Ihr auch«, winkte er den Frauen.

»Wir haben doch nichts gemacht.«

»Nur ein bißchen gewerbsmäßige Unzucht, Arbeitsbummelei ... Na, Beeilung!«

»Daran werden Sie sich noch die Finger verbrennen«, erwiderte die Frau, die der Polizist Ica genannt hatte, haßerfüllt und beteuerte, daß der Mann der Bräutigam ihrer Schwester sei. In ihre eigene Wohnung aber könne sie mitbringen, wen sie wolle.

»Wer ist noch außer diesem Mann die Nacht hier gewesen?« fragte jetzt Csupati.

»Niemand.«

»Stimmt das auch?«

Die beiden Mädchen schauten einander an und antworteten dann zugleich: »Es stimmt.«

»Kantor irrt sich nicht«, sagte Csupati leise zu Sátori, »und deshalb gehen wir nur dann sicher, wenn du den Staatsanwalt des Kreises benachrichtigst, damit er sofort eine Hausdurchsuchung anordnet ...«

»Nehmen Sie sie mit und melden Sie sich mit ihnen bei Genossen Major Bokor«, Sátori wandte sich an seine Mitarbeiter. »Zwei versiegeln hier, wir gehen weiter.«

Vor dem Eingang zur Kirche hielt Kantor plötzlich inne. Konzentriert und sicher witterte er hin und her, als habe er mehrere Spuren zu verfolgen. Csupati kniete neben Kantor nieder und erkundigte sich besorgt: »Hast du sie verloren? Oder hast du noch etwas gefunden?«

Kantor wandte sich der Brücke über den Fluß zu. Jenseits der Rába, auf dem im Überschwemmungsgelände errichteten

Damm, verliefen die vernachlässigte Schotterstraße und die Strecke der ehemaligen Mura-Bahn nebeneinander. Anderthalb Kilometer hatten sie zurückgelegt, als sie die Hügelkette des Gebirgslandes erreichten. Die Eisenbahnlinie führte zwischen den Hügeln hindurch.

»Gehen wir richtig?« fragte Sátori vorsichtig den Wachtmeister.

»Das siehst du doch, Kantor geht ganz sicher. Also irrt er sich nicht.«

»Aber die Stadt liegt doch schon zwei Kilometer hinter uns.«

»Na und? Sind wir gekommen, um zu fahnden oder um Veilchen zu pflücken?« antwortete Csupati kurz.

Im selben Maß, wie die Bahnlinie nach links abbog, zog Kantor auch weiter nach links. Nun hatten sie die Kurve passiert.

»Komm, schnell!« rief Csupati dem Oberleutnant zu und zeigte nach vorn. Er hatte in der Ferne eine neben den Schienen liegende Gestalt entdeckt. Csupati ließ Kantor frei, und der Hund rannte los.

»Das kann auch ein überfahrenes Reh sein«, meinte der Oberleutnant.

Csupati schüttelte den Kopf. »Entweder ist es der Einbrecher oder sein Kumpan«, antwortete er und lief dem Hund hinterher.

»Wie kannst du das aus dieser Entfernung feststellen?« rief ihm Sátori nach, doch auch er lief mit dem Kriminaltechniker schnell dorthin.

»Eine schmutzige Sache«, sagte Csupati und wischte sich dabei mit dem Handrücken die Stirn. Das Opfer war ein etwa dreißig Jahre alter, kräftiger junger Mann. Der Kopf war vom Rumpf getrennt worden. Sátori krampfte sich der Magen zusammen. Von Enthauptungen hatte er bisher nur in seiner Schulzeit im Geschichtsbuch über die französische Revolution gelesen. Der Techniker machte ein paar Aufnahmen, maß den Abstand zwischen Rumpf und Kopf und hielt die Lage des

Mannes in einer Skizze fest. Kantor brachte eine zerrissene Perlenschnur aus einem Graben hervor, und etwa zehn Meter von der Leiche entfernt hatte er an der distelüberwucherten Uferseite zwei goldene Trauringe gefunden.

Der Oberleutnant half Csupati widerstrebend, die Leiche mit dem Anorak auf den Rücken zu wenden. »Da ist der Knopf abgerissen worden.« Einen Ausweis hatte der Mann nicht bei sich. Csupati brachte vier Armbanduhren aus der Tasche des Toten zum Vorschein.

»Unseren Einbrecher hätten wir nun«, bemerkte der Techniker. Sátori fragte laut: »Selbstmord oder Mord?« Nach einer kurzen Untersuchung stellten sie an Hand der Lageskizze der Leiche fest, daß der Mann aus der Kreisstadt kam und in Richtung Grenzstation gefahren sein mußte. »Und dennoch verstehe ich es nicht. Der Lokführer hätte ihn doch bemerken müssen.«

»Der Zug wird im Morgengrauen gefahren sein«, argumentierte Csupati.

»Auch dann verstehe ich es nicht«, sagte der Oberleutnant, »es sei denn, der Kerl hat sich im letzten Augenblick vor die Räder geworfen.«

»Chef«, rief der Techniker, »der Zug ist nicht darübergefahren. Die Schnittlinie ist zu gerade.«

Sátori überlief es kalt.

Csupati sagte selbstsicher: »Unser Herr Professor Kantor wird uns sofort sagen, ob der Kerl Selbstmord begangen hat oder nicht.«

Er begründete seine Annahme so: Wenn Kantor auf dem Rückweg dieselbe Spur verfolgt wie hierher, dann ist es ein Selbstmord, weicht er aber auch nur einen halben Meter davon ab, müßte jemand dem Einbrecher bis hierher gefolgt sein.

»Such, Spur!« Er ließ seinen Hund an die Arbeit gehen. Nach einigen Schritten Kantors erklärte er: »Hier ist ein Mord geschehen.«

Kantor lief auf den an der gegenüberliegenden Dammseite

unter den Schienen hervorstehenden Schwellen zum Überschwemmungsgelände hin.

»Es kann ja auch sein, daß jemand schon vor uns das Unglück entdeckt hat und in die Stadt gegangen ist, um es bei der Polizei zu melden«, argumentierte Sátori und versuchte Csupati zu erklären, daß ein Kriminalist nicht alles auf eine Karte setzen kann. Oft müsse er viele Kombinationen durchspielen. Wenn ein Beweisstück die Möglichkeit zu zehn Varianten gibt, müsse er eben so lange Tatsachen sammeln und ordnen, bis sich die Wahrheit herausstellt.

Mittlerweile waren sie über die Brücke zurückgegangen. Hundert Meter von der Auffahrt entfernt, bogen sie von der Schotterstraße rechts ab. Da schickte Sátori den Techniker zum Polizeiamt, um die bisher wahrgenommenen Spuren zu melden.

Major Bokor trommelte mit den Fingern auf den Schreibtisch und schaute zum Fenster hinaus. Die schwarzhaarige Frau mit dem verlebten Gesicht wiederholte die Geschehnisse der vergangenen Nacht. Sie leugnete immer noch, daß noch ein zweiter Mann bei ihnen war. Von den Perlen wußte sie gar nichts.

»Und von wem haben Sie die Uhr bekommen?«

»Von meinem Bräutigam.«

Da schaute Bokor die Frau prüfend an. Er hatte den Kopf jäh vom Fenster gewandt, sein Blick fiel direkt auf Icas Finger. Die Frau verbarg ihre Hand hinter dem Rücken.

»Und den Ring?« schmetterte die Stimme des Majors.

»Den Ring ...? Den habe ich auch von ihm.«

»Wie heißt der Bräutigam?« fragte der vernehmende Kriminalbeamte.

»Mészáros ..., Péter Mészáros. Er arbeitet hier beim Bau. Aber er ist gestern abend nicht bei uns gewesen.«

»Nur nachts, nicht wahr?«

»Nein.« Die Frau schüttelte den Kopf. »Nachts auch nicht.«

»Wann haben Sie den Ring bekommen?«

»Das ist sicher schon eine Woche her, denn er hat um meine Hand angehalten. Und Sie können reden, was Sie wollen, er liebt mich, und ich liebe ihn auch.«

Der Kriminaltechniker trat ins Zimmer ein. Er ging zu Bokor und flüsterte dem Major etwas ins Ohr, wobei er zu der Frau hinübersah. Bokor stand erregt auf.

»Warten Sie«, unterbrach er den Beamten, der die Frau vernahm. »Begleiten Sie sie hinaus«, sagte er, und nachdem Ica gegangen war, wandte er sich dem Techniker zu. »Also auf den Schienen lag er?«

Der Techniker nickte. »Welcher Ansicht ist Oberleutnant Sátori?«

Der Techniker zuckte unsicher die Schultern. »Die enthauptete Leiche muß der Einbrecher sein. Man hat ihn ermordet.«

Bokor ließ die Frau zurückbringen.

»Behaupten Sie immer noch, daß Ihr Bräutigam vergangene Nacht nicht bei Ihnen gewesen ist?«

»Ja, ja. Ich versichere es Ihnen nachdrücklich, Herr Oberinspektor.«

»Sehr interessant«, sagte der Major gedehnt. »Wer mag dann der Mann gewesen sein, der vergangene Nacht bei Ihnen war und dessen Leiche wir heute morgen, zwei Kilometer von der Stadt entfernt, neben den Eisenbahnschienen gefunden haben?« Bokor fragte das in gleichgültigem Ton; dann schaute er die Frau fest an. »Vielleicht war es doch Ihr Bräutigam?«

»Nein!« schrie sie und brach in hysterisches Schluchzen aus.

»Wer sonst ist bei Ihnen gewesen, wenn nicht Mészáros?«

»Péter, Péter ...«, Ica schluchzte und zerknüllte ihr Taschentuch.

»Also war es doch Ihr Bräutigam«, stellte der Kriminalbeamte fest.

Ica nickte.

»Sehen Sie, es hat keinen Sinn, zu leugnen.«

»Aber er ist doch unschuldig. Er sagte, er habe mir die Ringe als Geschenk gebracht, und nun würde sich alles zum Guten wenden. Auch sein Freund sei mit unserer Heirat einverstanden.« Sie verstummte und starrte vor sich hin.

»Was geht denn Ihre Hochzeit einen Freund an?«

»Ich weiß es nicht ..., aber Péter durfte nur dann zu mir kommen und sich mit mir treffen, wenn sein Freund, ein herzensguter Junge, auch da war. Er gab uns auch betäubende Zigaretten. Ich sagte zwar zu Péter, daß ich nicht beide, sondern nur ihn heiraten möchte ...«

»Und weiter?« ermunterte sie der Major ungeduldig.

»Ich weiß es nicht ... Ich bin so unglücklich ...« Ihre Stimme erstickte in Schluchzen. Doch dann warf sie trotzig den Kopf hoch und fuhr die Polizisten wütend und haßerfüllt an: »Sie lügen. Nichts von all dem ist wahr! Péter hat es nicht getan. Das Ganze ist nur ein fauler Polizistentrick!«

Bokor winkte dem an der Tür wartenden Polizisten, sie abzuführen. Nachdem sich die Frau entfernt hatte, wies er die Kriminalisten an, im Arbeiterwohnheim die Ermittlungen fortzusetzen.

Kantor führte Csupati von den Schienen durch einen ungepflegten Teil des Parks, der sich bis zum Stadtzentrum erstreckte. Sie gelangten zur Burg, umgingen einige Gebäude und begaben sich auf der Treppe, die unter dem früher Engelstor genannten Gewölbebogen begann, in den ersten Stock der Arbeiterunterkunft. Ein aus einem Schuhkarton geschnittener Pappdeckel mit ungelenker Aufschrift hing an der Tür: »Arbeiterwohnheim des Bauunternehmens des Rates der Stadt.«

Eine korpulente ältere Frau kam herbei. Kantor beachtete sie gar nicht, sondern setzte sich vor die Tür des zweiten Zimmers etwa in der Mitte des Flurs.

»Öffnen Sie, Mütterchen!« sagte Csupati.

»Ein Mütterchen ist deine Tante ...«

»Schon gut, schon gut, beruhigen Sie sich. Polizei. Öffnen Sie«, unterbrach Sátori die entrüstete Frau.

Als sie das Wort »Polizei« hörte, wechselte sie den Ton und

sagte entgegenkommend: »Das ist etwas anderes, ich bin die Heimleiterin.«

»Deshalb öffnen Sie diese Tür hier.«

»Sie ist nicht verschlossen.«

Csupati machte Kantor die Tür auf, und sie traten in einen großen Raum mit dumpfem Geruch ein. Auf beiden Seiten des Zimmers standen fünfzehn eiserne Betten. Kantor lief einmal durch den ungelüfteten Raum und blieb dann beim siebenten Bett der Fensterreihe stehen. Erst beschnupperte er die Bettbeine, danach die derbe Decke und schließlich das schmutzige Kopfkissen.

»Wer schläft hier?« fragte Oberleutnant Sátori.

Die Heimleiterin zuckte die Schultern. »Was weiß ich? Die wechseln doch in einer Woche, wie andere ihre Wäsche wechseln.«

Auf diese ausweichende Erklärung sagte Csupati zu der Frau zornig: »Nur keine Umstände, Verehrteste. Heraus damit, welchem Taugenichts gehört dieses Bett?«

»Das? – Ach, jetzt weiß ich es. Vorhin ist doch Herr Kerkai hier gewesen. Ich fragte ihn noch, warum er zurückgekommen sei, sie wollten doch verreisen. Er sagte, jetzt würden sie fahren, er habe nur noch etwas vergessen gehabt.«

»Sind in der vergangenen Nacht alle nach Hause gekommen?«

»Weiß der Teufel ..., das ist solches Gesindel. Manchmal verschwinden sie sogar für einige Tage, und der Bauleiter fordert sie dann von mir, als ob ich etwas dafür könnte.«

In den Taschen des toten Einbrechers hatten sie weder einen Ausweis noch andere auf seine Person hindeutende Papiere gefunden. Dieser Kerkai, dessen Lagerstatt Kantor angezeigt hatte, muß mehr über den Mann wissen. Der Oberleutnant hatte schon an der Eisenbahnlinie vermutet, daß der Einbrecher, seinen Händen nach zu urteilen, im Baugewerbe beschäftigt gewesen sei. Wenn das stimmte, mußte er auch hier gewohnt haben. Probeweise ließ Csupati von Kantor den aufgefundenen Knopf beschnuppern; zur Überraschung der beiden steckte Kantor darauf nach einem Rundgang im Zimmer den Kopf zwischen Strohsack und Kissen der neben Kerkais Bett stehenden Lagerstatt und zog drei Armbanduhren daraus hervor.

»Wer pflegte hier zu schlafen?« Der Oberleutnant wandte sich ironisch der Verwalterin zu.

»Das ist Péters Bett. Aber um Gottes willen, wo sind denn die vielen Uhren?« Sie schlug jammernd die Hände zusammen. Als der Oberleutnant nach dem vollen Namen fragte, erging sie sich in Lobpreisungen: »Péter Mészáros ..., ein schöner, großer Bursche. Wissen die Herren Polizisten überhaupt, was für ein schöner, stattlicher Bursche er –?«

»... war«, beendete Csupati den Satz der Heimleiterin.

»Ihm ist doch nicht etwa was zugestoßen? – Das kann nicht sein, denn Mészáros' Freund, Herr Kerkai, sagte, sie wollten zusammen verreisen. Zum Wochenende sind sie sonst immer gemeinsam weggefahren ... Einen so ruhigen jungen Mann wie Péter habe ich noch nie kennengelernt. Er war arbeitsam, nie lagen Klagen gegen ihn vor, und er wohnte schon seit einem Jahr hier. Herr Kerkai sagte auch, daß er einen so treuen Freund vorher nicht gehabt hätte.«

»Was sagte Kerkai, wohin sie fahren wollten?« fragte Sátori und schaute die Verwalterin an.

»Er sagte, sie wollten für immer weggehen, denn hier verdienten sie schlecht. Ich konnte aber nicht begreifen, warum es so eilte. Er packte nur eine kleine Tasche mit Sachen voll und rannte auch schon davon. Nach Komló fahre er, denn dort würde man Arbeiter wie ihn schätzen ... Ja, das hat er gesagt. Seine überflüssigen Sachen hat er mir geschenkt. Ich sagte auch noch zu ihm, mit dem Umzug hätte er wenigstens bis Ende nächster Woche warten können, er habe das Quartier doch bezahlt ... Was für ein Volk ...«, meinte sie und schickte den Polizisten, die grußlos eilig davonliefen, eine verächtliche Handbewegung nach. Beleidigt schlurfte sie den Flur entlang.

Zehn Minuten später blieb Kantor vor dem Fahrkartenschalter des kaum dreihundert Meter von der Burg entfernten Bahnhofs stehen. Auf das Klopfen rief hinter dem heruntergezogenen Rollo eine Frauenstimme ärgerlich: »Wir öffnen erst in einer halben Stunde.« Csupati wollte noch etwas fragen, doch Kantor zog ihn ungeduldig auf den Bahnsteig hinaus, und neben dem Bahnhofsgebäude bog er auf die ins Stadtzentrum führende Promenade ab. Keinen Augenblick hob er die Nase hoch. Er ließ die Spur nicht los, wieder wurde er von seinem Jagdinstinkt vorwärtsgetrieben. Beim Anblick des Hundes und der beiden Polizisten erhob sich von einer Bank der Promenade ein mittelgroßer, schmächtiger Mann und ging eiligen Schrittes in das kleine ungepflegte Parkwäldchen. Csupati hatte das bemerkt, und er hegte sofort Verdacht. Er ließ jedoch Kantor dem Mann erst hinterherrennen, nachdem der Hund mit Bestimmtheit die Bank bezeichnet hatte, von der der Davoneilende aufgestanden war. Der Mann suchte zwischen den Sträuchern einen Fluchtweg.

»Wetten«, sagte der Wachtmeister zu Sátori, »daß dort unser Freund Kerkai vor Kantor ausreißen will?«

»Warum gehen wir ihm nicht nach?« fragte der Oberleutnant ungeduldig.

»Setz dich nur hierher auf die Bank. Dir kommt ein bißchen Erholung auch gelegen. Oder bist du heute noch nicht genug gelaufen? Kantor wird uns diesen Kerkai schon herbringen.«

Der Fremde stolperte – von Kantor getrieben – vor die Bank. Die Handfesseln umschlossen so unerwartet seine Gelenke, daß er vor Überraschung nicht einmal versuchte, Widerstand zu leisten.

»Na, erzählen Sie«, sagte der Major ruhig. Major Bokor, Oberleutnant Sátori und Wachtmeister Csupati saßen im Arbeitszimmer des Majors und warteten auf das Geständnis des Festgenommenen. Kantor hatte neben Csupati Platz genommen. »Stören Sie etwa die Zuhörer? Gut, ich werde Ihrem Gedächtnis helfen«, fuhr der Leiter des Polizeiamtes fort. »Zunächst schauen wir uns Ihre Personalien an. Ihr ursprünglicher Name ist András Komádi, Sie sind 1924 geboren, haben die vier Klassen der damaligen Bürgerschule absolviert, der Geburtsname Ihrer Mutter ist Róza Sáros, 1944 waren Sie Parteifunktionär der Pfeilkreuzler, dann Freiwilliger einer ungarischen SS-Gruppe. Sie flohen nach dem Westen, kamen 1946 nach Hause, aber«, und da schaute der Major Komádi fest an, »Sie hatten Pech, denn 1947 sind wir uns doch schon einmal begegnet – nicht wahr? Wegen Kriegsverbrechen und Beteiligung am Massenmord waren Sie zu fünfzehn Jahren Zuchthaus verurteilt worden. 1948 gelang es Ihnen, aus dem Lager in Kistarcsa zu fliehen. Nach jenen bewegten Jahren hätten Sie gern ein bißchen Ruhe gehabt. Der amerikanische Geheimdienst CIA nahm sich Ihrer an, Sie lebten auch gut bis 1952, als man Sie in Ungarn einzusetzen begann. Seither waren Sie bei den verschiedensten westungarischen Bauunternehmen tätig, Sie schlossen Freundschaft mit gerade erst entlassenen Soldaten der technischen Einheiten, und mit Hilfe unbesonnener Schwätzer konnten Sie in zweijähriger Arbeit die Standorte der Funkmeßstationen zusammenstellen. Das ganze Verzeichnis hat ein paar Fehler und ist recht oberflächlich, aber es kann ja nicht ein jeder Geographielehrer sein. Nicht wahr, mein Junge?« Der Major wechselte den Ton. »Auch Péter Mészáros hast du deine Freundschaft angeboten und ihn noch während seines aktiven Armeedienstes durch verschiedene Machenschaften zur Spionage bewogen. In letzter Zeit wollte Mészáros auf den geraden Weg zurückkehren, doch bei einem wie dir, Komádi-Kerkai, sich aus der Schlinge zu ziehen, ist ziemlich schwer. Hierher bist du ihm auch nachgekommen. Und als Mészáros vor einigen Tagen erklärte, daß er nicht mehr gewillt sei, mit dir zusammenzuarbeiten, hast du beschlossen, ihn zu dem Einbruch zu bewegen und ihn danach zu beseitigen. Mészáros hast du versprochen, daß dies eure letzte Aktion sein würde. Vor dem Einbruch hast du Mészáros und seine Braut Ica in die Großgaststätte eingeladen. Der Kellner erinnert sich genau an den Besuch. In deine Rechnung jedoch hat sich ein kleiner Fehler eingeschlichen, oder – wie du sagen würdest – ein Haar ist in die Suppe gefallen: Nach dem Einbruch ging Peter nicht zuerst dorthin, wo du ihn erwartetest, sondern belohnte Icas Liebesdienste mit Perlen und Ringen. Du hast ihn heimlich beobachtet, und als er auch nach Mitternacht noch nicht aus jenem Haus kam, hast du ihn aus dem Bett der Frau geholt. Siehst du, mein Junge, das war ein schwerwiegender Kunstfehler, denn Peter hatte seiner Freundin verraten, wer ihn suchte. Vor der Kirche teiltest du ihm dann mit, daß ihr sofort fliehen müßtet, du hättest schon alles organisiert: Im Nachbardorf warte ein Bauernwagen, der euch beide in die Nähe der Landesgrenze bringen werde. Ihr gingt die Eisenbahnschienen entlang. Darüber, wie du Mészáros ermordet hast, kannst du später genau aussagen ... Wenn die Polizei Mészáros auf die Spur kommen würde, sollte sie annehmen, daß der Einbrecher Selbstmord begangen habe aus Angst vor den Folgen seiner Tat. Und der lästig gewordene Spießgeselle, der plaudern könnte, war auf diese Weise für immer verstummt. Wer sollte dich auch verdächtigen, der du hier monatelang solide gelebt und gearbeitet hast? Jeder Plan eines Verbrechens hat irgendeinen Fehler, aber du hast in deinem Kalkül noch etwas nicht berücksichtigt – daß wir mit einem Hund arbeiten«, und der Major wies auf Kantor.

»Wie du siehst, mein Junge, alles verlorene Mühe! Die Schlinge legt sich schon um deinen Hals, du hast sie geknüpft und deinen Kopf hineingesteckt.«

»Ich möchte ein umfassendes Geständnis ablegen«, sagte mit trockener Kehle Komádi-Kerkai.

Die neuen Bewohner des Hofes, Szultán und Kócos, waren in ihre Boxen eingezogen. Szultán war ein kräftiger, anderthalbjähriger Hund. Er war temperamentvoll und stark. In der »Grundschule« hatte er unter den anderen Hunden eine Vorrangstellung errungen. Als er hier ankam, ging Csupati mit Kantor zwei Tage lang auf Spursuche. So konnte Szultán den Hof innerhalb weniger Minuten in Besitz nehmen, und er begann sogleich, Kócos, der schwächer gebaut und nicht so aggressiv war wie er, zu tyrannisieren. Kócos gehörte nicht zu den schönsten Deutschen Schäferhündinnen, obwohl sie gerade anderthalb Jahre alt war, spreizte sie doch, wenn sie sich hinsetzte, die krummen Vorderläufe wie ein kraftloser alter Hund. Kócos' Spürsinn jedoch übertraf bei weitem Szultáns Fähigkeiten. Den qualitativen Unterschied zwischen den beiden Ankömmlingen hatte Csupati nach halbstündiger Bekanntschaft erkannt, und er übergab Szultán seinem neuen Gehilfen.

Kantor wurde spät in der Nacht in seine Box zurückgebracht; er schenkte den Neuen keine Beachtung. Am Morgen ließ der Wachtmeister zuerst Kantor auf den Hof. Der rannte umher, um die Müdigkeit abzuschütteln. Schlechtgelaunt und murrend folgte ihm Szultán. Kantor ließ sich nicht stören, er ging gemächlich zu seiner Box zurück und setzte sich nieder. Szultán näherte sich Kantor auf dieselbe Weise wie der Hündin. Diesmal jedoch blieb seine bewährte provokatorische Methode ohne Erfolg. So wollte er Kantor mit einem einzigen Sprung umrennen. Da hatte er auch schon eine kräftige Ohrfeige von ihm bekommen. Von dem Schlag flog er ächzend auf den Bauch. Er schien diesmal an den Falschen geraten zu sein. Um vor Kócos wenigstens den Schein zu wahren, zog er sich von Kantor zähnefletschend in angemessene Entfernung zurück, auf einen neuen Angriff verzichtete er endgültig. Kantor näherte sich der Hündin wie ein richtiger Kavalier. Er hatte keine aggressive Natur, duldete aber weder Unverschämtheit noch Prahlerei. Auch nach dem mißlungenen Angriff bestrafte er Szultán nicht, war aber zu keinerlei Vertraulichkeit zu bewegen.

Csupati hatte den Vorfall mit angesehen. Nach der Ohrfeige trat er zu Kantor, strich ihm über das Fell und sagte: »Recht so, Kamerad, es ist besser, die Dinge gleich am Anfang zu klären.«

An einem heißen Augustmittag schlenderte Csupati, vor sich hinpfeifend, auf den Hof. Er ließ Kantor heraus und setzte sich auf seinen gewohnten Platz, auf einen Baumstumpf, von dem aus er zu dem Hund zu sprechen pflegte. Er lachte und sagte: »In Zukunft werden wir es schrecklich gut haben. Stell dir vor, die Grenzsoldaten züchten nun auch Hunde. Sicher werden sie auch einmal Erfolge haben. Jetzt gibt es dort einen Stabsfeldwebel, so groß«, und Csupati zeigte Kantor mit der Hand, wie klein der Stabsfeldwebel von Wuchs war. »Aber sein Mund, der ist so groß«, und er breitete beide Arme aus. »Weißt du, wie es unserem Freund gestern ergangen ist? Mit seinem Hund Vitéz verfolgte er einen Gauner vier Kilometer weit. Sie waren schon nahe an der Grenzsperre, und Vitéz war kaum ein paar Meter hinter dem Flüchtling, da riß der Kerl den Rucksack von seinen Schultern und schüttete daraus dem Hund eine Katze vor die Nase. Die Katze nahm Reißaus, der Hund setzte ihr nach, und ehe mein großer Stabsfeldwebel anlangte, lachte ihm der Flüchtling bereits von der anderen Seite entgegen ... Wärst du imstande, einer lausigen Katze nachzurennen?«

Da rief ihn der diensthabende Wachtmeister über den Lattenzaun zu Major Bokor.

»Wenn uns der Teufel wieder in die Suppe spuckt, dann weiß ich nicht, was ich mache, Tjutju«, sagte Csupati verärgert und stand auf.

Major Bokor, der Leiter der Kriminalabteilung des Kreispolizeiamtes, ging in seinem Büro auf und ab. »Ihr Hund«, sagte er zu Csupati, »ist bei den Sicherheitsorganen populärer als unser bester Kriminalist.« Auf das Lob lächelte der Wachtmeister, obwohl er genau wußte, daß lobende Worte stets Mehrarbeit bedeuteten.

Diesmal hatte man Csupati und den Hund von drei Stellen zugleich angefordert. »Wie denken Sie sich das, Genosse Major, wir können doch nicht gleichzeitig überallhin gehen«, Csupati breitete hilflos die Arme aus.

»Da haben Sie recht. In J. die üblichen Gänsediebstähle vor der Kirchweih, in G. hat man eine alte Bäuerin um fünftausend Forint erleichtert, im Raum von Ovár hingegen ein schwerer Grenzzwischenfall. Wohin nun zuerst?«

»Der Schutz der Landesgrenze steht an erster Stelle.«

»Der Meinung bin ich auch, und ich freue mich, daß Sie ebenso denken. Sie können sich fertigmachen. Vor dem Polizeiamt wartet schon der Wagen des Grenzschutzes auf Sie. Viel Glück!« Der Major reichte dem Wachtmeister die Hand.

Csupati stand von der Gruppe der diskutierenden Offiziere drei Schritte entfernt und blinzelte verlegen. Kantor saß am Rande des Spurstreifens. Die Ermittlungen wurden schon den dritten Tag geführt. Am Vormittag waren nach zweitägigen vergeblichen Versuchen die besten Hunde des Grenzschutzes vom Gelände abgezogen worden. Hier erstreckte sich auf beiden Seiten der Grenze ausgedehntes, mit Rohrschilf-Riedgras bewachsenes sumpfiges Weideland. Jenseits der Grenze, wie Csupati sogleich entdeckt hatte, reihte sich ein Ziehbrunnen an den anderen. Alles zusammen sah aus wie die ideale Landschaft für einen Film über Pferdehirten.

Der Oberleutnant des Grenzschutzes riß ihn aus seiner Betrachtung. »Kommen Sie näher. Wovor haben Sie Angst? Ich sage es geradeheraus: Die Kommandantur setzt keine große Hoffnungen auf Sie. Ihren Wunderhund haben wir lediglich zu unserer Beruhigung angefordert. Haben Sie die Spuren gesehen?«

»Ja«, entgegnete Csupati.

»Und? Was sagen Sie dazu?«

»Ich bitte um die Erlaubnis zur Spuraufnahme.«

»Hier haben wir schon alle nur möglichen Varianten geprüft. Die Mehrzahl der Kommissionsmitglieder ist der Ansicht, die Spuren stammten von einer Kuh oder von einem Tier, das einem Wanderzirkus entlaufen ist. Na, aber fangen Sie nur an ... «

Csupati betrachtete noch einmal die Abdrücke auf dem zwanzig Meter breiten, umgepflügten Feldstreifen. Die Entscheidung über die Spur überließ er Kantor. Er hatte allen Grund dazu, denn wären es Spuren von Tieren, würde ihnen Kantor wenig Beachtung schenken, stammten sie jedoch von einem Menschen, dann beschäftigte er sich auch ohne Ermunterung sorgfältig damit. Nachdem Csupati die hufförmigen und kegelartig eingedrückten Spuren eingehend untersucht hatte, beobachtete er Kantors Verhalten. Er wartete ungeduldig darauf, ob Kantors Lefzen leicht zuckten. Das waren die untrüglichen Kennzeichen für Kantors Spuraufnahme.

Schon nach der ersten Witterung steckte Kantor die Nase mit zunehmender Erregung in die kegelförmigen Vertiefungen. »Weder ein Fuchs noch ein Hase, aber auch keine Kuh«, brummte Csupati vor sich hin. Mochten die Offiziere mit den Sternen auf den Schulterstücken sagen, was sie wollten – das war die Spur eines Menschen. Durch Schwanzwedeln bedeutete Kantor seinem Herrn, daß sie mit der Arbeit beginnen könnten. Da erhob sich Csupati, und als er wieder auf die Erde schaute, schien es ihm, als ähnelten die Eindrücke der eigenen Knie den beiden breiteren Spuren. Er schob sich die Mütze aus der Stirn und lächelte. Ein pfiffiger Geselle. Am liebsten hätte er laut gelacht. Dann beruhigte er sich, wurde selbstsicher und entschlossen. Seine Minderwertigkeitskomplexe in Gesellschaft der vielen Offiziere verflogen plötzlich. Er hatte den Trick durchschaut und trat zu ihnen.

»Die Spuren sind von einem Menschen, mit der Lupe ist sogar eine Riffelung des Anzugstoffes zu sehen.«

Einer der Offiziere schaute ihn durchdringend an und bezeichnete Csupatis Behauptung als absurd. Der Wachtmeister zog die Brauen zusammen und sagte: »Ich werde beweisen, daß der Täter auf Knien und Ellenbogen über den Spurstreifen gerobbt ist. So ...«, Csupati ließ sich auf dem Spurstreifen nieder und begann parallel zu den anderen Spuren, auf Knien und Ellenbogen gestützt, zu kriechen.

»Das ist großartig! Ich gratuliere Ihnen«, sagte der Grenzoffizier und schüttelte ihm die Hand. »Können Sie die Spurverfolgung aufnehmen?« fragte er.

Csupati kratzte sich am Kopf und antwortete mit besorgtem Gesicht: »Die Genossen haben Kantors Hilfe leider ein bißchen spät angefordert, aber vielleicht gelingt es unserem Herrn Professor.« Die Offiziere lachten, und der Kommandeur des

Grenzabschnitts bemerkte: »Wenn es gelingt, schlage ich Sie beide zur Auszeichnung vor.«

Von Csupati hatte sich die Spannung gelöst, Schweiß trat ihm auf die Stirn. Er zwinkerte Kantor zu und sagte: »Hörst du das, Tjutju?«

Über fünf Kilometer, bis zu der Autobushaltestelle am Rande des Grenzdorfes, verfolgte Kantor die Spur. Von hier fuhr der Bus täglich mehrmals zu der nahe gelegenen Stadt. Wenn sie Glück hätten, meinte Csupati, müßten sie den Täter dort suchen. Die Untersuchungskommission begab sich sofort in diese Stadt. Kantor fand aber keine solche Spur, von der aus er die Suche von neuem hätte beginnen können. Für die Nacht wurden sie in dem geräumigen Funkwagen untergebracht, der am Ufer eines kleinen Flusses stationiert war. Tagelang geschah gar nichts. Sie waren auch schon des Spiels überdrüssig, durften aber trotzdem den Stützpunkt nicht verlassen.

Am Morgen des dritten Tages zappelte Kantor, wie es seine Gewohnheit war – schon um fünf Uhr ziemlich ungeduldig unter dem Feldbett herum und reckte sich gähnend. »Was ist?« brummte Csupati verschlafen. »Möchtest du 'raus?«

Nun erhob er sich auch schwerfällig, zog den Vorhang zur Seite und blickte durch das Fenster des Funkwagens hinaus. Der Wagen stand am Rande eines schön gelegenen Parks, gegenüber dem Eingang zu einer alten Burg. Während Csupati hinaussah, kratzte Kantor an der Türklinke. »Hast du es aber eilig«, knurrte Csupati, nahm die Leine und sprang hinter Kantor auf die Erde. »Wenn man uns suchen sollte, wir machen eine Runde durch den Park«, rief er einem Grenzsoldaten zu.

Der sorgfältig gepflegte Park wurde durch einen Nebenarm des Bergflusses geteilt. Kantor ging auf die bucklige Holzbrücke zu. Sie spazierten zum Burgtor hinein, und nach einem halbstündigen Umhertollen schlenderten sie schon wieder zurück, als an dem tunnelähnlichen Tor ein Mann von etwa vierzig Jahren, der Gärtner des Botanischen Gartens, Csupati erregt ansprach.

Auf dem Kiesweg des Parks war zwar keine Spur zu sehen,

doch der Gärtner behauptete entschieden: »Hier ist die Bank, auf der hat am frühen Morgen meiner Ansicht nach ein verdächtiger Fremder gesessen.« Csupati dachte nach. Kantor beschnupperte die Bank und die kiesbedeckte Erde. Csupati ging achselzuckend um seinen Hund herum und zerbrach sich den Kopf darüber, wie er den Weg, der zu dem Fremden führen konnte, wohl erkannt hatte, denn er stellte sich vor seinen Herrn, damit dieser ihm das Suchgeschirr umlege. Wer den mit tiefgesenkter Nase dahinlaufenden Hund zum erstenmal sah, mochte seine Bewegungen für ein Spiel halten. Aus der Burg gingen sie durch die Altstadt und gelangten ans Ufer der Lajta. In dem Wäldchen hinter dem Gebäude der Akademie steuerte Kantor auf das weidenbewachsene Ufer eines Donauarms zu. Der Pfad führte zum Strandbad der Stadt. Sie waren gerade etwa einen Kilometer gelaufen, da sträubte sich plötzlich Kantors Fell, und Csupati machte im gleichen Augenblick seine Pistole bereit. Dann schlich er sich vorsichtig hinter den Weidenstrauch, der ihm den Weg versperrte. Jenseits des Busches stand Kantor einem älteren Mann gegenüber, der mit einer Gartenschere Weidenruten schnitt. Er bemühte sich, den jäh vor ihm aufgetauchten Hund mit Gerten zu vertreiben. Erst dachte Csupati, Kantor habe an der Bank den Geruch des hier Ruten schneidenden Mannes aufgenommen und deutete nun durch das gewohnte Knurren an, daß sie am Ziel seien. Vielleicht war er aber doch nicht der Gesuchte. »Treten Sie zur Seite und fuchteln Sie nicht so herum«, sagte er zu dem Mann.

Der Alte verzog sich sofort hinter die Weiden. Csupati beobachtete gespannt, ob der Hund ihm folgen würde. Kantor jedoch beruhigte sich, nachdem der Weg vor ihm frei geworden war, und hielt die Nase wieder über den Boden. Der Wachtmeister atmete erleichtert auf: Kantor hatte also doch nicht die Spur des alten Mannes verfolgt. Nach dem Weidenhain durchquerten sie sumpfiges Gelände, dann eine Obstplantage. Da verließ Kantor den Fußweg und führte Csupati zu einem wackligen Zaun. Sie betraten durch die Gartentür einen ungepflegten Hof. Kantor blieb vor dem Eingang des Schuppens stehen, der an das Ende des Wohnhauses angebaut war. Da zog Csupati seine Pistole und öffnete vorsichtig. Auf das Knarren der Tür waren eilige Bewegungen zu hören. »Stehenbleiben, oder ich schieße!« rief Csupati gedämpft.

Eine Ziege, die in der Ecke des Schuppens vor eine kleine Krippe gebunden war, zerrte an ihrem Strick und begann klagend zu meckern.

»Hol dich der Teufel, hast du mich aber erschreckt«, schimpfte Csupati und schlug wütend die Scheunentür hinter sich zu. Auf dem Hof lief ihm eine Frau in die Arme.

»Wen suchen Sie?« fragte sie mit unsicherer Stimme.

»Ist ein Fremder hier gewesen?«

»Nein. Warum sollte auch einer da gewesen sein?«

Csupati gefiel die Unsicherheit in der Stimme der Frau nicht so recht, obwohl er sonst nichts Auffälliges an ihr bemerken konnte. Er fragte sie, wo ihr Mann sei. Sie antwortete sofort: »Ich bin seit fünfzehn Jahren Witwe.«

»Haben Sie Kinder?«

»Ja. Mein Sohn arbeitet in der Fabrik.«

»Aus dem Schuppen fehlt nichts?«

»Was sollte schon fehlen? Nichts. Zumindest weiß ich es nicht. Böske fürchtet sich so vor Fremden, sie ist imstande, uns sogar nachts wachzumeckern. Sie ist wachsamer als ein Haushund.«

»Aha«, sagte Csupati und nickte, da ihm nichts anderes einfiel. Sie verließen den Hof wieder durch die Gartentür. An einem Birnbaum vor dem Zaun wandte sich Kantor nach rechts. Er überquerte eine Obstplantage, und am Ende des Pfades schlug er den Weg zur Fähre ein. Sie gingen bis zum Donauufer. An der Anlegestelle der Fähre war die Spur zu Ende.

Csupati ließ der Gedanke keine Ruhe: Was mag Kantor im Ziegenstall gesucht haben? Sie gingen langsam auf der Schotterstraße ins Stadtzentrum, zu dem am Rande des Parks stehenden Dienstwagen zurück.

»Ist etwas passiert?« fragte der Funker Csupati. Der schüttelte den Kopf. »Nichts, und hier?«

»Auch nicht. Völlige Ruhe.«

Csupati setzte sich auf eine in der Nähe stehende Gartenbank. Nichts ist passiert, sann er nach. Dennoch bedrückte ihn etwas. Kantor war sicherlich nicht ohne Grund in den Ziegenstall gegangen. Der Wachtmeister versuchte auch, die Verwirrung der Frau zu deuten, doch er kam zu keinem brauchbaren Ergebnis. Verdrossen stand er auf. Er war über sich selbst verärgert. Er schaute den Hund an. Wieder bedauerte er, daß Kantor nicht sprechen konnte.

»Haben Sie schon gefrühstückt, Genosse Wachtmeister?« fragte der Funker. Csupati verneinte und ging zu dem LKW, wo der Koch hantierte.

Besorgt beobachtete die Mutter den Sohn, der seine Suppe aß. Die widerspenstigen blonden Locken erinnerten sie an die Zeit, als er noch klein war. Mein Junge, dachte sie, doch jetzt spürte sie irgendeine Fremdheit an ihm. Sie hatte ihn ein halbes Jahr lang nicht gesehen, ihr war, als hätte er sich verändert.

»Warum sagst du nichts?« fragte der Junge, von seinem Teller aufschauend.

Die Mutter erschrak. »Ich?«

»Sei nicht traurig. Ich sagte ja schon, warte noch ein Weilchen – und die Pfennigfuchserei ist zu Ende. Dann bekommst du alles von mir«, sagte der Junge großspurig.

»Bleib du nur hier. Das genügt mir schon. Sonst brauche ich nichts. Solange ich arbeiten kann ... Nicht wahr, du gehst nicht wieder nach Pest. In unserer Fabrik kann man auch arbeiten.«

»Arbeiten!« Der Junge winkte ab. Er begriff seine Mutter nicht. Besonders jetzt, wo er so ein halbes Jahr hinter sich hatte, von dem er glaubte, in einer anderen Welt gewesen zu sein, konnte er es nicht mehr verstehen, was für einen Gefallen seine Mutter an der Fabrikarbeit fand. »Wie konntest du dich nur daran gewöhnen?« fragte er. Die Hauptsache jedoch war, daß seine Mutter die Veränderung an ihm nicht bemerkt hatte. Sie soll ruhig glauben, daß ich in Budapest gewesen bin. Doch wenn sie wüßte ...!

»Woran denkst du?«

Der Junge legte den Löffel hin.

»An die Arbeit. Früher hast du nicht so gelebt. Ich selber kann mich noch entsinnen, was für eine Wohnung wir zurückgelassen haben, als uns Vater hierher in Sicherheit gebracht hat. Und jetzt fühlst du dich glücklich, daß du schuften darfst wie ein Vieh! Hast du denn alles vergessen? Glaubst du, ich weiß nicht, was die letzte Botschaft meines Vaters war? Du hast mich aus dem Zimmer geschickt, aber ich habe alles gehört. Warum hast du seinen Wunsch nicht erfüllt? Warum bist du nicht weiter nach Westen gegangen? Du bist damals lieber als Dienstmagd in das Haus deines früheren Dienstmädchens gegangen.«

»Mein Junge!« Die Mutter stöhnte auf.

»Warum hast du mir das angetan?« In der Stimme des Jungen klang Haß mit.

»Wir sind hier geboren, dies ist doch unsere Heimat ...«

»Heimat? Welch ein Blödsinn!«

Die Mutter erschrak. »Mein Gott, du willst doch nicht etwa wieder weg? Bist doch gerade erst vor ein paar Tagen gekommen. Für mich bedeutete dieses halbe Jahr eine ganze Ewigkeit. Ich bin dir nicht böse, weil du mir nicht geschrieben hast, aber rede keinen Unsinn, mein Junge. Ich freue mich, daß man dich in der Fabrik wieder aufgenommen hat. Du sagtest doch, daß der Werkmeister freundlich zu dir gewesen ist. Du hast einen schönen Beruf, und wenn du ein, zwei Jahre fleißig arbeitest, delegieren sie dich vielleicht sogar auf die technische Hochschule ...«

»Du mein Gott! Nimmst du das etwa ernst?«

Die Mutter schaute bestürzt ihren Sohn an. »Ich habe Angst«, sagte sie dann leise.

»Wovor fürchtest du dich?« fragte der Junge spöttisch. »Du sprichst wie ein Agitator. Vielleicht bist du sogar in die Partei eingetreten, während ich nicht dagewesen bin?«

»Um dich habe ich Angst. Seit heute morgen finde ich keine ruhige Minute mehr. Nicht wahr, mein Liebster, du hast doch keine Dummheit gemacht?«

»Was redest du da?« fragte der Junge und blickte argwöhnisch auf.

»Heute morgen, du warst kaum von zu Hause fortgegangen, kam ein Polizist mit einem Hund von den Gärten her in den Hof. Sie gingen zu Böskes Schuppen.«

»Und das sagst du erst jetzt?«

»Nicht wahr, du hast nichts getan?« jammerte die Mutter.

Der Junge sprang auf und stürzte, ohne zu antworten, auf den Hof hinaus.

Es wurde Abend. Müller schloß sich in den Stall der Ziege ein. Er hielt es für ein Glück, daß sich seine in den vergangenen sechs Tagen angesammelte Nervosität vor seiner Mutter entladen hatte. Er atmete tief. Aus der Ecke schaute ihn die still wiederkäuende Böske an. »Was glotzt du so?« fuhr er die Ziege an. Wenn er bloß wüßte, warum der Polizist gekommen war. Er versuchte, sich die Geschehnisse des Tages ins Gedächtnis zurückzurufen. In der Fabrik hatte er nichts Verdächtiges festgestellt. Niemand hatte ihn beobachtet. Das Gerät konnte er unbemerkt in den Schalter im Lager einbauen. Auch dieser Tag war wie alle anderen gewesen.

Seine Rückkehr in den Betrieb hatte kein Aufsehen erregt. Der Sachbearbeiter in der Personalabteilung hatte seine »eigenmächtige Entfernung nach Budapest« einfach zur Kenntnis genommen. Er schrieb ihm ein neues Arbeitsbuch aus, nachdem Müller ihm gesagt hatte, daß er sein altes verloren hätte ... Er lachte vor sich hin. Welch ein Glück, daß er damals beim Überschreiten der Landesgrenze seinen Personalausweis nicht weggeworfen hatte! Nun zwang er sich, sich darauf zu konzentrieren, ob man ihm gefolgt sein könnte. Aber das schloß er aus. Im Bus war er mit ihm bekannten Personen gefahren. Am Wasserwerk war er auch allein gewesen. Seit Tagen hatte er alles sorgfältig vorbereitet. Als er in die Bezirksstadt gefahren war, um die Teilnehmer der Aktion zu informieren, war ihm auch niemand gefolgt. Er versuchte, sich zu beruhigen. Seine Benommenheit jedoch löste sich nicht. In den letzten drei Tagen wurde auf der Straße zwar mehrmals sein Ausweis kontrolliert, doch es war alles in Ordnung gewesen. Seit vorgestern patrouillierten die Streifen auch nicht mehr in den Straßen der Stadt. »Ist es möglich, daß der Polizist den Lakli bis hierher verfolgt hat?« fiel ihm plötzlich ein. Er wurde wütend. »Habe ich aber ein Schwein gehabt, daß ich diesen Idioten noch in aller Frühe auf die Insel hinübergeschickt habe.« Er blickte auf seine Uhr, es war nach sechs. »Innerhalb weniger Minuten muß sich der Lakli wieder melden. – Marsch, zur Seite!« Mit Nachdruck gab er der Ziege einen Tritt. Er holte unter der Krippe ein paar Kunststofftüten und eine mit einer haftenden Gummimaske kombinierte schwarze Perücke hervor. Er knüllte die Sachen in die Tasche und öffnete die Stalltür; dann nahm er einen Sack und eine Sichel zur Hand und begab sich zu dem Garten, der sich bis zum Weidenhain des toten Donauarmes erstreckte. Vom Ende der Veranda her rief ihm seine Mutter nach: »Jancsi, warte doch!«

»Ich hole ein bißchen Grünes für Böske«, antwortete er. Er hatte keine Lust, die Diskussion mit der Mutter fortzusetzen. »Danach gehe ich in die Fabrik zurück.«

»Man sucht dich.«

»Wer zum Teufel?« Er wandte sich um und rannte zur Veranda. »Wer ist es?«

»Warum bist du so aufgeregt, mein Junge?«

»Aber Mutter! Du siehst Gespenster!«

»Ich bin wegen des Polizisten so in Angst«, flüsterte die Frau. Müller konnte die Grobheit, die er auf der Zunge hatte, gerade noch herunterschlucken. »Laß diesen Unsinn, Mutti.« Er versuchte, unbeschwert zu lächeln, doch sein Gesicht verzog sich nur zu einem Grinsen.

Auf dem äußeren Flur wartete ein hagerer Mann. »Was ist, du bist schon da?« fragte er und stellte ihn der Mutter als seinen Arbeitskameraden aus der Fabrik vor, mit dem zusammen er für heute abend ein bißchen Nebenarbeit angenommen habe.

»Komm, hilf mir, für die Ziege Grünes schneiden«, rief er Lakli zu und ging.

»Wenn diese Arbeit eilt, werde ich die Ziege schon versorgen«, sagte die Mutter, aber der Junge hörte sie nicht zu Ende an, sondern eilte mit dem Fremden zu dem Garten. In dem unkrautüberwucherten Teil hockte sich Müller hin.

»Bist du wahnsinnig geworden? Habe ich denn nicht gesagt, ihr sollt hinter dem Botanischen Garten warten?« fuhr er Lakli an.

»Doch, doch. Aber von dort mußten wir abhauen. Irgendein Kerl lauerte hinter dem Zaun. Die Jungs habe ich ans Ufer vorgeschickt, und ich bin hierhergekommen. Was soll nun werden?«

»Was schon! Ihr führt die Aktion, wie geplant, durch. Mit dem Zug Viertel drei fahrt ihr weg. Ich komme dann nach. Bis dahin treffen wir uns nicht mehr. Jetzt aber gehst du zur Bushaltestelle, steigst in den Autobus und verschwindest ...«

Er war zufrieden über seine eigene Schlauheit. Wenn man die erwischte, um so besser. Dann wird er längst über alle Berge sein ...

Csupati schlenderte durch die Hauptstraße. Lange stand er vor dem Schaufenster eines Schuhgeschäfts. Er seufzte leise und ging dann schweren Herzens weiter. Während des Spaziergangs führte er Kantor sogar zweimal zurück zu dem Schaufenster. Die braunen Herrenschuhe mit den dicken Kreppsohlen hatten es ihm angetan. Ebensolche Schuhe hatte er im vorigen Jahr im Schaufenster eines Geschäfts der Hauptstadt gesehen. Damals hatte er kein Geld dafür gehabt. Sie kosteten immerhin dreihundertzwanzig Forint. Er glaubte, sie längst vergessen zu haben, doch als er sie jetzt erblickte, wurde der Wunsch wieder in ihm wach. »Wenn ich mir doch bald einmal solche Schuhe kaufen könnte ...«, seufzte er.

Kantor war des Herumstehens überdrüssig und zerrte an der Leine. »Du hast recht«, Csupati schreckte aus seinen Gedanken auf. Er führte Kantor zum Polizeiamt zurück ... Am Wochenende sind gleich zwei freie Tage. Der Tag der Verfassung fällt auf einen Sonnabend, und da gilt dann der Freitag als Sonnabend, als halber Arbeitstag ... Ihm fielen seine Frau und sein Sohn ein. Es war nun fast schon eine Woche her, daß er hier im Einsatz war. Aber es geschah gar nichts. Das Schlimmste war das Warten, die qualvoll dahinschleichenden Minuten, die nutzlosen Stunden. Er wollte schon die Einsatzleitung bitten, ihn nach Hause zu schicken. Vor dem Polizeigebäude traf er Sátori. »Du hier?«

»Warum nicht?« Der junge Offizier lachte. »Und du?«

»Ach nichts«, Csupati rieb sich die Nase, bevor er kräftig nieste.

»Hast du dir etwa einen Heuschnupfen geholt? Ich wollte gerade zu dir gehen. Habt ihr noch einen Platz für mich in der Karawane? Ich möchte nicht in diesem Gebäude schlafen.«

»Sogar zwei. Aber sag, gehen wir denn nicht nach Hause?«

Sátori schüttelte den Kopf.

»Ist vielleicht etwas passiert?« fragte Csupati forschend.

»Ach, nichts Besonderes. Nur zwei Botticelli-Bilder sind aus dem Christlichen Museum gestohlen worden.«

»Wo ist das?«

Sátori lächelte. »In Esztergom.«

»Deshalb bist du hier?« fragte er kopfschüttelnd, dann aber fiel ihm plötzlich etwas ein, und er fuhr im Flüsterton fort: »Ihr verdächtigt doch nicht etwa den Kerl, der auf Ellenbogen und Knien über die Grenze kam?«

Sátori lächelte. Für ihn war es erfrischend und vergnüglich, mit Csupati zu sprechen. Der Hundeführer erriet zuweilen etwas, was logisches Herangehen nicht erschließen konnte.

Sie gingen neben den sich am Rande des Parks aufreihenden Funk- und Transportwagen entlang. Für den jungen Fahndungsoffizier bedeutete es eine große Anerkennung, daß man ihn in die Ermittlungen des Gemäldediebstahls einbezogen hatte. Vom Morgen bis zum Mittag hatte er im Museum Spuren sichergestellt, und der Leiter der Gruppe, der früher der ehemaligen Wirtschaftspolizei angehörte, hatte am Tatort genauso herumgesucht, wie es Csupati zu tun pflegte, wenn sein Hund die Arbeit aufnehmen sollte.

»Wegen zweier Bilder gibt's einen solchen Auflauf?« fragte Csupati nach einer längeren Pause.

»Na, wie man's nimmt, aber jedes von ihnen ist eine Million wert.«

»Oje!« Erstaunt schnalzte Csupati mit der Zunge.

Sátori selbst hatte es auch nicht ganz begriffen, warum er von Major Bokor in diese Grenzstadt geschickt worden war. Sein Auftrag klang ein bißchen vage: Er solle sich dort umschauen und sich in Bereitschaft halten. Vielleicht wußte der »Alte« nach der Untersuchung im Museum bereits mehr über den Fall, als Sátori vorläufig ahnte?

»Hast du nicht Lust, noch etwas zu gehen? Sagen wir, bis zum Bahnhof und zurück?« Csupati hatte ohnehin Langeweile. Er nahm den Vorschlag freudig an. »Bis zum Abendbrot kann ich wegbleiben, ich sage nur noch Bescheid, damit sie wissen, wo ich bin, falls ich gebraucht werde.«

Unterwegs beruhigte Sátori Csupati mit einigen Worten. Zu Hause sei alles in bester Ordnung, seine Frau habe dem Jungen schon die Hefte und die Fibel für die erste Klasse gekauft.

Auf dem Bahnhof der Stadt, der ein Verkehrsknotenpunkt war, fuhr durchschnittlich alle zehn Minuten ein Zug ein. Die beiden Polizisten betraten von der Bahnsteigseite her den Wartesaal. Auf dem Bahnhof wurde nur an diesem Büfett bedient. Der Wartesaal war verräuchert und schmutzig. Auf dem Mosaikfußboden war Bier verschüttet worden.

»Trinkst du etwas?« fragte Csupati.

Beim Anblick des Schanktisches schüttelte es Sátori. Er winkte ab, er mochte nichts.

»Ich habe aber Durst!« erwiderte Csupati und schob sich zwischen die an der Theke Wartenden.

An den Wänden entlang standen Bänke. Sátori hatte eine besondere Gabe, die er scherzhaft als Berufskrankheit zu bezeichnen pflegte. Er konnte mit einem Blick die im Raum durcheinanderquirlenden Menschen einfangen. Dabei bemühte er sich, die gleichgültigen Gesichter und Erscheinungen wie durch einen Filter gehen zu lassen. Diesmal zogen drei Männer seine Aufmerksamkeit auf sich. Vielleicht waren es gar nicht ihre Gesichter, die ihm zuerst auffielen, sondern die drei gleichförmigen schwarzen Lackkoffer. Drei Handlungsreisende? fragte er sich.

»Das hat gut getan«, sagte Csupati, als er zurückkam.

»Was sagst du zu diesen dreien dort?«

Als Csupati hinschaute, erhoben sich die drei Männer wie auf Befehl und gingen zum Ausgang. »Alltagsvögel«, meinte Csupati und winkte ab. »Die sind nicht der Aufmerksamkeit wert.«

»Schon möglich, nur ihre Taschen ... Diese Gleichförmigkeit ...«

»Wie viele davon soll ich dir damit zeigen? Serienfabrikation. Andere kriegst du gar nicht.«

Grübelnd schaute Sátori den sich Entfernenden nach.

Genau um Mitternacht flammte das Feuer im Holzlager am Ende der Montageabteilung auf. In der großen Halle arbeiteten in der verkürzten Nachtschicht hundertfünfzig Männer. Auch aus dem Transformatorenhäuschen kamen Flammen. Durch die offene Tür des Lagers fraß sich das Feuer auf dem Fußboden der Montagehalle zwischen die Maschinen. Die plötzlich eingetretene Finsternis und die Stille nach dem Verstummen der Maschinen verwirrten die Arbeiter, die wegen der sich schnell ausbreitenden Flammen bestrebt waren, die Halle eilig zu verlassen. Ehe der Schichtleiter in dem allgemeinen Durcheinander zum Büro der Montagehalle gelangte und die Scheibe des Feuermelders eindrücken konnte, waren kostbare Minuten vergangen, und die Flammen züngelten schon um die Kästen der halbfertigen Dreschmaschinen. Die in der Halle verbliebenen Arbeiter schrien entsetzt und versuchten, mit langen Sprüngen über den prasselnd brennenden Fußboden die aufgesperrte Stahltür zu erreichen. Sie stürzten auf den Hof hinaus.

»Ruft die Feuerwehr an, der Feuermelder ist kaputt«, rief der Schichtleiter.

Nach den ersten Minuten des Schreckens holten die Arbeiter aus dem Lagerraum des Bürogebäudes Handfeuerlöscher und versuchten damit, dem Feuer in der Montagehalle zu Leibe zu rücken.

Müller duckte sich am Fuße der Mauer des Fabrikgeländes. Er hörte noch den Ruf: »Hierher, zum Hydranten!« Er sprang hoch und klammerte sich an dem hervorstehenden Ziegelrand fest. Dann zog er sich geschickt hinauf und warf sich wie beim Hochsprung über die Latte. Jenseits der Mauer sprang er auf die Erde hinunter. Gebückt rannte er einen Maisschlag entlang. In vier Minuten mußte er die Straße erreichen, die vom Betrieb in die Stadt führte. Das Herz schlug ihm im Halse. Im Straßengraben stolperte er und fiel der Länge nach hin. Im nächsten Augenblick streifte ihn aus der Kurve das Scheinwerferlicht eines Autos. Nachdem sich der Wagen entfernt hatte, kroch Müller bis zum Straßenrand hinauf. In der Ferne heulte die Sirene eines Feuerwehrwagens. Müller rannte über die Straße und eilte geduckt auf der Wiese zwischen den beiden Stadtteilen, auf der Gesträuch wuchs, zum Pumpenhaus des Wasserwerks am Fluß.

»Schlaf gut.« So verabschiedete sich Sátori gegen Mitternacht scherzhaft von dem diensthabenden Offizier des Kreispolizeiamtes der Stadt. Vor einigen Jahren hatten sie zusammen eine Offiziershochschule besucht. Vier Jahre waren es her, seit sie sich das letzte Mal getroffen hatten. Es gab also genügend Gesprächsstoff. Beide leisteten ihren Dienst in einem recht schwierigen Bereich, und daher mangelte es in ihrem Leben nicht an außergewöhnlichen Vorkommnissen.

Die Nacht versprach, ruhig zu werden. Aber Sátori wollte noch nicht schlafen. Ihn interessierte der Gemäldediebstahl auch jetzt. Die Spuren führten von Esztergom nach Budapest, und doch hatte ihn das Präsidium in diese zweihundert Kilometer vom Tatort entfernt gelegene Grenzstadt geschickt. Sollte sich etwas ereignen, laut Befehl konnte er die Hilfe aller bewaffneten Organe in Anspruch nehmen.

Im Tor des Kreispolizeiamtes entschied er sich, noch einen kleinen Spaziergang zu machen und erst später zur »Karawane« zu gehen. Der Posten an der Tür grüßte. Sátori berührte mit den Fingerspitzen zerstreut den Schirm seiner Mütze. Er blickte auf und sah erregt in die Ferne. Am Ostende der breiten Hauptstraße erschien am Horizont ein braunroter Streifen. »Sehen Sie mal!« forderte er den Polizisten auf. Einige Sekunden lang betrachteten sie wortlos die eigenartige Erscheinung. Der Horizont wechselte ins Rosarote über, und der Posten rief erschrocken: »Es brennt!«

»Wo?« wollte Sátori fragen, doch der Polizist stürzte zum Telefon. Aufgeregt rief er den diensthabenden Offizier an. »Von der Maschinenfabrik her beleuchten helle Flammen den Himmel ... Nein! Ich irre mich bestimmt nicht. Der Genosse Oberleutnant ist auch da, der ... Sie werden verlangt.«

»Ja ..., ich sehe es auch ... Möglich, daß die Signalanlage nicht funktioniert ...«

Drei Minuten später fuhren aus dem Seitenflügel des gegenüberliegenden Rathauses zwei Feuerwehren ab. Die Sirenen zerrissen die Stille der Nacht.

Csupati erwachte, als es polterte und Kantor knurrte.

»Mach doch auf«, rief Sátori ungeduldig und hämmerte an die Tür des Funkwagens.

»Ich komme ja schon«, brummte Csupati.

»Wo ist der Fahrer?«

»Er schläft im dritten Wagen.«

»Wecke ihn sofort, und dann los!«

»Wohin?«

»Mach schon, zum Kuckuck, du bist wie eine neugierige alte Frau.«

Nun wurde der Wachtmeister endgültig munter und kroch aus dem Wagen. Kantor wartete schon.

»Siehst du das?« Sátori zeigte zum östlichen Himmel hinauf.

»O weh«, Csupati rieb sich die Augen, »es dämmert bereits.«

»Unsinn! Na, weck den Fahrer.«

Eine Viertelstunde später stiegen sie vor der brennenden Fabrik aus dem Auto. Sie waren mit dem Leiter der Sicherheitsorgane des Grenzbezirks zur gleichen Zeit eingetroffen, der den Betrieb sofort von Polizisten umstellen ließ.

»Ich glaube, die sind zu spät gekommen«, flüsterte Csupati Sátori ins Ohr.

Die Feuerwehrleute rangen vor der Montagehalle mit den Flammen. Sátori suchte den Kommandeur der Feuerwehr. Die in die Halle schießenden Wassermassen dampften als graue Wolken aus dem Gebäude wieder heraus. Es knisterte und prasselte. Der Kommandeur leitete neben der zum Hof führenden Tür die Feuerwehrmänner an, die die Schläuche bedienten. Sátori stellte sich ihm vor.

»Wodurch ist Ihrer Meinung nach der Brand entstanden?« fragte er ihn.

»Die Ursache können wir erst feststellen, wenn wir das Feuer gelöscht haben«, antwortete er, ließ Sátori stehen und wandte sich zu einem Feuerwehrmann um. »Versuchen Sie, von links einzudringen!«

Die technische Einheit des Grenzkommandos traf ein.

Da rief einer der Feuerwehrleute: »Der Wasserdruck läßt nach!«

»Den Pumpwagen sofort an den Löschteich ...«

Sátori eilte zur Pförtnerloge und drehte dort den Wasserhahn auf. Nur ein paar Tropfen fielen ins Becken, die Leitung war leer.

»Du lieber Himmel«, der Pförtner starrte auf den Wasserhahn, »ist denn der städtische Wasserturm leer geworden? Was soll da aus uns werden ...? Aber das versteh' ich nicht, in der Stadt brennen noch die Lampen. Wenn keine Stromsperre ist, warum arbeitet dann das Wasserwerk nicht?«

»Wo befindet sich das Wasserwerk?«

»Dort«, der Pförtner zeigte zum Fluß. »Warten Sie, ich rufe gleich mal an ...«

Der Apparat war besetzt. Sátori überlegte fieberhaft. Dann

stürzte er aus der Pförtnerloge hinaus. Die Flammen des brennenden Betriebes beleuchteten die Umgebung.

Csupati und Kantor warteten, an ein Geländefahrzeug gelehnt. »Sofort einsteigen«, rief der vom schnellen Laufen außer Atem geratene Oberleutnant.

Einige Minuten später bremste der Wagen vor dem Maschendrahtzaun des städtischen Wasserwerkes. »Los!« sagte Sátori und sprang aus dem Wagen. Das Tor war verschlossen. Flink kletterte Sátori über den Zaun. Er tastete mit dem Lichtkegel seiner Taschenlampe den Pfeiler ab. Der Schlüssel hing an einem Nagel.

Während sich Sátori mit dem Schloß abmühte, schnallte Csupati seinem Hund das Suchgeschirr um. »Lass' den Hund vor«, sagte der Oberleutnant und öffnete das Tor. Csupati gab einen Zischlaut, und Kantor rannte los. Im Pumpenhaus brannte Licht. Csupati riß die Tür auf. Mit gesträubtem Fell sprang Kantor in den Maschinenraum, wich aber sogleich wieder zurück.

Vor der Schalttafel lag, mit dem Gesicht zur Erde, der Maschinist auf einer Gummimatte.

Müller knüllte, nachdem er sich umgezogen hatte, den schlammbespritzten Overall und die Gummistiefel in einen Sack und versteckte die Sachen unter der Futterkrippe der Ziege. »Das hätten wir«, murmelte er und gab Böske einen Klaps. »Hüte es nur, alte Jungfer.« Er lachte zufrieden. Die Gummimaske mit der Perücke warf er auch dazu. Wenn ihn auch jemand gesehen haben sollte, würde die Polizei den Mann mit dem schwarzen Schnurrbart und dem üppigen Haar vergeblich suchen. Er blickte auf seine Uhr. Die Zeiger standen auf Viertel drei. Bisher war alles nach Plan verlaufen. Die ganze Stadt war aufgestört. Selbst seine Mutter war zur brennenden Fabrik gelaufen. Wie wichtig ihr das ist. Das Werk geht sie doch gar nichts an. Sie aber steigt aus ihrem Bett, um mit einem Eimer Donauwasser beim Löschen zu helfen, das ist sicher.

Er hatte selber nicht geglaubt, daß alles so glatt gehen würde.

Irgendeine unvorhergesehene Kleinigkeit hätte seine Konzeption durcheinanderbringen können. In einer Stunde mußte der Schnellzug aus Budapest kommen. Für ihn war das jetzt am wichtigsten.

Er ging den Außenflur entlang. An der Tür zur Straße hielt er inne. Ihm war eingefallen, daß er seiner Mutter eine Nachricht hinterlassen müßte. Sie sollte ihn nicht suchen. »Nein!« brummte er dann trotzig und schüttelte dabei den Kopf. Seine Mutter würde ihn ohnehin nicht verstehen. Außerdem war jetzt seine Sicherheit das Wichtigste. Er durfte den Erfolg der Aktion nicht durch Gefühlsduselei gefährden. Sobald er das Paket übernommen haben würde, mußte er sofort verschwinden.

Er eilte durch die menschenleeren Straßen, ging über die Brücke des kleinen Flusses, der die Oberstadt durchquerte, und näherte sich auf einer spärlich beleuchteten Nebenstraße dem Markt. Er schaute wiederholt auf seine Armbanduhr. »Nur keine Aufregung«, ermahnte er sich dauernd selbst. Dennoch jagten die Gedanken nervös durch seinen Kopf. Ob er nicht alles zu sehr verwirrt hatte? – Nun war nichts mehr zu ändern. Die aus Budapest Eintreffenden würden zwischen Ankunft und Abfahrt des Gegenzuges zehn Minuten Zeit haben. Laut Anweisung hatte er ihre Rückfahrkarten im voraus zu lösen.

Es war noch zu früh, zum Bahnhof zu gehen. Er versteckte sich in der Mauernische eines alten Hauses.

Eine halbe Stunde wartete er. Ihm brach der Schweiß aus. Endlich konnte er in Richtung Bahnhof aufbrechen.

Csupati schlug sich an die Stirn. Als Sátori das sah, fragte er ihn: »Was ist in dich gefahren?«

»Ob du es glaubst oder nicht, wir sind in diesem Hof schon einmal gewesen. Dort ist der Schuppen. Und da wird auch die Ziege sein«, sagte er und öffnete Kantor die Schuppentür.

Gemecker, Knurren. Csupati hielt in einer Hand seine Pistole, in der anderen die Taschenlampe. »Daß mir das damals nicht eingefallen ist«, klagte er.

»Was hast du denn?«

»Ich wußte doch, daß Kantor nirgendwohin ohne Grund geht, nur konnte ich nicht herausfinden, wem er hierher gefolgt war.«

»Weißt du es jetzt?« fragte Sátori, und als er nach Csupati in den Schuppen eintrat, lachte er auf. Kantor wollte zur Krippe vordringen, doch die wütend meckernde Ziege ließ ihn nicht heran. Da gab er dem Tier mit dem Kopf einen Schubs, worauf sich die Ziege dem Hund gegenüberstellte und ihm einen Stoß versetzte. Kantor fiel auf sein Hinterteil, im nächsten Augenblick jedoch schnellte er auf und verabreichte der Ziege mit der linken Vorderpfote eine kräftige Ohrfeige. Die Ziege wich erschrocken zurück, soweit es der Strick nur zuließ.

»Lach nur nicht«, tadelte Csupati den Oberleutnant. Er packte die Ziege am Halfter und riß das widerborstige Tier aus dem Weg.

Sátori schickte zwei Polizisten der Begleitgruppe ins Haus, sie sollten nachsehen, ob sich jemand darin aufhielte.

Kantor kroch unter der Krippe hervor. »Sieh mal an!« sagte Sátori erstaunt. Csupati sammelte die Sachen, die ihm Kantor vor die Füße gelegt hatte, schnell auf und untersuchte auch die Stiefelsohlen sorgfältig. »Dieser Kerl war beim Wasserwerk«, stellte er fest. »Aber was ist denn das hier?« Er nahm Kantor eine Gummimaske aus der Schnauze.

»Geschickt gemacht«, meinte Sátori, indem er sie betrachtete. »Demnach sah der Gauner während seiner Aktion wie ein Herr mit schwarzem Schnurrbart und üppigem Kopfhaar aus.«

Sie durchsuchten den Schuppen gründlich, fanden aber keine weiteren verdächtigen Gegenstände. Die beiden Polizisten meldeten, daß ein Bett aussähe, als hätte noch vor kurzem jemand darin gelegen, in der Wohnung jedoch halte sich niemand auf.

Kantor ging zur Veranda hinaus. Die Tür zur Straße war nicht zugeschlossen. Zur Sicherung des Ortes ließ Sátori zwei Polizisten zurück, mit den übrigen vier zogen sie weiter.

Ihnen war dadurch viel Zeit verlorengegangen, daß Kantor

sie vom Pumpenhaus erst zum Zaun der brennenden Fabrik zurückgeführt hatte, und ehe sie die Spur wiedergefunden hatten, die in eine andere Richtung führte, war bereits mehr als eine Stunde verstrichen.

Jetzt war es dreiviertel vier. Die Leute, die sich am Feuerlöschen beteiligt hatten, kehrten allmählich in die Stadt zurück. Die Maschinenfabrik gab als größter Betrieb der Umgebung dreitausend Menschen Arbeit. Das Dach der großen Montagehalle war eingestürzt. Dem Feuer waren fünf Menschen zum Opfer gefallen.

Kantor beschleunigte das Tempo. An einer Stelle hielt er inne und witterte erregt auf dem Gehsteig. Er steckte seinen Kopf in eine Mauervertiefung.

»Was soll das?« fragte Sátori.

»Hier hat jemand gewartet.«

»Schneller also!« sagte Sátori ungeduldig zu Csupati.

Kantor nahm ohne besondere Ermunterung die Spur wieder auf. Sie gingen die Hauptstraße entlang. Nach etwa hundert Metern bog Kantor in den Stadtpark ein. Er überquerte den Markt. »Geht es zum Bahnhof?« fragte Sátori.

»Es scheint so ...«

Im Kopf des Fahndungsoffiziers kreisten die Gedanken. Ihm kam manches so absurd vor. Aber an Kantor wollte er auch diesmal nicht zweifeln. Der Hund verfolgte die Spur des Täters, ja er hatte sie sogar zur Einfriedungsmauer des Betriebes geführt. Dort müssen wir dann die Spuren auch auf der anderen Seite der Mauer von Kantor untersuchen lassen ... Er versuchte, sich seinen unbekannten Gegner vorzustellen. Ohne Zweifel hatte der auch mit dem Feuer etwas zu tun. Vielleicht war es so gewesen: Zuerst legte er im Betrieb den Brand, dann wollte er das Wasserwerk beschädigen, und als sich der Maschinist ihm widersetzte, schlug er ihn nieder. Bis hierher erschien ihm alles logisch: Einer, der so sicher mit Strom umging, mußte etwas vom Fach verstehen ... Aber nun dieser Ziegenstall. Wenn er bloß wüßte, warum der Täter nicht in die Wohnung ging. War es ein Fremder? Aber ein Fremder konnte das nicht tun. War der Brand möglicherweise nur ein Ablenkungsmanöver? Fragen über Fragen, obwohl er sich doch mit der Gemäldefahndung befassen sollte.

In der Nähe des Bahnhofs trafen sie den Wachposten. »Haben Sie etwas Verdächtiges bemerkt?« fragte ihn Sátori.

»Nichts, das heißt nichts Besonderes. Wenn nicht ... Vor einer Viertelstunde habe ich eine Person kontrolliert, aber es war nur ein Arbeiter hier aus der Stadt. Ein Elektriker ... Er fährt mit dem Frühzug in die Bezirksstadt.«

»Wie sagten Sie? Ein Elektriker? Kennen Sie ihn?«

Der Polizist stutzte einen Moment, dann machte er ein ratloses Gesicht. »Er kam mir bekannt vor, so ein sommersprossiger junger Mann, aber wie gesagt, ein Hiesiger. Sein Personalausweis ...«

»Los«, drängte der Oberleutnant Csupati, »schneller!«

Nach diesen wenigen Sekunden des Verschnaufens begann Kantor weiter Eiltempo vorzuschreiben. Die Polizisten eilten ihm nach. Gerade langten sie am Haupteingang des Bahnhofs an, als der Schnellzug aus Budapest mit quietschenden Bremsen einfuhr. Einen Augenblick lang blieb Kantor vor einem der Fahrkartenschalter stehen. Er schaute seinen Herrn an, doch als dieser winkte, lief er eilig den langen Flur entlang. Gerade verließ ein hagerer, blonder junger Mann den Flur. Sátori hatte noch gesehen, wie er verschwand, und er war bemüht, Kantor zu überholen. Die ersten der mit dem Triebwagen angekommenen Reisenden waren vom Bahnsteig schon an der Tür angelangt. Sátori konnte sich noch durch die drängenden Menschen winden und hielt nun auf dem Bahnsteig nach dem blonden Burschen Ausschau. Endlich hatte sich auch Kantor durch die Menge hindurchgearbeitet.

Als Sátori den jungen Mann wieder entdeckte, stand der neben der Tür an die Wand gelehnt und wartete. Hinter dem dahinhastenden Menschenknäuel schlenderten gemächlich zwei Männer her, die Sátoris Aufmerksamkeit erregten. Jeder trug eine größere Aktentasche in der Hand. Auf dem Bahnsteig setzte einer von ihnen seine Tasche in der Nähe des blonden

Mannes auf die Erde. Er steckte sich eine Zigarette zwischen die Lippen und tastete mit einer ungeduldigen Handbewegung seine Taschen nach Streichhölzern ab. Der blonde Bursche trat zu ihm. Sein Feuerzeug flammte auf. Doch bevor er dem Mann mit der Aktentasche hätte Feuer geben können, sank er plötzlich stöhnend nieder, von Kantor angegriffen; Sátori sprang hin und ergriff die Tasche.

»Tjutju, Schluß jetzt«, befahl Csupati, und Kantor ließ den Kragen seiner Beute nur widerwillig los.

»Bravo«, ertönte jetzt hinter Sátori eine Stimme. »Ich habe Ihnen doch gesagt, daß wir uns bald treffen werden ...«

Blitzschnell wandte sich Sátori um. »Genosse Oberstleutnant, aber wie kommen Sie hierher, Genosse Oberstleut ...«

»Lassen Sie doch diese Förmlichkeiten. Im übrigen bin ich diesen beiden Herren gefolgt, besonders die Sicherheit des Herrn Sekretärs lag mir am Herzen.« Er nickte mit spöttischer Höflichkeit den mit hochgestreckten Armen nervös von einem Fuß auf den anderen tretenden Männern zu. »... Ich hoffe, daß sie es mir nicht allzusehr übelnehmen.«

»Sie wußten es?« fragte Sátori erstaunt.

»Wissen? Das eigentlich nicht, in unserem Beruf kann man höchstens etwas vermuten.« Dann wandte er sich zu seinen Mitarbeitern, die die zwei Männer umringt hatten. »Die beiden Herrschaften vertraue ich Ihnen an. Die Bilder da aber können Sie bringen, Oberleutnant, schließlich haben Sie ja die Tasche zuerst ergriffen.«

»Darin sind ...?« Sátori hob die Tasche, um sie besser betrachten zu können.

»Ja, die beiden Botticelli. Zwar sind es nur Kopien, aber geschickte Arbeiten, nicht wahr, Herr Sekretär?«

Erst jetzt sah Sátori sich die Burschen genauer an. »Aber das ist doch ...«

»Ja, ja! Der Sekretär für Kunstfragen. Der Entdecker des Gemälderaubes ... Der uns gestern vormittag mit solch eifriger Besorgnis schilderte, welch großer Schaden dem Museum und der Kirche zugefügt wurde. Daß die Originale zur sicheren Aufbewahrung in einem Museum in Budapest sind, das wußte er nicht. Sehen Sie, mein Lieber«, sagte der Oberstleutnant väterlich zu Sátori, »es ist gar nicht so unnütz, wenn man öfter auch Gemäldeausstellungen besucht. Jetzt aber, Oberleutnant, wollen wir einen guten Kaffee trinken.«

»Gern, aber vorher erlauben Sie mir bitte, Ihnen Wachtmeister Csupati und seinen Hund Kantor vorzustellen. Den beiden habe ich es zu verdanken, daß wir Ihnen jetzt und hier begegnen konnten.«

»Ich habe beobachtet, wie sie arbeiteten. Gratuliere! Ich hoffe doch, daß dieser junge Mann«, er zeigte auf Müller, »nichts allzu Schwerwiegendes angestellt hat.«

»Ich befürchte«, antwortete Sátori, »sogar mehr, als nach dem Strafgesetzbuch für lebenslänglich vorgesehen ist.«

»Nein, ich bin unschuldig«, unterbrach ihn Müller mit zitternder Stimme. »Ich wollte diesem Herrn bloß Feuer geben. Ich kenne ihn ja gar nicht.«

»Gut, daß Sie das Feuer erwähnen ...«

»Was wollen Sie damit sagen?«

Sátori hatte inzwischen Müllers Personalausweis geprüft.

»Nichts, nichts ... Das übrige wird Ihnen Ihre Ziege vormeckern.«

»Ich protestiere. Ich bin unschuldig ...«

Kantor knurrte zornig. »Hören Sie das?« Der Oberstleutnant wies auf den Hund. »Mir scheint, nicht einmal er glaubt Ihnen das.«

Kantors Vorderpfoten ruhten auf Csupatis Schultern. Der Wachtmeister umarmte ihn, so wie es nur Freunde tun können, die manche Schwierigkeit gemeinsam überstanden haben. Sie waren in ihre Freude so vertieft, daß sie gar nicht bemerkten, daß der Chef des Grenzkommandos und der Leiter des Bezirkspolizeiamtes den Flur betreten hatten.

»Was treiben Sie denn da?« fragte der Kommandeur, ein Oberst.

Csupati drückte Kantors Kopf zur Seite. »Wir freuen uns.«

»Worüber?« fragte der Oberst und musterte erstaunt den Wachtmeister.

»Na, über dies und jenes ... Aber sagen Sie doch bitte, Genosse Oberst, gilt Ihr Versprechen noch?« fragte Csupati dreist.

»Was für ein Versprechen?« Der Oberst schaute ihn verwundert an.

»Na, die Auszeichnung, die Sie uns versprochen haben ...«

»Vorläufig haben Sie eher Arrest verdient und keine Auszeichnung. Erstens sind Sie um Mitternacht vom Stützpunkt verschwunden, obwohl Sie sich zu unserer Verfügung halten sollten, und zweitens melden Sie sich erst jetzt, um halb acht, zum Dienst. Was ist denn das für eine Disziplinlosigkeit? Bei uns ist so etwas nicht üblich. Denken Sie in Zukunft daran.«

An dem strengen Ton merkte Csupati sofort, daß der Oberst keine Disziplinverstöße entschuldigte. Deshalb straffte er sich und meldete: »Genosse Oberst, mein zum Stab gehörender Fährtenhund Kantor und ich haben die gesuchte Person gemeinsam gefunden.«

»Mann, was reden Sie da?« platzte der Oberst höchst verwundert heraus.

Csupati fuhr fort: »Heute früh haben wir ihn auf dem Bahnhof gestellt und der zentralen Untersuchungsgruppe übergeben.«

»Und das sagen Sie erst jetzt?« rief der Oberst und riß die Tür zum Dienstzimmer auf. Der Leiter des Bezirkspolizeiamtes aber lächelte und klopfte dem Wachtmeister, der um eine halbe Kopflänge kleiner war als er, freundlich auf die Schulter. »Sie sind ein großer Schelm, Stabsfeldwebel«, sagte er lachend.

»Ich bin nur Wachtmeister«, antwortete Csupati.

»Die Beförderung garantiere ich ... Auch für ihn«, und er wies auf Kantor.

Am Mittag wurde Kantor im Speisesaal die Ehre zuteil, daß ihm der Leiter des Bezirkspolizeiamtes höchstpersönlich die Gulaschsuppe in einen blanken neuen Freßnapf schöpfte. Man hatte für Kantor neben seinem Herrn einen eigenen Tisch gedeckt. Doch das war vergeblich gewesen. Der Hund fraß nicht. Trotz Csupatis Zureden rührte er die dampfende Speise nicht an, obwohl ihm dabei der Speichel im Maule zusammenlief. Csupati hatte den Verdacht, daß sich Kantor vielleicht so überanstrengt hatte, daß nun eine völlige Erschöpfung eingetreten war und daß er deshalb nicht fraß. Er befahl ihm, vom Stuhl zu steigen und sich in einer Ecke des Speiseraumes niederzulegen. Ihm war das Verhalten des Hundes peinlich. Es verdarb ihm auch die Freude über die erfolgreiche Arbeit. Er konnte sich Kantors Reaktion nicht erklären. »Grämen Sie sich nicht«, trösteten ihn die Offiziere. Csupati war der Held des Tages, da Kantor aber nicht fraß, hatte das Essen für ihn einen bitteren Geschmack.

Für den Nachmittag war im Hof auf dem weiträumigen Gelände vor der Fahne zu Ehren des Tages der Verfassung eine kurze Feier angesetzt. Zum Schluß seiner Rede stellte der Chef des Grenzkommandos Csupati und Kantor als Musterbeispiele für Dienstbereitschaft und fachliches Können vor. Danach heftete er Csupati die Auszeichnung »Hervorragender Grenzsoldat« an die Uniformbluse. Auch Kantor erhielt dieses Abzeichen. Als ihm der Kommandant die Medaille an einem Band um den Hals hängte, sahen die an der Parade Teilnehmenden mit Verwunderung, daß sich der Hund mit einer Art Ehrenbezeugung dafür bedankte. Zu seiner Auszeichnung erhielt Csupati eine Geldprämie von tausend Forint.

Nach der Feierstunde versuchte Csupati noch einmal, Kantor zum Fressen zu bringen. Der Koch legte die besten Happen in den Napf, Kantor aber blickte bald traurig auf seinen Herrn, bald auf die leckere Düfte verbreitende Speise. »Was hast du bloß?« fragte ihn Csupati mit zunehmender Bestürzung. Doch Kantor starrte ihn nur an, sein Herr hatte ihm doch beigebracht, nicht aus einem fremden Gefäß zu fressen.

Endlich schlug sich Csupati an die Stirn. »Der Napf! Du willst also nicht aus diesem Napf fressen?« Darauf holte einer der Wachtmeister vom Stützpunkt Kantors Napf. »Friß!« befahl ihm Csupati.

Gierig schlang Kantor. Dabei schauten ihm die Polizisten zu und freuten sich über den Appetit des Hundes.

Nach der Feierstunde kaufte sich Csupati von seiner Prämie sofort die Schuhe mit den dicken Kreppsohlen. Im Gästezimmer der Kaserne, wo sie jetzt schliefen – nach der beendeten Aktion wurde die Einsatzgruppe aufgelöst, und fast alle waren in die Reviere eingerückt –, begann er gleich nach dem Erwachen seine neuen Schuhe zu putzen. »Klasse, was?« Er hielt sie Kantor vor die Nase. »Sie waren furchtbar teuer. Dreihundertzwanzig Forint. Die habe ich auch dir zu verdanken, Tjutju.«

Kantor beschnupperte die neuen Schuhe. »Dir werde ich auch etwas kaufen, sei nur nicht neidisch.«

Die Welt war an diesem Augustmorgen schön und friedlich. Die Sonne hatte sich schon in aller Frühe in den Himmelswagen gesetzt und setzte den Menschen tüchtig mit Wärme zu. Csupati bürstete seine Drillichbluse aus und richtete den Bruch seiner Hose, auf der er die ganze Nacht gelegen hatte. Laut Befehl mußten sie bis auf weiteres im Kreis Ovár bleiben. Csupati pfiff vor sich hin, dann überlegte er ein Tagesprogramm. Jetzt gehen wir spazieren. Wir besichtigen die Stadt ... Und baden, schwimmen – schwimmen in der Donau.

Dem Bürsten und Abreiben konnte auch Kantor nicht entgehen. Sein Mißfallen brachte er dabei durch Knurren zum Ausdruck, doch sein Herr tadelte ihn deswegen. »Was stellst du dir denn vor? Kann denn ein Ausgezeichneter so schmutzig auf die Straße gehen? Wohl kaum, nicht ...?«

Den Umständen entsprechend, sahen beide gepflegt aus. Am Tor wurden sie von einem jungen Leutnant aufgehalten. »Ich habe Sie bereits auf Ihrem Zimmer gesucht.«

»Nanu!« Csupati zog die Brauen zusammen. Wenn er gesucht wurde, brachte ihm das stets irgendwelche neue Arbeit.

»Nichts Besonderes«, sagte der Leutnant, »aus Tóhomol hat die Wache eine Grenzverletzung gemeldet.«

»Für Sie ist das nichts Besonderes?« unterbrach Csupati den Diensthabenden.

»Sie sagten, es wäre Kleinarbeit. Zwei Personen haben sich im Schilf verirrt, oder sie verbergen sich absichtlich dort. Der Befehl lautet ...«

Csupati machte eine resignierende Handbewegung. Er wandte sich Kantor zu und legte verärgert die Hand auf den Kopf seines Hundes. »So geht es uns wieder einmal, Tjutju, unser Badeausflug ist abgeschlossen.«

Der Leutnant mißverstand diese Bemerkung und beteuerte, daß es keinen bewaffneten Zusammenstoß gegeben hätte.

Der Standort des Grenzpostens von Tóhomol befand sich am Südrand des Moors, in das der Fertö-See übergeht. Eine Abteilung in Zugstärke bewachte die mitten durch das Moorgelände führende Grenzlinie. Hier konnte der Spurstreifen nicht der durch den See verlaufenden Grenze folgen, sondern war am Rande des Moors angelegt. Der Fahrer brachte Csupati und Kantor bis zum Grenzposten.

»Wieviel Begleiter können Sie mir geben?« fragte Csupati den jungen Kommandeur.

»Begleiter? Ich dachte, man schickt welche mit. Wir sind hier insgesamt drei Mann, und die Streifenpaare kann ich nicht auseinanderreißen.«

»Es tut mir leid, dann kann ich nicht anfangen. Die Vorschrift besagt, daß dem Hund mindestens zwei Sicherungskräfte beizugeben sind.«

Der Oberleutnant breitete ratlos die Arme aus. »Ich habe nur einen abkömmlichen Mann, den Pferdepfleger der Wache. Wenn die Ablösung kommt, müßten meine Soldaten ihre Pferde eben einmal selber versorgen!«

Csupati schaute aus dem Fenster der Wache, die auf einem Sandhügel erbaut war. Ein unangenehmes Gefühl überfiel ihn. Soweit sein Blick reichte, überall breitete sich grünlichgelbes Ödland aus, und nur am nördlichen Horizont unterbrachen blaue Flecke die Eintönigkeit des Schilfs. Der Oberleutnant versuchte Csupati aufzumuntern. »Die sind bestimmt nicht weit vorangekommen«, versicherte er. »Die Kanäle werden ständig mit Motorbooten kontrolliert. In das Moor aber wagt sich nicht einmal der mutigste Fischer des Fertö-Sees.«

»Ein schöner Trost.« Csupati wandte sich vom Fenster um und winkte ab. »Soll also der Pferdepfleger kommen.«

Das war ein hagerer, schwarzhaariger Bursche mit einem Schnauzbart. Er diente schon das zweite Jahr hier. Dem Jungen, der aus der ungarischen Tiefebene stammte, graute es vor dem Wasser, und er litt am meisten unter der Mückenplage. Die Soldaten nannten ihre Pferde scherzhaft »Fellmotor«, den Pferdepfleger aber mit dem kecken Schnurrbart »Fellheld«.

Der Soldat nahm den Befehl mit Gelassenheit zur Kenntnis. Lediglich Kantor weckte sein Interesse.

»Wie ich sehe, haben Sie Tiere gern.« Csupati versuchte, sich mit ihm bekanntzumachen, doch statt einer Antwort nickte der »Fellheld« nur, legte den Pferdestriegel nieder und nahm seine blaue Schürze ab. Während er sich im Stall bereitmachte, flüsterte der Oberleutnant Csupati zu: »Der Bursche ist schon von Kindheit an Hirte gewesen und ein wahrer Hundenarr. Jeden Sonntag haben die Soldaten zu tun, die durch ihn angelockten herrenlosen Köter aus der Umgebung wieder zu verjagen.«

Der »Fellheld« war fertig, er hängte sich seinen Karabiner um. Sie brachen auf. Der Kommandeur geleitete sie bis zum Spurstreifen. Von dort führte die diensthabende Streife Csupati zur Stelle des Grenzübertritts. Auf dem Streifen waren scharf umrissen Schuhspuren zu sehen. Verdutzt betrachtete sie Csupati, denn die einen stammten von Herrenschuhen, die anderen von Damenschuhen mit flachem Absatz. Er setzte Kantor auf die Spuren an. Die Grenzsoldaten verabschiedeten sich mit dem Hinweis, wenn etwas Besonderes sei, sollte Csupati einen Feuerstoß aus seiner MPi abgeben.

Dann zogen sie, Csupati hinter Kantor und der »Fellheld« hinter diesem, zu der sumpfigen Wiese los. Nachdem sie einen halben Kilometer zurückgelegt hatten, erreichten sie das Röhricht. Das Schilf mit seinen Schwertblättern bogen sie geräuschvoll auseinander. Unter ihren Sohlen krachten die vertrockneten Strünke vom vergangenen Jahr. Sie befanden sich schon tief im Röhricht, als Csupati einfiel, daß er vergessen hatte, von dem Oberleutnant ein Paar Stiefel zu verlangen; er hatte noch seine neuen Halbschuhe an. Ich werde schon vorsichtig gehen, beschloß er, doch im nächsten Augenblick sank er bis zum Knöchel in den von Schilf und Blättern bedeckten, trügerisch glatt aussehenden Boden ein. Sie gingen in nördlicher Richtung. Der »Fellheld« stampfte gleichmütig durch den elastischen Schilfwald. Der Blütenstaub aus den Rispen des Schilfs fiel ihnen in den Hals, die winzigen Sporen hafteten auf ihren verschwitzten Körpern. Die Haut juckte immer mehr. Die langen, scharfkantigen Blätter schlugen ihnen an Hände und Gesicht und zerkratzten sie.

Nach einem einstündigen Fußmarsch versuchte Csupati, sich nach dem Stand der Sonne zu orientieren. Um zehn Uhr vormittags hatten sie die dichte Wand des Schilfs erreicht. Da stand die Sonne genau über ihnen. Dann irrten sie eine Stunde lang umher. Als Csupati aus dem zweieinhalb Meter hohen Rohrdickicht wieder zum Himmel emporschaute, war die Sonne wieder genau über ihnen. Kantor führte sie jetzt auf eine kleine grasbewachsene Lichtung. Csupati ließ sich auf einen aus dem weichen Boden hervorstehenden Stamm nieder, sprang aber sogleich wieder auf. In dem dürren Gras flohen fünf oder sechs Nattern, die aufgeschreckt worden waren.

»Sie tun einem nichts.« Der Pferdepfleger erhob jetzt die Stimme – zum erstenmal seit sie im Röhricht angelangt waren – und wies gleichgültig auf die Schlangen.

Verbittert blickte Csupati zum Himmel hinauf. In eine solche Situation war er noch nie in seinem Leben geraten.

»Wo sind wir denn?« fragte er den Soldaten. Der jedoch zuckte ratlos die Schultern und sagte kurz angebunden: »Das wissen nicht einmal die Götter.«

»Kennen Sie das Gelände denn nicht?« fragte Csupati und starrte den Soldaten an.

»Nein. Ich bin nie hier gewesen. Der Chef läßt die Pferde nicht in das Schilfdickicht.«

»Und warum haben Sie das bis jetzt nicht gesagt?« fragte Csupati, und hätte ihn Kantor jetzt nicht ungeduldig zum Weitergehen ermahnt, wäre er sicherlich verzweifelt. Er begriff, daß er sich in der gegenwärtigen Lage ausschließlich auf seinen Hund verlassen konnte. Beim Anblick der sich am Rande der Lichtung abzeichnenden Spuren jedoch war er überzeugt, auf dem richtigen Wege zu sein, und das beruhigte ihn auch ein wenig.

Nach einer weiteren Stunde gelangten sie auf ein morastiges Gelände. Ihre Sohlen drückten sich quatschend in den Boden ein, und hinter ihren Schritten her drang blubbernd Wasser herauf. In welcher Richtung sie es auch versuchten, sie sanken ständig tiefer in das Moor ein. Zwischen dem Schilf kam das Wasser in immer größeren, zusammenfließenden Lachen zum Vorschein. Kantor hielt die Nase hoch und wollte sich auf diese Weise orientieren. »Jetzt ist es aus«, meinte Csupati verzweifelt, als er sah, daß Kantor den Spurgeruch in der Luft zu wittern versuchte, da er die Spur auf der Erde verloren hatte. Die Sonne stand bereits auf der Mittagshöhe, und der Geruch des lauen Sumpfes war zum Ersticken.

»Haben Sie einen Kompaß?« fragte der Wachtmeister seinen Begleiter.

»Nein.«

Sie durften nicht lange an einer Stelle stehen, denn unter ihren Füßen gab langsam, aber sicher der Moorboden nach. Kantor hatte die Spur doch nicht verloren. Den bisher verfolgten Geruch spürte er noch an den Schilfstengeln zu beiden Seiten des von den Flüchtenden benutzten Trampelpfades. Plötzlich tauchte ein kleiner Wasserspiegel vor ihnen auf, der zu einem im Schilf ausgehobenen Graben oder zu einem länglichen Teich zu gehören schien. In der Mitte des Wassers erhob sich ein inselähnliches grasbewachsenes Hügelchen. Die im Röhricht zappelnden Schlangen und der Gestank des zuweilen aus dem Wasser hervorblubbernden Sumpfgases störten Csupati nicht mehr. Er hatte nicht einmal mehr soviel Kraft, um die Mückenwolken über ihren Köpfen zu verscheuchen. Auch der Soldat erduldete stumm die Strapazen und folgte Csupati mit zwei Schritt Abstand. Am Rande des kleinen Teiches beschloß Csupati: Wir müssen zur Insel hinüber! Aber warum? Dieser Gedanke kam ihm gar nicht. Sollten sie nicht lieber umkehren? Dafür hätten sie viele stichhaltige Gründe gehabt. Nur, daß das einem Fiasko gleichgekommen wäre. Csupatis Grundsatz lautete: Ein Spiel darf man so lange nicht aufgeben, bis es der Schiedsrichter abgepfiffen hat. Plötzlich fiel ihm ein kleines Gedicht ein. Zehn Jahre alt mochte er damals gewesen sein, als bei einer Weihnachtsfeier vornehme Damen Geschenkpakete an arme Kinder verteilten. Er hatte als Dank dafür die Ballade vom Wunderhirsch und den wunderschönen Töchtern Léls, die auf einer vom Moor umschlossenen Insel lebten, aufsagen müssen.

Als er an seine neugekauften Schuhe dachte, stieg der Ärger in ihm hoch.

Die Maschinenpistole über den Kopf haltend, bis zum Bauch im sumpfigen Wasser, watete er zur Insel hinüber. Er grübelte und spähte blinzelnd zum Himmel hinauf. Aus welchem Grunde wagten sich diejenigen, die er jetzt verfolgte, in das Schilfmeer des Moors? Wollten sie sich umbringen?

Kantor schwamm gleichmäßig neben seinem Herrn. Hinter den beiden aber schlug der Pferdehirt mit rudernden Bewegungen das Wasser zu Schaum. Csupati hatte die kleine Insel erreicht. Als er sich an ihrem Rand festklammern wollte, zerfiel sie, und von der kleinen Insel, die aus zusammengeschwemmtem Schilf bestanden hatte, sprangen sich sonnende Schlangen platschend ins Wasser. Csupati watete weiter, auf das gegenüberliegende schilfgesäumte Ufer zu. An einer Stelle, wo er ein Fleckchen festeren Boden gefunden hatte, wartete er auf den Soldaten, von Kantors Hals aber schnallte er die Leine ab. Er legte sie zusammen und hängte sie sich auf die Schulter.

»Wir rasten ein Weilchen«, sagte er und hockte sich erschöpft nieder. Kantor legte sich mit struppigem Fell neben seinen Herrn auf den Bauch. Der Soldat aber stemmte den Gewehrkolben auf die Stiefelspitze und stützte sich mit dem Ellenbogen auf den Lauf. Einige Minuten ruhten sie stumm, da warf Kantor plötzlich den Kopf hoch und spitzte die Ohren. In der vor Hitze flimmernden Luft hörten sie ein leises Geräusch, eine dünne, weinerliche Stimme. Csupati erhob sich mühsam und ermunterte Kantor zu erforschen, woher die Stimme kam. Das Schilf beschnuppernd, zog Kantor los. Nach kaum einer Viertelstunde waren die Laute deutlich aus der Nähe zu hören. Csupati schauderte es. »Hören Sie es auch?« fragte er den Soldaten.

Der drehte den Kopf zur Seite und horchte in Richtung der Stimme, dann antwortete er lakonisch: »Ein Säugling.«

Das Wasser wurde wieder tiefer, und in dem Maße, wie sie sich der Geräuschquelle näherten, lichtete sich auch das Schilf. Sie erreichten das Ufer eines kleinen Teiches, der dem vorhergehenden ähnelte. In der Mitte des Teiches war wieder eine schwimmende Insel, und darauf leuchtete im Sonnenschein ein weißes Wickelkissen.

»Verdammt!« fluchte Csupati.

Kantor erreichte die wagenradgroße Insel zuerst. Csupati – wieder bis zu den Hüften im Wasser – ermunterte Kantor. Der Hund stieß den Schilfhaufen mit dem Kopf vor sich her zu seinem Herrn hin.

»Was sollen wir jetzt damit machen?« Csupati hob das kleine Menschlein ungeschickt von dem Schilffloß herunter. Das Baby hatte ein rotes Gesicht und bekam beim Weinen kaum Luft.

»Die Sonne hat es verbrannt.« Der Soldat betrachtete sorgenvoll das Gesicht des Säuglings. »Aber da muß noch ein anderes Übel sein, deshalb schreit das arme Würmchen so.«

»Geben Sie einen Signalschuß ab«, sagte Csupati zu dem Genossen. Er hielt das Kind im Wickelkissen fest und ging im Wasser weiter. Wenn er bloß gewußt hätte, wo sie sich befanden! Bis zur Brust im Wasser, schritt er voran. Der Soldat aber rührte sich jetzt nicht mehr.

»Wollen Sie hier versinken?«

»Ich kann nicht schwimmen«, antwortete der Soldat gleichmütig.

Csupati erschrak. Die Bewegungen, mit denen der Soldat sich

einige Minuten über Wasser zu halten vermochte, waren alles andere als Schwimmen. Das tückische Wasser des Moors reichte ihnen schon bis zur Brust. Unter den Füßen spürte er endlich festen Grund. Einen halben Meter vor ihm ruderte Kantor patschend in der dunkelbraunen Brühe. Csupati rief ihm ungehalten zu: »Geh weiter vor, sonst spritzt du noch das Kind voll«, und dabei schritt er, vorsichtig tastend, weiter.

»Sie dürfen dort nicht stehenbleiben, Genosse. Solange Sie mich sehen, verschlingt der Teich Sie auch nicht«, rief er ermutigend dem Soldaten zu.

»Als sich der Bulle unserer LPG losgerissen hatte und ich ihn wieder einfing, habe ich nicht geahnt, daß ich einmal so jämmerlich zugrunde gehen würde«, brummte der Soldat und kam ihm doch nach. Sie waren schon über die Mitte des kleinen Teichs hinaus, als Csupati entdeckte, daß im tieferen Wasser fester Grund war. Sie arbeiteten sich zur gegenüberliegenden Schilfwand vor; einige Schritte vor ihnen war Kantor. Csupati hatte die Zähne zusammengebissen. Entschlossen schritt er hinter seinem Hunde her. Immer noch gingen sie vorwärts, und Kantor witterte auch nicht mehr an den Schilfstengeln. Csupati hatte das Gefühl, als wäre er einer Ohnmacht nahe. Seine Maschinenpistole und das vom Weinen müde gewordene Baby preßte er krampfhaft an sich.

Aus seiner Benommenheit schreckte ihn Kantors Knurren auf. In dem gelichteten Schilf lag ein Wildschweinrudel und erfrischte sich im kühlen Wasser. Csupati befahl Kantor: »Zurück!«

Die Schweine zogen, so schnell sie konnten, plätschernd und grunzend von dannen.

Mühsam schlugen sich die drei zu festem Gelände durch. Jeder Schritt war Anstrengung und Qual zugleich. Sie hatten das Gefühl, als hingen Gewichte an den Füßen. Immer wieder sanken Csupati und sein Begleiter in den morastigen Boden ein. Ehe sie das eine Bein aus dem Schlamm herausgezogen hatten, war das andere inzwischen wieder eingesunken. Bei einem Fehltritt löste sich Csupatis linker Schuh. Ihn im Sumpf wiederzufinden wäre ein ebenso hoffnungsloses Unternehmen gewesen wie aus einem Heuhaufen eine Stecknadel aufzuspüren.

»Halten Sie noch durch?« fragte der Soldat traurig. »Es wäre nur schade um dieses kleine Würmchen.«

Er sah mit traurigem Blick auf den Säugling und bedauerte sein Schicksal.

»Unken Sie nicht herum. Was sind Sie denn? Ein altes Weib oder ein Mann?«

»Im September werde ich zwanzig Jahre alt.«

»Dann werden Sie mit Ihren Genossen darauf anstoßen, aber vorher müssen wir hier heraus.«

Csupatis Uhr zeigte unverändert halb eins, jenen Zeitpunkt, als sie durch den ersten kleinen Teich gewatet waren; die Uhr war stehengeblieben. Der Soldat nahm ihm das Kind ab, und sie gingen, gingen vorwärts oder im Kreise herum – sie wußten es selber nicht mehr. Csupati spürte, wie ihn allmählich die Kräfte verließen. Er dachte zum erstenmal an den Tod, als plötzlich in der Nähe ein Schrei die Stille der Moorlandschaft zerriß.

»Hilfe! Hilfe! Hil ...«, die Rufe erstickten in einem gurgelnden Blubbern.

»Schnell! Schnell!« Csupati arbeitete sich mit zügigen Bewegungen voran. Ehe er an den Rand des Röhrichts gelangte, war seine Waffe völlig verschlammt. Vor ihnen tat sich eine etwa 40 bis 50 Meter breite, grasüberwachsene Fläche auf. Weit vor ihnen schimmerte das Wasser des Sees. Inmitten der heimtückischen Moorfläche rangen zwei bis zum Hals im Sumpf eingesunkene Menschen. Der eine Kopf tauchte in dem schmutzigen Wasser immer wieder unter. Der Körper des anderen ragte noch bis zu den Schultern hervor. Aus dessen Haltung schloß Csupati, daß er sich auf die Schultern des Ertrinkenden stützte und ihn dadurch niederdrückte.

»Nicht ... Nicht«, jammerte die Frauenstimme wieder. »Ich ertrinke ... Nicht ...!«

Einen Augenblick beobachtete Csupati bestürzt den Kampf des Mannes und der Frau auf Leben und Tod. Er wollte rufen:

»Halt! Stehenbleiben!« Doch nur ein heiseres Flüstern kam aus seiner Kehle.

Da drang vom See her aus einem der schilfverdeckten Kanäle das surrende Geräusch eines Motorbootes heran.

»Schieß! Schieß!« zischte Csupati dem Soldaten zu. Dann rief er verzweifelt nach Kantor. »Faß ihn! Gauner!« Er dachte nicht daran, daß er etwas Unmögliches verlangte. Was dort geschah, machte ihn rasend.

Csupati sah nicht, daß sich der Hund den Ringenden näherte. Der Mann hob eine Hand aus dem Sumpf, und der Lauf seiner Pistole richtete sich auf den Wachtmeister.

»Schießen Sie nicht!« schrie der Soldat hinter Csupati und wollte das Wickelkissen noch höher heben.

Nur dumpf vernahm er das Röcheln des Mannes. »Alle sollen verrecken!«

Die Kugel schlug ein paar Meter vor Csupati ein und wühlte die schlammige Masse des Moors auf. Gleichzeitig mit dem nächsten Knall ertönte auch ein markerschütternder Schrei. Csupati hatte noch gesehen, wie Kantor von hinten den Arm des Mannes packte und ihn ins Handgelenk biß. Csupati hatte das Gefühl, den Boden unter den Füßen zu verlieren. Seine Beine verkrampften sich. Er wußte nicht, ob er geschrien hatte oder ob es nur eine Halluzination gewesen war, daß er Kantor rief.

Mit zitternden Händen hielt der Soldat den Säugling und schaute hilfslos zu, wie vor ihm Csupati immer tiefer sank. Die Müdigkeit, der seit Stunden anhaltende Kampf gegen das Moor hatten seine Kräfte erschöpft.

Die Grenzsoldaten waren rechtzeitig zur Stelle. Sie hoben Csupati und den Genossen – beide waren bewußtlos – in das Boot. Auch Kantor war völlig erschöpft, er rührte sich nicht von Csupatis Seite. Er beleckte das Gesicht seines Herrn und wimmerte jämmerlich.

Csupati kam ins Krankenrevier. Zuerst sah er nur die weißgetünchte Decke. Es war heller Tag. Durch das Fenster schienen die Strahlen der Sonne herein. Jäh setzte er sich auf und fragte noch halb betäubt und zögernd: »Wo ist die Frau?«

»Sachte, Genosse Tóti«, sagte der Arzt im Rang eines Hauptmanns und trat an sein Bett. Kantor lag unter dem Tisch und wandte kein Auge von seinem Herrn. Als sich Csupati im Bett endlich bewegte, sprang er, freudig winselnd, hervor und schob seinen Kopf an Csupatis Gesicht, wobei seine weichen Haare den Hals des Erwachenden kitzelten. Dadurch wurde Csupati plötzlich bewußt, daß er lebte. Er fragte von neuem: »Wo ist die Frau?«

»Leider haben wir sie nicht gefunden«, antwortete ihm der Hauptmann.

»Also hat das Moor sie für immer verschlungen.«

Der Arzt gab dem Kranken noch eine Injektion. Nach einigen Minuten hatte Csupati das Gefühl, daß seine Kraft allmählich wiederkehrte und er einen klaren Kopf bekäme.

Der Soldat, mit dem er im Moor gewesen war, trat ins Zimmer. Er berichtete leise, daß die Sachen des Wachtmeisters getrocknet wären. Der Arzt klopfte Csupati freundlich auf die Schulter. »Keine Gefahr mehr. In Zukunft jedoch stecken Sie bitte Ihre Nase nicht wieder in das Wasser des Fertö-Sees. Diesmal sind Sie zwar noch mal davongekommen, doch es hätte auch schlimmer ausgehen können.«

»Was ist mit dem Kind?« fragte Csupati.

»Das ist in der Stadt gut aufgehoben. Der Arzt sagt, es würde am Leben bleiben.«

»Weiß man, wie es heißt?«

»Der Name des Vaters ist István Lászlo. Wenn man so einen überhaupt als Vater bezeichnen kann.«

Einzelheiten erfuhr Csupati später. Der Mann war Buchhalter in einem Budapester Betrieb. Wegen Unterschlagung lief ein Verfahren gegen ihn, und er wollte sich der Bestrafung durch die Flucht nach Österreich entziehen. Seine Frau hatte darauf bestanden, daß sie ihr fünf Monate altes Kind mitnahmen. Ein im Grenzgebiet wohnender Mann versprach ihnen, für tausend Forint den Weg durch das Röhricht zu zeigen. Er hatte sie bis zum Spurstreifen begleitet, ihnen dort das Geld abgenommen, mit der Hand auf das Moor gewiesen und gesagt: »Tausend Forint, tausend Schritt, und schon sind Sie drüben.« Nur hatte er nicht gesagt, wo sie sein würden – in Österreich oder im Jenseits.

»Dieser Schurke!« warf Csupati ein.

Man hat ihn schon gefaßt.

Kantor saß vor Csupatis Füßen. »So ist unser Leben«, meinte der Wachtmeister gelassen. »Doch darauf müssen wir einen trinken.«

Er lachte gezwungen und stand auf. Er fühlte sich wieder frisch, als wäre er nur aus einem tiefen Schlaf erwacht. Er zupfte Kantor scherzhaft am Kopf. »Gib es nur zu, du hast auch ein bißchen Angst gehabt, nicht wahr, Tjutju?«

Er spähte unter das Bett, suchte seine Schuhe und begriff, daß er sich erst ein paar Stiefel besorgen mußte.

Um neun Uhr abends trafen sie in dem Wirtshaus ein, das am Fuße der Burgmauer erbaut worden war. In dem verqualmten Raum drang aus einem Radio Zigeunermusik; dann und wann kreischte eine weinselige Stimme.

»Das ist etwas für uns«, sagte Csupati zu Kantor, der sich behutsam auf einen maisstrohgeflochtenen Stuhl setzte. Als der beleibte Wirt den Hund erblickte, eilte er aufgeregt zum Tisch hin. »Bitte, Hunde in die Gaststube zu bringen ist ...«

»Wir kommen vom Dienst. Was können wir essen?«

Der dicke Wirt bat verlegen um Entschuldigung und sagte, daß er noch ein bißchen Rindsgulasch servieren könne. »Dann bringen Sie zwei normale Portionen und auch etwas für den Hund«, ordnete Csupati an, der für Kantor jetzt immer den Napf bei sich hatte.

Kantor hatte Erfolg in der Arbeit, aber kein Glück mit Hündinnen gehabt.

Nach Ankunft von Kócos jedoch schien es, daß auch Kantor die stürmischen Wege einer Hundeliebe gehen würde. Jedesmal, wenn er nach beendeter Arbeit zurückgebracht wurde, schaute er zuerst in Kócos' Box hinein, und für ihn war es schon beruhigend, wenn er sehen konnte, wie die Hündin hinter dem Gitter schlief. Er freute sich, wenn jeden Morgen Kócos an seiner Seite lief. Er war bemüht, ihr beim Lernen zu helfen.

Csupati hatte am ersten September eine Belobigungsurkunde des Ministeriums erhalten und war außer der Reihe zum Stabsfeldwebel befördert worden. Als er sah, wie sich Kócos und Kantor anfreundeten, rieb er sich zufrieden die Hände. Das Paar gefiel ihm. Schon sah er den Hof voller selbstgezüchteter Schäferhunde, einer immer prächtiger als der andere. Sie waren die Gewinner der ersten, zweiten, dritten – wieso dritten? – natürlich sämtlicher Preise der Wettbewerbe des Landes!

An einem Freitagnachmittag sperrte Csupati nach Beendigung der Übungen auf der Bahn Kantor in Kócos' Box. Abends um zehn Uhr mußte er aber Kantor auf Grund einer Anforderung der Gruppe für Raubüberfälle aus der Box holen. »Komm, man wartet auf uns.«

Das Postamt 2 der Bezirksstadt war gegenüber dem Bahnhof erbaut worden. Zwischen beiden lag eine fünfzehn Meter breite Asphaltstraße. Auf dem Bahnhof gab es ein Postgleis. Hier trafen die Sendungen der Bahnpost ein, und von hier wurden sie auch weitergeleitet. Wenn ein Zug ankam, schoben Postangestellte die Pakete auf kleinen Karren vom Waggon zum Postamt hinüber. Verplombte Säcke mit Geld und Einschreibsendungen aber schleppten sie selbst. In den späten Abendstunden traf fahrplanmäßig hier auf diesem Abstellgleis nur ein einziger bedeutender Posttransport ein: der Postwagen des Schnellzuges aus Budapest. Er brachte gewöhnlich größere Geldsendungen. Die auf den Bahnhofsvorplatz mündende Eisenbahnstraße war so verkehrsreich, daß man von dieser Seite her einen Überfall für unmöglich hielt. Über Ankunft und Abfahrt der Geldtransporte wußten nur wenige Menschen Bescheid, wurden doch die größeren Sendungen zu verschiedenen Tageszeiten befördert. Nur das Eintreffen des Postwagens aus der Hauptstadt wiederholte sich täglich immer zur gleichen Zeit. Das aber konnte außer den Beamten des Postamtes 2 und denen der Eisenbahn kaum jemand wissen.

Am Tatort, im Tor des Postgebäudes, wartete Oberleutnant Sátori auf sie.

»Was gibt es Neues?« erkundigte sich der Stabsfeldwebel scherzend.

»Mach keinen Unsinn. Der Täter hat mindestens dreißig Minuten Vorsprung!«

»Dazu noch der schöne Herbstnebel ... Na, wir wollen sehen«, fügte Csupati ernsthaft hinzu. Laut übereinstimmender Meinung des Rettungsarztes und der Polizisten, die den Tatort überprüft hatten, mußte der Postangestellte mit einem schweren Gegenstand erschlagen worden sein. Auf dem Betonfußboden waren noch Blutflecke, und im Flur standen noch immer mehrere erregt durcheinanderredende Postangestellte.

»Gehen Sie an Ihre Arbeitsplätze zurück«, forderte der Oberleutnant die Angestellten nun schon zum drittenmal auf.

»Nirgends ist ein Gegenstand, den der Täter zurückgelassen hat«, sagte Csupati nach der Untersuchung.

»Ein Handgemenge hat nicht stattgefunden. Der Räuber schlug zu, entriß dem zusammensinkenden Angestellten den Sack und verschwand sogleich.« Sátori blickte auf seine Armbanduhr. »Und ich glaube, jetzt wird er laut fluchen. Er hat nämlich den Briefsack erwischt. Die Geldsendung brachte einige Minuten später ein anderer Postangestellter, und der hat auch das Verbrechen entdeckt.«

»Sonst ist es niemandem aufgefallen, daß hinter dem Tor jemand niedergeschlagen wurde?« Csupati war entrüstet. Er zeigte auf die Blutflecken. Kantor roch an den Spuren und ging sicheren Schrittes zur Straße hin.

»Kommt jemand mit uns?« fragte Csupati.

»Sei mir nicht böse, Tibor, ich schicke dir gleich jemanden nach. Jetzt benötige ich alle erst noch hier.«

Csupati lief hinter Kantor. Sie hatten kaum das Tor passiert, als Kantor zum Bahnhof hinüberging. Er verfolgte eine Spur parallel zum Zaun. Am Ende des Zaunes bog er nach links ab und lief dann immer schneller zwischen den Gleisen des Güterbahnhofs entlang. Er umging eine Rampe, wo gerade ein Waggon entladen wurde.

Auf der Ostseite des Güterbahnhofs gelangten sie in das Industrieviertel am Stadtrand. Der Nebel zeichnete runde Lichthöfe um die Lampen. Kantor ging in Richtung Bibic-Siedlung. Die linke Seite der menschenleeren Straße war von einer Fabrik, die rechte von der Betonmauer eines Armeedepots begrenzt. Sie hatten kaum fünfhundert Meter zurückgelegt, da kletterte Kantor in den tiefen Graben zwischen Fabrik und Fahrbahn hinunter.

»Den Sack hätten wir schon«, sagte Csupati, als er die durchnäßten Briefe fand. Er war bestrebt, sie einzusammeln, bückte sich immer wieder, schritt hin und her, stopfte die Briefe in den Sack. Plötzlich leuchtete Scheinwerferlicht auf. Csupati hob hastig die Hand vor sein Gesicht und warf sich auf den Bauch. Er wurde angerufen. Der Posten gab sogar Warnschüsse ab. Entsetzt umarmte der Stabsfeldwebel Kantors Hals. »Schieß doch nicht! Polizei!« schrie er aus vollem Halse zum Wachturm.

»Hinlegen!« ertönte es aus der Höhe. »Keine Bewegung, sonst schieße ich!«

»Schick wenigstens den diensthabenden Offizier her, Genosse!« Csupati versuchte vergebens, den im Nebel unsichtbaren Wachsoldaten zu überzeugen. Zum Glück kam nach einigen Minuten eine Streife vorbei, und nachdem er sich ausgewiesen hatte, lief er Kantor wieder im Laufschritt hinterher. Aber wie zum Teufel, konnte hier der Räuber davonkommen? grübelte er im Laufen. Möglicherweise war vor einer halben Stunde der Nebel noch dichter gewesen, vielleicht hatte der Täter aber auch bei der Aufforderung zum Stehenbleiben den Postsack weggeworfen, und ihm war die Flucht gelungen ...

Eine Viertelstunde später war Kantor schon zwischen den Schienen und Bahnsteigen. Gegenüber dem Bahnhofsgebäude, am Gleis acht, hielt er plötzlich inne. Die verfolgte Spur war hier zu Ende. Durch den Lautsprecher wurde gerade mitgeteilt, daß der Triebwagen nach Bük-Sopron, Südbahnhof in den nächsten Minuten abfahre...

An dieser verkehrsreichen Stelle erschien dem Stabsfeldwebel das Bodenabsuchen lebensgefährlich. Dauernd kamen Züge an und fuhren Züge ab. Kantor war es gewohnt, während der Spursuche sein Leben seinem Herrn anzuvertrauen; aus diesem Grunde konnte ihn Csupati jetzt nicht freilassen, damit ihn nicht ein rangierender oder ankommender Zug überfuhr. Er versuchte also, für seinen Hund in Längsrichtung eine Spur zu finden. Auf Bahnsteig vier gelang es Kantor, wieder Witterung zu bekommen. Das Rätsel der Spurunterbrechung hatte sich gelöst. Demnach war der Täter nicht abgefahren, sondern hatte die Schienen überquert. Da jedoch Züge auf den drei Gleisen standen, war er über die Perrons der Wagen geklettert.

Vom Bahnsteig ging Kantor direkt in die Bahnhofsgaststätte, von dort in den Wartesaal, wo er vor einem Sitzplatz stehenblieb und bellte. In der Tür des Warteraums tauchte ein Streifenposten auf.

»Ist hier etwas passiert?« fragte ihn Csupati.

»Razzia. Die Streife hat vor etwa zwanzig Minuten an die fünfzehn Herumtreiber mitgenommen.«

»Sind Sie auch hier gewesen?«

Der Polizist nickte. »Saß auf diesem Platz auch einer, den Sie mitgenommen haben?«

Der Polizist glaubte sich daran zu erinnern. Er hatte den Mann sogar selbst überprüft. Ein Gelegenheitsarbeiter eines Sägewerks. Der Mann habe ein Beil, in einen Lappen gewickelt, bei sich getragen.

»Man hat ihn zur Polizei mitgenommen, obwohl er Himmel und Erde beschwor, ihn mit dem Soproner Schnellzug noch heute Abend heimfahren zu lassen.«

»Danke, Genosse.« Csupati winkte seinem Hund, und sie gingen zum Postamt zurück. Der Kriminaltechniker hatte seine Arbeit schon beendet.

»Hat dich der Wachtmeister eingeholt?« fragte Sátori den Hundeführer.

»Nein, wahrscheinlich hat er uns im Nebel gleich aus den Augen verloren. Hier ist der Sack, sonst nichts. Die Armisten haben uns seinetwegen beinah das Fell gegerbt.«

»Du hast ihn doch nicht etwa am Armeedepot gefunden?«

»Doch«, Csupati nickte und fügte verärgert hinzu: »Den Täter aber hat uns die Razzia vor der Nase weggefischt. So ein Pech!«

»Das ist doch sehr günstig, den Täter bei uns überprüfen zu können«, erwiderte ihm Sátori und dämpfte seinen Eifer.

Eine halbe Stunde später warteten sieben Verdächtige, zur Wand gekehrt, im Toreingang der Post. Das war die erste Gruppe. Kantor lief, nachdem er an dem Postsack Witterung aufgenommen hatte, gemächlich zu dem ersten Mann hin und ging dann die ganze Gruppe durch. Nachdem er an jedem sogar zweimal vorbeigegangen war, setzte er sich vor Csupati hin und deutete durch Kläffen an, daß der Gesuchte nicht dabei war.

»Die Nächsten können kommen«, sagte der Stabsfeldwebel. Kantor begann ohne Anweisung seines Herrn auf der rechten Seite der Reihe. Er hatte dieses »Spiel« schon oft so absolviert, daß er genau wußte, was sein Herr von ihm erwartete. Witterung am Knöchel und Unterschenkel. Bei der dritten Person war er angelangt. Da sträubte sich sein Fell, und er begann, schneller zu wittern.

Csupati beobachtete konzentriert jede Bewegung Kantors. Beim Anblick der gesträubten Haare flüsterte er Sátori ins Ohr: »Wir haben den Kerl gleich.«

Nach dem vierten Mann spürte Kantor den gesuchten Geruch schon so stark, daß er die vorgeschriebene doppelte Kontrollwitterung nur hastig durchführte. Nun war er beim fünften angelangt. Da verweilte er ein wenig länger. Der mit dem Gesicht zur Wand gekehrte Mann, als spürte er einen Stich mitten im Rücken, zuckte zusammen. Auf diese Regung hatte Kantor offenbar gewartet. Er knurrte furchterregend. Der Mann trug eine Pelzjacke. Kantor sprang ihn an, packte ihn am

Kragen und riß ihn mit einem einzigen Ruck von der Wand weg, so daß er hinfiel. Csupati schrie aufgebracht dem Hund zu: »Halt!«

Kantor ließ sofort los und setzte sich, drei Schritt entfernt von dem Mann, nieder. Die Anspannung des Hundes war vorbei, die anerzogene Disziplin siegte über seine Jagdleidenschaft.

»Na, was sagen Sie nun?« fragte Csupati den etwa zweiundzwanzigjährigen, kräftigen, breitschultrigen Burschen.

»Nichts«, antwortete der.

»Wirklich? Na, dann sagen Sie uns, ob Sie heute abend schon einmal an der Post gewesen sind.« Der junge Mann schüttelte den Kopf.

»Wie Sie wollen«, antwortete Csupati. »Dann ziehen Sie mal Ihre Jacke aus.«

Der Stabsfeldwebel übergab die Jacke Oberleutnant Sátori, der die Ermittlung führte, und bat ihn, während er mit Kantor auf die Straße ging, die Gruppe noch einmal zusammenzustellen. Der junge Mann solle jedoch einen anderen Platz einnehmen, als den, an dem ihn Kantor vorhin gestellt habe.

Die Bewegung während des Spaziergangs tat Kantor gut. Gelassen kehrte er in den Toreingang zurück und begann auf Csupatis Kommando »Such!« erneut zu arbeiten. Diesmal fand er den gesuchten Geruch bei der sechsten Person in der Reihe. Nach zweimaliger Kontrolle ergriff er den Mann behutsam am rechten Handgelenk und führte ihn zu seinem mitten im Tor stehenden Herrn.

»Machen Sie keine Ausflüchte. Sie sehen doch, daß sich mein Hund nicht irrt ...«

»Aber wenn ich es sage! Ich bin nicht hier gewesen. Ich wollte nach Hause fahren.«

»Und wo ist das Beil?« fragte Csupati, denn ihm war eingefallen, was ihm der Posten am Bahnhof erzählt hatte.

»Was für ein Beil?«

»Verstellen Sie sich nicht. Schade um die Zeit. Ich würde die anderen aus Anstand schon nicht unnötig aufhalten, ganz abgesehen davon, daß mein Hund von vierzehn Herumtreibern Sie herausgefunden hat.«

Der junge Mann senkte den Kopf, und nach einigen Minuten der Überlegung sagte er leise: »Ja, ich bin heute abend hier gewesen. Aber ich wollte nur zur Post hinein.«

»Das Märchen erzählen Sie bloß nicht weiter«, unterbrach ihn Csupati und gab ein Zeichen, daß man ihn fortbringen könne.

Nachdem die Toreinfahrt wieder leer geworden war, reichte Sátori Csupati die Hand. »Ich gratuliere euch zur Beförderung. Anfang der Woche bin ich zu einer Sitzung im Innenministerium gewesen. Der Chef erzählte da ein richtiges Abenteuer über dich und deinen Hund. Dieser Ausflug an den Fertö-See muß ja abscheulich gewesen sein ...«, bemerkte Sátori.

»Ist auch vorbei.« Csupati winkte ab. »Doch was sagst du zu dem Kerl mit dem Beil?«

»Es ist schlimm genug, daß in letzter Zeit die Gewaltverbrechen zunehmen. Obendrein kommen uns aus Österreich auch wieder Diversanten auf den Hals wie die Fliegen zum Honig. Irgend etwas stimmt hier nicht. Es liegt etwas in der Luft.«

Schon den zweiten Tag waren sie im Einsatz im Bereich des Grenzstützpunktes am Rande eines im Pinka-Tal liegenden kleinen Dorfes. Es war ein kalter Novemberabend. Der hintere Hof des Standortes reichte bis ans Ufer eines schnellen Bergflüßchens. Ein Stacheldrahtzaun bildete zugleich ein kleines, kaum hundert Meter breites Stück der viele hundert Kilometer langen Landesgrenze. Kantor saß am Drahtzaun. Seit dem frühen Morgen hatte er in den umliegenden Wäldern eine vierköpfige bewaffnete Gruppe verfolgt. Man hatte sogar zweimal auf ihn geschossen.

Jenseits des Stacheldrahtes erstreckte sich eine etwa anderthalb Kilometer breite, ebene Wiese. Am wolkenlosen Himmel stand der Mond. Kantor saß regungslos da und beobachtete mit emporgehaltenem Kopf den leuchtenden Ball am Himmel. Er war des derben Spiels und der Rempelei der immer zur Rauferei bereiten Grenzstreifenhunde längst überdrüssig. Um ihnen aus dem Wege zu gehen, hatte er sich ans Ende des grasbewachsenen Hofes zurückgezogen. Er wollte ruhen. Das unerträgliche Gekläff und Herumspringen seiner Gefährten strapazierte ihn mehr als das ganztägige, angestrengte Spurensuchen. Eine halbe Stunde mochte er so dagesessen haben, als er vom großen Gebäude her die Stimme seines Herrn hörte. Er erhob sich, reckte sich und trottete ausgeruht zum Stützpunktgebäude hin.

»Wo treibst du dich denn herum?« fragte ihn Csupati. Kantor wedelte freundlich mit dem Schwanz. »Schon gut, schon gut. Du weißt doch, daß mich deine Geheimnisse nicht interessieren, du hast mir nur gefehlt. Komm, gehen wir schlafen.«

Csupati begann gerade seine Stiefel auszuziehen, als der diensthabende Soldat ins Zimmer trat.

»Vom Geländepunkt siebzehn meldete die Streife telefonisch ...«

»... Eine neue Grenzverletzung? Das habe ich doch geahnt, daß dieser Tag mit der Verfolgung der vier Gauner noch nicht zu Ende ist. Eine Welle kommt nach der anderen. Die eine haben wir noch nicht einmal aufgefangen, da ist schon die nächste hier.«

»In unserem Bereich war zwei Wochen lang Ruhe.« Mit eurer Ruhe ist es nicht weit her, dachte Csupati, laut aber fragte er: »Wo liegt dieser Punkt siebzehn?«

»Drei Kilometer von hier nach Süden. Ich habe auch schon die Zentrale benachrichtigt. Der Befehl lautet, Ihnen zwei Sicherungskräfte und einen Funker mitzugeben, die dann unterwegs abgelöst werden.«

Zweiundzwanzig Uhr dreißig erreichten Csupati und seine Gruppe die Stelle, an der die Grenzverletzung erfolgt war. Die Streife wartete, getarnt am Fuße einer Eiche, auf sie, die mitten aus dem strauchbewachsenen Gelände herausragte. Unter der hohlen Rinde des Baumes verborgen, lag die Steckdose für die geheime Telefonverbindung, mit der die Streifenpaare jederzeit sofort den Stützpunkt benachrichtigen konnten. Die Grenze führte hier drei Kilometer zwischen den Hügeln entlang, die sich an der Ostseite der Pinka erstreckten. An der Grenzübertrittstelle, kaum einige Meter vom Rande des Spurstreifens entfernt, lag eine vom Wasser ausgespülte Schlucht. Csupati knipste seine Taschenlampe an und untersuchte die tief in den Lehmboden eingedrückten scharf umrissenen Schuhspuren.

»Der Kerl muß aber auf großem Fuße leben«, meinte er, nachdem er diese Schuhe mit dem Stäbchen gemessen und mit seiner eigenen Stiefelsohle verglichen hatte. »Das ist mindestens Größe achtundvierzig!«

Die Spur stammte von Bergsteigerschuhen mit starker Profilsohle. Csupati vermutete, daß der Grenzverletzer deshalb so tief eingesunken war, weil er eine schwere Last getragen hatte. Der Stabsfeldwebel hockte sich neben Kantor nieder, um ihm das Suchgeschirr umzuschnallen. Jenseits der Grenze leuchtete das Licht von Standscheinwerfern auf.

»Die Österreicher treiben sich auch hier herum«, bemerkte einer der Grenzsoldaten; er wollte noch etwas hinzufügen, doch in diesem Augenblick erschütterte eine gewaltige Explosion die Luft. Die Druckwelle warf sie alle zu Boden. Splitter zischten, Erdklumpen polterten ihnen auf den Rücken. Csupati zuckte zusammen und griff sich hastig an das rechte Bein. Ein Minensplitter hatte ihn gestreift, aber zum Glück keine tiefe Wunde ins Bein geschlagen, nur einen Riß in der Hose hinterlassen.

»Leben alle?« fragte flüsternd der Streifenführer.

Außer Csupati hatte niemand etwas abbekommen. Die Grenzsoldaten meldeten den Vorfall durchs Telefon.

Kantor verfolgte die Spur weiter. Ungefähr einen Kilometer waren sie gelaufen, als sie aus der Schlucht hinausgelangten, und am Rande der frischen Herbstfurche tauchten plötzlich – im Mondschein deutlich sichtbar – zwei nebeneinander verlaufende Spuren auf: rechts der »Achtundvierziger«, einen Meter davon entfernt, die Spuren einer weiteren Person, die – nach Csupatis Stäbchenmaß – dreiundvierziger Schuhe trug. Csupati kratzte sich am Kopf. Wie war das möglich? Entweder schloß sich hier der Kleinere dem Größeren an, oder der Große trug den Kleinen bis hierher, grübelte er.

Durch Funk meldeten sie dem inzwischen eingetroffenen motorisierten Befehlsstand ihre Position, und die Richtung der beiden Spuren. Nach etwa fünf Kilometern erreichten sie die über den Grenzfluß führende Brücke. Aus dem geradlinigen Verlauf der Spur schloß Csupati, daß sich die Eindringlinge mit Hilfe von Karte und Kompaß zur Eisenbahnstrecke, die im Rába-Tal verlief, begeben hatten.

An der Brücke hielten sie Rast und warteten auf die durch Funk angeforderte Ablösung. Csupati und seinen Hund begleitete jetzt eine aus sechs Mann bestehende Gruppe auf dem weiteren Weg.

Jenseits des Flusses bog Kantor ostwärts ab. Ein kalter Novembertag brach an. Die feuchte, klebrige Erde haftete in großen Klumpen an den Stiefeln. Sie überquerten frische Ackerfurchen und noch nicht abgeerntete Maisschläge. Rechter Hand erstreckten sich Weinberge, links wurden sie von dem Alpenfluß begrenzt, der durch die Herbstniederschläge angeschwollen war. Schon an die zwei Kilometer mochten sie die Brücke hinter sich gelassen haben, als Kantor am Rande eines Ackers mit aufgegangenem Wintergetreide innehielt. Zunächst schaute er sich um, dann begann er im Kreise zu wittern, bis er schließlich auf einen bestimmten Punkt starrte und dann die Nase zwischen die zarten, grünen Weizengräser bohrte. Er wartete auf seinen Herrn und stieß mit Bestimmtheit wiederholt auf die verdächtige Stelle. Da war etwas Ungewöhnliches. Zwischen den bisher in gleichem Abstand verlaufenden beiden Spuren tauchte plötzlich eine dritte auf! Unwillkürlich schaute Csupati zum Himmel, als ob der Mensch von dort heruntergekommen wäre. So etwas hatte er noch nicht erlebt. Eine Spur ist doch keine Zelle, die sich durch Teilung vermehrt.

»Was meinen Sie, Genosse Leutnant, wie kann ein Mensch hier plötzlich auftauchen, ohne daß ein Fallschirm benutzt wurde?«

Der Leutnant blieb ihm die Antwort schuldig.

»Dann müssen sie den Kerl, der von hier an auf eigenen Füßen weiterging, eben bis hierher getragen haben«, erklärte Csupati mit Nachdruck.

»Sie haben ja eine lebhafte Phantasie! Ihrer Ansicht nach haben auf diesem Boden, wo man sich allein kaum fortzuschleppen vermag, zwei Mann einen dritten getragen?«

»Wir werden schon sehen.« Csupati zuckte die Schultern. »Wenn ich es noch erlebe und vor Durst nicht umfalle, glaube ich, werde ich am Ende doch recht behalten.«

»In meiner Feldflasche ist noch ausreichend Wasser«, sagte der Leutnant. Csupati bedankte sich und trank aus der Flasche.

Jenseits des Rains des Wintergetreidefeldes begann ein Futterrübenschlag. Csupati zog eine große Rübe aus der Erde, schnitt sie in Scheiben und zerkaute sie.

»Na, Sie haben ja einen Geschmack«, bemerkte der Leutnant, doch Csupati zuckte nur die Schultern. Er beschäftigte sich wieder mit der neuen Spur. Wenn sie ihn schleppten, müssen die Träger verwegene und überaus kräftige Kerle sein. Zwei können natürlich einen dritten tragen. »Der Storch trägt sein Junges«, dieses Spiel spielen selbst die Kinder. Aber eine so lange Strecke sollte ein Mann einen anderen tragen? Auf alle Fälle mußten sie den Stützpunkt benachrichtigen, daß sie jetzt nicht mehr die Spuren von zwei, sondern von drei Personen verfolgten.

Gegen elf Uhr vormittags erreichte Kantor das schilfbewachsene Ufer eines Grabens, der parallel zum Fluß verlief. »Endlich«, brummte Csupati und nahm Kantor die Leine ab. Der Grenzgraben machte einen großen Bogen nach Südost. Die Hügelkette zur Rechten ließen sie zurück, das Tal erweiterte sich. Der Bergfluß ergoß sich in die breite Ebene.

Während einer Ruhepause saß Kantor neben seinem Herrn, doch die Nase nahm er nicht mehr von der Spur, und das war für Csupati ein untrügliches Zeichen, daß die Verfolgung nicht mehr lange dauern konnte.

»Vorsichtig jetzt!« sagte Csupati, der Kantors Rücken tätschelte, als er den Hund erneut vor sich hergehen ließ. Er machte die Soldaten darauf aufmerksam, daß sie nur dann schießen dürften, wenn sie Kantors Leben nicht gefährdeten.

Um den im Bogen verlaufenden Weg abzukürzen, ging Csupati mit zwei Grenzsoldaten quer über die Wiese. Als er nach etwa hundert Metern wieder auf die Böschung hinaufkletterte, erblickte er unten im Graben, kaum fünfzig Schritt entfernt, drei Männer.

»Los!« Er winkte den Soldaten, und da er sah, daß Kantor den Männern schon auf den Fersen war, begann er zu rennen. Als der Hund in die Nähe der Verfolgten gelangte, schrie Csupati: »Hände hoch! Keine Bewegung!« Die drei Männer wandten sich zugleich um und warfen sich auf den Bauch.

»Gebt ein paar Warnschüsse ab!« rief Csupati den Soldaten zu, denn er hatte bemerkt, wie einer der Männer seinen Revolver auf den Hund richtete. Schüsse aus einer Maschinenpistole lenkten für einige Augenblicke die Aufmerksamkeit der Grenzverletzer von Kantor ab. Csupati rannte keuchend auf der Uferböschung entlang. Er kümmerte sich jetzt nicht darum, daß sich seine Gestalt vor dem hellen Hintergrund des Himmels deutlich abzeichnete und für den aus der Tiefe des Grabens schießenden Mann eine ausgezeichnete Zielscheibe war.

Ein Schuß ging unmittelbar an Kantors Ohr vorbei. Mit einer Halbwendung, von unten nach oben zubeißend, ergriff der Hund das Handgelenk des bewaffneten Angreifers und hielt sie fest. Die zweite Kugel streifte die Spitze seines Schwanzes. Kantor sprang dem Mann auf den Rücken. Der, den er durch Bisse in den Arm und die Beine als ersten überwunden hatte, stöhnte vor Schmerz. Kantor griff nun die beiden an, die sich noch wehrten. Er hatte die Zähne gefletscht, und blitzschnell schlug er bald dahin, bald dorthin, wobei er auch den verletzten Mann noch im Auge behielt, damit der ihn nicht plötzlich erneut angreifen konnte. Aber noch ehe sich Csupati mit den Soldaten in den Graben hinuntergelassen hatte, war es einem der Diversanten gelungen, an dem schilfbewachsenen Ufer hinaufzuklettern und zu verschwinden.

»Kantor«, rief Csupati keuchend, »such Gauner, bring ihn her!« Nach einigen Augenblicken waren jenseits des Dammes Klagelaute zu hören, und als er aufschaute, schleifte Kantor einen Mann, der auf dem Bauch lag, herbei. »Halt ihn fest!« lautete Csupatis Befehl. Kantor sprang seiner Beute auf den Rücken. Csupati nahm dem Diversanten die Waffe weg und ließ ihn aufstehen.

»Nimm den Fuß hoch!« befahl er dem etwa dreißigjährigen kräftigen Mann, der ihn verständnislos anstarrte.

»Hoch heben, hoch!« Csupati bedeutete ihm, daß er auf seine Sohlen neugierig sei. »Aha, du bist also der, den die Kulis acht Kilometer weit geschleppt haben.« Sie trieben die Diversanten mit ihren Maschinenpistolen zum Beobachtungsstand der Grenzpolizisten.

Kantor war noch so gereizt, daß er die Gefangenen am liebsten bei jedem Schritt in die Wade gezwickt hätte. »Laß ihn schon in Ruhe!« tadelte Csupati Kantors Eifer. »Verstehst du denn nicht? Das ist kein Kampf mehr. Wir haben sie besiegt ...« Schließlich stapfte Csupati zornig auf und befahl seinem Hund, hinter ihm zu bleiben. Kantor gehorchte widerwillig.

Inzwischen hatten die Soldaten die zwei verwundeten Männer auf die Uferböschung geführt, und sie verbanden ihnen die Bißwunden.

»Der hat sie ja arg zugerichtet«, meinte der Leutnant und deutete auf Kantor.

»Ich kann nichts dafür. Die haben ihn durch die Schüsse wild gemacht. Ich hatte sie ja gewarnt«, nahm er Kantor in Schutz und wechselte schnell das Thema. »Das ist der dritte«, sagte Csupati und zeigte mit dem Lauf seiner Maschinenpistole auf einen der Diversanten. »Den haben die beiden anderen geschleppt.«

»Warum wohl?« fragte der Leutnant, auf den Gefangenen schauend.

»Na! Antworte!« ermunterte ihn Csupati, worauf dieser sagte: »Nix ungarisch!«

»Wirklich?« Csupati zog die Brauen zusammen und wandte

sich Kantor zu: »Tjutju, hilf ihm ein bißchen. Vielleicht versteht er dann unsere Sprache.«

»Zum Teufel, nur das nicht!« rief der Diversant.

»Tja, Professor Kantor ist der beste Sprachlehrer. Sehen Sie, Genosse Leutnant, wie schnell der da ungarisch gelernt hat ...«

Der Leiter der Einsatzgruppe fragte die Männer: »Für wen arbeitet ihr?«

»Für die Zentrale in München ...«, und ohne weitere Fragen abzuwarten, begann der, der vorgegeben hatte, nicht ungarisch zu können, fließend zu erklären: »Ich bin als erster herübergekommen, meine Füße sind die kleinsten. Nach mir kam Tom, und als dritter der Boxmeister. Unten in der Schlucht faßten sich die beiden an den Händen, setzten mich darauf und trugen mich, damit die Grenztruppen höchstens zwei Mann suchen und der dritte, das heißt ich, ungehindert aus der Grenzzone herausgelangt. Wenn man die beiden schnappen sollte, würde gegen einen dritten niemand Verdacht hegen.«

Der »Boxmeister« hielt seinen Arm. Er war einmal Profiboxer gewesen, deshalb nannten ihn seine Kumpane Boxmeister. Alle drei waren kräftig, durchtrainiert und muskulös.

»Ihr Hund, Herr Stabsfeldwebel«, wimmerte der Boxmeister, »ist ein Satan. Jetzt weiß ich, warum man uns vor der Aktion auf ihn aufmerksam gemacht hat. Es war bekannt, daß er zur Zeit in der Gegend von Sopron ist, deshalb sind wir hier, am südlichen Abschnitt herübergekommen ...«

»Jetzt bleibt Ihnen die Begegnung mit ihm wenigstens in Erinnerung. Aber wie war das mit dieser Explosion?« Csupati war plötzlich die Mine eingefallen, die ihn am Bein verletzt hatte.

»Unsere Sicherungskräfte hatten noch gestern eine Mine auf den Spurstreifen geschmuggelt. Die Anweisung lautete, wenn die Ungarn das Eindringen zu schnell entdeckten, muß die Mine zur Explosion gebracht werden, um die Ermittlungskräfte auszuschalten oder ihre Aufmerksamkeit von uns abzulenken.«

»Und eure gestern nacht über die Grenze gedrungenen Leute?« fragte Csupati, denn er vermutete, daß die am Nachmittag festgenommenen vier Bewaffneten zu ihnen gehörten.

Da unterbrach ihn der Leutnant: »Genosse Stabsfeldwebel, die Untersuchung ist nicht unsere Aufgabe. Wir haben die Gefangenen kurzfristig zu übergeben.«

»Uns hat man drüben erzählt, daß wir unsere Aufgabe leicht erfüllen könnten. Die Menschen hier haßten diese Regierung, und die Grenze bewache man neuerdings auch nicht mehr so streng. Im Lande würde es gären«, antwortete der Boxmeister auf Csupatis letzte Frage.

Bis zum Kinn in seinen Regenmantel gehüllt, stampfte Csupati fröstelnd um das Auto herum. »Was für eine Nacht«, seufzte er. In trostloser Eintönigkeit fiel der Schneeregen. Nachts um halb drei hatte man ihn angefordert, und um halb vier war er schon vor der Schule des großen Grenzdorfes aus dem Auto gestiegen.

Oberleutnant Sátori, der Leiter der Fahndungsgruppe, hörte sich gerade den Bericht des diensthabenden Offiziers vom Kreispolizeiamt an, als Kantor und Csupati auf dem Schulhof eintrafen. Einige Schritte von den Polizisten entfernt, jammerte – in ein großes Umhängetuch gehüllt – eine korpulente Frau.

»Unser armer, guter Hochwürden, wie jung er noch war, wie seelensgut ...«

»Sei endlich still!« brummte ihr Mann, dem Csupati beim ersten Blick ansah, daß er dem Alkohol zugesprochen hatte und nur unsicher auf den Beinen stand.

»Gerade im Schulgarten mußte man den armen, guten Hochwürden umbringen!« fuhr die Frau trotz Ermahnung ihres Mannes fort. Sie hörte erst auf, als der Oberleutnant den Betrunkenen heranrief und ihn aufforderte, alles zu erzählen, was er über die Umstände des Falles wüßte.

»Bitte ergebendst, da ..., das war so: Gestern abend hatten die Sensenmänner im Kulturhaus in der Stadt eine kleine Zusammenkunft.«

»Wer?« Sátori wunderte sich.

»Na, die Sensenleute. Ich hatte auch meine Alte eingeladen, denn eine solche Zusammenkunft kann man schon einmal im Jahr auch mit Frau ...«

»Das Wesentliche. Wer sind diese Sensenleute?« fiel der Oberleutnant dem Mann ungeduldig ins Wort.

»Wer sollten sie schon sein? Wir selber sind es«, sagte der Mann und straffte dabei seinen Oberkörper, »alle, die wir in der Sensenfabrik arbeiten.«

»Na, schön, fahren Sie fort, aber nur das Wesentliche.«

»Sage ich doch, bitte, das Wesentliche ...«

Es ist nutzlos, mit ihm zu diskutieren, dachte Csupati und musterte beim matten Schein der Hoflampe den Zeugen, der das Verbrechen entdeckt hatte.

»Also, ich wollte meine Alte mitnehmen, aber die kam nicht mit. Dabei wurde es ein wirklich angenehmes Vergnügen. So 'ne Art Ball. Na, Sie wissen ja selber, wie ein Ball ist.«

Der Oberleutnant fiel ihm wieder ins Wort. »Erzählen Sie von dem Pfarrer!«

»Von dem Pfarrer? Mein Gott, was kann ich da schon sagen? Er ist ein guter Mensch gewesen. Besonders den Weibsleuten gefiel er, weil er jung war. Der Tosó hat ihm vergangenen Sonntag, vor Beginn der Messe, angedroht, ihm die Knochen im Leibe entzweizuschlagen. Er gefällt nämlich seiner Tochter sehr. Nun ja, die Mari ist ein hübsches Mädchen, und im Dorf erzählen sich die Leute auch schon, daß man sie bereits mehrmals gesehen hat, wie sie mit dem Pfarrer spazierengegangen ist. Aber der soll den ersten Stein auf sie werfen, der sich mit einem Mädchen wie Tosós Tochter nicht gern unterhalten würde! Ich möchte wetten, daß Sie, Herr Oberleutnant, auch nicht an ihr vorbeigehen könnten, ohne sie anzusprechen ...«

»Lassen Sie diesen Unsinn. Über den Mord sollen Sie sprechen!«

»Ich rede ja dauernd davon. Ich sage doch, die Mari Tos ...«

Diesmal unterbrach ihn heftig seine Frau. »Du Ziegenbock, du! Dir gefällt sie wohl auch?«

Der Oberleutnant änderte seine Taktik. »Passen Sie auf! Von jetzt ab antworten Sie nur auf meine Fragen, haben Sie verstanden?«

»Jawohl! Natürlich verstehe ich. Bin ja 'n gedienter Soldat.«

»Erstens: Aus welchem Grund wohnen Sie im Schulgebäude?«

»Wieso aus welchem Grund? Meine Frau ist Schulhauswart. Das ist eine Dienstwohnung, bitte ...«

Csupati rief den Oberleutnant zur Seite.

»Géza, laß den doch! Die Zeit vergeht, und es regnet. Der Arzt und der Kriminaltechniker warten. Auch die Spuren sind in Gefahr. Der aber schwatzt und faselt hier drauflos wie ein altes Weib. Von Kantor können wir mehr erwarten als von diesem betrunkenen Kerl.«

»Du hast recht.« Sátori nickte. »Morgen früh treffen unsere Genossen aus Budapest ein, bis dahin hat der sich auch ausgeschlafen und spricht dann vielleicht vernünftiger.« Sie gingen alle in den hinteren Hof.

Zwei Polizisten hatten den Tatort gesichert. Csupati betrachtete beim Licht seiner Taschenlampe das übel zugerichtete Gesicht der Leiche. Er ließ Kantor an der Kleidung Witterung nehmen und schickte ihn sogleich auf Spursuche. Während der Arzt und der Techniker arbeiteten, fand Kantor am Rande einer grasbewachsenen Böschung, etwa zwanzig bis dreißig Meter von der Leiche entfernt, den Umhang des Pfarrers, sein Kreuz und einen Knopf. Neben dem am Garten des Nachbarhauses entlang führenden Fußweg stieß er auf einen durchnäßten Hut. Dann brachte er Csupati noch eine verbeulte Taschenlampe mit zerbrochenem Glas und einen Schlüsselring.

»Welche Niedertracht!« meinte der Polizeiarzt, nachdem er die Untersuchung beendet hatte. »Den äußeren Spuren nach hat der Mörder seinem Opfer die Brust und die Schulter verletzt und ihm dann mit einem harten Gegenstand auch noch auf den Kopf und ins Gesicht geschlagen.«

Die Oberfläche der von Kantor gefundenen Stablampe hatte

Spuren von geronnenem Blut. »Könnte das der harte Gegenstand gewesen sein, Doktor?« fragte Oberleutnant Sátori.

»Wohl möglich«, antwortete der Arzt. »Aber Endgültiges kann ich erst nach der Laboruntersuchung sagen.«

Der Kriminaltechniker hatte in den Händen des Opfers Hautteilchen und zwei Haare entdeckt, die offensichtlich von einer fremden Person stammten. »Stellen Sie alles sicher und ermitteln Sie, wo es einen Kranken gibt, zu dem man nachts einen Pfarrer gerufen hat«, wies er seinen Stellvertreter an, während er mit Csupati zusammen Kantor folgte, der nun von dem Hut Witterung genommen hatte.

Kalte Regenbäche rannen ihnen in den Nacken, die Schuhe waren durchgeweicht. Kantor lief zu einem Grundstück hinüber, das neben der Schule lag, und stellte sich vor dem Fenster an der Gartenseite auf die Hinterläufe. Das kleine Fenster war durch eine Holzjalousie geschlossen. Der Hund wandte sich jedoch gleich wieder um und ging, einige Meter von der bisher verfolgten Spur entfernt, aber mit dieser fast parallel verlaufend, auf den zuvor verlassenen Fußweg zurück. An der steilen Uferseite bemerkte Csupati eine Rutschspur. »Dieses Haus müssen wir dann gründlicher in Augenschein nehmen«, sagte er zu dem Oberleutnant.

»Der Hund kam doch nur bis zu dem Haus und ging nicht hinein ...«

»Trotzdem rate ich dir, schaut es euch mal an. Ohne Grund geht Kantor nirgends hin.«

Nach einem Marsch von zwei Kilometern auf dem Fußweg hinter den Gärten erreichten sie die Kirche. Vor der Tür zur Sakristei schaute Kantor auf seinen Herrn, wandte sich dann aber dem Pfarrhaus zu, das der Kirche gegenüberstand. Auf der Treppe zum verschlossenen Eingang machte er Csupati auf kleine Blutflecke aufmerksam. Am ersten Fenster neben der Tür bäumte er sich auf.

»Schau nur«, sagte Csupati, »hier sind auch Blutflecke.« Er leuchtete mit seiner Taschenlampe auf den unteren Fensterrahmen.

»Anscheinend wollte der Täter hier eindringen«, stellte der Oberleutnant fest. Kantor ging weiter und strebte auf dem schlammdurchweichten Gehsteig dem Dorfzentrum zu. An einem Brunnen jedoch blieb er wieder stehen.

Am Brunnen endeten die alten Walmdachhäuser, und hinter einigen unbebauten Grundstücken begann der geschlossene bebaute Marktflecken. Kantor bog auf einen Feldweg ein. Neben einer kleinen betonierten Brücke beobachtete er eine Weile das langsam dahinfließende Wasser. Seine Nüstern bebten. Csupati und der Oberleutnant leuchteten mit ihren Taschenlampen auf das Wasser. Csupati hockte sich sogar neben seinen Hund, strengte seine Augen jedoch vergebens an. Der Hund schaute mehrfach auf seinen Herrn, und Csupati bemerkte, daß er außergewöhnlich beunruhigt war.

»Wie schade, daß er nicht sprechen kann«, meinte Sátori, als Kantor wieder kläffte. Csupati krempelte einen Ärmel bis zum Ellenbogen hoch und kratzte in dem mit Grasbüscheln bewachsenen Rinnsalbett. »Na siehst du, da ist doch nichts«, sagte er und zeigte Kantor seine leere Hand.

»Los, gehen wir weiter, sonst entwischt uns der Kerl noch«, und er befahl Kantor auf die Spur zurück. Der Hund befolgte zwar die Anweisung seines Herrn, schaute jedoch einige Male auch dann noch zurück, als sie sich von dem Bächlein schon ziemlich entfernt hatten. Er benahm sich wie einer, der sich nicht gern in seine Lage fügt.

Um fünf Uhr früh waren sie am Bahnhof des Städtchens angelangt. Dort berührte die Bahnlinie die Grenze. Die Posten hatten während der Nacht keinen Grenzverletzer festgestellt. In Richtung Bezirksstadt war jedoch der erste Personenzug bereits vor siebzig Minuten abgefahren. Csupati wurde ärgerlich. Demnach war der Täter entkommen.

»Eine peinliche Angelegenheit, mein Freund«, sagte Sátori betrübt und versuchte, die bisherigen Tatsachen zu einer logischen Kette zusammenzufügen. Auf der menschenleeren Hauptstraße des Städtchens eilten sie zum Tatort zurück. »Wenn wir mit diesem Schnapsbruder nicht die Zeit vertrödelt hätten, würden wir den Täter vielleicht eingeholt haben«, meinte Csupati.

»Weißt du denn so genau, daß der Kerl in den Zug gestiegen ist?«

»Weshalb sonst hätte Kantor die Spur dorthin verfolgt?«

»Bis zum Pfarrhaus wäre die Sache ja in Ordnung, aber von dort konnte auch schon jemand anders auf dem Gehsteig gegangen sein, der den Frühzug erreichen wollte.«

»Und das Bächlein mit der Brücke?«

»Was weiß ich! Vielleicht hatte Kantor einen Krebs gesehen und verharrte deshalb so hartnäckig am Ufer.«

»Einen Krebs?« Csupati brauste auf. »Jetzt fängst du wohl auch schon an? Kantor ist kein Krebsfänger, sondern ein bewährter Spurenhund.«

»Schon gut, schon gut. Deshalb brauchst du nicht gleich hochzugehen«, besänftigte der Oberleutnant Csupati. »Aber weißt du, wie heikel dieser Fall ist? Mir läuft es schon im voraus kalt über den Rücken, wenn ich daran denke, was die da drüben sagen werden. Sie werden uns diesen Mord in die Schuhe schieben.«

»Unsinn!« Csupati fiel dem Oberleutnant ins Wort.

»Deiner und meiner Meinung nach. Den Pfarrer hat jemand ermordet, das ist Tatsache. Und wenn wir den oder die Täter nicht finden, werden die Leute sagen ... Aber wozu erkläre ich dir das. Wenn wir den Mörder nicht finden, wird man den Mord vielleicht unserem Land zuschreiben!«

Bereits früh um sieben wimmelte es im Dienstraum des Dorfpolizisten wie in einem aufgestörten Bienenkorb. Major Bokor war mit seiner Kriminalistengruppe eingetroffen. »Der Fall hat einen politischen Aspekt«, teilte er Sátori mit. Der junge Polizeioffizier zuckte nur die Schultern. »Möglich.« Vorläufig ahnte er nicht einmal den Beweggrund für dieses Verbrechen. Er bat Bokor nur, daß sie sich über die weitere Entwicklung der Dinge gegenseitig informierten.

Die Leiche hatte man schon ins pathologisch-anatomische

Institut der Bezirksstadt übergeführt. Der Mann der Schulhausmeisterin war bis zum Morgen nüchtern geworden, so daß man seine Aussage zu Protokoll nehmen konnte. Wie er erzählte, war er am Sonnabend nach Mitternacht vom Fest nach Hause gekommen. Er hatte sich gerade hingelegt, als er plötzlich Hilferufe vernahm. Er weckte seine Frau, die dann auch ein Wimmern hörte. Sie mußten erst aufstehen, sich schnell etwas überziehen, dann hasteten sie aus der Wohnung hinaus. Aber der Verletzte, der im Schulgarten mit dem Tode rang, röchelte nur noch. Da hatte sich der alte Mann trotz seiner Trunkenheit auf das Rad gesetzt und war zur Polizei gefahren. Zwischen Anzeige, Alarm, Benachrichtigung des diensthabenden Arztes und seinem Eintreffen am Tatort waren dreißig Minuten verstrichen, und der Arzt konnte nur noch den eingetretenen Tod feststellen.

Wohin hatte der Pfarrer mitten durch die verlassenen Gärten gehen wollen? grübelte der Oberleutnant und konnte von diesem Gedanken nicht loskommen. Bis zum Morgen hatten seine Mitarbeiter alle Haushalte im Dorf überprüft und nirgends einen Schwerkranken gefunden, der den Pfarrer benötigt hätte. Den Priester kann also nur eine ihm bekannte ortsansässige Person geholt haben. Mit einem Fremden wäre er nicht in die rauhe Nacht hinausgegangen, und schon gar nicht durch die verlassenen Gärten.

Csupati schlief in der Ecke des Dienstzimmers auf einer Bank. Kantor lag vor seinen Füßen. Den Kopf hatte er auf die Vorderpfoten gelegt, und von Zeit zu Zeit blinzelte er dem Oberleutnant zu, der mit aufgestützten Ellenbogen am Tisch saß. Im Büro trafen nacheinander die Kriminalisten ein. Sátori forderte auch über die unbedeutendste Kleinigkeit einen ausführlichen Bericht. In dem um die Kirche liegenden Dorfviertel wurden drei kränkelnde Personen – zwei alte Frauen und ein etwa fünfundfünfzigjähriger Mann – festgestellt. Der Oberleutnant schrieb die Namen und Adressen auf einen Zettel und machte mit einer instinktiven Handbewegung einen Kreis um den Namen des Mannes. Plötzlich sah er nochmals auf das Blatt und sprang auf. Im Flur erreichte er gerade noch den Mitarbeiter, der ihm über die drei kranken Personen berichtet hatte. »Karcsi, komm zurück!« rief er ihm aufgeregt zu. »Wo wohnt denn dieser Péter Lahm?«

»Neben der Schule, wenn man dem Eingang gegenübersteht, linker Hand.«

»Linker Hand ...«. Sátori rieb sich die Stirn. »Der ist es«, sagte er laut, und sein Blick fiel auf Kantor. »Das wird der sein, bei dem der Hund in der vergangenen Nacht bis ans Hausende gegangen ist.«

»Vernimm diesen Lahm. Bring in Erfahrung, wer außer ihm noch im Haus wohnt, nimm den Arzt mit, der soll ihn untersuchen.«

Der Gedanke ließ Sátori keine Ruhe. Das Haus von Péter Lahm stand neben der Schule, sein Garten war vom Feld und vom Schulgelände weder durch eine Hecke noch durch einen Zaun abgegrenzt. Zu ihm konnte der Pfarrer gegangen sein ...

Aber wenn er zu ihm wollte, warum ist er dann über den zum Haus führenden Gartenweg hinausgegangen? – Vor allem suchte der Oberleutnant eine Antwort auf seine Frage nach dem Motiv der Tat: Warum hatte man den jungen Priester, der – laut aller Zeugenaussagen – allgemein beliebt war, ermordet? – Vielleicht aus materiellem Interesse? Das war möglich. Man hatte weder eine Brieftasche noch einen Ausweis bei ihm gefunden. Als das Hoflicht plötzlich aufgeflammt war und der Mörder den Mann und die Frau auf der Veranda in dem kaum dreißig Meter entfernten Haus wahrgenommen hatte, war er sicherlich geflohen. Fünfzehn Schritt von der Leiche entfernt, hatte Kantor unter einem Strauch ein Schlüsselbund gefunden.. Noch am frühen Morgen hatte man festgestellt, daß es die Schlüssel für die Haustür, die Wohnung und den Schreibtisch im Pfarrhause waren. Also wollte der Täter ins Pfarrhaus gelangen, hatte aber die Schlüssel nicht gefunden; daher hatte er sie am Fenster gesucht ...

Am Morgen war der Küster zur Polizei gekommen und hatte

um den Schlüssel zur Sakristei gebeten. Jedoch mit keinem der gefundenen Schlüssel ließ sich das Schloß der Kirchentür öffnen. Der Kirchendiener beteuerte immer wieder, daß der Pfarrer auch die Kirchenschlüssel bei sich gehabt haben müßte ... Verständlich, folgerte Sátori, hat doch der Priester die für seinen Besuch benötigten Kirchengeräte aus der Sakristei geholt. Vom Küster hatte der Oberleutnant auch erfahren, daß der Pfarrer am vergangenen Sonntag während der Messe den Gläubigen mitgeteilt hatte, daß für die Renovierung der Kirche bisher 56 000 Forint gesammelt worden waren. Der Küster wußte aber auch, daß der Pfarrer das Geld in einer Stahlkassette aufbewahrte, die sich in einem Schubfach des Schreibtisches befand. Die Kriminalisten hatten diese Kassette und 57 200 Forint darin gefunden.

Es könnte sich um einen geplanten Raub handeln, vermutete Sátori, doch es konnte auch ein Racheakt gewesen sein. Wie der Schulhauswart erzählte, schwärmten für den jungen Pfarrer alle Frauen und die Mädchen des Dorfes, die in die Kirche gingen.

Csupati schreckte auf von der Bank, auf der er eingeschlafen war. Er rieb sich die Augen und blinzelte erwachend dem Oberleutnant zu. Er hatte eigenartige Dinge geträumt. In seinem Traum hatte er Schlüsselringe gesehen, und die Schlüssel daran hatten wie die Füße einer Riesenspinne ausgesehen. Sooft er nach ihnen gelangt hatte, waren die Ringe flink seinen Fingern entglitten.

»Hast du von irgendeinem Schlüssel gesprochen?« fragte er den Oberleutnant. Sátori schüttelte den Kopf. »Nein, aber um so mehr grüble ich darüber nach.«

»Interessant«, sagte Csupati, »und ich habe im Traum ein paar Schlüsselbunde gesehen. Sie bewegten sich wie Spinnen ...« Er reckte sich und gähnte. Als er Kantor ansah, runzelte er plötzlich die Stirn. Er sprang auf, gab seinem Hund ein Zeichen und sagte zu Sátori wie nebenbei: »Warte, wir kommen gleich wieder zurück.« Damit eilte er hinaus.

Csupati ging wieder auf die Wiese. Er suchte die Betonröhre, durch die der Bach floß, wo Kantor bei Tagesanbruch so unruhig gewesen war und sogar mit den Pfoten hineingelangt hatte. Kantor erkannte die Stelle wieder, denn er wedelte mit dem Schwanz und wartete, was sein Herr tun würde.

Csupati ging beim Suchen systematisch vor. Zunächst krempelte er die Ärmel seiner Jacke hoch, dann kniete er am Ufer des schmalen Baches nieder. Es hatte aufgehört zu regnen. Das Wasser war, deutlich sichtbar, etwas gefallen. Csupati suchte den Grund des Bachbettes geduldig mit den Fingern ab. Dann kam ihm ein anderer Gedanke, und er begann in einer Länge von einigen Metern hinter und vor dem Durchlaß das Gras im Wasser herauszureißen. Die Kälte des eisigen Wassers ließ ihn frösteln. Kantor saß regungslos an der Seite seines Herrn und beobachtete interessiert, wie Csupati arbeitete. »Nichts«, sagte Csupati. »Wir warten aber noch, bis sich der Schlamm gesetzt und das Wasser geklärt hat.« Er rieb sich mit dem Taschentuch den steif gewordenen rechten Arm. Das langsam fließende Wasser hatte nach einer Viertelstunde auch die letzten Schlammteilchen fortgespült, und nun konnte Csupati klar den vom Sumpfgras befreiten Grund sehen. »Eingesunken kann er nicht sein, denn der Grund ist fest«, brummte er vor sich hin, während sein Blick zufällig auf den Betonring der Durchlaßbrücke fiel. Er sah einen mattglänzenden Punkt. Erregt beugte er sich über das Rohr. Er wurde fast bis zu den Schultern naß, als er in das Rohr griff. Csupatis Finger ergriffen einen Schlüsselring. An dem Ring befanden sich zwei größere und drei kleinere Schlüssel. Kantor beschnupperte die kalten Schlüssel und wedelte wieder, freudig erregt, mit dem Schwanz.

Es war inzwischen neun Uhr geworden, als sie im Polizeigebäude ankamen. Ein Kollege teilte Csupati mit, daß sich der Oberleutnant mit dem Kriminalisten aus Budapest wieder zum Tatort begeben hatte.

Bevor sie zur Kirche gingen, hatten die Mitglieder der zentralen Fahndungsgruppe die Ermittlungen im Pfarrhaus bereits beendet. Vor der Kirche standen die Menschen zusammen in

Gruppen, die sich zur sonntäglichen Messe versammelt hatten und besprachen erregt das Geschehene. Genaues wußte niemand. Die Einwohner des Dorfes beobachteten argwöhnisch die aus der Pfarrei kommenden Polizisten. Als Csupati Oberleutnant Sátori entdeckt hatte, trat er sogleich zu ihm hin. »Wir haben dieses Schlüsselbund gefunden«, flüsterte er dem Oberleutnant ins Ohr.

Sátori winkte den Küster zu sich. »Sind das die Kirchenschlüssel?« Der Küster nickte. Sátori schlug vor, die Schlüssel gleich auszuprobieren. Sie paßten tatsächlich zum Tor des Friedhofs. Sátori rief Csupati in den Kirchgarten. »Hast du sie am Durchlaß gefunden?«

»Ja, in dem Betonrohr, wo Kantor vergangene Nacht stehengeblieben war.«

In Gedanken vertieft, betrachtete Sátori die Schlüssel.

»Eine verdammte Geschichte«, sagte er schließlich. »Du weißt es noch nicht, aber die Eisenbahner haben heute morgen neben der Bahnlinie den Personalausweis des Pfarrers gefunden. Dieser Punkt liegt achtundzwanzig Kilometer von hier entfernt.«

»Und warum soll das ein Malheur sein? Es bestätigt doch nur, daß Kantor gestern nacht die Spur des Täters richtig angegeben hat. Der Mörder ist mit dem Frühzug entflohen«, schlußfolgerte Csupati.

Auch für Sátori gab es keinen Zweifel mehr, daß Kantor die Spur des geflohenen Täters verfolgt hatte. Seine Vermutung wurde durch die im Bach gefundenen Schlüssel und auch durch den abgegebenen Personalausweis erhärtet. Wahrscheinlich wollte der Täter von seinem Opfer die Schlüssel der Pfarrei haben, aber er fand – nachdem er den Priester niedergeschlagen hatte – nur die Kirchenschlüssel bei ihm, denn das andere Schlüsselbund war während des Handgemenges schon früher aus der Tasche des Pfarrers gefallen. Daß er die falschen Schlüssel erwischt hatte, merkte der Täter offenbar erst am Pfarrhaus, deshalb suchte er den Schlüssel der Eingangstür im Fenster. Den ländlichen Sitten entsprechend, mochte der

Priester, wenn er sich nicht weit vom Haus entfernte, die Schlüssel entweder unter den Fußabtreter oder in das halbgeöffnete Fenster gelegt haben. Der Mörder mußte in Panik geraten sein, deshalb brach er die Tür nicht gewaltsam auf.

»Der Kerl geriet in Zeitnot«, sagte Sátori als Ergebnis seines Gedankengangs. Csupati pflichtete ihm bei.

Der Leiter der zentralen Fahndungsgruppe hörte sich den Bericht, die Vermutungen und Vorstellungen des Oberleutnants über den Mord schon das zweite Mal an.

»Das ist alles sehr beachtenswert«, antwortete der Oberstleutnant ihm, »aber in Anbetracht der Schwere des Falles kann ich doch nicht nach Budapest melden, daß wir zwar genau ermittelt haben, wie es geschah, daß uns das Vögelchen jedoch vor der Nase davongeflogen ist. Ich vermute trotzdem, der Täter ist noch hier im Dorf. Ihrer Meinung nach geschah der Mord aus Raubabsichten. Nehmen wir an, das stimmt, warum aber ist dann der mutmaßliche Täter, der sich aller Wahrscheinlichkeit nach am Tatort auskannte, nicht ins Pfarrhaus hineingeklettert? Einer, der ein so großes Risiko wie einen Mord auf sich nimmt, besinnt sich vor dem Ziel unmöglich eines anderen.«

»Warum?« wiederholte Sátori und sah den Oberstleutnant an. »Ihrer Ansicht nach ist es kein Raubmord?«

»Sie haben es erraten. In diesem Fall scheinen mir nur zwei Varianten möglich zu sein: politischer Mord oder Mord aus Rache. Den ersten können gewisse Gruppen organisiert haben, der letztere kann auch eine Einzelaktion gewesen sein. Deshalb sage ich: Mag der Täter auch aus dem Dorf geflohen sein, seine Kumpane jedoch sind hier zu suchen. Sie, mein junger Freund, sind so in den Bann des Hundes geraten, daß Ihnen bei der Aussage des Zeugen, der den Mord entdeckt hat, sogar die wichtigen Angaben entgangen sind, wonach jemand am vergangenen Sonntagvormittag wegen seiner Tochter den Pfarrer bedroht hat.«

»Aber wir können mit unserer Arbeit doch nicht auf dem Geschwätz eines Trinkers aufbauen.«

»Narren und Betrunkene sagen sehr oft die Wahrheit, sagt das Sprichwort«, erwiderte der Leiter der Fahndungsgruppe und schaute den Oberleutnant durchdringend an. »Was sagen Sie noch zu Folgendem: Diesen Mann haben heute morgen mehrere Leute gesehen, wie er mit seiner Frau zusammen nervös und verstört eine blutige Schürze gewaschen hat. Unseren Mitarbeitern, die sofort in das Haus des Verdächtigen gingen, der gegenüber der Pfarrei wohnt, ist es gelungen, die erst teilweise gereinigte Schürze zu beschlagnahmen. Der Betreffende kann nicht nachweisen, wo er zwischen Mitternacht und ein Uhr gewesen ist. Er ist von seinem Gevatter im Ortsteil Zsigó um Mitternacht weggegangen, wo es ein Schlachtfest gegeben hat und wo er als Schlächter gearbeitet hat ... Und ebendort wohnt auch eine alte, kranke Frau.«

»Dann ist seine Schürze vom Schlachten blutig geworden.«

»Unterbrechen Sie mich nicht!« Der Oberstleutnant winkte verärgert ab.

»Ihrer Meinung nach ist auf der Schürze Blut eines Tieres. Und was würden Sie dazu sagen, wenn dabei aber auch Menschenblut daruntergemischt ist? Vielleicht kann das die Laboruntersuchung noch nachweisen, obwohl nicht viel Hoffnung dazu besteht. Wesentlicher als dies ist, daß der Zeuge, der diesen Umstand entdeckte, gegen dreiviertel eins an der Schule einen Mann traf, der eiligen Schrittes in Richtung Kirche ging ... Bitte, lesen Sie die Aussage des Zeugen.« Der Oberstleutnant schob Sátori das Protokoll hin. Sátori las den Text laut.

»... Es war ziemlich finster, nur auf der anderen Straßenseite brannte eine Lampe. Als ich zurückschaute, ging die genannte Person gerade darunter vorbei. Ich erkannte in ihr Adam Tosó.«

»Und wann geschah der Mord?« fragte der Oberstleutnant mit gehobener Stimme. Er beantwortete seine Frage selbst: »Um ein Uhr. Und wann kam dieser Tosó nach Hause? – Seinen eigenen Angaben nach um ein Uhr, es kann aber auch sein, daß es einige Minuten später gewesen ist.«

»Unmöglich«, wollte Sátori entgegnen, aber er hielt den Einwand zurück. Die klare Beweisführung des Fahndungsgruppenleiters verwirrte ihn. Darin hatte der Oberstleutnant recht, daß Sátori bisher von Kantors Entdeckungen ausgegangen war. Kantors Suchergebnisse knüpften sich so logisch aneinander, und er hatte niemals daran gedacht, an Kantor zu zweifeln, hatte er doch schon oft erlebt, daß der Mensch sich irren konnte, nicht aber Kantor mit seinem Spürsinn und seinem Instinkt.

»Der Hund ist gar nicht auf die Straße hinausgegangen ...«

»Lassen Sie doch endlich diesen Hund! Versuchen Sie doch einmal, mit dem eigenen Kopf zu denken«, entgegnete der Oberstleutnant. »Wenn Sie von ihm durchaus nicht loskommen können, dann beauftrage ich Sie mit der Personenüberprüfung ... Lassen Sie beide Ortsteile absperren und fangen Sie sofort an. Den Hut des Täters haben wir, und wenn dieser Kantor tatsächlich so großartig ist, kann er an Hand des Hutes nur einen aufspüren: den Täter, und das kann kein anderer sein als Adam Tosó, der sich den Finger verletzt hat. Das erwähne ich nur, um Ihnen auch die Herkunft der am Fenster der Pfarrei und an der Türklinke gefundenen Blutspuren mitzuteilen. Künftig melden Sie jeden Vorgang mir, und keinerlei Eigenmächtigkeiten mehr, verstanden?«

Csupati wartete im Flur auf den Oberleutnant. »Was ist?« fragte er neugierig, als er Sátoris bestürztes Gesicht sah.

»Nichts. Bring den Hut. Wir beginnen mit dem Hund die Personenüberprüfung«, sagte er, im Flur nervös auf- und abgehend.

»Wieviel Menschen willst du denn beschnuppern lassen?« fragte Csupati ironisch.

Sátori zog ratlos die Schultern hoch. »Was weiß ich denn? Das ganze Dorf!«

»Das werden aber über tausend Männer sein«, sagte Csupati betroffen und begann zu rechnen. »Da sind wir nicht einmal in zwei Wochen fertig.«

»Na und? Das ist ein Befehl und damit basta!« erwiderte er gereizt.

Zwei Stunden später standen schon etwa 100 bis 150 Männer auf dem Platz vor der Kirche, alte und junge. Der Anweisung entsprechend waren alle männlichen Personen, die älter waren als fünfzehn, von den Polizisten nach der Reihenfolge der Hausnummern hergebracht worden. Csupati stellte sie in Gruppen von fünf und sechs Mann an der Kirchenmauer auf. Vor der Überprüfung der einzelnen Gruppen ließ er Kantor jedesmal zuerst den Hut beriechen. Adam Tosó, ein etwa fünfundvierzig Jahre alter Bauer mit etwas gekrümmtem Rücken, kam in der siebenten Gruppe an die Reihe. Csupati beobachtete mit dem Oberleutnant zusammen gespannt jede Regung Kantors. Der Hund jedoch umschnupperte ihn wie alle anderen gleichgültig, und sein Verhalten änderte sich auch dann nicht, als Csupati auf Sátoris Verlangen die Prozedur von Kantor wiederholen ließ. Nach Abfertigung der achten Gruppe trat Csupati zu Sátori hin.

»Géza«, flüsterte er, damit es die Wartenden nicht hören, »für heute reicht es. Ich möchte Kantor nicht bis zur Erschöpfung arbeiten lassen.«

Es war gegen vier Uhr nachmittags. Allmählich kam der Abend. Über ihnen am kalten Dezemberhimmel zogen tief die dunklen Wolken dahin. Der junge Offizier kämpfte verbissen gegen die Müdigkeit. Seit vierzig Stunden hatte er nicht mehr geschlafen, und seit sechs Stunden führten sie auf Grund der aufgenommenen Spur die Identifizierung durch, aber viel hatten sie noch nicht geschafft.

»Schick sie nach Hause, morgen früh machen wir weiter«, riet ihm Csupati.

Im Polizeizimmer hörte sich der Oberstleutnant, der die Ermittlungen leitete, Sátoris Bericht unzufrieden an. »Wollen Sie etwa sagen, daß Sie den ganzen Tag über nur fünfundvierzig Mann überprüfen ließen? So nimmt das nie ein Ende. Morgen führen Sie Überprüfungen in größeren Gruppen durch!«

Major Bokor saß an der Ecke des Schreibtisches und betrachtete zerstreut Oberleutnant Sátoris Gesicht. Nun aber meldete er sich zu Wort. »Mehr als fünf, sechs Mann können Sie nicht in eine Gruppe stellen, das wäre gegen die Vorschrift«, bemerkte er ruhig.

»Vorschrift oder nicht Vorschrift, das ist mir völlig gleich«, fuhr der Oberstleutnant auf, »es ist ohnehin nur Formsache. Wir stünden schön da, wenn wir nur davon irgendwelche Ergebnisse erwarteten!«

»Wozu machen wir es dann?« Major Bokor wandte sich fragend an den Oberstleutnant.

»Wozu, wozu? Sie wissen es doch auch ...«

»Gewiß. Damit wollen wir aber nur unser Gewissen beruhigen, nicht wahr?« Bei dieser Frage hob er ziemlich gereizt die Stimme.

»Ich bin sehr überrascht, daß Sie als erfahrener Polizeioffizier so über unsere Arbeit denken. Mir scheint, bei Ihnen ist eine Art Hundeverherrlichung entstanden. Statt der wissenschaftlichen und logischen Methoden der Kriminalistik bauen Sie auf den Spürsinn des Hundes. Das ist einfach lächerlich. Nehmen Sie zum Beispiel den heutigen Fall. Alle Zeichen deuten darauf hin, daß dieser Tosó der Mörder ist, und der ‚berühmte' Hund kann ihn nicht einmal an Hand des eigenen Hutes unter fünf Mann ausmachen ...« Die fünf Mann betonte der Oberstleutnant besonders. »Welche Ansicht haben denn Ihre Mitarbeiter hierüber?«

»Nur soviel, daß wir von der Aussage eines Zeugen, der den Verdächtigen obendrein in stark angetrunkenem Zustand gesehen haben will, noch keine weitreichenden Folgerungen ableiten können«, beeilte sich der Major, Sátori die Antwort abzunehmen.

»Wirklich? Und die Schürze? Und das psychologische Moment, die Nervosität, mit der er am Morgen unsere Leute empfangen hat? Die fieberhafte Eile, mit der er die Blutspuren verschwinden lassen wollte, den Haß, den er dem Pfarrer gegenüber empfand, die öffentliche Drohung ...«

»Gewiß, gewiß. Aber entschuldigen Sie, wie konnte dann Ihrer Meinung nach der Personalausweis des Pfarrers bis zum

Morgen an eine vom Tatort dreißig Kilometer entfernt gelegene Stelle gelangen? Und der Schlüsselring ...«, argumentierte Major Bokor leise. »Außerdem haben doch die Nachbarn am frühen Morgen Tosó im Hof seines Hauses gesehen und sogar mit ihm gesprochen.«

Der Oberstleutnant lächelte. »Nichts einfacher als das. Sagen Sie, Genosse Oberleutnant«, er wandte sich Sátori zu, »können Sie radfahren? – Ja? Dann wissen Sie auch, wieviel Kilometer man mit einem Fahrrad in einer Stunde zurücklegen kann.«

»Zehn bequem, mit etwas Einsatz fünfzehn.«

»Und mit kräftigem Einsatz zwanzig, fünfundzwanzig, nicht wahr?«

»Sie wollen damit doch nicht etwa sagen, daß der Verdächtige nach begangener Tat in stark betrunkenem Zustand, und von der ganztägigen Arbeit ermüdet, noch die Kraft besaß, bei Sturm und Schneeregen nachts mit dem Rad hin und zurück sechzig Kilometer zu fahren, und das nur, um den Personalausweis des Priesters irgendwo neben der Bahnstrecke wegzuwerfen?« fragte der Major betroffen.

»Warum? Ist das für Sie unvorstellbar?«

»Ich halte das für völlig ausgeschlossen. Ganz zu schweigen davon, daß für ihn gar nicht die Notwendigkeit bestand, den Personalausweis so weit fortzuschaffen.«

»Um die Ermittlungen irrezuführen. Damit wir den Täter nicht zufällig in diesem Dorf suchen, denn er ist ja – wie Sie es auch behaupten – von hier weggefahren.«

Solche Diskussionen wiederholten sich. Csupati protestierte gegen die Zusammenstellung der Gruppen von fünfundzwanzig bis dreißig Mann, doch er konnte nichts ausrichten. Kantor wurde zunehmend gereizter. Allmählich trocknete der Jägerhut, damit entwich daraus auch der Geruch immer mehr. Nach den Identifizierungsversuchen mit einer derart großen Menschenmenge teilte Csupati am fünften Tag Sátori entmutigt mit: »Es geht nicht mehr.« An achthundert Männern war Kantor bereits vorbeigegangen. »Die Nerven des Hundes beginnen allmählich zu versagen. Diese Nacht hat er schon nicht mehr geschlafen. Und du willst noch mehrere hundert Personen von ihm beriechen lassen?«

Sátori nickte verständnisvoll. Doch am Morgen wies er Csupati an, die Arbeit weiterzuführen.

»Das ist aussichtslos. Kantor hat keinen Anhaltspunkt mehr.« Trotz dieses Einspruchs ging Csupati wieder auf den Platz vor der Kirche.

Am sechsten Tag wurde Adam Tosó – trotz der Proteste von Major Bokor – verhaftet. Daraufhin bat Bokor das Polizeipräsidium, ihn von der Beteiligung an den weiteren Ermittlungen zu befreien. Damit war auch der Oberstleutnant einverstanden.

An diesem Tag arbeiteten Csupati und Kantor immer noch auf dem Platz vor der Kirche. Es war zehn Uhr vormittags. Der Kirchendiener ließ die große Glocke erklingen. Csupati unterhielt sich mit Sátori, und das Glockengeläut klang ihm noch in den Ohren, als er Kantors leises Winseln vernahm. An der Wand standen zwölf Mann nebeneinander. Kantor saß in der Mitte der Reihe vor einem etwa sechzehn Jahre alten, sommersprossigen Burschen mit langem, struppigem Haar. Von den eintausend und einigen hundert umschnupperten Verdächtigten war er bisher vor keinem einzigen stehengeblieben. »Geh näher hin«, flüsterte Csupati heiser vor Aufregung.

Mit zwingendem Blick schaute Kantor dem schmächtigen, vor Angst erstarrten jungen Mann in die Augen. Der Hund forschte fieberhaft. Csupati und Sátori beobachteten mit angehaltenem Atem den inneren Kampf des Hundes und das zuckende Gesicht des erschrockenen Burschen. Kantor setzte sich wieder und fing mit den Augen den Blick des jungen Mannes ein, der seinen Verdacht geweckt hatte. Vergebens beroch Kantor den Hut; er spürte jetzt fast nur noch einen neutralen Geruch, und da begann er in einer auch für Csupati völlig neuen, klagenden Art zu bellen. Die Hand des jungen Mannes aber ergriff er nicht und führte ihn nicht aus der Reihe heraus.

»Wie heißen Sie?« fragte der Oberleutnant den Jungen.

»László Koncz«, antwortete der mit zitternder Stimme.

Sátori rief ihn aus der Reihe hervor und schaute ihm fest in die Augen.

»Warum zittern Sie?«

»Ich fürchte mich – vor ihm.« Er zeigte auf den Hund. Kantor beantwortete diese Handbewegung mit lautem Gekläff und blickte nervös bald auf Csupati, bald auf den Burschen. Sátori überprüfte die Personalien, als aus Budapest ein Kurier eintraf. Er rief den Oberleutnant zur Seite und richtete ihm aus, daß sie die Arbeit einstellen sollten.

Mit gemischten Gefühlen schickte Sátori die vor der Kirche wartenden Leute nach Hause. Den jungen Mann aber hielt er zurück. »Wo wohnen Sie?«

Der Bursche wies auf die der Kirche gegenüberliegende Häuserreihe.

»Neben Familie Tosó?«

»Ja.« Der Befragte nickte, immer noch angsterfüllt.

»Arbeiten Sie in Györ?« fragte er und schaute dem Burschen weiterhin scharf in die Augen, doch der senkte den Blick. Das gefiel Sátori nicht.

»Ja, ich bin Maurerlehrling«, sagte der Bursche aufgeregt, »und heute vor einer Woche fuhr ich mit dem Frühzug nach Hause. Ich habe Winterurlaub ... Damals hörte ich von dem Verbrechen. Während meiner Schulzeit habe ich dem Herrn Pfarrer oft bei der Messe geholfen ...«

»Wissen Sie, wer ihn getötet hat?«

»Nein ..., das heißt, die Leute sagen, Onkel Tosó sei wegen seiner Tochter Mari auf den Pfarrer böse gewesen ... Mehr weiß ich nicht.«

Sátori gab den Ausweis zurück. »Sie können gehen«, sagte er. Kantor hatte sich noch immer nicht beruhigt. Csupati wollte ihn während des Gesprächs mehrfach von dem Burschen wegziehen, doch diesmal widersetzte sich Kantor seinem Herrn und blieb. »Beruhige dich endlich, Tjutju«, flüsterte er seinem Hund ins Ohr, aber erst nachdem sich der junge Mann entfernt hatte, konnte er Kantor dazu bewegen, mit ihm einen kurzen Spaziergang zu machen.

»Was sagst du zu dem Burschen?« fragte ihn Sátori.

Csupati stieß Kieselsteine vor sich her und antwortete erst nach langem Schweigen. »Mir gefällt er nicht. Er scheint verdächtig. Man müßte ihn, unabhängig von der Einsatzleitung, überprüfen ... Hast du gesehen, wie sehr erregt Kantor war?«

»Dennoch hat er ihn nicht zu dir geführt. Der Abschluß blieb aus.«

»Wunderst du dich? Was wir gemacht haben, sage ich dir, wird einmal bei der Hundeausbildung als abschreckendes Beispiel dafür dargestellt werden, wie man Hunde nicht arbeiten lassen darf. Gruppen mit fünfundzwanzig bis dreißig Mann. Ein Glück, daß Kantor noch einigermaßen gesund ist. Nervlich bin auch ich noch nie so kaputt gewesen, dabei habe ich doch wirklich schon ein paar Fälle durchgestanden.«

»Ich glaube, du hast recht«, antwortete Sátori nachdenklich.

»Na endlich! Die Hundepartei ist eingetroffen«, empfing der Oberstleutnant den jungen Offizier spöttisch. Er triumphierte jetzt, und Oberleutnant Sátori hörte ohne Widerrede zu, als der Fahndungsleiter einige Teile aus dem Untersuchungsprotokoll vorlas. Das Protokoll bestätigte in jeder Hinsicht die Überlegungen des Oberstleutnants. Vielleicht sogar allzusehr, dachte Sátori für einen Moment. Es brachte eine nahezu lückenlose Indizienkette, die gegen Tosó sprach.

»Na, was sagen Sie dazu?« fragte der Oberstleutnant.

»Logisch gesehen, eine fast fehlerlose Geschichte.« Sátori war sehr unbehaglich zumute. Er überlegte, ob er sprechen sollte oder nicht.

»Fast fehlerlos?« Der Oberstleutnant erhob die Stimme. »Alle wesentlichen Punkte sind durch sechs bis acht Zeugenaussagen untermauert. Sie müssen noch viel lernen, Genosse Oberleutnant.«

Nach Weihnachten wurde es kalt. Es war, als wollte der Winter nachholen, was er bisher versäumt hatte. Schneidende, eisige Winde fauchten durch das Tal der Rába. Am letzten Tag des Jahres hielt sich Csupati in seinem einfachen Dienstzimmer auf. Draußen wirbelte der vom Gebirge herüberbrausende Sturm riesige Schneeflocken umher. Kantor schlummerte unter dem Bett. »Ein miserables Wetter«, brummte Csupati. Um sich selber zu trösten, fügte er hinzu: »In allem Schlechten liegt auch etwas Gutes.« Der Schneesturm hatte die Grenzsperren zugeweht, und wer sollte schon Lust haben, bei minus fünfzehn Grad und tobendem Sturm die Grenze zu überqueren? Wenn Csupati und der Hund schon das ganze Jahr hindurch kaum einen ruhigen Tag hatten, so würde wenigstens dieser letzte still verlaufen.

Früh um neun Uhr war Csupati zum Leiter des Bezirkspolizeiamtes gerufen worden. Mit beklommenem Herzen betrat er das Gebäude. Er grübelte darüber nach, was er wohl angestellt haben mochte, da ihn während seiner sechsjährigen Dienstzeit der Oberstleutnant noch nie hatte rufen lassen. Im Sekretariat traf er seinen direkten Vorgesetzten, Major Bokor, den Leiter der Kriminalabteilung. Csupati trat verlegen von einem Bein aufs andere und hatte sich beinahe schon zu einer Frage durchgerungen, als sich die Nebentür öffnete und der Oberstleutnant ihn zu sich hereinrief.

Csupati blieb unsicher an der Tür stehen und trat erst nach mehrmaliger Aufforderung näher zum Schreibtisch hin.

»Laut Anordnung des Genossen Minister«, begann der Oberstleutnant, »überreiche ich Ihnen als Anerkennung für Ihren hervorragenden Dienst die ‚Verdienstmedaille in Gold'.«

Csupati war erstaunt. Er traute seinen Ohren nicht. Statt einer Rüge oder Strafe eine Auszeichnung? Das kam ihm wie ein Traum vor. Mit der Festnahme eines Mannes, der in seinem Betrieb gestohlen hatte, war der vorhergehende Tag für Csupati und den Hund ein Jubiläum gewesen. Sie hatten ihren zweihundertsten gemeinsamen Einsatz durchgeführt. Im Verlauf der vergangenen dreieinhalb Jahre waren sie beide an zweihundert Aktionen beteiligt gewesen, und mit Ausnahme von zehn Fällen war es Kantor gelungen, die Täter zu fassen.

»Danke«, konnte Csupati nur sagen. Außer der Verdienstmedaille überreichte ihm der Oberstleutnant auch einen Umschlag, in dem sich eine Prämie von fünfhundert Forint befand. »Ich gratuliere Ihnen«, sagte er und reichte ihm die Hand. In seiner Verwirrung ließ der Stabsfeldwebel die kleine rote Schachtel mit der Medaille fallen. Als er sich danach bückte, kam ihm Kantor in den Sinn. »Es ist nicht mir allein zu danken«, sagte er verlegen.

Der Oberstleutnant lächelte. »Man hat auch Ihren Mitarbeiter nicht vergessen.« Der Vorgesetzte nahm noch eine Schachtel und eine Urkunde vom Tisch. »Nach der Bewertung der Fahndungshunde im Landesmaßstab hat der zu unserer Dienststelle gehörende Hund Kantor auf Grund seiner diesjährigen Gesamtergebnisse den ersten Platz errungen und ebenfalls die ‚Verdienstmedaille in Gold' erhalten ... Bitte.« Csupati langte mit beiden Händen nach der Auszeichnung.

»Sie haben es aber eilig, Genosse Stabsfeldwebel«, fuhr ihn Major Bokor vorwurfsvoll an.

Csupati besann sich sogleich wieder. »Ver ..., Verzeihung«, stammelte er. Seine Gemütsbewegung war so aufrichtig, so spontan gewesen – nicht bei seiner eigenen, sondern bei Kantors Auszeichnung –, daß der Oberstleutnant darüber hinwegsah, so als hätte er überhaupt nichts bemerkt.

Der Schneesturm rüttelte an den Fensterläden. Kantor schlief unter dem Bett, und Csupati betrachtete ruhig die wirbelnden Schneeflocken. Die viele Arbeit und die persönlichen Opfer sind doch nicht umsonst gewesen. Er konnte nun sagen: Auch dieses Jahr ging gut zu Ende.

Abends um sechs Uhr übergab er den Dienst seinem Stellvertreter. »Sei nicht traurig, Genosse, ich werde für dich mittrinken«, tröstete er den jungen Zugführer. »Wenn sich irgend etwas ergeben sollte, bis neun Uhr findet ihr mich an der üblichen Stelle, danach aber zu Hause.« Heute wollte er endlich etwas trinken. Dazu war er infolge seines Dienstes während des Jahres nicht gekommen. Nachdem er mit Kantor in die Baracke am Marktplatz eingetreten war, den Aufenthaltsraum des örtlichen Sportvereins VAOSZ, hatte er das Gefühl, daß auch der Himmel für ihn arbeitete. Der Schneesturm tobte scheinbar deshalb so, damit er ungestört vom alten Jahr Abschied nehmen und das neue Jahr begrüßen könne. Dem Hund war er nun nicht mehr nur zugetan, sondern er war sehr stolz auf ihn und seine Leistungen.

Um neun Uhr führte er Kantor noch in den Klub der Gewerkschaft hinüber. »Nur noch einen mit Schuß«, erklärte er ihm, »dann gehen wir nach Hause.«

Kantor hörte seinem Herrn gleichmütig zu, so als verstünde er alles. Csupati erwiderte dankbar die durch ihr Erscheinen ausgelösten Rufe des Staunens und Lobens. In diesen Räumen, die dem Hund immer mit Lärm und menschlichen Ausdünstungen übersättigt schienen, gab es für Kantor nur etwas, das wichtig für ihn war: seinen Herrn. Ihm zuliebe war er zu allem bereit, auch, in sengende Flammen zu springen. Die Verfolgung der Beute war nur dann interessant, wenn er mit seinem Herrn zusammen auf Spur gehen konnte.

Csupati blickte auf seine Uhr. »O weh! Gleich zehn.« Er ärgerte sich, daß die Zeit so schnell vergangen war. »Wir gehen, Tjutju, wir gehen. Ich trinke nur noch den Rest aus«, sagte er wohlgelaunt zu Kantor in das laute Lachen seiner Tischgenossen hinein.

»Tibi!« rief plötzlich jemand von der Tür her. »Du wirst gesucht!«

»Ach du Schreck! Ich glaube, meine Frau ...«, sagte er und stürzte schnell seinen Wein hinunter. Den Saaleingang betraten zwei Grenzsoldaten und der diensthabende Offizier. Sie betrachteten forschend die an den Tischen sitzenden Gäste. »Sie suchen tatsächlich mich«, meinte Csupati betroffen. »Die hat nicht gerade meine Frau geschickt«, er wandte sich seinen Tischgenossen zu, die scherzend meinten: »Sie sind doch nicht auf dich neugierig, sie haben lediglich Durst bekommen und einen Vorwand gesucht, um hier einkehren zu können.«

»Wenn das so ist, dann hol sie doch her, Tjutju ...«, und er bewegte Kantors Kopf in die Richtung des umherschauenden Polizeileutnants. Kantor erhob sich aufs Wort und trottete zwischen den Stühlen zu dem Offizier hin, der an der Theke stand. Vorsichtig packte er ihn am rechten Handgelenk, und als ihn der Offizier überrascht anschaute, brachte Kantor seine freundliche Absicht durch Schwanzwedeln zum Ausdruck. Der Leutnant erkannte ihn sofort und fragte: »Wo ist dein Herr?«

Statt einer Antwort zog ihn der Hund sanft zu einer Nische des Saales hin. »Komm nur, komm«, empfing Csupati den Genossen in gehobener Stimmung und reichte dem Leutnant ein volles Glas.

»Zum Wohl!« sagte der und trank den Wein in einem Zug aus. Dann flüsterte er – etwas verlegen – Csupati zu: »Unten auf der Straße wartet der Wagen auf dich. Vor dem Simonyer Bahnhof ist ein Mann der Bahnkontrolle aus dem Schnellzug nach Budapest entsprungen.«

»Hänsele doch deinen Großvater!« unterbrach ihn Csupati lachend.

»Trink lieber noch etwas.« Der Offizier lehnte ab. Es war ihm sehr unangenehm, nun sagen zu müssen: »Es ist leider kein Scherz. Die Staatssicherheit hat den Fall übernommen.«

»Unmöglich«, brummte Csupati. »Bei solchem Wetter wäre das glatter Selbstmord.« Aber er war sich nun doch nicht mehr sicher, ob man ihn nur zum besten halten wollte, oder ob es sich wirklich um eine ernste Angelegenheit handelte. »... Wir tippen auf den flüchtigen Raubmörder von Pusztavám, der die Bergwerkskasse ausgeraubt und den Nachtwächter niedergeschlagen hat. Na, komm, Genosse! Sie wollen nicht unnötig warten.«

Csupati stellte sein Glas hart auf den Tisch und erhob sich. Beim Anblick des vor dem Klub haltenden Fahrzeuges gab es für ihn keinen Zweifel mehr, daß es wieder einmal ernst wurde. Auf der hinteren Sitzbank hockten fröstelnd vier in Pelzmäntel gehüllte Soldaten. Der Wagen fuhr zu Csupatis Dienststelle. Der Stabsfeldwebel zog sich um, und zehn Minuten später fuhren sie in die vom tobenden Schneesturm erfüllte Nacht hinein. In bedrückter Stimmung und mißgelaunt saßen alle da. Nur Kantor freute sich. Endlich war er von den nach Weindunst riechenden Wänden befreit. Das furchterregende Heulen des brausenden Sturmes störte ihn überhaupt nicht. Gierig atmete er die reine Luft ein. Dann bestiegen sie ein Kettenfahrzeug der Grenztruppen.

In einer menschenleeren Gegend, über hohe Schneeverwehungen, arbeitete sich das Fahrzeug vorwärts. Ihnen schien es, als führen sie auf der Oberfläche eines fremden Planeten, der tausend Geheimnisse barg ... Sie legten die fünfzig Kilometer lange Strecke in knapp einer Stunde zurück. Einige Minuten nach dreiundzwanzig Uhr stiegen sie am Bahnhofsgebäude von Simony aus dem Kettenfahrzeug, das zugleich ihren Stützpunkt mit Funkstation bildete. Der Wind blies durch den dicken Anorak, und Csupati band schnell die »Ohren« seiner Pelzmütze unter dem Kinn zusammen. Ein Kriminalist informierte sie im Dienstzimmer des Bahnhofsvorstehers über die Lage. Der Mann war zwei Kilometer östlich vor dem Bahnhof abgesprungen, dort, wo die Eisenbahnstrecke den Hügelzug des Kemeneshát erreichte. An Ort und Stelle warteten zwei Soldaten auf sie. Der Zug war durch Ziehen der Notbremse angehalten worden, aber noch bevor die Kontrollierenden den Flüchtling hätten einholen können, war dieser die steile Böschung hinaufgeklettert und in der stürmischen Nacht verschwunden.

»Hier ist gut gearbeitet worden«, sagte Csupati, »sie haben wenigstens den Ausgangspunkt gesichert.« Die Soldaten hatten in der eisigen Nacht fast zwei Stunden auf sie gewartet.

Muß das ein verzweifelter Mensch sein, dachte Csupati, während er Kantor das Suchgeschirr umschnallte. Seine Finger blieben im Frost an dem Metallring kleben. Bevor er die gefütterten Handschuhe wieder überzog, wärmte Csupati seine Hände erst ein wenig durch seinen Atemhauch auf. Der grimmige, eisige Wind hatte seinen Weinrausch innerhalb weniger Minuten vertrieben. »Weit kann er nicht gekommen sein«, brummte er vor sich hin, und obwohl er wegen des verpatzten Silvestervergnügens ärgerlich war, bedauerte er auch ein wenig den Mann, der eine von vornherein hoffnungslose Flucht unternommen hatte.

Auf dem Hügelrücken angelangt, blickte Csupati angestrengt in die Ferne. Aus der nächtlichen Finsternis blinkten in unbestimmter Ferne Lichter auf. Die Dunkelheit war trügerisch. Obwohl Csupati die Gegend gut kannte, fand er sich jetzt kaum zurecht. Alles schien näher herangerückt zu sein. Er ging mit Kantor an der Ostseite des Kemenes entlang. Die fernen Lichter hingen am nächtlichen Horizont wie Luftballons, die von der Erde festgehalten werden, damit sie nicht allzuweit in die Höhe schweben konnten. Der Schnee hatte die Spur des Flüchtenden zugedeckt. Das menschliche Auge versuchte vergebens, sie auf der vom Winde gefurchten Flur zu entdecken. Doch der Schnee bewahrt die Gerüche am Boden, und Kantors Spursinn konnte den Geruch des Verfolgten noch auf dem Schnee vorzüglich aufnehmen. Csupati hatte sich vorgenommen, den Flüchtenden lebend zu finden, das heißt, ihn einzuholen, bevor er erfror. Nicht der Frost sollte den Mann richten.

Zwischen dem Kemenes und der vulkanischen Kuppe des Ság-Bergs erstreckte sich eine acht Kilometer breite Niederung. Kantor ging querfeldein auf die am Hang des Ság immer wieder aufleuchtenden Lichter zu. Den »Zigarre rauchenden Richter« – wie Csupati die Basaltkraterkuppe des Ság als Kind genannt hatte, weil sie mit der Trianon-Säule auf dem Gipfel wie ein Zigarre rauchender, auf dem Rücken liegender, bärtiger Menschenkopf aussah – hatte die Nacht verschlungen. Der Sturm trieb den Schnee wie Eisnadeln in die Gesichter der Fahndungsgruppe, unter ihren Stiefeln brach zum Teil der vom Wind zusammengetragene Schnee ein. Immer nur vorwärts – dem Hunde nach. Sie fielen hin, erhoben sich wieder, rutschten, kletterten, stolperten herum. Sie zogen schon über die zu einer

Eisfläche erstarrten feuchten Wiese am Fuße des Ság dahin, als sich der Leiter der Begleitgruppe zu Csupati vorarbeitete und ihm – das Brausen des Windes übertönend – ins Ohr schrie: »Ein glückliches Neujahr, Genosse Stabsfeldwebel!«

Csupati nickte in den auf ihn gerichteten Lichtschein hinein. Es war null Uhr. Das neue Jahr begann. Am liebsten hätte er über diese verrückte Welt gelacht, in der in diesem Augenblick an Millionen Stellen in wohlgeheizten Zimmern und Festsälen die Sektpfropfen knallten. Und was gab es hier für sie? Höchstens ein paar Schüsse. Sie hätten nicht einmal gewußt, woher.

»Bleiben Sie doch endlich stehen!« schrie ihm der Leutnant zu, da Csupati weitergegangen war. Aber erst der zweite Ruf erreichte seine Ohren. Er holte Kantor zurück. Der Leutnant wiederholte den Glückwunsch und reichte dem Stabsfeldwebel seine Feldflasche. Auch die vier Soldaten waren inzwischen herangekommen. Csupati nahm den ersten Schluck. Der Rum erwärmte ihn. Die Musik blies der tobende Nachtwind. Zeit und Raum schienen sich für einen Moment im Nichts zu verlieren. Csupatis Lippen klebten in der Kälte am Rand der Feldflasche. Alle tranken. Dann ging es weiter ...

Der Frost machte ihre Gesichter rot, doch sie zogen vorwärts. Wer hier lange verweilte, dem drohte der Kältetod.

Sie kletterten am Hang eines zerfurchten Berges aufwärts. Am windgeschützten überhängenden Rand eines verlassenen Steinbruchs winkte Csupati den Leutnant zu sich. »Diese Flucht ist doch blanker Wahnsinn!«

»Vielleicht sind wir von der Spur abgekommen?«

»Das ist kaum möglich.«

»Es ist aber nicht ausgeschlossen.«

Die Soldaten hockten sich erschöpft in den Windschatten der Schlucht nieder. Es waren junge zwanzigjährige Männer, die ihren Armeedienst leisteten. Wer vom Lande war, ertrug diese Strapazen leichter. Der eine Soldat jedoch klagte über Brechreiz. Der Leutnant ließ ihn noch einen Schluck Rum trinken.

»Reißen Sie sich zusammen! Sie müssen nur wollen!« ermutigte er ihn.

Der Flüchtende hatte den Berg umgangen und sich zwischen den verwehten Weingärten in nördlicher Richtung erneut ins Tal hinunterbegeben. Die Spur führte wieder zurück. Sie stapften am Hang des Ság entlang, dann zogen sie in westlicher Richtung weiter. Vier Stunden waren sie bereits unterwegs; stumm und mechanisch schritten sie dahin. Ihre Sinne waren abgestumpft, sie bemerkten nicht einmal, daß der Schneesturm nachgelassen hatte. Als sie sich nun zum zweitenmal in den Weingärten von Gérce befanden, überzeugten die in einem Umkreis von fünf Kilometern um die Bergkuppe herumführenden Spuren Csupati endgültig, daß sich der Flüchtende verirrt hatte; trotzdem war seine Zähigkeit erstaunlich. Als sie den Wald erreichten, mußten die Soldaten ihren über Magenschmerzen klagenden Genossen stützen. Abwechselnd trugen sie seine Waffe und seine Marschausrüstung.

Nachdem sie etwa zwanzig Kilometer zurückgelegt hatten, verließen sie früh um sieben Uhr oberhalb eines kleinen Dorfes den winterlichen Wald. Der Morgen hatte die dunklen Schneewolken davongetrieben, über dem Tal lag grauer Nebel. Am Waldrand schnallte Csupati Kantors Leine ab. Er hockte, an eine bucklige Akazie gelehnt, hinter einer hohen Schneewehe und starrte blinzelnd in die aufgehende Sonne. Ihm war auch elend. Mit verzweifelter Kraftanspannung bemühte er sich, nicht auf den Schnee niederzusinken, obwohl der Boden seine schweren Glieder unwiderstehlich anzuziehen schien. Kantor erwärmte sich durch Umherspringen. Csupati schätzte die Kälte auf fast zwanzig Grad minus. Es dauerte noch eine Viertelstunde, ehe ihn die auseinandergerissene Kette der erschöpften Soldaten erreichte. Kantor schmiegte sich an die Seite seines regungslos hockenden Herrn. Es schien, als wolle er Csupati wärmen. Auch Kantor war müde geworden. Während die langen Beine des Menschen höchstens bis zu den Knien einsanken, schlug sich Kantor mit dem Schnee herum, der ihm manchmal bis an den Bauch reichte, und statt zu laufen, war er gezwungen, sich springend fortzubewegen. Zum erstenmal spürte er in seinem Kopf ein eigenartiges Dröhnen. Durch die große Anstrengung beim Spurverfolgen konnte er während der kurzen Rast nicht genug Schnee verschlingen.

Die Soldaten hockten sich lautlos neben die beiden nieder. Noch bevor sie eingetroffen waren, hatte sich Csupati schon ein bißchen erholt. Nun rüttelte er einen der Soldaten an der Schulter. »He, Junge! Nicht einschlafen! Hörst du?« Der Leutnant, der die Fahndung leitete, hielt sich tapfer. Er und Csupati brachten die erschöpften Burschen wieder auf die Beine.

»Los, gehen wir! Es ist bald zu Ende. Nur noch ein bißchen, dann haben wir's geschafft«, ermunterten sie die jungen Männer.

Kantor wartete schon aufbruchbereit. Csupati fand zwei aus dem Schnee herausragende Sonnenblumenstiele, die er jetzt wie Skistöcke benutzte. Kantor wurde von der anerzogenen Disziplin und dem Willen seines Herrn gezwungen, immer wieder Spur unter dem frischen Schnee zu suchen. Csupati bewegte immer wieder der Gedanke, was für eine unglaubliche Kraft doch ein Flüchtender entwickeln kann!

Am Hügelabhang riß die Gruppe abermals auseinander. An der Spitze des Zuges ging Kantor. Gut hundert Meter hinter Csupati stapfte der Leutnant durch den Schnee und ermunterte die zurückbleibenden Soldaten.

Csupati schaute zurück. Zu zweit stützten sie einen dritten, und am Ende der Kette stolperte der Soldat vorwärts, der das Funkgerät schleppte. Man darf keinen zurücklassen – das ist ein ungeschriebenes Gesetz des Lebens, das sich in jedem Beruf herausbildet, der körperliche Kraft und Entschlossenheit fordert –, in der Tiefe der Bergwerke, an den Hochöfen und unter den Genossen im Einsatz.

Kantor blieb mitunter auf einem kleinen Hügel stehen und schaute ungeduldig zurück. Csupati wartete auf den Leutnant und zog dann wieder los. Sobald sich sein Herr bewegte, witterte auch Kantor erneut wieder weiter vorwärts. An seinem Bart hing Reif. Kantor war am Dorf angelangt und bog auf die Straße ein. Es ertönte Glockenläuten. Csupati taumelte wie ein betrunkener, alter Mann seinem Hunde hinterher. Und Kantor ging weiter vor ihm, als wollte dieser Weg nie ein Ende nehmen. Er erreichte einen Eisenbahndamm und lief wieder nach Norden. Vor ihnen erhob sich der Basalthügel von Kissomlyó, der wie ein unförmiger, flacher Domherrenhut aussah. Csupati torkelte über die Bahnschwellen. Er zählte laut die Schritte: eins, zwei, drei ... Bei fünfhundert war er angelangt, als sie das kleine Dorf am Fuße des Somlyó erreichten. Kantor schlüpfte durch den wackligen Gartenzaun des ersten Hauses, und als Csupati seinen Hund eingeholt hatte, signalisierte dieser durch schwaches Schwanzwedeln, daß sie angelangt waren.

Am Ende des Hofes stand ein baufälliger Heuschuppen. Kantor saß vor der Leiter, die in den Schuppen führte. Csupati starrte – an einen höckrigen Pflaumenbaum gelehnt – zur Bahnlinie zurück, wo sich die anderen Genossen dahinschleppten. Mehr als eine Viertelstunde verging, ehe der Leutnant bei ihm anlangte. Csupati kletterte die Leiter hinauf. Auf dem Heuboden lag der Flüchtling in schwerem Schlaf. Csupati betrachtete ihn gleichmütig, er spürte nicht einmal Zorn oder Haß, er weckte ihn nicht, sondern stieg wieder die Leiter hinunter. Der Funker rief den Stützpunkt; zu ihrer größten Überraschung wartete das Fahrzeug mit den Raupenketten, kaum zwei Kilometer vom Dorf entfernt, an einer Straßengabelung auf sie.

Mitte Februar kam der Föhn von den Alpen in die westlichen Gebiete Ungarns. Am Morgen hatte die Quecksilbersäule noch minus zehn Grad angezeigt, und nach dem Mittagessen, als Csupati auf das Außenthermometer blickte, waren es schon plus sechs Grad. Anderthalb Tage lang hatte das sehr kalte Winterwetter angehalten. Meterhoch war Schnee gefallen, und jetzt schmolz er unter der Wärme. Aus den Dachrinnen floß das Wasser.

Am Himmel trieben die auseinandergerissenen Wolken nach Norden. Csupati nagte sorgenvoll an seinem Bleistift. Vor ihm auf dem Tisch lag ein leeres Blatt Papier. Vor einigen Tagen hatte er den Auftrag bekommen, für die Zentrale Hundeabrichtungsstelle einen Beitrag mit dem Titel »Der Hund und der Mensch« zu schreiben. »Es ist leichter gewesen, an mehr als zweihundert Einsätzen teilzunehmen, als jetzt über sie zu schreiben.« Als Oberleutnant Sátori bei ihm eintrat, legte er erleichtert seinen Bleistift auf den Tisch. »Kannst du dich noch an den Mord erinnern, der an jenem Pfarrer verübt wurde?« fragte Sátori. Csupati nickte.

»Der Chef hat genehmigt, den Fall noch nicht abzuschließen, aber du weißt ja selbst, daß ich nur sehr vorsichtig recherchieren kann ... Sag mal, vertraust du Kantor vorbehaltlos?«

»Wenn das der erste oder zehnte Fall gewesen wäre, dann vielleicht nicht. Aber hier sind die Protokolle von über zweihundert Einsätzen, bei denen der Hund erfolgreich gewesen ist.«

»Weißt du eigentlich, daß die Budapester ein Fachgutachten zur Klärung des Umstands angefordert haben, daß Kantor diesen Tosó nicht gestellt hat ...? Für mich ist das ja auch unbegreiflich.«

»Ich kenne das Gutachten, bin aber nicht mit den Schlußfolgerungen einverstanden. Wenn ich zum Beispiel deine Mütze aufsetze und sie nur eine Stunde lang trage, wird Kantor nicht nur dich, sondern auch mich auswählen; ich bin bereit, mit jedem deswegen zu wetten. Die Budapester aber behaupten, Tosó habe den neuen Hut so kurze Zeit getragen, daß ihn der Geruch noch nicht durchdringen konnte, und deshalb sei es nur natürlich, wenn der Hund Tosó nicht ausgewählt habe. Ist denn das ein Beweis? Ein Fachgutachten?«

»Na, und der junge Bursche?«

»Ich behaupte immer noch, daß er mit diesem Hut irgend etwas zu tun gehabt haben muß ...«

»Mir läßt dieser Gedanke seither auch keine Ruhe, ich weiß bloß nichts damit anzufangen. Zu viele Zeugen behaupten, der junge Mann sei mit dem Personenzug früh um sieben nach Hause gekommen ...«

»Warte mal!« Csupati strahlte, er sprang auf, trat zum Schrank und stöberte zwischen Heften und Papieren herum.

Endlich hatte er den örtlichen Fahrplan gefunden und begann ungeduldig darin zu blättern. »Wollen doch mal sehen«, brummte er. »Aus der Bezirksstadt fährt um zweiundzwanzig Uhr dreißig ein Personenzug in Richtung Grenze ab, der auf den Schnellzug Budapest–Győr wartet und zehn Minuten vor Mitternacht hier eintrifft. Und wann geschah der Mord? Eine Stunde später. Um drei Uhr dreißig aber fährt von der Grenzstation der erste Zug nach der Bezirkshauptstadt. Auf diese Weise konnte der Bursche schon vor fünf Uhr in der Bezirksstadt sein, und, wenn er wollte, fünfundzwanzig Minuten später mit dem Frühzug wieder zurückfahren. Da können ihn seine Bekannten gesehen haben, denn er war ja ein paar Minuten vor sieben wieder zu Hause.«

»Zeig mal her!« Erregt nahm Sátori Csupati den Plan aus der Hand. »Aber das ist doch kolossal, Genosse!« Er schlug sich an die Stirn. »Daß mir das nicht eingefallen ist ... Was beweisen wir eigentlich damit?« Seine Begeisterung flaute wieder ab.

»Lediglich die Möglichkeit, daß der Täter den in die Bezirksstadt fahrenden Frühzug erreichen konnte und daß ihm dort genügend Zeit verblieb, um in den Gegenzug umzusteigen, mit dem er dann am Morgen zu gewohnter Zeit nach Hause kam.«

»So überhaupt konnte der Personalausweis nur neben die Bahnstrecke gelangen. Der Täter warf ihn aus dem Zug ... Deshalb brauchte niemand mit dem Rad zu fahren. Großartig! Wir geben die Hoffnung nicht auf!«

Sátori beunruhigte dieser Fall noch immer, obwohl er nicht die Gesamtverantwortung trug, da man ihn bei den Ermittlungen nur mit einer Teilaufgabe betraut hatte. Vielleicht wäre bei ihm der Fall längst in Vergessenheit geraten, wäre er nicht Augenzeuge von Kantors nervöser Erregung gewesen, und hätte er nicht das Zucken im Gesicht des Burschen gesehen, als der Hund vor ihm stehengeblieben war.

»Ein verrücktes Wetter!« Sátori zeigte zum windgepeitschten Fensterladen hin. Csupati richtete sich auf und beschäftigte sich anscheinend weiter mit seinem Bericht. »Ich will dich nicht stören«, der Leutnant verabschiedete sich.

»Stören?« Csupati winkte ab. »Die hier stören mich«, und er zeigte auf die leeren weißen Blätter. Worüber er schreiben sollte, war sehr wichtig. Die Bedeutung der Arbeit des Hundes wurde, wie er dies auch bei den Ermittlungen zum Mord an dem Pfarrer erlebt hatte, noch nicht einmal innerhalb der Polizei voll erkannt. Entschlossen schrieb Csupati einen großen Anfangsbuchstaben auf das Papier. »Der Hund hat außergewöhnliche Fähigkeiten, solche, wie sie der Mensch nicht besitzt...« Er seufzte tief. Er hatte den ersten Satz geschrieben, doch schon begann er zu überlegen, ob er nicht zu scharf formuliert hätte.

Nach Ablauf seiner Dienststunden verschob er das Schreiben auf den nächsten Tag. Er saß im Klub der Gewerkschaft bei einem Glas Wein, als ihn gegen zwanzig Uhr der Diensthabende suchte. Eine Stunde später schon stieg er mit Kantor an dem Grenzstützpunkt, der der Kreisstadt am nächsten lag, aus dem Auto.

»Neuerdings kriechen bei Ihnen Grenzverletzer herein wie Hunde durch einen schadhaften Zaun«, sagte er zum Grenzoffizier, bei dem sie sich gemeldet hatten. Csupati war verstimmt und fragte, von wo aus der Hund auf Spur gehen könnte. Der Offizier führte sie an den Rand einer holprigen Schotterstraße. Sie waren jetzt etwa zwei Kilometer von der Grenze entfernt. Bis hierher waren die Hunde Szultán und Vitéz gelangt. In den Schlaglöchern der Straße stand Schneewasser, und da hatten die Hunde die Spur verloren. »Am unangenehmsten ist es, die Pfuscherei anderer in Ordnung zu bringen«, brummte er und versuchte, für Kantor an der Böschung im Schnee eine Spur zu finden.

»Nichts für ungut, Genosse Stabsfeldwebel«, entschuldigte sich Szultáns Betreuer, »aber bis hierher haben die Hunde die Spur so schön verfolgt.«

»Sehr schön...« Csupati dachte daran, daß nun die Gelegenheit gekommen sei, den Betreuer von Vitéz für manche Überheblichkeit zu bestrafen. »Haben hier vielleicht Katzen gesessen, und ihr habt deshalb die Spur verloren?« fragte er spöttisch.

Kantor blieb bei den Männern, die sich unterhielten, stehen.

Nachdem man Vitéz und Szultán aus seiner Nähe weggeführt hatte, begann Kantor auf der zur Bezirksstadt führenden Straße mit sicheren Schritten die Spur zu verfolgen. Csupati gestattete den beiden Betreuern, mit ihren Hunden ihnen acht bis zehn Meter hinter den begleitenden Grenzsoldaten zu folgen.

In zwei Stunden hatten sie die zwölf Kilometer lange Strecke zurückgelegt. Auch in der Stadt führte Kantor gleichmäßig und blieb erst vor dem Eingang für das Personal des Grand-Hotels im Zentrum stehen. Csupati schaute auf seine Uhr. Es war Viertel zwölf. Am Hotel gabelte sich die enge Straße in zwei Richtungen und umgab das zu Beginn des Jahrhunderts im Jugendstil erbaute vierstöckige Gebäude wie ein großes Ypsilon. Die Fassade des Hotels mit seiner Terrasse lag an der Hauptstraße, während sich der Personaleingang in einem Seitengäßchen befand. Aus der Bar drang manchmal Tanzmusik. Einige Augenblicke lang starrte Csupati ratlos auf die geschlossene Tür. Diesmal war er der Dienst- und Rangälteste der Gruppe, also mußte er die Anordnungen treffen. »Ruf sofort die Inspektion an«, befahl er seinem Gehilfen.

»Und du benachrichtigst den diensthabenden Offizier des Kreises«, sagte er zu dem Stabsfeldwebel von den Grenztruppen.

Dann begab sich Csupati mit Kantor in die Empfangshalle des Hotels. Vor dem Personaleingang hatte er zwei Soldaten postiert, sie sollten weder jemanden hinein- noch herauslassen, bevor er nicht zurückkam.

Innerhalb weniger Minuten hatte der Nachtportier den Geschäftsführer herbeigeholt. Csupati kannte ihn schon seit Jahren. »Verzeihen Sie die Störung«, begann er. Sie zogen sich in eine Ecke der geräumigen Halle zurück, soweit wie nur möglich vom Rezeptionstisch entfernt.

Kantor wartete vor dem Tisch, und nachdem der schmächtige Nachtportier den Klappdeckel des halbkreisförmigen Pultes heruntergelassen hatte, erhob sich der Hund neugierig auf die Hinterläufe, legte die Pfoten auf die Glasplatte des Pults und sah dem entsetzt zurückweichenden Portier ins Gesicht.

»Kantor!« Csupati rief ihn vorwurfsvoll.

Da ließ sich der Hund auf den Fußboden nieder.

»Womit kann ich Ihnen dienen?« fragte der Geschäftsführer höflich. Csupati winkte ab, als ob es sich um eine belanglose Sache handelte. »Wer hat einen Schlüssel zum hinteren Eingang?«

»Ich, der Küchenchef, der Direktor, mein Stellvertreter, der Heizer, und einer liegt hier beim Portier.«

»Ein recht großer Personenkreis«, meinte Csupati und fuhr sich übers Kinn. »Sonst hat niemand einen?«

Auf die Frage zuckte der Geschäftsführer die Schultern. »Ich weiß es nicht! Aber warten Sie mal ... Józsi!« Er rief den Nachtportier und faßte Csupati am Arm, um ihn zum Tisch zu führen. »Wieviel Schlüssel haben wir zum Wirtschaftseingang?«

Der Mann zählte an seinen Fingern ab. »Sechs oder sieben.«

»Könnten Sie den Eingang jetzt öffnen?« fragte Csupati den Geschäftsführer.

»Gewiß! Józsi, geben Sie den Schlüssel her.«

»Einen Moment«, sagte der Portier und trat zu der Tafel an der Wand. Csupatis Aufmerksamkeit war es nicht entgangen, daß der Mann zögernd und unsicher nach dem Schlüssel griff. Der Haken mit der Nummer dreiundzwanzig war leer. »Das verstehe ich nicht«, erklärte der Portier und wandte sich ratlos um. »Gestern abend ist er noch dagewesen.«

»Das macht nichts, dann laufe ich – wenn Sie erlauben – in mein Büro hinauf und hole meinen Schlüssel«, entschuldigte sich der Geschäftsführer und warf dabei dem Portier einen ärgerlichen Blick zu.

Das Büro war von der Galerie des Zwischengeschosses aus zu erreichen. Als der Geschäftsführer die mit einem weinroten Teppich bespannte Treppe erreicht hatte, kam Csupati ein Gedanke, und er beugte sich zu Kantor. »Folge ihm!« Und er gab dem Hund durch ein Zeichen die Anweisung, daß die verfolgte Person umgehend wieder zurückkehren sollte.

»Ach, ist das aber ein schöner Hund«, rief der Geschäftsführer etwas unsicher von der Galerie im Zwischengeschoß herunter.

»Und freundlich. Mir scheint, er hat Sie schnell liebgewonnen, weil er Ihnen so auf dem Fuße folgt«, antwortete Csupati listig.

Kantor ging hinter dem schweratmenden Mann her. Csupati konnte von unten deutlich die Bürotür sehen, ja sogar die Decke des Raumes, denn Kantor ließ den Mann die Tür nicht schließen, sondern blieb auf der Schwelle stehen. Csupati beobachtete den Hund, doch nach einigen Sekunden verschwand er aus seinem Blickfeld, und fast zur selben Zeit erscholl im Zimmer ein Hilferuf. Csupati nahm die Treppe im Eiltempo, und es dauerte nur wenige Sekunden, da stand er auch schon vor der Bürotür.

Kantor hatte sich mit den Vorderläufen auf den Schreibtischrand gestützt und mit den Zähnen die rechte Hand des Geschäftsführers gefaßt, in der dieser den Telefonhörer hielt. »Bewegen Sie sich nicht«, rief Csupati dem vor Schreck zitternden Mann zu. »Davon war keine Rede, daß Sie während des Schlüsselholens telefonieren sollten.«

»Ich wollte nur dem Koch Anweisungen geben.«

Csupati nickte, als glaube er ihm. »Laß ihn los!« sagte er zu Kantor. Dann nahm er dem Geschäftsführer den Hörer aus der Hand und legte ihn auf den Apparat zurück.

»Haben Sie den Schlüssel?«

»Ja, ja ...«, stammelte der Geschäftsführer, wobei er mit der linken Hand über die Druckstellen an seinem rechten Handgelenk strich, die Kantors Zähne hinterlassen hatten.

Mit wem wollte er telefonieren, mit wem? grübelte Csupati beim Hinuntergehen. Als sie unten waren, kam ihnen Sátori entgegen. »Du bist aber schnell hier«, empfing Csupati den Oberleutnant, dann flüsterte er ihm zu: »Laß den Portier überwachen.«

Ehe sie von der Straße her zum Personaleingang gelangten, fuhr auch der Einsatzwagen vor.

»Wie sieht es aus?« fragte der Leiter der Sicherheitsgruppe Csupati.

»Die Spuren führten von der Grenze bis hierher.«

Sátori bat den Hauptmann, das Hotel umstellen zu lassen. Es war Mitternacht, im Restaurant hatte die Polizeistunde begonnen. Allmählich gingen die Gäste nach Hause. Die zitternde Hand des Geschäftsführers fand beinahe nicht das Schlüsselloch. Kantor betrat als erster die kohlenstaubverschmutzte, schmale Wendeltreppe. Ein langer, schmaler Flur führte ins Kellergeschoß. Sie gingen am Kesselraum vorbei, und Sátori fragte: »Wo ist der Heizer?«

»Der, der Nachtschicht hat, müßte dasein. Als die Herrschaften kamen, wollte ich ihn schon selber fragen, denn der Küchenchef hat sich beklagt, daß es kein kochendes Wasser gibt.«

Vor einer Stahltür blieb Kantor stehen.

»Dahinter ist der Maschinenraum«, sagte der Geschäftsführer.

»Machen Sie auf«, ordnete der Oberleutnant an. Die Tür ließ sich jedoch nicht öffnen.

»Das verstehe ich nicht. Um zehn Uhr war Schichtwechsel, und der Nachtheizer ist kein Trinker. Der Portier hat ihn auch kontrolliert. Vielleicht hält er sich im Ruheraum auf.«

Das Zimmer der Heizer am Ende des Flurs war auch verschlossen. »Wo sind denn die Schlüssel?« Sátori wandte sich an den Geschäftsleiter.

»In meinem Büro und beim Portier ...«

»Genosse Leutnant, begleiten Sie den Geschäftsführer, und bringen Sie alle Schlüssel des Kellergeschosses hierher«, wies Sátori einen der Kriminalbeamten an.

Kantor zappelte unruhig vor der Tür herum. Er drückte mehrmals die Nase an den Spalt zwischen Türpfosten und Tür, schaute seinen Herrn an und versuchte, mit der Pfote die Tür zu öffnen. »Warte!« mahnte ihn Csupati.

Es dauerte fünf Minuten, ehe der Leutnant mit dem Geschäftsführer und dem großen Schlüsselbund in der Hand zurückkam.

»Zeigen Sie den passenden«, sagte Sátori zu dem Geschäftsführer. »Niemand berührt die Klinke!« Dann zog er ein Tuch aus seiner Tasche, erfaßte damit den bezeichneten Schlüssel und steckte ihn ins Schloß.

Kantor sprang als erster in den dunklen Raum. Der Lichtstrahl von Csupatis Taschenlampe folgte dem Hund; der Stabsfeldwebel überschritt die Schwelle, zuckte aber sogleich wieder zurück. Gewaltsam ausgelöschtes Leben erregte bei ihm immer wieder ein beklemmendes Gefühl.

Auf dem Rand eines eisernen Bettes hing ein älterer Mann mit dem Kopf nach unten. Sátori knipste das Licht an.

»Der Heizer«, rief der Geschäftsführer entsetzt.

»Man hat ihn erdrosselt«, stellte Sátori fest, während er das Opfer gründlich in Augenschein nahm.

»Drüben scheint das jetzt die gebräuchlichste Tötungsmethode zu sein«, bemerkte Csupati angewidert.

Sátori traf schnell seine Anordnungen. Er gab dem Leutnant die Anweisung, den Polizeiarzt und den Kriminaltechniker herbeizurufen.

Kantor nahm gleich wieder die Witterung auf und ging auf einen Wink seines Herrn sofort weiter. Er lief durch den langen Flur des Kellergeschosses. Neben dem Liftschacht, am Fuße des Haupttreppenhauses, witterte er ein paarmal umher, dann führte er die Gruppe nach oben. In der Empfangshalle im Parterre angelangt, warf Csupati einen flüchtigen Blick auf den Portier, der sich eifrig an verschiedenen Papieren zu schaffen machte. Kantor schritt etwas unsicher zur Rezeption. Er knurrte leise, dann aber wandte er sich doch um und lief die mit dem weinroten Läufer bespannte Haupttreppe hinauf. Csupati fiel jetzt auf, daß der Portier sehr blaß geworden war. Lange konnte er nicht bei dieser Entdeckung verweilen, denn Kantor hatte es eilig. Im ersten Stock bog er zuerst links ein, kehrte aber nach wenigen Schritten wieder zurück. Plötzlich blieb er in der

Ecke des spärlich beleuchteten Flurs vor einer verschlossenen Tür stehen und witterte.

»Wer wohnt hier?« fragte Sátori gedämpft den Geschäftsführer. Der korpulente Mann wischte sich mit seinem Taschentuch den Schweiß von der Stirn. »Unsere Künstlerin«, die Antwort klang wie ein Seufzer.

»Klopf an«, befahl der Oberleutnant Csupati. Auch nach dem zweiten Klopfen meldete sich niemand.

»Ich glaube, sie ist unten in der Bar«, warf der Geschäftsführer ein.

»Macht nichts ... Öffne nur!« Csupati drückte auf die Klinke. Die Tür gab knarrend nach. Durch das verhängte Fenster drang matt der Schein der Straßenlaterne ins Zimmer. Sátori knipste das Licht an. »Zum Teufel auch!« Er fuhr zurück. »Was ist denn hier los?«

Der Geschäftsführer hielt sich mit aschfahlem Gesicht am Türrahmen fest. »Maca!« ächzte er.

»Begleiten Sie den Herrn ins Büro hinunter«, sagte Sátori zu einem der Polizisten. Den anderen aber schickte er nach dem Polizeiarzt, der inzwischen eingetroffen war und den Toten im Kellergeschoß untersuchte.

»Mit dem guten Ruf unseres Hotels ist es vorbei«, sagte der Geschäftsführer leise und stolperte wankend vor dem Polizisten her aus dem Zimmer.

Auf dem Bett lag eine halbentkleidete Frau. Auch sie war erdrosselt worden. Ihre erstarrten, zur Zimmerdecke gerichteten Augen schienen noch schreckerfüllt. Spuren eines Kampfes gab es nirgends. Csupati sagte: »Mir scheint, die Frau hat sich nicht gegen den Mörder gewehrt.«

»Géza, verstehst du das?« Csupati wandte sich an den Oberleutnant. Die beiden waren nun allein im Zimmer, und Csupati hatte das Gefühl, als beobachtete man sie heimlich. Er hatte jenseits der angelehnten Tür auf dem Flur ein Geräusch vernommen. Doch als er die Tür aufriß und in den Flur hinausschaute, war nichts zu sehen. »Was hast du denn?« Sátori schüttelte den Kopf.

»Nichts, nichts«, antwortete Csupati verlegen, »wahrscheinlich Halluzinationen.«

Kantor beschnupperte den Bettrand, dann stieß er mit der Nase wiederholt an die kleine Tür des Nachtschränkchens. Csupati öffnete. In dem Schubfach fand er eine Stahlkassette. »Pack sie ein«, riet der Oberleutnant, und Csupati wickelte das Kästchen – da er sonst nichts bei der Hand hatte – in sein Taschentuch. Nach Ansicht des Polizeiarztes war der Tod höchstens vor einer Stunde eingetreten.

Kantor lief ungeduldig vor der Tür umher. Csupati machte Sátori darauf aufmerksam. »Géza, der Hund will weitergehen.«

Kantor führte die Polizisten durch den hinteren Quergang des Gebäudes und stieg dann neben den nichtbenutzten Spielzimmern die zum Lagerraum der Bar führende schmale Wendeltreppe ins Parterre hinunter.

Sátori versuchte fieberhaft, einen logischen Zusammenhang im Gewirr der in direktem Widerspruch zueinander stehenden einzelnen Straftaten zu finden. Zum Grübeln jedoch blieb ihm nicht viel Zeit. Kantor war im Lagerraum hinter dem Barpult angelangt, wo zwei Angestellte leere Flaschen in die Transportfächer warfen. »Vor einer halben Stunde hat die Polizeistunde begonnen, liebe Gäste!« drang es durch den Trennvorhang aus dickem Samt ins Lager herüber. Von weiterher war die Aufforderung des Hauptmanns, des Leiters der Gruppe der Sicherheitsorgane, zu hören, der die Ausweise verlangte. »Die Ausweise ... Das gilt auch für Sie!« Stimmengewirr, Lärm. Vor dem Vorhang, am Barpult, sagte leise die Bardame: »Jenci, das ist doch schrecklich. Neuerdings gibt es hier jede Nacht Razzien ... Wissen Sie, was los ist?«

»Die Polizei hat in einem der Zimmer eine Leiche gefunden.«

»Worauf warten wir?« fragte Csupati ungeduldig.

»Nicht so eilig, Genosse. Wenn nicht mehr so viele im Saal sind, dann erscheinen wir dort.«

Kantor trat so plötzlich hinter dem Vorhang vor, daß er mit

der Flanke die Beine der Bardame streifte. »Hilfe!« kreischte sie auf, als sie den Hund sah, und ließ die Cognacflasche aus der Hand fallen. »Schon zur Stelle, meine Teuerste. Plaudern wir ein bißchen?« Jetzt trat auch Sátori hinter dem Vorhang hervor.

»Ach, Sie sind es?« Das Gesicht der Bardame hellte sich beim Anblick des Polizeioffiziers auf. »Ich dachte schon, eine Bestie lauerte im Lager. Gibt es dort etwa heiße Ware?« fragte sie besorgt. – Also hielt man hier auch heiße Ware versteckt, konstatierte Sátori. »Nein, nichts«, sagte er laut. »Mich würde nur interessieren, wer heute nacht alles in dem Raum hinter dem Vorhang gewesen ist.«

»Ich. Die beiden Warenträger ... Jenci, der Ober ...« da stockte sie.

»Sonst niemand?«

»Ich glaube nein ..., ach ja, doch. In der Dreiundzwanzig-Uhr-Pause gingen Maca und Johnny auf einen Sprung in Macas Zimmer hoch, um irgendwelche Noten zu holen, denn einem der Gäste war der Swing nicht gut genug, er wollte Gershwin hören ... Maca sagte noch, daß die Gäste hier so mäkelig seien. Da hat sie recht. Ich weiß auch ein Lied davon zu singen ...«

»Halte die Herrschaften nicht auf.« Mit diesen Worten kam der Oberkellner heran und stellte sein Tablett voller Gläser und kleiner Teller neben das in der Theke eingebaute Spülbecken.

»Wer ist dieser Johnny?« Sátori beugte sich leise fragend zu der Bardame hin.

»Sie kennen ihn nicht? Unser Schlagzeuger. Dort geht er mit den Jungs und irgendeinem Spezi hinaus ... Der große Schwarze. Es wundert mich, daß Sie ihn noch nicht kennen. Haben Sie ihn wirklich noch nicht gehört? Er spielt doch schon seit drei Monaten hier, und jeder ordentliche Polizist ist mit ihm befreundet ...« Sie hielt inne und verschloß sich hastig und verlegen mit der Hand den Mund.

In der Bar, die »Night-club« genannt wurde, spielte eine Drei-Mann-Kapelle, und dazu sang eine Frau. Das Ensemble hatte ein ziemlich gemischtes Repertoire: Rock and Roll, Csárdás, Liszt, Rapsodien und Arbeiterlieder. Trotzdem hatte es in der Stadt großen Erfolg.

»Ich bedaure es sehr, noch nicht hiergewesen zu sein«, sagte Sátori zur Bardame, »demnächst werde ich das nachholen und den Wundertrommler kennenlernen.«

Der Oberkellner empfing Csupati und Sátori mit einer auffälligen Zuvorkommenheit. Kantor trat hinter der Bartheke hervor und lief auf dem gebohnerten Parkett zur Tanzfläche hin. Als er an dem Oberkellner vorbeilief, knurrte er. Der Oberleutnant folgte Csupati. Zwischen den sich öffnenden Vorhängen an der Ausgangstür schaute der Nachtportier in die Bar herein. Sátori schien es, als ob der Oberkellner dem Portier ein Zeichen mit der Hand gegeben hätte. Im nächsten Augenblick jedoch wandte sich der Kellner Sátori zu, und seine erhobene Hand glitt zur Schleife am Kragen hin, als wollte er sie geraderücken. Die Handbewegung war jedoch der Aufmerksamkeit Sátoris nicht entgangen, wenn er auch so tat, als hätte er nichts bemerkt.

Kantor beschnupperte erregt die am Rande des Musikerpodiums stehende große Trommel. »Herr Ober!« rief Sátori. Der Oberkellner trat zu ihnen in unterwürfiger Haltung. »Rum oder Cognac für die Herrschaften?«

»Nein! Schalten Sie die Beleuchtung ein«, unterbrach ihn Sátori barsch.

»Aber es brennen doch alle Lampen. Hier gibt es nur Stimmungsbeleuchtung.«

Sátori schluckte einmal und fuhr dann verärgert fort: »Die Beleuchtung der Musikinstrumente ...«

Der Oberkellner zuckte die Achseln. Davon verstehe er nichts, und im übrigen dürfe das Schlagzeug auch nur von Johnny bedient werden. Das sei die Anweisung des Chefs. Kantor beschnupperte weiter ungeduldig die Pauke, bis er schließlich auf der linken Seite, wo Rahmen und Halteleiste zusammenstießen, erregt verharrte. Csupati hockte sich neben Kantor nieder und begann die linke Seite der Pauke zu untersuchen, nachdem er seine Taschenlampe eingeschaltet hatte.

»Bitte, wenn irgendwelcher Schaden entsteht, sind die Herrschaften dafür verantwortlich«, sagte der Oberkellner mit unverhohlener Gehässigkeit.

»Mach ruhig weiter«, sagte Sátori zu Csupati.

Aus dem Vorraum drangen entrüstete Stimmen der angeheiterten Gäste herein. Csupati klopfte mit seinem Taschenmesser die Pauke ab. Eine viereckige Metallplatte hatte seinen Verdacht geweckt. »Chef«, Csupati erhob sich, »die ist durch ein Schloß gesichert.«

»Öffne sie, wie du kannst, nur schnell«, spornte Sátori Csupati an.

»Sie werden den Schaden bezahlen!« rief aufgeregt der Oberkellner.

»Erzählen Sie keinen Unsinn!« herrschte ihn der Oberleutnant an.

»Meine Arbeitszeit ist zu Ende. Wer bezahlt mir die vergeudete Zeit?« Der Oberkellner schien heftig erschrocken zu sein über das Tun der Polizisten, denn er sagte das schon leiser und wollte sich nun entfernen. »Sie bleiben hier! Der liebe Gott wird Sie schon bezahlen!« antwortete Sátori ungehalten.

Durch die Bearbeitung mit dem Taschenmesser platzte das grüngestrichene Plattenfenster schließlich von der Pauke ab, und Kantor steckte die Nase in den Spalt. Er zog sie jedoch rasch wieder zurück und begann zu knurren. »Geh weg!« sagte Csupati. Er schob seinen Hund zur Seite und leuchtete in die Pauke. Dann griff er mit der linken Hand hinein, riß sie aber auch sogleich wieder zurück, wobei er laut zischte. »Verflucht nochmal, da ist ja ein Stromanschluß drin«, sagte er überrascht.

Sátori suchte das Kabel, das zu der an der Pauke angebrachten Glühbirne führte. Unter dem Teppich fand er die Zuleitung. Er zog den Stecker dann aus der Wand. »Nun kannst du auch hineinlangen.«

Vom Eingang her kamen zwei Kriminalisten. Einer von ihnen beugte sich zu Sátori und flüsterte ihm etwas zu. Der Oberleutnant nickte. Csupati zog inzwischen ein in Zeitungspapier eingeschlagenes Paket aus der Trommel hervor. Aus dem Umschlagpapier wickelte er zwei Päckchen heraus.

»Sie sind verhaftet«, sagte Sátori zu dem Oberkellner und faßte ihn am Arm. »Legt ihm Handschellen an!« befahl er den Kriminalisten.

»Ich protestiere! Icu, Józsi, Feri ...«, rief der Oberkellner laut.

»Jesus Maria!« Auf den Lärm hin kam die Bardame hinter ihrer Theke hervor. »Jenci, du lieber Gott, was ist denn geschehen?«

»Bitte zerstreuen Sie sich und gehen Sie Ihrer Arbeit nach«, Sátori wandte sich an die herbeigelaufenen Angestellten des Hotels.

»Auf Grund welchen Verdachts wagen Sie es ...? Ich fordere ...«, stammelte der Oberkellner verzweifelt.

Csupati zeigte den Inhalt eines der Pakete.

»Wir haben nicht nur einen Verdacht«, sagte Sátori zu dem Festgenommenen und zeigte auf die Zehn-Dollar-Scheine. »Hier geht es um ein Devisenvergehen und Beteiligung an einem Mord! – Und dieses zweite Päckchen? Ach, schau an!« Weißes Pulver fiel aus der Tüte auf Sátoris Hand. »Also auch Rauschgift ... Nehmen Sie den Ober mit!«

»Ich, ich ..., ich bin unschuldig.«

»Das wird sich erst herausstellen.« Der Oberleutnant wandte sich zu Csupati. »Sonst nichts?« Csupati schüttelte den Kopf.

»Bringt sofort den Schlagzeuger her«, sagte Sátori zu seinen Leuten.

»Das wird schwierig sein«, antwortete der eine. »Ich habe zufällig gesehen, wie die kontrollierenden Kollegen die Musiker schon hinausgelassen haben.«

Sátori war wütend über sich selbst, daß er nicht vorher daran gedacht hatte.

»Sachte, sachte, Chef. Unserem Professor entwischt er sowieso nicht«, warf Csupati ein.

»Nehmen Sie auch den Portier und den Geschäftsführer mit. Beginnen Sie mit der Vernehmung«, wies Sátori seine Mitarbeiter an und winkte dem noch in der Mitte des Saales stehenden Polizisten zu, ihm zu folgen. Kantor steuerte auf den Ausgang zu.

»Hatte ich nicht darum gebeten, sämtliche Ausgänge des Hotels abzusperren?« sagte Sátori verärgert zu dem Hauptmann beim Hinausgehen. »Die Gäste haben Sie festgehalten, die Ganoven aber durchgelassen.«

»Das verbitte ich mir. Nur Johnny und seine Leute habe ich nach Hause gehen lassen.«

»Na eben«, Sátori winkte ab und eilte Csupati nach. Kantor umging das Hotel. Auf der Hauptstraße lief er etwa zweihundert Meter in die Richtung des Bahnhofs, dann bog er in den Park vor dem Museum ein. »Wir müssen uns beeilen«, sagte Sátori zu dem Stabsfeldwebel. Die Ermunterung war überflüssig, denn Kantor zwang seinen Herrn zum Laufschritt, und Csupati war nicht imstande, seinen Gang so sehr zu beschleunigen, daß sich die Spannung der Leine gelockert hätte. Hinter dem Museum eilten sie über die Brücke des schnellen, angeschwollenen Bachs. In einer schmalen Nebenstraße blieb Kantor vor einem geschlossenen Tor stehen. Nach einigen Minuten, die ihnen wie Stunden vorkamen, schlurfte der Hausmeister herbei. Verschlafen blinzelnd, öffnete er die Tür, und beim Anblick des großen Hundes wich er erschrocken zurück.

»Wohnt hier Johnny, der Schlagzeuger?« fragte Sátori eilig. Der Hausmeister verstand die Frage des Polizeioffiziers zuerst nicht. Doch ehe Sátori die Frage hätte wiederholen können, rannte Kantor schon die Treppe hinauf.

»Ein Bürger mit diesem Namen wohnt hier nicht«, rief der Hausmeister dem Offizier nach, aber Sátori hörte es nicht mehr.

Im zweiten Stock holte der Oberleutnant Csupati ein. Kantor blieb am Ende des Flurs unter dem Gewölbebogen eines dunklen Durchgangs stehen. Csupati und Sátori drückten sich instinktiv an die Wand. Csupati ermahnte Kantor mit leisem Zischen, sich ruhig zu verhalten und aufzupassen, denn aus dem Zimmer drangen abgerissene Gesprächsfetzen zu ihnen.

»Wir müssen in Richtung Kanizsa fahren«, sagte ein Mann. »Versteh doch, den Frühzug nach Budapest durchkämmen sie zwanzigmal.«

»Du bist doch über jeden Verdacht erhaben.«

»Ja, ja, schon. Aber wer hätte gedacht, daß sie dir so schnell auf die Spur kommen würden!«

»Und was wird mit dem Geld und der ›heißen Ware‹?«

»Der Portier bringt alles, wenn die Polente aus der Bar abgezogen ist. Wir haben noch eine Stunde Zeit. Kein Grund zur Panik.«

»Ist die Budapester Ware eingetroffen?«

Da trat aus dem Treppenhaus der Polizist in den Flur, den Sátori als Begleiter mitgenommen hatte. Seine Schritte dröhnten durch das stille Haus.

»O, ich könnte mich ohrfeigen!« der Oberleutnant seufzte. »Daß ich ihn nicht am Tor gelassen habe!« Drinnen war das Geflüster verstummt. Das Fenster der im Durchgang liegenden Wohnung ging höchstwahrscheinlich auf den Flur. Sátori überdachte die neue Lage. Obwohl sich ihre Augen schon an das Dunkel gewöhnt hatten und sie glaubten, die Tür im Durchgang genau zu sehen, beunruhigte es Sátori doch. Was sollte werden, wenn man im Zimmer den Schatten des Polizisten erblickte?

»Genosse Oberleutnant«, flüsterte er.

»Halten Sie schon den Mund, und rühren Sie sich nicht«, sagte Sátori leise. Seine Nerven waren bis zum äußersten angespannt.

»Ja!« Zwei Stiefelhacken schlugen geräuschvoll zusammen. Ich werde auf der Stelle wahnsinnig, dachte der Oberleutnant, und er bekam plötzlich Kopfschmerzen.

»Géza«, Csupati beugte sich zu dem Oberleutnant. »Ärgere dich nicht. Die glauben sicher, der Portier sei gekommen, von dem sie die Dollar erwarten. Zieh dich ans Fenster zurück, ich werde anklopfen.«

Bis zum Morgen konnten sie freilich nicht wie die Bildsäulen hier stehenbleiben. Sátori gab dem Stabsfeldwebel recht. Und im übrigen, was sollte schon passieren? Eventuell würde es zum Kampf kommen, aber das gehörte nun einmal zum Beruf.

»Wenn sie auf das Klopfen nicht öffnen, versuche ich, die Tür einzudrücken«, flüsterte er Csupati zu und verzog sich in eine Nische des Flurs. Csupati ging bis zu dem Polizisten und näherte sich dann mit leise schlürfenden Schritten der Tür. Vorsichtig, geradezu ängstlich klopfte er an. Nach einer Weile knarrte hinter der Tür leise der Fußboden. Csupati klopfte noch einmal.

»Wer ist da?« fragte eine Frauenstimme. »Kommst du aus dem ›Grand‹?«

»Ja, mach schon auf.« Csupati log ja nicht einmal. Kantor saß, an die Seite seines Herrn geschmiegt, vor der Tür.

»Das wird der Portier sein«, hörte Csupati drinnen jemand sagen.

»Ich hab' keine Zeit«, sagte Csupati nun etwas lauter und trommelte mit den Fingern ungeduldig an die Tür. Sátori befürchtete schon, daß Csupati seine Rolle am Ende noch übertreiben würde.

»Öffne!« sagte endlich im Zimmer eine rauhe Männerstimme. Csupatis Herz klopfte heftig und als die Klinke niedergedrückt wurde, stieß er mit ganzer Körperkraft den Türflügel sperrangelweit auf. Im gleichen Augenblick zischte er Kantor zu: »Faß Gauner!« In den dunklen Raum hinein aber schrie er: »Hände hoch, keine Bewegung!«

Ehe die Taschenlampe in Csupatis linker Hand aufleuchtete, sprang Kantor mit einem Satz in den Raum. Eine Frau schrie auf. Zorniges Fluchen und die Geräusche vom Fleck gerückter Möbel vermischten sich zu einem vielfältigen Krach. Endlich fand Csupati den Schalter an der Wand und knipste das Licht an. Sátori, der inzwischen den Polizisten am Flurfenster postiert hatte, eilte Csupati zu Hilfe. Doch Hilfe war gar nicht mehr nötig. Kantor hatte seine Gegner ganz allein überwältig, und Csupati war nur die Aufgabe geblieben, die kreischende Frau zu besänftigen. Kantor hockte bereits triumphierend auf den Rücken der beiden nebeneinander liegenden Männer.

»Handschellen anlegen!« befahl Sátori Csupati und rief dann auch den draußen wartenden Polizisten herein. Sie durchsuchten die Wohnung, fanden aber keine weiteren Personen. Den Polizisten ließen sie zurück, er sollte so lange Wache halten, bis die örtliche Untersuchungsgruppe eintreffen würde.

»Jeden Fremden, der herkommt, verhaften Sie!« wies Sátori ihn an. Csupati, Sátori und Kantor begleiteten die beiden gefesselten Männer und die Frau. Sie gingen durch die stillen, morgenkühlen Straßen der Stadt zum Polizeiamt.

Um neun Uhr morgens trat Sátori mit verschlafenem Gesicht in Csupatis Zimmer. »Hast du ein bißchen Kaffee?« fragte er heiser.

Csupati lächelte. »Erstklassige Schmuggelware aus Brasilien. Aber sag es niemandem weiter.«

»Ich beneide dich um deine Kondition. Ich habe kaum mehr Freude am Leben, geschweige denn Lust zum Scherzen.«

»Ich mache dir gleich einen guten Kaffee. Du wirst sehen, der bringt die die Lebenslust wieder!«

»Lebenslust? Wenn man sich Woche um Woche mit solchen Banditen herumschlagen muß wie mit dieser Gesellschaft in der vergangenen Nacht ...« Er ließ sich müde auf einen Stuhl fallen. »Aber trotzdem sind wir zusammen mehr wert als zehn Sherlock Holmes. Wenn ich mir vorstelle, daß dieser Johnny alias Jancsi Kecze schon seit drei Monaten vor unserer Nase die Pauke schlägt, könnte ich verrückt werden.«

Csupati winkte ab. »Ah ... reg dich nicht auf.«

»Du hast anscheinend keinen Begriff davon, was wir Kantor zu verdanken haben. Ohne ihn könnten wir auch jetzt noch die beiden Leichen ansehen und hätten keinen blassen Schimmer, was in Wirklichkeit geschehen war.«

»Möchtest du Zucker?« fragte Csupati und stellte dampfenden Kaffee vor Sátori hin. Der Oberleutnant nickte. Innerhalb von sechs Stunden hatte sich der genaue Ablauf der Tat ergeben.

»Die Kerle haben gestanden.« Sátori begann erneut zu sprechen, während er seinen Kaffee in kleinen Schlucken trank. »Drei Stunden lang leugneten sie. Keiner wollte überhaupt den anderen kennen. Schließlich verstrickte sich der Portier derart in Widersprüche, daß ihm kein anderer Ausweg blieb, als Jancsi Kecze, den Schlagzeuger, zu verpfeifen, der dann vor Wut außer dem Portier auch noch Tillinger beschuldigte. Eine regelrechte Gangsterbande.«

»Wer ist dieser Tillinger?« unterbrach ihn Csupati.

»Adam Tillinger war Mitglied des Volksbundes der Deutschen in Ungarn, einer profaschistischen Organisation. Er wurde 1945 aus einem Grenzdorf in die amerikanisch besetzte Zone Deutschlands umgesiedelt. Dieser war der Verbindungsmann der Bande. Kantor hatte seine Spur von der Grenze bis zum Hotel verfolgt. Als Tillinger abends halb elf in der Stadt eintraf, rief er vom Busbahnhof aus den Nachtportier an, der ihn dann vor dem Personaleingang des Hotels erwartete. Im Kellergeschoß begegneten sie dem Heizer. Der Heizer hielt sie an und bedeutete ihnen, daß fremde Personen das Hotel nicht durch diese Tür betreten dürften. In seiner Verwirrung antwortete der Portier, daß das ein neuer Kollege sei, den er mitbringe, doch der Heizer wollte das nicht glauben und wollte es dem Geschäftsführer melden, denn so etwas war noch nicht vorgekommen, daß man einen neuen Angestellten des Hotels durch den Flur des Kesselhauses ins Gebäude geführt hatte. In der Hitze des Wortwechsels verlor Tillinger den Kopf und erdrosselte den Alten.«

»Sein erster Fehler!« warf Csupati ein. Sátori nickte.

»Erinnerst du dich, wie Kantor, als er vom Kellergeschoß in die Empfangshalle gelangt war, vor dem Portierpult knurrte? Für mich war der Nachtportier schon damals verdächtig.«

»Ich verdächtigte ihn auch, deshalb sagte ich dir: Laß ihn beobachten.«

»Die Sängerin war die Freundin des Schlagzeugers. Die hatten sie schon in Budapest in ihre Gruppe eingebaut. Johnny hatte sie damit geködert, daß er sie mit einem Manager zusammenbringen wollte, der ihr drüben einen Vertrag verschaffen und eine glänzende Karriere sichern würde. Doch inzwischen hatte er die Frau kennengelernt, in deren Wohnung wir ihn erwischt haben. Als die Sängerin davon erfuhr, drohte sie in ihrer Eifersucht mit einer Anzeige wegen Rauschgiftschmuggels und erpreßte ihn ... Als Tillinger eintraf – von dem sie glaubte, daß er ihr künftiger Manager sein werde und nun gekommen sei, um sie noch in dieser Nacht über die Grenze zu bringen –, gingen sie zu dritt in das Zimmer der Sängerin. Dort erklärte Kecze, daß gar keine Rede davon sein könne, sie hinüberzubringen. Maca drohte den beiden Männern, sie sofort anzuzeigen. Macas Ende hast du ja dann auch gesehen. Tillinger kam regelmäßig über die Grenze. Nach zwei Stunden war er in der Bar. Dort übergab er in einem günstigen Augenblick Kecze Briefe, Valuta, Heroin – was gerade an der Reihe war. Kecze versteckte die Sachen dann sogleich in der Pauke. Auch die aus der Hauptstadt kommenden Spionageberichte hielt er dort verborgen und schmuggelte sie geschickt in Tillingers Hände. Der ständige Nachtportier nahm das Paket mit der Ware in den Morgenstunden, wenn Hotel und Bar leer waren, aus der Trommel und brachte es in die Wohnung von Keczes Freundin, wo dann bald ein alter Kumpan Johnnys erschien, der das ›Material‹ nach Budapest weiterleitete. Der Oberkellner war nur am Schmuggelgeschäft beteiligt, von der Spionagetätigkeit wußte er nichts. In gleicher Weise arbeitete der Gangsterring auch in umgekehrter Richtung. Wem wäre schon eingefallen, die Pauke der Kapelle genauer zu untersuchen? Den Schmuggel betrieben sie als Nebengeschäft. Wenn nämlich irgendwo ein Glied in der Kette ausgefallen wäre, hätten sie den Schmuggel in den Vordergrund gerückt ... So liegen die Dinge, mein Lieber. Den Fall hat Budapest übernommen, ich aber habe dem Chef anheimgestellt, Kantor für eine weitere Auszeichnung vorzuschlagen.«

Der Frühling hatte sich zeitig eingestellt. Mitte April blühte schon der Flieder, und eines Morgens rannte Csupati mit einem großen Fliederstrauß zu Kantors Box. Er öffnete die Tür und hielt die Blumen übermütig vor Kantors Nase. »Riech daran, na, riech doch mal.« Seine Augen glänzten. Kantor schaute Csupati an.

»Was gaffst du so? Ich habe getrunken, jawohl. Sollte ich das jetzt etwa nicht? Ich bin nämlich Vater geworden. Aber du auch«, fügte er hinzu, und er strahlte vor Glück. In derselben Nacht war nicht nur Csupatis zweiter Sohn geboren worden, sondern Kócos hatte auch sechs Welpen geworfen. Nach dem Blumengruß schubste der Stabsfeldwebel seinen Hund zu Kócos' Box hin. Kantor hörte leises Winseln und sanftes Schmatzen. Kócos beleckte ihre ungeduldigen, gierigen Jungen. »Na, was sagst du zu ihnen?« Csupati zeigte hinter das Gitter. »Das sind nämlich deine.«

Kantor steckte die Nase hinein und stubste Kócos am Rücken. Die Hundemutter drehte ihm – ohne den Körper zu bewegen – den Kopf zu und kläffte leise. Darauf sprang der große Rüde auf, lief durch den Hof und begab sich kläffend wieder zur Box zurück.

»Leiser, Kamerad«, ermahnte ihn Csupati lachend. »Du weckst doch das ganze Haus auf.«

Kantor wurde jetzt vier Jahre alt. Die Welpen waren seine ersten Nachkommen. Seine Anhänglichkeit schien Kócos zu gefallen. Sie drückte die Nase an die des kräftigen Rüden und beleckte bald ihre Jungen, bald Kantors Kopf.

Csupati war längst aus dem Krankenhaus zurückgekehrt, als Kantor immer noch vor Kócos Box saß. »Erst wenn sich ihre Augen geöffnet haben, kannst du hinein und bei ihnen sein. Aber jetzt, mein Lieber, auf zur Arbeit!«

In der vergangenen Woche hatte Csupati seinen Bericht über die Erfahrungen mit Kantor persönlich nach Budapest gebracht und sich dort auch nach seinem ersten Lehrmeister Kovács erkundigt. Man sagte ihm, daß Csupatis Freund vor zwei Wochen Leiter der vor kurzem eingerichteten selbständigen Hundestaffel des Budapester Polizeipräsidiums geworden sei. Gleichzeitig hatte man ihm vertrautlich mitgeteilt, daß wahrscheinlich am 20. August auf dem Flugplatz der Bezirksstadt die erste Landesmeisterschaft und Lehrschau der Diensthunde durchgeführt werde. – Csupati war nicht mit leeren Hände nach Hause gekommen. Er hatte noch drei Hunde bekommen: Kegyi, Nero und Bob.

Die Übungsbahn im Hof hatten sie erweitert, und Csupati begann bereits im April mit seinem Gehilfen die Hunde auf die Schau vorzubereiten. Kantor erhielt die Rolle des Vorführers und Lehrmeisters. Szultán hatte im Verlauf der letzten Monate durch die harte Arbeit alles Verspielte abgelegt. Kantor hatte in ihm Ehrgeiz geweckt. Bei seiner ersten erfolgreichen Spurverfolgung konnte Szultán den Grenzverletzer in zwei Stunden einholen und entwaffnen. Szultán war bestrebt, dem Vorbild in allem nachzueifern. Unmittelbar nach Kantor sprang auch er durch den brennenden Reifen. Kantor durchsprang den brennenden Reifen mit der Nationalflagge im Gebiß, und wenn Csupati es wünschte, gar zehnmal hintereinander. Szultán und die anderen Hunde waren noch nicht fähig, beim Lauf den Fahnenstock zwischen den Zähnen zu halten. Dazu muß ein Hund ungeheure Selbstdisziplin aufbringen, denn beim Laufen sammelt sich der Speichel, und das reizt ihn ständig dazu, das Maul aufzumachen und die Zunge heraushängen zu lassen.

Als Kócos' Jungen zwölf Tage alt waren und Csupati Kantor zu ihnen hineinließ, bewegte sich der Hundevater so behutsam zwischen den Kleinen, als ob sie aus Glas wären. Es kam vor, daß Kantor lange auf drei Beinen inmitten der Welpen stand und, vorsichtig tastend, versuchte, das vierte Bein auf die Erde zu setzen, ohne die unbeholfen unter ihm herumtappenden Jungen zu treten oder zur Seite zu schieben.

Mitte Mai arbeitete Csupati mit Kantor in einem im äußersten Westen Ungarns gelegenen Kreis. Nach einer örtlichen Anzeige hatten sie in der Nähe des Grenzstädtchens sehr schnell eine fünfköpfige Gruppe von Jugendlichen festgenommen, die die Grenze illegal überschreiten wollte. Der Erfolg war auch diesmal den guten Leistungen von Kantor zu verdanken. Der Hund erreichte die im Abstand von zehn Metern nebeneinander Flüchtenden etwa hundert Meter vor der Grenze. Csupati und die ihn begleitenden Grenzsoldaten waren weit hinter Kantor zurückgeblieben, denn er war so plötzlich losgerannt, daß sein Herr keine Zeit mehr hatte, die Leine abzuschnallen. Kantor machte einen Bogen um die Gruppe der Flüchtenden und zog an dem Burschen vorbei, der an der rechten Flanke lief. Beim Anblick des Hundes hielt er inne. Kantor griff den zuerst an, der dem Draht am nächsten war. Dessen Geschrei nicht beachtend, griff er sofort den nächsten an, und als dieser vor Schreck die Richtung wechselte, fiel er über den her, der ganz links lief, und zwang ihn auch zur Umkehr. Durch Gebell und Bisse trieb er alle zusammen. Einer der Flüchtenden versuchte, aus dem Ring auszubrechen. »Auseinander und fliehen, Jungs!« rief er, als Kantor auf der anderen Seite gut vierzig Meter von ihm entfernt sein mochte. Csupati hörte lautes Schreien, als er den Hügelrücken erreicht hatte, und sah noch, wie Kantor dem sich von der Gruppe Entfernenden mit langen Sprüngen nachsetzte. Als Csupati und die Grenzsoldaten zu den Flüchtigen gelangten, standen sie dicht beieinander vor Hagebuttensträuchern. Mit hochgehaltenen Händen sahen sie auf den Hund, der etwa vier Meter von ihnen entfernt saß.

Um dem Staunen der Soldaten ein Ende zu bereiten, sagte Csupati: »Das ist nicht unser erster Fall, Genossen. Nicht wahr, Tjutju? Ich danke dir.« Er strich Kantor lobend über den Kopf.

Die Jugendlichen waren schon seit einer Woche zur Grenze hin unterwegs gewesen. Nach dem letzten Einbruch der Bande in Budapest hatte die Polizei zwei der Mitglieder festnehmen können. Die anderen fuhren mit dem Zug in das Grenzstädtchen und wollten von dort durch Umgehung der Hauptverkehrsstraßen zu Fuß die Grenze erreichen. Unterwegs brachen sie in Ställe von Genossenschaften und in Einzelgehöfte im Gebiet des Somlyó-Berges ein. »Wir haben nicht schlecht gelebt«, sagte der Anführer bei der Vernehmung der Bande.

»Das war wieder mal Stoßarbeit«, erklärte Csupati Oberleutnant Sátori, als er ihn im Flur des Kreispolizeiamtes dieser Stadt an der Grenze traf. »Aber was suchst du denn hier?« Sátori lachte, denn in Csupatis Frage schwang ein bißchen Ängstlichkeit. »Ich will euch nicht verlassen, hab keine Angst!«

»Das möchte ich auch nicht hoffen.«

Csupati erzählte mit sichtbarer Freude die Einzelheiten der letzten Bravourleistung Kantors. Das Zusammentreiben einer solchen Menge hatte dem Hund niemand beigebracht. Er mußte selbständig handeln, konnte weder Anweisung, noch ein Kommando, noch sonstige Hilfe von seinem Herrn bekommen.

»Ich wundere mich über nichts mehr. Wenn dein Hund erscheint, ergeht es den Gaunern übel«, meinte Sátori. Kantor stand neben ihnen und beobachtete die beiden. »Ist irgend etwas los?« fragte Csupati erneut.

»Nichts, ich bin nur hergekommen, um mich ein bißchen umzuschauen.«

»Wieder wegen des Mordes an dem Pfarrer?«

Sátori nickte und antwortete: »Das Oberste Gericht hat den Fall zurückgegeben und eine neue Verhandlung angeordnet. Die Beweise, die Tosó schuldig sprechen, wurden als nicht ausreichend angesehen.«

»Jetzt sind wir also im Kommen?« Csupatis Augen leuchteten.

Sátori wiegte unsicher den Kopf. »Das ist nicht so einfach.« Sie setzten sich in einen freien Büroraum.

»Wieso nicht einfach? Haben wir denn nicht noch am selben Morgen alles, was wir mit Kantors Hilfe ermittelt haben, in einem Protokoll festgehalten?«

»Dieses Protokoll war den Prozeßakten gar nicht beigefügt. Es war damals als eine unwissenschaftliche und jeder logischen Grundlage entbehrende bloße Vermutung zurückgewiesen worden ...«

»Aber ich habe noch den Durchschlag. Es ist vorschriftsmäßig ...«

»Das ist ja auch alles in Ordnung, aber – die Rätselfragen der Märchenprinzessin zu lösen ist im Verhältnis zu diesem Fall ein Kinderspiel. Ich habe vom Chef zwei Tage freibekommen, um mich an Ort und Stelle erneut umzuschauen. Du kannst dir wohl denken, wohin mich mein erster Weg geführt hat: zu den Eltern des Burschen Koncz.«

»Na und?« fiel ihm Csupati ungeduldig ins Wort.

»Es gibt kein ›na und‹. Der Vater des Jungen wurde Ende Januar bei einer Waldrodung von einem umfallenden Baum erschlagen, seine Mutter vor zwei Wochen auf ihrem eigenen Feld am Waldrand von einem Jäger aus Versehen erschossen. Wenn ich nun nicht hierhergekommen wäre, hätte ich vielleicht nie erfahren, was da noch alles geschehen ist.

Nach Beerdingung seines Vaters ist Koncz verschwunden, seitdem hat man ihn nicht mehr gesehen. Vom Tod seiner Mutter konnten ihn die Verwandten nicht einmal benachrichtigen, denn der Brief, den sie an das Berufsschulinternat in Györ geschickt hatten, kam ungeöffnet mit dem Vermerk zurück, daß der Aufenthalt des Jungen unbekannt sei.«

»Ein ganzer Schauerroman!« Csupati wischte sich den Schweiß von der Stirn. Er starrte seinen Freund an. Als er etwas sagen wollte, winkte Sátori ab. »Warte. Aber du hast recht: Eine ähnliche Geschichte habe ich neulich bei Walter Scott gelesen.«

»Wer ist denn das? Ein berühmter schottischer Polizist?«

»Nein, mein Lieber«, Sátori lächelte, »ein englischer Schriftsteller des vergangenen Jahrhunderts.«

»Aha«, Csupati nickte, »dann kann ich ihn auch nicht kennen. Aber was wird nun?«

»Es gibt doch etwas, das mir keine Ruhe läßt. Koncz' Mutter traf sich, wie andere alte Bäuerinnen, an den Winterabenden immer mit vier bis fünf Freundinnen zum Federnschleißen. Ich habe mit diesen Frauen gesprochen, und sie erzählten mir, daß Klara sonst stets fröhlich gewesen sei, seit Weihnachten jedoch beim Schleißen häufig gebetet habe. Auf die Frage der Frauen, für wen sie eigentlich bete, habe sie ihnen geantwortet: ›Für unseren armen, guten Pfarrer!‹ Und einmal hätte sie sogar hinzugefügt. ›Und für das Seelenheil des Mörders, damit ihm der liebe Gott vergebe, denn ich spüre, daß sich der Himmel furchtbar rächen wird, aber nicht an dem Mörder, sondern an seinen unschuldigen Angehörigen ...‹«

»Das kommt einem Geständnis gleich.«

»Sei nicht voreilig. Wir wollen nicht in denselben Fehler verfallen, gegen den wir ankämpfen. Bis hierher ist das höchstens ein interessantes Gespräch alter Frauen, auch dann, wenn es unseren Verdacht bekräftigt. Heute habe ich die Mitteilungen der Alten protokolliert, denn Koncz' Mutter hatte auch beim Begräbnis ihres Mannes gebetet: ›Lieber Gott, vergib ihm.‹

Zweieinhalb Monate später aber erschoß ein Jäger im Morgengrauen ›aus Versehen‹ die alte Frau, die bestimmt wußte, wer den Pfarrer umgebracht hat ... Ich bitte dich, über die Angelegenheit vorerst noch zu schweigen. Ich habe irgendeine Überprüfung vorgetäuscht, sonst hätte ich nicht hierherkommen können. Du weißt doch, der Fall ist für den Oberstleutnant zu einer Prestigefrage geworden, und wer gesteht schon gern seinen Fehler ein?«

»Wir helfen dir, wo wir können«, sagte Csupati und zeigte auf Kantor.

Wieder gab es eine Veränderung in der Diensthundeführerschule, die Csupati leitete: Er hatte drei neue Gehilfen zum Anlernen bekommen. So war die Brigade der Gehilfen schon auf vier angewachsen. Csupati sollte ihnen seine Erfahrungen mitteilen, aber es gab kaum einen Tag, an dem er nicht mit Kantor in irgendeinem Teil des Grenzabschnittes hätte arbeiten müssen. Es war schwer für ihn, die Ausbildung der Neuen kontinuierlich durchzuführen.

An einem Spätsommertag hatte die Streife des Grenzpostens in B. eigenartige Spuren entdeckt. Auf dem weichen Boden des umgepflügten Grenzstreifens zeichneten sich die Spuren großer Hundepfoten ab. Als Csupati und der Hund angefordert wurden, konnte mühelos festgestellt werden, daß die Abdrücke von außen nach innen verliefen, die Spuren waren breiter und kürzer als Kantors Pfoten. Anfangs dachte er an einen großen, umherirrenden Hund. Nach kurzem Wittern deutete auch Kantor seinem Herrn durch Kläffen an, daß es sich hier um einen Hund handelte. Csupati nickte: Er wisse auch, daß der Grenzverletzer ein Hund und kein Mensch sei. Seit jenem denkwürdigen Hasenjagdabenteuer, bei dem ihm Lux eine Ohrfeige verabreicht hatte, interessierten Kantor die von Tieren hinterlassenen Spuren während der Arbeit nicht, und er verfolgte sie auch nie. Besonders die Gerüche von Hunden hielt er für selbstverständlich, zu seiner Umgebung gehörend. Auch nach der gründlichen Untersuchung forderte Csupati Kantor nicht zur Spurenverfolgung auf. Er teilte seine Wahrnehmungen dem Grenzkommando mit und eilte zurück, um rechtzeitig die Nachmittagsausbildung zu beginnen. Um fünfzehn Uhr jedoch wurde er wieder alarmiert. Von dem Grenzposten, etwa zwanzig Kilometer entfernt, hatte man an zwei Stellen des Grenzgebirges, die fünf- bis sechshundert Meter auseinanderlagen, ähnliche Hundespuren bemerkt. Kantor hatte ja auch angedeutet, daß tatsächlich Hunde unter der Drahtsperre hindurchgeschlüpft waren. Die Scharrstellen bestätigten dies ebenfalls, und Csupati grübelte darüber nach. Seit Jahren hatte keine einzige Streife auf dem Grenzstreifen eine Hundespur entdeckt, höchstens einmal ein Reh, eine Kuh oder einen Hirsch, die in die Nähe der technischen Sperre gekommen waren; doch diese Tiere waren am Draht stets wieder umgekehrt. Und jetzt sollten drei Hunde auf einmal von der anderen Seite gekommen sein? Csupati meldete den Fall sogleich der Zentrale und bat um einen Spurensachverständigen.

Am nächsten Morgen erlebte er eine Überraschung. Oberfähnrich Kovács betrat sein Büro. Er umarmte seinen Freund, wobei er ausrief: »Was gibt's Neues, Csupati?«

So etwas kommt manchmal vor. Menschen, die sich sympathisch sind, trennen sich mit einem freundlichen Händedruck, und wenn sie sich nach Jahren wiederbegegnen, begrüßen sie einander so, als ob sie gerade gestern auseinandergegangen wären. Kovács hatte einen Hund mitgebracht. »Na, komm herein«, ermutigte er ihn und wandte sich dann an Csupati. »Erinnerst du dich noch an ihn?«

»Gewiß, der Lux«, sagte Csupati lachend. Lux kam in seiner gewohnten Art ins Zimmer, als erweise er allen damit eine besondere Gnade. Kovács erkundigte sich sogleich nach Kantor, über den er in den vergangenen Jahren sensationelle Dinge gehört hatte. Als Kovács »Kantor« sagte, warf Lux den Kopf auf und schaute seinen Herrn an. »Erinnerst du dich noch an ihn?« fragte Kovács seinen Hund. Lux wedelte mit dem Schwanz. Csupati bemerkte lachend. »Na, dann kommt mit!« Er ging hinaus, und im Hof eilte er seinen Gästen ein paar Schritte voraus. »Dein Freund ist gekommen«, rief er Kantor zu und öffnete die Zwingertür. Kantor kam ruhigen Schrittes heraus. »Lux!« sagte dann Csupati laut, und Kantor blickte auf Kovács und Lux, die in den abgegrenzten Hundehof eintraten. Einen Augenblick lang beobachtete er die Ankömmlinge. »Kantor!« Er hörte die Stimme seines früheren Herrn. »Geh nur«, ermunterte ihn Csupati. Der Hund rannte zu Kovács hin. Er beschnupperte ihn erst, dann kläffte er freudig, sprang hoch, lehnte sich mit den Vorderläufen an die Brust seines ehemaligen Herrn und wollte ihm unbedingt das Gesicht lecken. Dann schnellte er zu Lux hin. Auch seinem einstigen Gefährten legte er spielerisch die Vorderläufe um den Hals, und Lux duldete diesen Gefühlsausbruch. Kantor führte Lux die Boxen entlang an seinen Jungen vorüber, dann liefen sie auf die Übungsbahn hinaus. Kovács schaute Kantor gerührt nach.

»Was für ein herrliches Tier!« sagte er begeistert. »Jetzt kann ich es dir ja sagen, ich habe ihn damals sehr ungern abgegeben, aber nun bin ich stolz darauf, daß ich sein erster Betreuer war.« Das Lob aus dem Munde seines ersten Lehrmeisters und Freundes erfüllte Csupati mit großer Freude.

»Du bist ein Glückspilz, Csupati«, Kovács seufzte. Sein Freund schaute ihn fragend an. »Ich muß mich leider endgültig von Lux trennen. Unlängst habe ich einen Verweis bekommen.

Es gibt noch zu wenig Hunde. Die Anforderungen sind sprunghaft gestiegen, und die Ausbildung kann damit nicht Schritt halten. Dreißig Tiere haben wir dem Grenzschutz übergeben, und weitere zwanzig fordern sie für sofort. Man beschuldigt mich, Lux bisher aus egoistischen Interessen zurückgehalten zu haben.«

Csupati nickte.

»Ich habe in der Zentrale gesagt«, fuhr Kovács fort, »daß ich für Lux selber aufkommen werde. Aber man entgegnete mir: ›Hier gelten nur Befehle. Jeder hat sich dem unterzuordnen.‹ Luxi ist jetzt sechs Jahre alt. Er ist mir ans Herz gewachsen. Ich bat darum, ihn aus dem Dienstverhältnis herauszunehmen.«

»Und?«

»Deshalb habe ich den Verweis bekommen. Lux ist kein Spürhund, für die Spursuche ist er nicht zu gebrauchen, denn er gibt die konzentrierte Beobachtung sehr schnell auf, aber er ist ein sehr guter Streifenhund. Ich habe auch versucht, ihn als Wachhund einteilen zu lassen, denn ich dachte, auf diese Weise könnte er dann an der Diensthundeführerschule verbleiben. Na, das hättest du hören müssen! ›Einen ausgebildeten Hund, dessen Erziehung und Unterhalt bisher schon zwanzigtausend Forint gekostet haben, wollen Sie als Haushund verwenden?‹ – Am nächsten Tag schickte man mir einen zottigen Hirtenhund herüber. So ist die Lage. Nun wurde entschieden, Lux im Grenzbereich einzusetzen. Da habe ich an dich gedacht. Vielleicht bei dir, oder hier, in deiner Nähe . . .«

»Aber das bedeutet doch sein Todesurteil«, versuchte Csupati abzuwehren.

Kovács wiegte unsicher den Kopf. »Vielleicht nicht, weil er Kantor schon kennt. Zu Hause war er in letzter Zeit in verstärktem Maße eifersüchtig. Sobald ich mit den anderen Hunden den Unterricht beginne, ist er auch sofort zur Stelle, und wenn es ihm nicht gelingt, meine Aufmerksamkeit auf sich zu lenken, beißt er einen der Hunde und stört fortwährend die Ausbildung. Sperre ich ihn aber ein, fängt er so kläglich zu heulen an, daß man sich das nicht anhören kann. Es zerreißt einem das Herz.«

»Dann wäre doch ein nahegelegenes Revier für ihn am besten. Vielleicht bleibt er.«

Beide hatten denselben Gedanken: Im Alter von sechs Jahren wechseln Hunde, die weit weniger exzentrisch sind als Lux, nicht mehr leicht ihren Herrn.

Csupati dachte auch daran, was er wohl machen würde, wenn man ihm von heute auf morgen Kantor wegnähme. Die anderen Hunde – Szultán, Bob, Kócos –, auch sie hatte er gern, doch wenn sie aus dienstlichem Interesse woandershin gehen müßten, dann würde das für ihn kein großer Verlust sein! Freuen würde er sich freilich nicht, ihnen aber auch nicht allzusehr nachtrauern. »Hast du Lux schon darauf vorbereitet?« fragte er schließlich.

Kovács schüttelte den Kopf. »Seit Jahren versuche ich es, ihn an andere Menschen zu gewöhnen. Solange ich in seiner Nähe bin, duldet er sogar, daß ihn Freunde streicheln, aber sobald er mich nicht mehr sieht, knurrt er gleich und fletscht die Zähne.«

»Und du hast keine andere Lösung gefunden?«

»Leider. Lux wurde in den Grenzbezirk des oberen Donauraumes abkommandiert. Zum Glück haben wir jedoch ein paar Streifenhunde auch hierher zu euch zu schicken, und ich habe Lux gegen einen von diesen auswechseln lassen.«

Nach einigem Überlegen sagte Csupati: »Wenn es keine andere Wahl gibt, werde ich es beim Revier in B. versuchen. Dort kenne ich den Leiter gut.«

Ihre Unterhaltung beendete der Fahrer, der über die Einfriedung herüberrief, daß sie weg müßten. Sie winkten Kantor und Lux zu sich. Kovács und Csupati holten die Ausrüstung. Eine Stunde später waren sie bereits in den Bergen. Unterwegs informierte Csupati seinen Freund über die merkwürdigen Tierspuren. »Wir werden Gipsabdrücke machen, dann können wir leichter feststellen, von welcher Hunderasse sie stammen«, sagte Kovács.

Als sie am Rande des Spurstreifens aus dem Wagen stiegen, betrat Lux sofort den Grenzstreifen. »Zurück!« ertönte der strenge Ruf seines Herrn, und Lux sprang erschrocken wieder aufs Gras.

Kovács schüttete Gipsmasse in die Abdrücke. Als sie die Spuren gesichert hatten, begaben sie sich zu der nächsten Stelle, die sich einen halben Kilometer von der ersten entfernt befand. Auch dort gossen sie die in den weichen Lehmboden gedrückten Spuren aus. Hier schien das Tier bis zum Fußgelenk eingesunken zu sein. Die Gipsproben wickelten sie in ein Tuch und fuhren zur Wache von B. Kovács untersuchte die beiden Spurproben schon im Wagen. Nach längerer Betrachtung stellte er fest, daß sie zwar von der gleichen Hunderasse, aber nicht von ein und demselben Tier stammten. Auf die Abweichungen machte er Csupati besonders aufmerksam. Csupati interessierte sich mehr dafür, aus welchem Grunde die Tiere überhaupt herübergekommen sein mochten.

»Dafür kann es viele Gründe geben. Sie haben sich verirrt, auf unserer Seite ein Wild erblickt, haben jemandem einen Brief, eine Nachricht überbracht ...«, antwortete Kovács.

Bald nach ihrer Rückkehr wurden die Polizisten bereits wieder zum Einsatz gerufen. Auf der Straße nach V. war in den Bergen ein kleiner Autobus der bäuerlichen Handelsgenossenschaft in Flammen aufgegangen, der Lebensmittel transportierte. Am Tatort wartete die Untersuchungsgruppe auf sie.

Einige Stunden zuvor waren sie selber diese Strecke gefahren. In einer Kurve der Serpentine lag das halbausgebrannte Fahrzeug.

Oberleutnant Sátori und seine Gruppe empfingen sie. Nach ersten Feststellungen mußte ein Sprengkörper den Unfall verursacht haben, doch auf der Fahrbahn waren merkwürdigerweise kaum Beschädigungen zu sehen. Der Oberleutnant vermutete, daß jemand eine Handgranate auf das Auto geworfen haben könnte. Der Fahrer war tot. Csupati schickte seinen Hund auf freie Spurensuche. Wenn sich ein Mensch in der Nähe aufhalten sollte, dann würde Kantor ihn vielleicht entdecken.

Lux schnupperte um das Auto herum, während Kantor zwischen den Sträuchern an der steilen Böschung suchte. Nach einigen Minuten rief Kantor seinen Herrn durch Kläffen zu den Büschen. Csupati winkte sogleich auch Kovács herbei. Sie sahen verdutzt auf verkohlte Rippen- und Wirbelknochen.

»Das ist doch vom Kadaver eines Hundes!« rief Kovács verblüfft. Die beiden Freunde sahen sich zweifelnd an.

»Das kann doch bald nicht wahr sein«, sagte Csupati empört. »Demnach ist das einer der Hunde, deren Spuren wir am Vormittag auf dem Spurstreifen gefunden haben?«

Kovács nickte. »Das ist sogar leicht möglich!«

Sátori hörte ihnen kopfschüttelnd zu, schließlich bemerkte er: »Meint ihr, daß sie auch schon Hunde in den Kampf gegen uns schicken?«

»Sie können dem Hund Sprengstoff auf den Rücken geschnallt haben, der infolge des starken Zusammenpralls explodiert ist. Wahrscheinlich hat man die Hunde darauf dressiert, rollende Fahrzeuge anzugreifen«, erklärte Kovács. Csupati empfahl, für den Grenzbereich sofort Alarm anzuordnen und sämtliche herrenlose Hunde abzuschießen, denn zwei davon lebten ja noch, und wer konnte wissen, wann und wo sie ein weiteres Unglück verursachten.

»Man muß ihnen Streifenhunde auf die Spur schicken«, sagte Kovács und blickte dabei betrübt auf Lux.

Zwei Tage lang hielt sich Kovács mit Lux bei dem Grenzposten in B. auf. Obwohl er nicht vom Erfolg überzeugt war, versuchte er doch, Lux an der Grenze auf die Spur eines eingedrungenen Hundes zu schicken. Die »Sprenghunde«, wie sie den neuen Feind nannten, waren nach Kovács' Meinung eine Kreuzung zwischen dänischer Dogge und schottischem Schäferhund. Das sind kräftige, gefährliche Tiere. Lux verfolgte die Spur des fremden Hundes bis zu einer sumpfigen Wiese. Dort verlor er sie, und Kovács gab die Verfolgung auf.

Das war zugleich seine letzte Einsatzhandlung mit Lux. Am

Abend dieses Tages reiste Kovács ab. Als Lux am anderen Morgen seinen Herrn nicht mehr fand, begann er zu heulen. Plötzlich rannte er zum Tor.

»Was willst du?« fragte ihn der Posten. Lux knurrte drohend.

»Scher dich zum Teufel!« Der Soldat war ungehalten und machte eine abweisende Geste.

Lux versuchte die Umfriedung zu überspringen. An dem nach innen gebogenen Stacheldrahtzaun auf der Mauer verletzte er sich den Kopf. »Du springst vergebens«, sagte der Soldat ein wenig schadenfroh, »da kommst du nicht 'raus.« Lux versuchte ein zweites Mal zu springen, doch seine Krallen rutschten von der Mauer ab. Der Posten lachte. Lux knurrte ihn zähnefletschend an. Der Soldat zog sich erschrocken zurück. Er telefonierte mit dem diensthabenden Offizier und bat ihn, den Hund an die Kette legen zu lassen.

Zwei Soldaten kamen mit einer Leine. Lux griff auch sie an und verjagte sie. Er nahm wieder gegenüber dem Eingang Platz. Sein Fell war gesträubt, und wenn jemand die Veranda betreten wollte, fiel er ihn mit wildem Gekläff an. Früh um sieben Uhr kam der Kommandeur. Als ihm der Posten über den Hund berichtete, winkte er nur ab und ging entschlossen zur Veranda. Er gelangte nicht über die zweite Treppenstufe. Lux knurrte unmißverständlich. Noch einen Schritt, und er würde ihn packen. Der Leutnant redete ihm beschwichtigend zu. Er holte Knochen aus der Küche, schob Lux' Teller an die Verandasäule. Alles war vergebens, Lux wich einfach nicht von der Tür. Nach einem einstündigen Versuch wies der Kommandeur den Funker an, sofort Ausbilder Tibor Tóti anzufordern.

Lux hatte eine einmalige Situation geschaffen: Die zum Dienst abrückenden Streifen mußten durch die Fenster des Gebäudes hinaussteigen, die in einen Garten führten, denn Lux ließ niemanden zur Tür.

Früh um acht beantwortete Kovács in Csupatis Büro mißgelaunt die Fragen seines Freundes nach Lux. Csupati nahm an Kovács Mißgeschick großen Anteil.

»Das Ganze ist eine Schande.« Kovács stöhnte. »In unserem Beruf darf man keine Gefühle haben.«

»Dort wird er es gut haben...«, versuchte Csupati ihn zu trösten, doch er wußte genau, daß seinen Worten die Überzeugungskraft fehlte.

»Du wirst sehen, er geht zugrunde.«

»Weißt du was«, Csupati war etwas eingefallen, »wir tauschen ihn gegen ein Junges von Kócos aus, und du kannst Lux mit nach Hause nehmen. Wichtig ist doch nur die Gesamtzahl.«

Kovács schüttelte den Kopf. »Das geht leider nicht. Er steht auf der Liste, und auch in dem Überweisungsbefehl ist sein Name eingetragen.«

Das Telefon läutete. Eine Weile hörte Csupati zu, doch dann konnte er nicht mehr an sich halten und schüttelte sich vor Lachen. »Was ist?« fragte Kovács und schaute seinen Freund ahnungsvoll an, während der ihm den Hörer reichte. »Dein Hund hat an der Grenze das Kommando übernommen«, antwortete er, außer Atem vor Lachen.

Kovács meldete sich erregt, während sich Csupati noch immer nicht beruhigen konnte bei der Vorstellung, daß ein Hund eine ganze Kompanie in Schach hielt.

»Ich muß sofort hin«, sagte Kovács und legte den Hörer auf. »Ich begleite dich«, bot sich Csupati an.

Mit stürmischer Freude begrüßte Lux seinen Herrn. »Schon gut, schon gut, deshalb brauchst du mich nicht gleich umzustoßen.«

»Man muß ihn anbinden«, riet der Kommandeur, »in ein paar Tagen wird er sich schon eingewöhnen.«

»Oder ausreißen«, fügte Csupati hinzu.

Nun konnte Kovács den Abschied doch nicht umgehen. Er rief Lux zum Stall und setzte ihn vor sich hin. »Wir müssen uns trennen, Luxi, es gibt keine andere Lösung. Du kannst nicht mehr mit nach Pest zurückfahren. Du mußt hier arbeiten. Daß du mir keine Schande machst!« sagte er und knotete das Ende der Leine mit einer schnellen, hastigen Handbewegung an den

Eisenring, der an der Stallmauer befestigt war. Er ging auf das Auto zu. Lux lief, soweit es die Leine gestattete, etwa fünfzehn Meter neben seinem Herrn mit. Plötzlich spannte sich die Leine, sein Halsband engte ihm die Kehle ein. Aber sein Herr schaute nicht zurück, sondern ging weiter. Lux jammerte verzweifelt. Kovács sagte: »Wir fahren sofort los.« Lux warf sich auf den Rücken, drehte sich wieder auf den Bauch und heulte. Die im Hof zusammenlaufenden Soldaten beobachteten mitleidig, wie sich das Tier an der Leine herumwarf und kämpfte, wie es etwa zehn Meter zurückwich und verzweifelt erneut losrannte. Die sich plötzlich spannende Leine riß Lux hoch empor. Er fiel auf die Erde zurück. Der starke Aufprall betäubte ihn.

Als er die Augen wieder öffnete, stand das Auto nicht mehr auf dem Hof. Lange Zeit blieb Lux regungslos liegen. Nichts interessierte ihn. Die Soldaten schien er nicht zu bemerken. Er duldete gleichmütig, daß sie an ihn herantraten. Er fraß auch nicht.

Zwei Tage lang erwartete er seinen Herrn zurück. Am dritten Tag duldete er das Streicheln des Kommandeurs, ohne zu knurren. Er fraß wieder etwas. Die Soldaten glaubten, er hätte sich mit seinem Schicksal abgefunden. Am vierten Tag nahm ihm der Kommandeur die Leine ab. Aber er hatte noch nicht einmal recht aufblicken können, als der Hund pfeilartig emporschoß und diesmal über die mit Stacheldraht erhöhte Einfriedung hinübersetzte. Nachdem Lux am Grabenrand gelandet war, klemmte er den Schwanz ein und hastete mit langen Sprüngen aus dem Dorf.

Lux rannte in den Wald, der bis an den Rand des Dorfes reichte, und ruhte sich unter einem Strauch aus. Regungslos lag er da. Sein Herr war für ihn alles gewesen, und nun hatte man ihm den Herrn genommen. Kovács war der einzige gewesen, an den er sich hatte gewöhnen können.

Feindselig betrachtete er den Wald. Instinktmäßig wollte er sich zunächst ein geeignetes Versteck suchen. Vorsichtig schritt er unter den Bäumen einher. Er gelangte an den Rand eines Gestrüpps und ließ sich in die Schlucht hinunter. Dort rieselte ein kleiner Bach. Dann weckte ein dunkler Fleck an der Seite eines Felsvorsprungs seine Aufmerksamkeit. Sobald er sich ihm näherte, spürte er einen sich verstärkenden unangenehmen Geruch, der ihn zum Angriff reizte. Zwischen den Sträuchern stieß er auf einen Trampelpfad, der am steilen Hang der Schlucht entlang zu einer kaum einige Meter breiten Steinterrasse vor der Felsenhöhle führte, die er von der anderen Seite der Schlucht aus entdeckt hatte. Lux schritt zum Eingang der Höhle. Da könnte er bequem hineinschlüpfen, stellte er zufrieden fest. Doch als er den Kopf in das dunkle Loch steckte, empfing ihn ein drohendes Knurren. Verärgert zog er sich zurück, deutete aber ebenfalls durch Knurren an, daß er weder zurückzuweichen noch sich zu entfernen beabsichtige. Er setzte sich vor den Höhleneingang. Zeit hatte er, einmal würde der Höhlenbewohner schon herauskommen, und dann könnten sie auf der Terrasse entscheiden, wer von ihnen beiden hierbleiben dürfte. Durch kurzes zeitweiliges Knurren versuchte er, seinen Gegner zu ärgern und zu reizen. Er rechnete damit, daß das in der Höhle hausende Tier früher oder später den Kopf verlieren, wütend werden und aus seinem Bau hervorspringen würde. Stundenlang wartete er so, doch er war an einen ebenbürtigen Gegner geraten; denn mochte er noch so frech bellen, der Höhlenbewohner rührte sich nicht. Schließlich änderte Lux seine Taktik. Er tat, als entfernte er sich, umging aber nur den Felsen und schlich dann geräuschlos wieder in die Nähe des Höhleneingangs zurück. Dort duckte er sich hinter einen großen Felsbrocken. Diese List erwies sich wirksamer als Gewalt. Nach einer Weile erschien in dem Spalt eine schwarze Nasenspitze, die unruhig witterte. Langsam schob sich der ganze Kopf heraus. Einen solchen Hund hatte Lux noch nie gesehen: abstehende große Ohren, kurze Beine, rotes Fell. Vor Wut wäre er auch schon gesprungen, doch der Instinkt hielt seine bereits gespannten Muskeln zurück. Das rote Tier verbreitete einen aufdringlicheren Geruch, als ihn Hunde zu haben pflegen, und dieser Geruch war es auch, der ihn zur Vorsicht mahnte. Füchse kannte er noch nicht, deshalb hielt er ihn für eine ihm unbekannte Hundeart. Lux wartete darauf, daß sich der erregt witternde Eigentümer der Höhle vom Eingang ein wenig entferne, und tatsächlich, das Tier mit dem langen, flachen Schädel beschnupperte unruhig die Steinplatte und verfolgte den Geruch des zudringlichen Fremden bis zum Rande der Terrasse. Da hielt Lux den Augenblick für gekommen, und mit einem einzigen Satz schwang er sich vor den Eingang der Felsenhöhle. Damit schnitt er dem Fuchs den Rückweg ab. Auf das durch den Sprung verursachte Geräusch hin wandte sich das kräftige Muttertier um und hastete zum Eingang seines Baues. Vor dem Hund jedoch, der wesentlich größer war als er, stutzte der Fuchs und sprang dann blitzschnell zur Seite, um Lux vom Eingang wegzulocken. Den Hund jedoch konnte er nicht irreführen. Vor dem schweren Felsbrocken, hinter dem Lux zuvor gelauert hatte, drehte sich der Rotpelz zornig knurrend um. Einige Augenblicke lang warf er den Kopf hin und her. In der Höhle wimmerten seine Jungen, und ihre Stimmen verliehen ihm den Mut, sich dem großen Hund entgegenzustellen. Als Lux sprang, blieb aber dem Fuchs lediglich soviel Zeit, zwischen dem Bein des Hundes und dem Felsen aus der Umklammerung herauszurutschen, wobei er bestrebt war, Lux von unten her an der Kehle zu packen. Das hätte gegen einen Dorfhund sicherlich gewirkt, doch Lux durchschaute die Absicht des Fuchses, und noch bevor dieser das Maul hätte öffnen können, versetzte er ihm mit der rechten Pfote einen Schlag in den Nacken, packte den Gegner und warf ihn empor. Im nächsten Augenblick fiel der Fuchs leblos auf die Felsenplatte nieder. Lux wartete einige Sekunden. Als sich sein Gegner nicht bewegte und er keinen neuen Angriff zu befürchten hatte, spie er die an seinem Gaumen klebenden Haare aus, dann rollte er den Kadaver an den Rand der Schlucht und stieß ihn in die Tiefe. Aus der Höhle krochen drei wimmernde, unbeholfene Fuchsjunge heraus. Lux erfaßte sie und schleuderte sie alle hinunter in die Schlucht.

Nun gehörte die Felsenhöhle ihm. Ein eigenartiges Gefühl bemächtigte sich seiner. Bisher hatte er noch nie getötet. Der unangenehme Geruch des ehemaligen Besitzers der Höhle störte ihn nun nicht mehr. Er beruhigte sich und streckte sich in der Nähe des Eingangs bequem nieder. Leises erregtes Wittern weckte ihn. Vorsichtig spähte er auf die Terrasse hinaus. Im ersten Augenblick war er betroffen; es schien, als ob sein besiegter Gegner auferstanden wäre. Ein rothaariger Vierbeiner lief aufgeregt vor der Höhle herum. Es war der von der Jagd zurückgekehrte andere ehemalige Bewohner der Höhle. Zornig knurrend, sprang Lux hervor und fiel den erschrockenen Fuchs an, der den gefährlich drohenden Zähnen des Hundes nur im letzten Moment ausweichen konnte, aber ausrutschte und an der Felswand wie ein Ball in die Schlucht hinunterrollte. Lux bellte ihm drohend hinterher. Und da sich der Fuchs nicht mehr regte, schaute sich Lux auf der Terrasse um. Dort, wo der Trampelpfad begann, fand er zwei Hühner. Sie waren noch warm. Er freute sich. Man hatte ihm Proviant gebracht.

Nach dem ausgiebigen Mahl trieb sich Lux bis zum Einbruch der Dunkelheit herum. Niemand störte ihn. Nachdem die Sonne hinter dem Gipfel des Irottkö verschwunden war, zog Lux auf dem Pfad der Füchse entlang. Bis zum Abendläuten hatte er das Dorf erreicht, aus dem er am Morgen ausgerissen war. Einer Begegnung mit Menschen wich er aus. Er streifte hinter den Gärten entlang wie ein Dieb, lugte in die Höfe hinein, und dort, wo ein Hund erschrocken zu bellen anfing, zog er sich, statt wie sonst anzugreifen, schnell wieder zurück. Die Häuser mit einem Hund merkte er sich. An einer Stelle entdeckte er in einem offenen Schuppen übereinandergesetzte Kaninchenställe. Er verschob den Angriff auf später. Einstweilen zog er sich auf die Tenne im Freien zurück und legte sich dort unter einem Weidenbusch auf die Lauer. Er wollte abwarten, bis es im Dorf still geworden war. Durch die vielen Dressurübungen vermochte er jetzt selbständig zu handeln. Ein Zittern überlief seinen Körper. Nicht vor Angst schauderte ihn, sondern weil ihm sein Herr wieder in den Sinn kam. Er wollte nicht das Land durchstreifen, sondern hier in der Umgebung bleiben, wo er seinem Herrn zum letztenmal begegnet war.

Um zehn Uhr am Abend, als bei den Grenzern des Dorfes

der Zapfenstreich erscholl, schlich sich Lux vorsichtig zu den Kaninchenställen, drang ein und tötete dreißig Tiere.

Besorgt betrachtete Csupati die Kaninchenställe. Kantor hatte keine weitere menschliche Spur entdeckt als nur die des Geschädigten. Auf dieser Spur ging er zwischen dem Haus und dem Schuppen hin und her. Danach rief er ihn durch leises Kläffen in den hinteren Teil des Gartens. Er führte Csupati an den Grabenrand, wo sich auf dem feuchten, lehmigen Boden Hundespuren deutlich abzeichneten. Csupati hatte bereits erfahren, daß Lux entflohen war, und als er auf die Spuren schaute, dachte er daran, daß Lux zurückgekehrt sei. Als Kantor mit dem Schwanz wedelte, fühlte Csupati seine Vermutung bestätigt.

Der Geschädigte konnte die Erklärung nur schwer verstehen, daß nicht sein alter Feind, der Fuchs, sondern ein unbekanntes Tier seine Kaninchen getötet hatte. »Aber wie konnte denn ein Tier die Verschläge öffnen?« fragte er laut. Jedes Tier kann das nicht, dachte Csupati, aber Lux ist kein einfaches Tier, sondern ein ausgebildeter Hund. Er schaute den Geschädigten an und schwieg.

Von dieser Zeit an kamen aus dem Grenzbereich täglich Meldungen. Einmal hatten »Wölfe« die Schafherde einer Genossenschaft angegriffen, einmal hatte ein unbekanntes kräftiges Tier sämtliche Hühner eines Gehöfts ausgerottet, ein anderes Mal war die Streife im Waldabschnitt von einem plötzlich aus dem Gebüsch hervorschießenden Tier angefallen worden. Die wahre Gestalt des Angreifers wurde nicht erkannt, da er wie ein Schatten in der Nacht wieder verschwand. Die Angriffe und Plünderungen erfolgten gewöhnlich zwischen sieben Uhr abends und Mitternacht. Seitdem auf den letzten Wagen einer Wagenkolonne der Genossenschaft, die nach Eintritt der Dunkelheit aus dem Wald nach Hause fuhr, ein mächtiger »Wolf« aufgesprungen war und den Kutscher in die Schulter gebissen hatte, wagten sich die Dorfbewohner an den früh hereinbrechenden Herbstabenden nicht einmal mehr allein in ihren eigenen Hof. Es entstand ein Gerücht über ein hundeköpfiges Untier, das die Dörfer heimsuchte. Da es bisher von niemandem gesehen wurde, machte die Angst der Leute ein unheimliches Gespenst daraus. Lux war schlau, geschickt und unnahbar. Csupati hatte den Verdacht, daß er sich tagsüber in einem schwer zugänglichen Winkel des Waldes aufhielt. Und dort könnte man ihn nur auf eine Art erreichen, nämlich seine Spur von einem Hund verfolgen zu lassen. Er bat Kovács mehrfach, doch zu kommen, vielleicht sei Lux nicht so sehr verwildert, daß er die Stimme seines ehemaligen Herrn überhöre. In dem Grenzbereich konnte man nicht länger warten. Lux zerstörte und vernichtete von Tag zu Tag mehr, am meisten in dem nahe dem Grenzstützpunkt gelegenen Dorf. Vergebens umstellten mehrere Male Soldaten und Mitglieder einer Jagdgemeinschaft das Dorf, Lux überlistete sie alle.

Die Lage beunruhigte Csupati. »Haben wir denn nicht schon genug Sorgen, nun wendet sich auch noch Lux gegen uns«, beklagte er sich. Seine Vorgesetzten waren verärgert. »So viele Leute sind nicht imstande, mit einem einzigen Hund fertig zu werden«, sagte der Leiter des Bezirkspolizeiamtes mit tadelndem Spott zu Csupati. Man sieht, du hast noch nie etwas mit einem richtigen Hund zu tun gehabt, dachte Csupati bei sich.

Am siebenten Tag nach Lux' Flucht bemerkte ein Wachposten, der auf einem Hochstand Dienst hatte, gegen Mitternacht im Mondlicht ein riesiges Tier, das versuchte, über die Drahtsperre ins Nachbarland hinüberzuklettern. Seine Phantasie und die Schatten der Nacht täuschten den Soldaten auf dem Wachturm, der glaubte, es wäre ein Elefant. Aber es handelte sich um einen der Bluthunde, der nach anderthalbwöchigem Umherirren zum Zaun zurückgefunden hatte und zurückkehren wollte. In seiner Erregung drückte der Soldat auf den Alarmknopf und schoß auf das Tier, das bemüht gewesen war, eilig ein Loch unter dem Drahtzaun auszuscharren. Der Schuß verfehlte das Ziel, und der sich schwerfällig bewegende Körper verschwand zwischen den Sträuchern.

Tagsüber entfernte sich Lux von seinem Bau jedesmal ein Stückchen weiter und streifte umher, wobei er immer mehr Waldbewohnern begegnete. Seine Neugierde verstärkte sich, und er wollte die ihm ungewohnten Lebensweisen nun auch von nahem beobachten. Die Mitglieder einer Dachsfamilie, die auf dem Grund einer Schlucht in der Nähe seines Baus wohnten, wurden seine ersten Bekannten. Nachdem er sie entdeckt hatte, näherte er sich vorsichtig den sich träge bewegenden Tieren, die ein schwarz-weiß gestreiftes Fell hatten. Eines Tages trat er plötzlich hinter einem Strauch hervor und stellte sich vor das gemächlich heimwärts trottende Dachselternpaar. Das Gefühl der Einsamkeit hatte von ihm sehr bald Besitz ergriffen, das Alleinsein erdrückte ihn fast. Die kleinen Tiere hatte er schon einen Tag nach der Vertreibung der Füchse entdeckt, und als er ihr Treiben beobachtete, reizte ihn die Neugier, sie auch von nahem zu betrachten. Er suchte Spielgefährten, und er hatte sich den Dachsen in spielerischer Freundschaft genähert. Die kleinen Tiere jedoch waren vor dem Hund, der sich ihnen in den Weg gestellt hatte, eschrocken. Sie warfen zwar ihre Last von sich, liefen aber nicht davon. Und im nächsten Augenblick mußte Lux sogar feststellen, daß sie sehr spitze Zähne hatten. Doch ehe er wieder zur Besinnung gekommen war, hatten die beiden Dachse ihre Last mit erstaunlicher Wendigkeit wieder aufgerafft und trabten ihrem Bau entgegen.

Lux prustete verärgert. Er könnte sie ja töten, doch dazu verspürte er gar keine Lust. Er knurrte dem flink durch die Öffnung des Baues schlüpfenden Dachspaar hinterher und trottete weiter.

Auf seiner Suche nach Gefährten erlitt er eine Schlappe nach der anderen. Die Füchse rissen vor ihm aus, die Wildschweine verließen, zornig grunzend und polternd, ihre Suhlen, die Rehe flüchteten schnell in den Schutz des Dickichts. Schließlich lief ihm ein Feldhase über den Weg, und in Lux erwachte sofort der Jagdinstinkt. Von da an vertrieb er sich die Langeweile mit dem Jagen der verschiedensten Tiere. Bei einer solchen Jagd trieb er gerade zwei Rehe vor sich her, als er unverhofft auf einen spielenden Knaben stieß. Die Kinderstimme ließ ihn jäh stehenbleiben. Er ließ die Rehe laufen, und er beobachtete den auf dem Waldpfad umherspringenden Jungen, der seinem Pfeil hinterherlief.

»Kleiner Hund«, rief der etwa achtjährige Knabe, als er Lux erblickte, und näherte sich unerschrocken dem Hund. Lux' Augen leuchteten auf. Einige Augenblicke glaubte er, der Sohn seines Herrn käme auf ihn zu. Er sah den kleinen Peti, von dem er – seit er ihm das Gesicht zerbissen hatte – jede seiner Launen ohne einen Ton der Klage erduldet hatte. Ohne zu zögern, sprang er zwischen die Sträucher, zerrte den Pfeil von den Ästen herunter und ließ ihn vor dem Knaben niederfallen.

»Dummer, du hast ihn zerbrochen«, sagte der Junge und warf das geknickte Schilfrohrstück verärgert weg. Lux sprang dem Stück hinterher und als er mit den Pfoten auf dem glitschigen Gras ausrutschte, überschlug er sich. Der Junge setzte sich auf die Erde und lachte. Seine klingende Stimme breitete sich zwischen den Bäumen aus, und im Laubwerk einer Eiche, die in der Nähe stand, schreckte krächzend eine Elster aus ihrem Nest auf. Lux legte das Schilfrohr vor den Knaben hin und sprang spielend um ihn herum. Das Kind schnellte auf. »Fange mich!« jauchzte es und lief zwischen die Bäume. Lux setzte ihm nach. Sie jagten sich gegenseitig, und wenn sie einander erreichten, ließen sie sich kullernd ins Gras fallen. Dem ausgelassenen Spiel bereitete die in der Ferne erschallende Stimme der Mutter ein Ende. »Lacika!«

»Komm«, sagte der Junge und faßte Lux am Halsband. »Beeile dich.« Er zerrte Lux ungeduldig hinter sich her, der, den Kopf zu dem Jungen gewandt, neben ihm dahintrabte. Erst am Zaun des Forsthauses hielt Lux plötzlich inne. Vor dem Gartentor stand, das Gewehr über die Schulter gehängt, ein Mann im grünen Anzug. Erschrocken wurde sich Lux wieder der Wirklichkeit bewußt. Mit einem Ruck riß er sich von dem Jungen los und lief zwischen die Sträucher zurück. »Komm doch«, rief ihm das Kind nach.

Ein schriller Pfiff erscholl, und Lux legte sich hinter dem

Gesträuch auf den Bauch. Kurze Zeit später krachte ein Schuß, und über dem sich im Gras duckenden Hund riß die Kugel raschelnd die Blätter vom Strauch. Kriechend floh Lux. Er haßte den Stock in der Hand des Menschen, der Feuerflammen spie.

Aus Budapest traf Kovács' Stellvertreter, begleitet von Kantors Vater, Kormos, ein. »Was für eine schlechte Lage!« klagte Csupati, »jetzt müssen wir auch schon die Hunde gegeneinander hetzen.«

»Was regst du dich denn auf? Die Spur von Lux muß unbedingt durch Kormos ausfindig gemacht werden«, verteidigte sein Genosse den Einsatzbefehl. »Die Ruhe an der Grenze ist wichtiger als alles andere.«

Csupati schwieg. Und wenn es noch so schwer war, in der Situation gab es keine andere Möglichkeit. Er hielt es für ein Glück, daß man nicht ihn und Kantor für diese Aufgabe bestimmt hatte.

Kormos gehörte zu den besten Spürhunden des Landes. Am Vormittag hatte der Förster den Vorfall vom vergangenen Tag gemeldet. – Ein Kind, Csupati grübelte. – Lux hat dem Kind nichts zuleide getan, denn er bezweifelte keinen Augenblick lang, daß der »Wolf«, der sich dem Sohn des Försters angeschlossen hatte, nur Lux sein konnte. Und wenn nun der Junge Lux hervorlocken würde ...

»Warum ist denn dein Chef nicht selber gekommen?« fragte Csupati den Hundeführer. »Auf ein einziges Wort von ihm käme Lux auch aus dem hintersten Winkel des Waldes heraus.«

Der stämmige Stabsfeldwebel zuckte die Schultern. »Ich führe meinen Befehl aus.«

»Natürlich«, brummte Csupati, »ihn in die Verlustliste einzuschreiben ist einfacher.« Er winkte resigniert ab. Lux dauerte ihn, aber es war schon zuviel passiert, als daß er auch nur irgend etwas für den Hund hätte tun können.

Vormittags um elf Uhr gelangten sie zum genossenschaftlichen Schafstall. Hier schloß sich ihnen eine Gruppe Soldaten an. In der vergangenen Nacht war der »Wolf« in den kaum zwei Kilometer von der Grenze entfernt gelegenen Schafpferch eingedrungen, gab der Schäfer an. Der »Wolf« habe zwei Hammel geschlagen. Das sei der achte Angriff auf die Herde und das zehnte Schaf, das er getötet habe.

Auf der weichen Erde hinter der Hürde waren Spuren zu sehen. Nach der ersten Aufforderung nahm Kormos zwar Witterung, schaute dann aber ratlos seinen Herrn an. Erst nach der vierten, sehr strengen Ermunterung begann er, diese Spur zu verfolgen, auch dann nur langsam und zögernd. Csupati hielt Kantor an der Leine kurz, und sooft sein Hund die Nase über die durch Kormos verfolgte Spur führen wollte, riß er Kantors Kopf entschieden zurück.

Im Wald war es still. Die matte Sonne des Altweibersommers wärmte angenehm. Lux lag auf der Terrasse vor seinem Bau. Das aus der Tiefe der Schlucht heraufdringende Geräusch schreckte ihn aus seinem Schläfchen auf. Den Kopf träge emporgehalten, horchte er einige Augenblicke lang mit gespitzten Ohren, da sich das verdächtige Geräusch jedoch nicht wiederholte, legte er den Kopf wieder auf die vorgestreckten Vorderläufe. Er war zufrieden. In der vergangenen Nacht war er wieder in den Schafstall am Waldrand eingedrungen. Ehe die Hunde den Hirten wecken konnten, hatte er auch schon das zweite Schaf getötet. Vor dem Menschen jedoch hatte er Reißaus genommen. Das als Abendbrot gedachte Schaf hatte er nicht mehr mitschleppen können. Um Mitternacht wurde der Himmel klar, der Mond schien hell, und Lux hatte zwischen den langen Schatten der Bäume mit knurrendem Magen zu seinem Bau zurücktraben müssen. Am Zaun des Forsthauses war er stehengeblieben und dann darübergesprungen. Er ging um das Haus herum und schlich unter ein halbgeöffnetes Fenster. Seine Nasenflügel witterten nervös nach oben. Er spürte auch den Geruch des Försterkindes. Da fing er plötzlich in hohen Tönen an zu klagen.

»Mein kleiner Hund«, stammelte das Kind im Halbschlaf.

»Das ist der umherirrende Wolf«, flüsterte die Frau.

»Dem werde ich schon heimleuchten«, erwiderte der Förster. Bettknarren, Schlürfen, Schlüsselgerassel. Lux hatte nicht abgewartet, bis die schwarze Doppelflinte aus dem Fenster schoß. Bereits wieder außerhalb des Zaunes, war er mit eingezogenem Schwanz über die Lichtung gelaufen und hatte auf den Schuß gewartet. Diesmal jedoch blieb der Knall aus.

In der Nähe der Schlucht lief er aus Vorsicht gegen den Wind. Lieber machte er einen großen Umweg, als sich seiner Höhle im Rückenwind zu nähern. Auch ging er am Schluchthang entlang, und er fand einen unter einem Strauch schlafenden Rehbock. Ehe das Reh die Gefahr bemerkt hatte, war es von ihm auch schon überwältigt worden. Seine scharfen Reißzähne bohrten sich in den Hals des Rehbocks. Nachdem er sich satt gefressen hatte, schleifte er den Rest zu seiner Höhle hin. Müde legte er sich vor den Eingang seines Baus und schlief bis zum Morgen ungestört. Als er aufwachte, quälte ihn der Durst. Er stieg zu dem Bach in der Tiefe der Schlucht hinunter, trank und unternahm dann, wie gewohnt, einen Spaziergang.

Danach fraß er ausgiebig, so daß er sogar zu faul war, den Rest des Rehbocks in der kleinen Grube zu verbergen, die er zwischen den Felsen neben der Terrasse ausgescharrt hatte.

Am Vormittag hatte er in der Sonne gedöst, und gegen Mittag schreckte ihn das Geräusch, das schon einmal seinen Verdacht geweckt hatte, wieder auf. Diesmal aber brachte es der Wind von der anderen Seite der Schlucht, aus dem Dickicht des Waldes, zu ihm herüber.

»Hündchen. Mein kleiner Hund ...« Die zarte Stimme ließ ihn aufspringen. Er spitzte die Ohren und versuchte, aus den nur schwach vernehmbaren Geräuschen festzustellen, ob ihm Gefahr drohte. Hinter dem Försterjungen, aus der Tiefe der Schneise, kam ein anderes, fernes, sich verstärkendes Geräusch, das sich rhythmisch wiederholte. Lux ahnte Unheil. Er erhob sich behutsam und setzte sich auf dem in die Schlucht hinunterführenden Trampelpfad vorsichtig in Bewegung.

Mit gestrecktem Körper kletterte Lux auf den gegenüberliegenden Hang. Zwischen den Sträuchern tauchte der kleine Junge auf. »Mein kleiner Hund«, jauchzte das Kind, als es Lux erblickte. »Daß ich dich wiederhabe. Na! Komm her!« Der Junge hielt den Hund fest, der aus dem Gestrüpp erst halb hervorgeschlüpft war. Lux jedoch rührte sich nicht weiter. Von der Schneise her hörte er immer deutlicher sich näherndes Schnaufen.

Er warf unruhig den Kopf hin und her, beachtete den Knaben gar nicht, sprang plötzlich über den Fußweg und trabte davon. »Mein Hündchen!« rief der Junge enttäuscht und rannte Lux nach, verlor ihn aber aus den Augen. In diesem Augenblick sprang ein stumpfnäsiges großes Tier mit schäumendem Maul vor ihn hin.

»Hilfe!« schrie der Knabe entsetzt. Der Bluthund aber wich, wütend knurrend, zurück. Lux trat, einige Meter entfernt, hinter dem Bluthund aus dem Gestrüpp hervor. Er sah, wie sich der Hund zurückzog, um die zum Angriff notwendige Entfernung zu erreichen. Da knurrte Lux herausfordernd. Der Bluthund warf den Kopf zurück und drehte sich zur Seite, sich auf die neue Situation einstellend, dann wandte er sich dem Feind entgegen. Lux wollte nicht raufen, sondern war nur bestrebt, die Aufmerksamkeit des großen Hundes von dem Knaben abzulenken. Der Junge lief erschrocken weg. Lux sandte ihm einen Blick nach, und als er glaubte, sein Spielgefährte sei der Gefahr entronnen, zog er an dem Bluthund vorbei und lockte ihn in die dem Forsthaus entgegengesetzte Richtung zwischen die Bäume. Der Bluthund rannte ihm hinterher. Lux kreiste im Wald hin und her und führte den fremden Hund immer weiter von der Schneise weg. Von der Schlucht wollte sich Lux nicht zu weit entfernen, und da sich sein Gegner als zäher erwies, als er gedacht hatte, zog er sich allmählich in das felsige Tal zurück. Lux hatte auf dem Rücken des ihm folgenden Hundes ein merkwürdiges Paket bemerkt, und er spürte, daß er den anderen nicht ablenken könnte. Seine Ortskenntnis bedeutete für ihn einen Vorteil, und obwohl er das

Schnaufen nicht mehr hörte, fühlte er doch, daß sein Gegner seine Spur nicht aufgegeben hatte. Früher oder später müßten sie sich begegnen. Die Hetzjagd begann ihn allmählich zu ermüden, deshalb begab er sich nach Hause. Im Schutz seines Baues – wenn ihm der Hund mit der stumpfen Nase dorthin folgen sollte – konnte er leichter mit ihm abrechnen. Erschöpft streckte er sich auf der Terrasse seiner Höhle lang hin und lauschte wachsam auf die Geräusche im Walde. Er hatte kaum ein wenig gelegen, da vernahm er schon wieder das Schnaufen des Bluthundes. Lux ärgerte sich und zog sich in den Eingang der Höhle zurück. Von dort aus beobachtete er seihen Gegner. Am anderen Hang verstärkte sich das Gepolter. Er witterte, und da blieb an seiner empfindlichen Nasenspitze plötzlich auch menschlicher Geruch haften. Er knurrte gereizt. Auf das Knurren verstummte der Bluthund, und im nächsten Augenblick deutete herausforderndes Kläffen an, daß Lux' Gegner ihm schon auf dem Trampelpfad entgegenkam. Lux gähnte gelangweilt, um seine Aufregung zu unterdrücken. Um so aufmerksamer jedoch beobachtete er den Felsblock am Rande der Terrasse. Hier nämlich mündete der Pfad auf die kleine Fläche vor seinem Bau. Das Keuchen und aufreizende Schnaufen war nun schon bis auf eine Sprungweite an seine Höhle herangekommen, und in dem Augenblick, den Lux vorausgesehen hatte, tauchte auch schon der breite Kopf auf.

Über der eingedrückten stumpfen Nase des großen, kräftigen Hundes, der aber ein wenig kleiner war als Lux, blitzten zwei boshafte gelbe Augen. Der Blick des Bluthundes fiel auf die Überreste des Rehbocks, die vor der Höhle herumlagen. Seit Tagen war er ohne Nahrung im Wald umhergestreunt. Sooft er an die Drahtsperre geraten war, hatten ihn die Soldaten vertrieben. Vor einer Stunde war er auf die Stelle gestoßen, wo Lux in der vergangenen Nacht den Rehbock überwältig hatte. Das unverhoffte Auftauchen des großen Hundes, das Kind, und dann die ablenkenden Bewegungen von Lux konnten ihn nicht irreführen. Verzweifelt verfolgte er den anderen Hund.

Nun war er da. Der Geruch des Fleisches steigerte seinen

Hunger zur Gier. Nach einem zunächst zögernden Schritt sprang er blitzschnell zu dem Kadaver hin. Nicht einmal Lux' grimmiges Knurren konnte ihn zurückhalten. Er schnappte nach dem Fleisch, doch der nun aus seiner Höhle hervorschießende Eigentümer schleuderte ihn mit einem gewaltigen Schlag mitten auf die Terrasse. Dieser Angriff brachte den Bluthund von seinem ursprünglichen Vorhaben ab.

Sekundenlang starrten sie sich gegenseitig in die Augen. Sie knurrten, sie fletschten die Zähne, doch keiner rührte sich. Jeder hoffte, daß bereits die Drohung den anderen zum Rückzug veranlassen würde. Lux' Aufmerksamkeit entging nicht das weißschimmernde Paket, das dem Bluthund mit Riemen, die um seinen Leib führten, immer noch auf den Rücken geschnallt war. Er hielt es für sicherer, sich wieder in den Eingang der Höhle zurückzuziehen. Der schmale Spalt schützte ihn vor Seitenbissen. Der Bluthund hingegen wollte Lux auf die ebene Terrasse herauslocken, wo er ihn unter gleichen Bedingungen hätte angreifen können. Der freche Gegner reizte Lux immer mehr. In erster Linie fürchtete er um seine Beute.

Da erblickte er am gegenüberliegenden Hang der Schlucht Uniformierte. Vor Wut tat er, als wollte er nach vorn springen. Diese plötzliche Bewegung hatte seinen Gegner getäuscht. Der Bluthund sprang, und ehe er begriffen hatte, daß sich Lux statt anzugreifen sogleich wieder bis zur Höhle zurückgezogen hatte, konnte er nicht mehr einhalten und fiel vor dem Eingang nieder, wo Lux zähnefletschend auf ihn wartete. Lux biß blitzartig nach dem Hals des Angreifers. Dem Bluthund gelang es, gerade noch im letzten Augenblick den Kopf zur Seite zu reißen, so daß nur ihre Schnauzen einander streiften. Nun konnte Lux einem Kampf nicht mehr ausweichen. Sein Instinkt riet ihm, sich wegen der herannahenden Menschen in die Tiefe der Höhle zum hinteren Ausgang zurückzuziehen. Dennoch stürzte er sich in den Kampf.

Mit einem gewaltigen Satz schoß er aus seiner Höhle heraus. Er sprang nicht hoch, seine Pfoten berührten fast den Boden. Lux wollte den Gegner mit einem einzigen Schwung auf den

Rücken werfen. Der starke Anprall ließ den Bluthund aufbrüllen, und seine Hinterläufe knickten ein. Den Hals aber riß er auch diesmal geschickt zur Seite, so daß Lux ihn nur in den Widerrist beißen konnte. Nun wich der Bluthund bis an den Rand der Terrasse zurück, schnellte sich nach einem seitlichen Schritt unverhofft kräftig ab, kam damit Lux zuvor und packte ihn an der Flanke. Lux kümmerte der Schmerz wenig, den die in sein Fleisch eindringenden Zähne verursachten. Er sah nur den ungeschützten Hals des wütend angreifenden, alle Vorsicht vergessenden Bluthundes und bohrte im Nu seine starken Reißzähne hinein. Der Bluthund warf sich verzweifelt zur Seite. Doch Lux' Kiefer ließen nicht nach. Unter Anspannung aller Kräfte hob er ruckartig den Kopf und riß seinen Gegner in die Höhe, der geräuschvoll an den Felsen schlug, und im Augenblick des Aufpralls gab es eine Explosion. Erde und Felsstücke fielen in die Tiefe.

Zehn Minuten später stand Csupati vor der zum Teil eingestürzten Felsenhöhle. Der Explosionsdruck hatte Lux an die Seite der Höhle geschleudert, er war tot, auch den Bluthund hatte es zerrissen. Kantor starrte wimmernd auf die Stelle der Zerstörung. Csupati wandte sich um und stolperte den Trampelpfad hinunter.

An einem Sonntag gegen Ende Oktober war Oberleutnant Sátori Offizier vom Dienst im Bezirkspolizeiamt. Zwei Jahre nach dem Mord an dem Priester führte Sátori die Ermittlungen nun mit frischer Kraft weiter. Eigentlich hatte er sie nie eingestellt. An welchem anderen Fall er auch gerade arbeiten mochte, der unbekannte Mörder des Pfarrers ließ ihn nicht zur Ruhe kommen. Auch in seiner knapp bemessenen Freizeit beschäftigte er sich mit dem Fall.

Das Oberste Gericht hatte das Urteil des Bezirksgerichts gegen Tosó aufgehoben und die Verhandlung des Falles dem Gericht in Budapest übertragen, das jedoch das belastende Beweismaterial für nicht ausreichend befunden und den Angeklagten freigesprochen hatte. Wegen der peinlichen Lage, in die die Kriminalpolizei deshalb geraten war, betrachtete es Sátori in verstärktem Maße als eine persönliche Angelegenheit, dem wirklichen Täter auf die Spur zu kommen, ihn zu finden.

Dabei hatte er immer Kantor vor Augen. In seiner Erinnerung erstand wie auf einer Filmleinwand immer wieder die Szene vor der Kirche: der erschrockene Bursche und der unsicher gewordene Hund. Seither hegte er gegen Koncz einen Verdacht, aber er war nicht imstande gewesen, Beweise zu finden, um den Burschen in Haft zu nehmen.

In der vergangenen Woche war er auf eine interessante Spur gestoßen. Bei der Aufklärung einer Diebstahlserie bei der Eisenbahn hatte er die beim Bahnpolizeirevier des Bereichs während der letzten zwei Jahre aufgenommenen Protokolle durchgesehen. Er wollte erst seinen eigenen Augen nicht trauen, als er in einem der Protokolle auf den Namen Koncz stieß, das in jener denkwürdigen Nacht des 20. Dezember in der Nachbarkreisstadt des Grenzstädtchens aufgenommen worden war. Als Zeitpunkt der Protokollierung wurde zweiundzwanzig Uhr vierzig genannt. Koncz hatte im Zug einem Betrunkenen sechshundert Forint gestohlen. Auf dem Bahnhof in K. hatte der Geschädigte, der das Verschwinden seines Geldes bemerkt hatte, Koncz angezeigt. Der Zug hatte zehn Minuten lang gehalten, die Polizisten hatten Koncz im Speisewagen gefunden. Der Bursche hatte sich damit aus der Klemme zu ziehen gewußt, daß er angab, das Geld gar nicht gestohlen, sondern es nur an sich genommen zu haben, damit es sein Bekannter nicht verliere. Er gab die sechshundert Forint vollständig zurück. Der den Vorfall klärende Polizist hatte sich Koncz' Personalien aufgeschrieben; da der Betrunkene auf eine Anzeige verzichtete, war das Protokoll ad acta gelegt und gegen Koncz auch kein Verfahren eingeleitet worden.

Gleich am nächsten Tag war Sátori nach Györ gefahren. Er nahm den Hut mit, das einzige am Tatort gefundene Beweisstück. In dem Betrieb, in dem Koncz als Lehrling ausgebildet worden war, behaupteten mehrere seiner ehemaligen Klassenkameraden, daß der Hut »Csöves« gehöre, wie sie Koncz unter sich nannten. Koncz hatte seinerzeit auch von ihnen kleinere oder größere Wertgegenstände gestohlen. Über Koncz' gegenwärtigen Aufenthaltsort konnten ihm weder die Lehrer noch seine Schulkameraden Auskunft geben, denn der Junge war mit einem aus der Gegend von Gödöllö stammenden Lehrling schon im vergangenen Jahr aus der Schule ausgeschieden. »Der Topf und sein Deckel«, nur so hatte man von den beiden gesprochen, und niemand trauerte ihnen nach.

Noch von Györ aus hatte der Oberleutnant das Strafregisteramt angerufen. Und nach dem, was er in der Lehrwerkstatt erfahren hatte, überraschte es ihn nicht mehr, als ihm der Beamte mitteilte, daß Koncz wegen Diebstahls und Arbeitsbummelei bisher zweimal bestraft und vor kaum einer Woche aus einer Strafanstalt in Transdanubien entlassen worden sei.

Jetzt betrat Csupati das Zimmer des Offiziers vom Dienst. Eine Weile beobachtete er still den über den Schreibtisch gebeugten Oberleutnant, der verschiedene Figuren auf ein Papierblatt malte.

»Géza«, sagte er schließlich.

»Was ist?«

»Nichts. Wir haben einen ruhigen Sonntag.«

»Na, na. Man soll den Tag nicht vor dem Abend loben.«

»Hast du etwas Neues über Koncz gehört?« fragte Csupati.

Sátori schüttelte den Kopf. »Er wird seit Freitag steckbrieflich gesucht. Hier ist der Hut, schließe ihn in den Panzerschrank ein.«

»Jetzt oder gleich?«

»Störe mich jetzt mal nicht.«

»Was rechnest du denn so eifrig?«

Sátori legte seinen Kugelschreiber hin und schaute den Stabsfeldwebel an.

»Mit Hilfe des Fahrplans will ich ihm auf die Sprünge kommen. Der Kerl könnte um Mitternacht schon zu Hause gewesen sein und um ein Uhr den Pfarrer umgebracht haben.«

»Wieso ›könnte‹ ihn umgebracht haben«, sagte Csupati gereizt; denn für ihn stand der Täter fest.

»Ereifere dich nicht so. Bisher haben wir nur einen einzigen brauchbaren Beweisgegenstand«, er zeigte auf den Hut.

»Und die Haar- und Hautteilchen unter den Nägeln des Opfers?«

»Gleich Null. Sie sind verlorengegangen.«

»Hätte man gleich auf uns gehört, gäbe es diese Blamage jetzt nicht.«

»Der wirkliche Täter wird uns schon noch in die Hände fallen.«

»Dessen bin ich gewiß, auch daß ich dir schon gratulieren darf, Genosse Hauptmann.«

»Mach keinen Blödsinn, alter Junge, vorläufig bin ich Oberleutnant.«

»Für die Aufklärung dieser Sache wird man dich befördern.«

»Oder man bestraft mich wegen Überschreitung meines Kompetenzbereiches ...«

Das Telefon läutete. Einige Augenblicke später wandte sich Sátori mit vorgetäuschter Anteilnahme Csupati zu. »Damit du dich nicht mehr langweilst: Im Bereich C-I hat man die Spuren von zwei Grenzverletzern festgestellt. Nimm Kantor – und recht viel Spaß!«

Csupati eilte auf den Hof. »Gehen wir, Herr Professor!« Er öffnete die Tür zu Kantors Box.

Fünf Stunden später kehrte Csupati erschöpft zurück. Er legte zwei Personalausweise vor Sátori auf den Tisch.

»Wo sind die Burschen?« fragte der Oberleutnant, nachdem er die Ausweise durchgeblättert hatte.

»Kantor bewacht sie im Vorraum.«

Sátori betrachtete forschend die schlammbespritzte Uniform des Stabsfeldwebels, sein Gesicht, seine Hände. »Wasch dich«, sagte er schließlich.

»Das ist jetzt nicht so wichtig. Der eine hat auf den Hund geschossen.«

»Und?«

»Am Grenzstützpunkt haben wir ihm Erste Hilfe geleistet, weil Kantor ihm den rechten Arm gebrochen hat. Wir waren schon in der Poliklinik.«

»Hol ihn herein.«

Csupati rief zur Tür hinaus. Als erster stand der hagere junge Mann auf.

»Helfen Sie ihm.« Csupati wies auf den kleineren Flüchtling mit dem vor Schmerz verzogenen Gesicht, von dessen Seite sich Kantor auch auf den Ruf seines Herrn nicht wegbewegen wollte. »Laß ihn, Tjutju, die Gauner haben wir.«

Kantor knurrte und fletschte die Zähne. Der mittelgroße Jugendliche sah entsetzt auf den Hund. »Habe ich dich nicht schon irgendwo gesehen?« fragte Csupati ihn.

»Nein ... Nirgends, Herr Offizier«, antwortete der Bursche erschrocken.

»Na, lüge nur nicht!« Er führte sie beide zu Sátori hinein. »Hier sind die sauberen Herren.«

Csupati hatte Sátori aus seiner Grübelei aufgestört. Auf seinem Schreibtisch lagen die Akten und Aufzeichnungen über den Mord an dem Pfarrer. Sämtliche Aufzeichnungen der letzten zwei Jahre hatte Sátori um das einzige gegenständliche Beweisstück, den Hut, herumgelegt.

Er war sogar ein wenig verärgert, als der Stabsfeldwebel mit den beiden Burschen hereinkam. Überhaupt verstand er nicht, warum ihm Csupati so auffällig zugezwinkert hatte.

Gleichgültig blätterte er wieder in den vor ihm liegenden Personalausweisen. »Na, wollen wir doch einmal sehen, wer ...«, er stockte mitten im Satz. Der schmuddelige junge Mann mit dem verbundenen Arm starrte auf den Tisch. Mit gespanntem Gesicht verfolgte der Oberleutnant seinen Blick. Überrascht stellte er fest, daß auch noch ein weiteres Augenpaar den Hut beobachtete: Kantor hatte die Pfoten auf den Schreibtischrand gelegt.

»Zurück!« befahl Csupati seinem Hund.

»Laß ihn nur«, sagte der Oberleutnant und schaute wieder in den Personalausweis. »Sie heißen also Péter Kerényi?«

»Ja ... Jawohl«, stotterte der Bursche.

Sátori hatte das Gefühl, daß er ihm schon irgendwo begegnet war. Dieser ängstliche Blick ... Er schrie beinahe auf. Die Fälschung im Ausweis war so plump, daß er nicht begriff, warum er sie nicht gleich bemerkt hatte. Das ursprüngliche Paßbild war herausgerissen worden und ein anderes eingeklebt.

»Ist das Ihr Ausweis?«

»Ja.«

»Und das Bild?«

»Gehört mir«, stammelte der Bursche. Die Kehle war ihm wie ausgedörrt. Sein Blick kehrte immer wieder auf den Hut zurück.

Sátori wurde von einem Gedanken derart erregt, daß er am liebsten vor Freude aufgeschrien hätte. Er begann ein waghalsiges Spiel.

Sátori hob jäh den Hut auf und warf ihn dem Burschen in den Schoß. Kantor ließ nicht lange auf sich warten, er haschte nach dem Hut.

»Nicht!« rief der Junge entsetzt, als sich Kantor bewegte.

»Koncz!« Sátoris Stimme dröhnte.

Mit drohendem Knurren setzte sich Kantor vor den Jungen und näherte sich ihm.

»Nicht! Herr Offizier, lassen Sie ihn nicht ..., lieber sage ich alles.«

»Gut«, Sátori nickte, er seufzte erleichtert auf. »Den anderen laß wegbringen«, sagte er zu Csupati. »Nun?« Er schaute Koncz durchdringend in die Augen.

»Herr Inspektor, ich bin vor einer Woche entlassen worden und wollte mit meinem Freund zusammen abhauen.«

»Aha ... Aber setzen Sie doch mal diesen Hut auf ...«

»Was wollen Sie bloß dauernd mit diesem ...«

»Na, mein Junge, lassen wir das Versteckspiel. Heraus damit. Wann sind Sie am zwanzigsten Dezember in der Stadt eingetroffen?«

»Das wissen Sie auch schon?«

»Also?«

»Nachts um halb zwölf.«

»Wie kam Ihnen, nachdem es nicht gelungen war, von dem Betrunkenen die sechshundert Forint zu ergattern, so plötzlich der Pfarrer in den Sinn?«

»Zwei Wochen vorher bin ich zu Hause gewesen. Als kleiner Junge habe ich oft dem Pfarrer geholfen. Ich bin mit meiner Mutter zum Gottesdienst gegangen. Der neue Pfarrer hat dort bekanntgegeben, daß schon fünfzigtausend Forint an Spenden zur Renovierung der Kirche zusammengekommen wären. Zu Hause sagte mein Vater, daß das alles nur Geschwätz sei. Er glaube nicht daran, und er gäbe keinen roten Heller dazu, denn der Priester verwende das Geld sowieso ganz bestimmt nicht für die Kirche.«

Sátori trommelte scheinbar zerstreut mit seinem Bleistift auf den Schreibtisch. Koncz stockte.

»Fahren Sie nur fort ...«

»Jawohl ..., ich fuhr also im Urlaub nach Hause, vorher aber begleitete ich meinen Freund nach Budapest, und die vom Betrieb erhaltenen sechzehnhundert Forint waren innerhalb weniger Tage alle. Dann wollten wir in Buda nach Ladenschluß in ein Lebensmittelgeschäft einsteigen. Dabei wurden wir aber gestört. Es gelang uns, zu entkommen, und mit meinem restlichen Geld löste ich eine Fahrkarte bis Cell. Mein Freund ging heim nach Gödöllö. Ich mußte auch nach Hause. Und ich wußte, daß mich mein Vater schlagen würde, wenn ich kein Geld brachte. Er war immer schnell dabei. Ich hatte Angst vor ihm, deshalb entwendete ich im Zug dem Betrunkenen das Geld. Als ich es aber zurückgeben mußte, war die Pleite perfekt. Ich besaß damals kaum noch achtzig Forint. Ein bißchen hatte ich auch getrunken. Dann fiel mir der Pfarrer mit seinen fünfzigtausend ein. Ich habe ihn geweckt, er erkannte mich, und ich sagte ihm, mein Onkel läge im Sterben und brauche die letzte Ölung. Mein Onkel war schon manchmal ohnmächtig geworden, das wußte der Pfarrer auch. Er fragte mich nichts weiter, sondern kam sofort mit. Hinter den Gärten, bei der Schule, fragte er verwundert: ›Sind wir nicht schon vorbeigelaufen?‹ Da ließ ich ihn etwas vorausgehen und stach zu.«

»Haben Sie dabei gar nichts empfunden?«

»Ich war schrecklich aufgeregt und fürchtete, daß er am Leben bleiben und alles ausplaudern könnte. Dann wäre es Essig mit mir.«

»Ihr Onkel heißt Peter Lahm und wohnt neben der Schule.«

»Ja.«

»Wollten Sie danach gleich zu ihm hineingehen?«

»Ja, aber ich hatte es mir anders überlegt. Ich rannte mit den Schlüsseln zum Pfarrhaus zurück, hatte aber Pech, denn es waren die Kirchenschlüssel. Die Schlüssel der Pfarrei suchte ich im Fenster, wobei ich mir noch die Hand verletzte. Dann kamen Leute die Straße entlang. Tosó ging geräuschvoll heimwärts. Ich erschrak und rannte zum Bahnhof hinaus. Die Schlüssel warf ich auf der Wiese weg. In der Brieftasche des Priesters fand ich einen Hunderter. Es fuhr gerade ein Zug in die Stadt. Mir fiel ein, daß ich am Morgen mit den Nachtschichtlern zurückfahren könnte, und sie würden – was auch immer werden möge – bezeugen, daß ich die Nacht nicht zu Hause gewesen sei. In der Brieftasche befand sich der Personalausweis des Pfarrers. Ich warf ihn zum Zugfenster hinaus.«

»Genug«, unterbrach ihn Sátori, »später setzen wir die Vernehmung fort.«

»Führen sie ihn ins Krankenzimmer, danach in die Arrestzelle«, wies er den ins Büro eintretenden Polizisten an. »Und passen Sie gut auf ihn auf!«

Nachdem sich Koncz entfernt hatte, rieb sich Csupati zufrieden die Hände. »Na, das nenne ich Glück, Chef . . .«

»Glück?« Sátori lächelte. »Schon möglich, aber seit zwei Jahren ahnte ich, daß diese Begegnung einmal erfolgen würde.« Sátori schritt bis zur Zimmermitte und blieb vor Kantor stehen. »Ihm vor allem haben wir es zu verdanken, Kamerad.« Er deutete auf den Hund.

Csupati strich Kantor über den Kopf. »Hörst du, Herr Professor? Man lobt dich wieder.«

In der Reihe
spannender Romane in broschierten Ausgaben
erschien ebenfalls

Verflucht Sarmiento

von Martin Selber

Nachfolgend daraus eine Leseprobe.

Sarmiento setzt sich. Er mustert seinen einstigen Bedienten, sieht erst jetzt, daß er gekleidet ist wie ein Herr, bemerkt erst jetzt, daß er auch spricht wie ein Herr. Es muß ihm gut gehen nach so langen Hungerjahren, und die Engländer müssen ihn gelten lassen in seiner neuen Rolle.

»Es hat viele Irrtümer gegeben«, sagt er schließlich. »Auch mir ist manches Unrecht geschehen. Ich habe versucht, euch zu helfen, es ist nicht gelungen. Auch nach meiner Gefangennahme; die spanische Regierung hat es abgelehnt, mich auszulösen, als wäre ich nicht der Vizekönig und hätte keine Verdienste. Aber die Engländer sind aus anderem Holz. Sie haben mir dieses Haus gegeben. Sieh her, ich schreibe ein Buch. Endlich darf ich nur Wissenschaftler sein. Ich werde meine Karten veröffentlichen, meine Tabellen. Ich habe sogar berechtigte Hoffnungen, daß mich die Engländer ausschicken werden, um das unbekannte Südland zu suchen, die Terra australis incognita.«

Hernando hört nicht auf diese Schwärmerei. Arme kleine Lucia, denkt er. Der hier weiß nichts von Reue und Selbsterkenntnis, ihn rührt kein menschliches Leid. Er begreift gar nicht, wie groß sein Verbrechen ist. Er spielt immer noch das schwankende Rohr, das nicht weiß, wo es sich anlehnen soll. Er würde wieder die Front wechseln, wenn morgen Philipps Söldnerheere ins Land einbrächen und das junge englische Bürgertum in Feuer und Blut ertränkten.

Hernando zieht das lange Messer aus dem Wams. Es ist dünngeschliffen von den harten Wetzsteinen der patagonischen Klippen, doch es ist scharf und spitz. Sarmiento bemerkt es erst, als es hart gegen seine Brust gekehrt ist.

»Bist du von Sinnen? Nimm das Messer weg!«

»Für die Toten von Philippstadt, die Ihr aus Eurem Gedächtnis gestrichen habt.«

Sarmiento bringt keinen Schrei hervor, im ersten Schmerz schon schwinden ihm die Sinne. Er sinkt auf die Tischplatte und siegelt die halbfertige Arbeit mit seinem Blut. Ein Weinkrug poltert zu Boden, Hernando steht starr, das Messer in der Faust, er sieht, wie sein früherer Herr zuckend verendet. Ein Anblick, der keinerlei Größe hat.

Der Diener klopft. Hernando läßt ihn eintreten. Den Mann ergreift jähes Entsetzen. Hernando versperrt ihm den Rückweg. »Hör auf zu schreien! Dir geschieht nichts. Ich bin kein Meuchelmörder, sondern der Henker. Du kannst jetzt die Büttel holen, ich werde sie hier erwarten.«

»Mein guter Herr«, stammelt der Mann. »Wer wird mich jetzt noch in Dienst nehmen?«

Hernando zieht zwei schwere Geldbeutel hervor. »Nimm das. Bis zum Galgen brauche ich kein Geld mehr, und wenn du es nicht willst, kassiert es das Gericht. Nun nimm schon und lauf endlich.«

Der Mann greift zu und rennt hinaus. Hernando tritt ans Fenster, schaut in den Alltag der Straße hinunter. Ich verliere nichts, denkt er. Das ist nicht mehr meine Welt und auch nicht mehr mein Leben.

Vielleicht ist gar meine Seele schon bei den Gräbern in Philippstadt geblieben.

Am selben Tage, da die Londoner Halsgerichtsbüttel einen des Mordes beschuldigten Spanier in den Tower schaffen, es ist der 29. Mai 1588, läuft aus Lissabon die größte Schlachtflotte der Welt zum Angriff auf England aus, die unbesiegbare Armada. Einhundertdreißig Kriegsschiffe und dreißig Geleitfahrzeuge haben mehr als neunzehntausend Soldaten und achteinhalb Tausend Matrosen an Bord. Die Galeeren werden von über zweitausend Sklaven gerudert. Fast dreitausend Kanonen warten darauf, ihre todbringende Ladung dem ketzerischen Feind entgegenzuschleudern. König Philipp von Spanien ist entschlossen, das abtrünnige England in seine Gewalt zu bringen.

Wehe den Ketzern! Nicht umsonst ist der Großinquisitor persönlich an Bord, hundertfünfzig Dominikaner in seinem Gefolge. Sie werden den Protestanten den Protest schon austreiben, den Bürgern die Lust nehmen, sich gegen das Althergebrachte aufzulehnen, und die Weltherrschaft der spanischen Monarchie in vollem Umfang wiederherstellen.

Der Kriegsplan ist trefflich. Großadmiral Alfonso Medina-Sidonia wird mit der gesamten Macht durch den Ärmelkanal nach Nieuwport und Dünkirchen brechen, dort das unter Befehl des Herzogs von Parma wartende Heer aufnehmen und die Landung in England erzwingen.

Zunächst muß die spanische Flotte jedoch gegen launisches Wetter kämpfen. Ein Sturm, der unerwartet hereinbricht, steht nicht im Kriegsplan. Er zerstreut wenige Tage nach der Ausfahrt die ganze Armada. Ein Schiff versinkt vor aller Augen, auf drei anderen wagen die Ruderklaven mit Unterstützung der Soldaten einen Aufstand. Sie überwältigen Aufseher und Offiziere und lenken die Schiffe in einen französischen Hafen. Die Flotte flüchtet in die Bucht von La Coruña, wo viel Zeit beim Ausbessern der Schäden vergeht. Dadurch verliert die Expedition zwei Monate, die ausreichen, um das englische Oberkommando zu warnen und alle Vorbereitungen für die unvermeidliche Seeschlacht vor England abzuschließen.

Rodrigo Benavente, der Kommandant der Galione »Triumph of Rio«, ist mit seinem Schiff dem Geschwader des Francis Drake zugeteilt worden und in Plymouth eingelaufen. Im Hafen liegen die modernsten englischen Einheiten, schlanke, flinke Schiffe mit guten Kanonen. An Bord herrscht das quirlige Treiben, das die Seeleute von jeder Ausfahrt her kennen. Die »Triumph of Rio« findet endlich einen Liegeplatz, und Rodrigo Benavente geht an Land, um sich beim Admiral zu melden. Drake begrüßt ihn als guten Bekannten und beordert ihn zur Kreuzfahrt südlich des Kaps Lizard Head mit der Weisung, beim Auftauchen des Feindes rasche Nachricht zu geben.

Auf dem Rückweg besucht Benavente seinen Freund Nuño da Silva, der ihn freudig umarmt. »Man hört, die Schlacht stehe unmittelbar bevor?« forscht der Portugiese mit unverkennbarer Sorge.

»Ja«, sagt Benavente. »Ich bin auf Vorposten beordert.«

»Und? – Wie wird es ausgehen? Gegen die unbesiegbare Armada?«

Benavente sieht die Angst in den Augen des Freundes flakkern. »Sei ohne Furcht«, tröstet er ihn. »Die Briten haben nicht geschlafen. Die Erfahrungen ihrer weiten Reisen und Begegnungen mit spanischen Einheiten wurden gründlich genutzt.«

»Ich hoffe und bete für unsere gute Sache. Doch du kommst aus London. Gibt es Neuigkeiten?«

»Ich wollte es dir eigentlich nicht sagen«, erwidert Benavente ernst. »Doch du wirst es ohnehin erfahren: Sarmiento ist tot, erstochen von Hernando, seinem einstigen Bedienten.«

»Tot? – Dieser Tollkopf! Was trieb den Wahnwitzigen?«

»Rache für Philippstadt, hat er gesagt. Er war der einzige Überlebende aus Sarmientos patagonischem Abenteuer und hat sich fünf Jahre lang dort unten durchgekämpft. Aber wenn ein Diener seinen Herrn ersticht, zeigt kein Richter Verständnis – und mit Recht. Bedenke doch, Sarmiento arbeitete im Auftrage der Admiralität an einem bedeutenden Werk. Man hat seinen Mörder zuletzt der Gnade der Königin empfohlen, doch er hat keine Gnade gewollt. Vor einer Woche ist er gehenkt worden.«

Nuño da Silva faßte sich an den Hals. »Fünf Jahre Einsamkeit, Hunger und Verzweiflung und dann der Galgen. Der Mann hätte ein besseres Schicksal verdient.«

Am selben Abend noch geht die »Triumph of Rio« in See, läuft im Verband mit fünf kleineren Schiffen in die befohlene Position und kreuzt hier unter spärlichster Leinwand. Alle Augen sind in den Dunst des südlichen Horizonts gerichtet. Es ist Anfang August 1588.

Plötzlich sind sie da, Segel über Segel, Bugwelle an Bugwelle, festgefügte Planken wie eine Mauer, ein gewaltiger Anblick. Die britischen Schnellsegler eilen nach Plymouth, wo inzwischen auch Lord Charles Howard mit seinem Geschwader eingetroffen ist und den Oberbefehl übernommen hat. Die übrigen Schiffe fahren in Sichtweite vor dem Gegner her.

Südlich von Plymouth stellen sich die Engländer auf, dem Gegner scheinbar die Schlacht anbietend. In Form eines Halbmondes, von einer Spitze zur anderen mehr als sechs Meilen, geht die Armada auf die britische Flotte los. Doch Howard signalisiert: »Kämpfend ausweichen!« So leicht soll der Feind seine überlegene Kraft nicht zur Wirkung bringen. Die Engländer umschwärmen den Angreifer wie Wespen, sie dringen vor, schießen, drehen ab, ziehen sich zurück, greifen wieder an, eine Taktik, die den schwerfälligen spanischen Einheiten zu schaffen macht und den Einsatz der artilleristischen Wucht Bord gegen Bord verhindert.

Eine spanische Galione stößt mit dem Nachbarschiff zusammen, verliert einen Mast und muß stoppen. Sie gerät mit einem zweiten, in Brand geratenen Schiff in die Hand der Engländer. Großadmiral Medina-Sidonia befiehlt den Durchbruch nach Dünkirchen, wo die Armada nach ständigen Gefechten am Abend des 7. August anlangt. Eine plötzliche Windstille lähmt jede weitere Bewegung.

Doch Admiral Howard läßt acht Brander ausrüsten, unbemannte, mit leicht entzündlichem Material gefüllte Schiffsveteranen. Als gegen Mitternacht ein leichter Wind aufkommt, treiben die Brander gegen die dicht gedrängt liegende Armada, hoch aufflammende Fackeln, die zwischen den unbeweglich vor Anker schaukelnden Holzburgen entsetzliche Verwirrung auslösen.

Die spanischen Schiffe versuchen in die Dunkelheit zu entkommen, sie krachen aneinander, zerreißen sich gegenseitig die Takelage, zerbrechen sich Rahen und Ruder. Gegen vier Uhr, als der Tag heraufdämmert, läßt Howard angreifen. Die gesamte englische Flotte segelt gegen die Spanier vor.

Rodrigo Benaventes »Triumph of Rio« fährt in der zweiten Reihe, der Wind geht frisch, voraus Blitz, Donner und Pulverqualm. Er sieht eine Galeere mit zersplitterten Rudern treiben, hinter ihr eine große Galione mit gebrochenem Mast und starker Schlagseite. Die Wellen klatschen schon in die untersten Geschützpforten, das Schiff ist verloren. Dann flieht eine brennende Karavelle aus dem Rauchvorhang, schreiende Menschen als Ladung. Niemand denkt mehr an Kampf. Endlich findet auch Benavente seinen Gegner. Eine hochbordige, vielfach überlegene Karracke stellt sich ihm, aber sie hat wegen des Seegangs nur die obersten Stückpforten geöffnet.

»Feuer!« schreit Rodrigo. »Hart Backbord das Ruder!«

Von drüben rauscht es heran, schneidet durch Leinwand und Tauwerk, läßt Holz splittern. Eine Stenge poltert herab, Schmerzensschreie dringen aus dem eigenen Schiff.

»Feuer!« schreit Rodrigo, seine Hände zittern. Die Kugeln der »Triumph of Rio« schlagen drüben voll in die mächtige Bordwand, werfen Kanonen und Menschen über den Haufen, es ist, als würde das große Schiff stöhnen und zittern. Benavente vergißt fast, daß er selbst ein Spanier ist; aber wenn Spanien diese Schlacht nicht verliert, stürzt es die Welt zurück in die Finsternis längst vergangener Tage, dann werden an allen Wegen Scheiterhaufen lodern und Knechtschaft und Unterwerfung ewig dauern.

»Feuer!«

Die Karracke beginnt zu brennen, schon lecken die Flammen

an den Segeln hoch, und beherzte Kanoniere werfen die gefährdeten Pulverfässer ins Meer, da und dort blitzt es auf in dem undurchdringlichen Qualm, eine Traube von Menschen ringt um ein Boot, keine Gegenwehr mehr, keine Kommandos...

Da treibt bereits ein neuer Feind heran.

»Rudert hart Steuerbord! Backbrassen! – Feuer!«

Benavente reißt die Augen auf. Mein Gott, denkt er, es ist die »Santa Ysabel«, auf der ich Kadett war, da muß noch das eingeschnitzte Kreuz in der Kammer sein und meine Initialen. Die geliebte »Santa Ysabel«!

»Feuer!«

Keine Gnade, nein, keine Gnade! Rodrigo Benavente hat seinen Hut verloren. Er blutet an der Stirn, sein Gesicht ist schwarz, rings um ihn hängt herabgeschossenes Tauwerk. »Brassen, Brassen! Fahrt voraus! – Feuer! – Und jetzt klar zum Entern!«

Die Welt besteht nur noch aus Qualm und Chaos, und wie die Tiere schuften Menschen an Geschütz und Wanten. Sprungbereit lauern hinter der Schanz die Männer mit den Enterbeilen. Der Wind hat seine Böen bis zum Sturm gesteigert, die Spanier müssen immer mehr Geschützpforten schließen, weil ganze Sturzbäche hereinschlagen und die Stückknechte von den Kanonen spülen.

»Feuer!«

Rodrigo läßt das spanische Schiff zusammenschießen, er steht mit knirschenden Zähnen, möchte stürmen, entern, hinüberspringen mit dem Degen in der Faust; aber das Meer ist schon zu rauh für solches Wagnis. Wenn jetzt noch ein Gegner angreift, wird das Pulver knapp.

Bei den Spaniern flattern Wimpel, Großadmiral Medina-Sidonia hat zum Rückzug blasen lassen, und die Einheiten, die noch manövrierfähig sind, lösen sich aus dem Getümmel. Die Spanier wagen sich nicht durch den Kanal zurück, dort geht die See schon bergehoch, und die britischen Reserven fiebern danach, noch ins Feuer zu kommen. Also dann den anderen

Weg. Hinaus in die Nordsee! Rund um England zurück in die Heimathäfen!

Lord Howard läßt den Feind verfolgen, solange es der stetig zunehmende Sturm gestattet. Dann müssen auch die englischen Schiffe unter Land Schutz suchen. Jetzt aber kommt die Armada erst recht in Bedrängnis. Ihre dicht gestaffelte Verteidigungsposition führt zur Katastrophe; denn die Schiffe stoßen bei den heftigen Böen aneinander, werden ohne einen Schuß ihres Gegners weit zerstreut, verlieren jeden Kontakt und sind Sturm und Wellen hilflos preisgegeben. Etliche scheitern an der norwegischen Küste, andere laufen auf die Klippen vor Schottland, viele verschlingt die freie See. Zweiundsiebzig Fahrzeuge und mehr als zehntausend Menschen gehen verloren.

»Welch ein Sieg!« rufen die englischen Glocken von allen Türmen.

Großadmiral Medina-Sidonia läuft mit dem kläglichen Rest der angeblich unbesiegbaren Armada in Santander ein und erweckt einen Schrei der Trauer, der durch ganz Spanien hallt. Fast jede Familie hat ein Opfer zu beklagen. Philipp muß durch Edikt die Trauerzeit verkürzen, um nicht das ganze öffentliche Leben der Lähmung anheimfallen zu lassen. Sein Traum von der Weltherrschaft ist ausgeträumt, Spaniens Macht endgültig gebrochen. Als Philipp zehn Jahre später in unaufhaltsamem Siechtum stirbt, hinterläßt er einen Staat, dessen Finanzen zerrüttet und dessen Gewerbe, Handel und Schiffahrt zerstört sind. Nur die Kirche hat ihr reiches Kapital erhalten können.

Rodrigo Benavente bleibt in englischen Diensten, Nuño da Silva verbringt einen ruhigen Lebensabend in seinem Hause in Plymouth. Im Jahre 1590 nimmt der englische Kapitän Chidley an der Magellanstraße einen völlig verwilderten Europäer auf, der angeblich den Untergang von Philippstadt überlebt haben und bei den Patagoniern untergekommen sein will. Doch er redet so wirres Zeug, daß man seinen Worten kaum Glauben schenkt. Die Gesundheit des Mannes ist zudem so angegriffen und sein Lebenswille so gering, daß er bei John Chidleys unglücklichem Schiffbruch vor der französischen Küste als einer der wenigen umkommt, eine Tagreise vom rettenden englischen Hafen entfernt.

Das letzte von Sarmientos Opfern.

Ein Mensch ist einem Traum erlegen und hat damit Schicksale ausgelöst. Da sollte Geschichte gemacht werden, und es wurden doch bloß einige kleine, erschütternde Geschichtchen, die der Nachwelt längst verlorengingen. Geblieben ist nur ein großer Berg auf Feuerland, der auf allen Karten der Welt einen Namen trägt, von dem kaum jemand weiß, daß er einmal ein Fluch der Verzweiflung gewesen ist: Monte Sarmiento.